2. -

ω 28

Sommer in Meiningen. Jahrhunderthoch »Gunther« bringt alles Leben zum Erliegen, nur der Fickel frohlockt. Endlich passt die Welt sich mal seinem Tempo an und er kann sich mit angenehmeren Dingen beschäftigen als mit Mord und Totschlag. Doch die Gespenster der Hochkultur stören ihn in seiner Ruhe. Der berühmte Komponist und ewige Junggeselle Johannes Brahms brach am Hof des Meininger Theaterherzogs einst ein Herz – und anderthalb Jahrhunderte später steht Kriminalrat Recknagel vor einer prominenten Leiche und kämpft gegen seinen Brechreiz. Was hat das eine mit dem anderen zu tun? Ausgerechnet »Terminhure« Fickel soll sich jetzt mit den Folgen eines historischen Techtelmechtels herumschlagen. Und das nur, weil die Oberstaatsanwältin Gundelwein gerade viel zu sehr mit ihrer eigenen Karriere beschäftigt ist, als sich um einen schnöden Mord zu kümmern. Immerhin macht der Fickel bei seinen Ermittlungen die eine oder andere bittersüße Bekanntschaft, nicht nur mit dem Bratwurstschnaps. Alle Spuren führen zum Historischen Verein und ins Schloss Elisabethenburg, in dem merkwürdige Dinge vor sich gehen …

Hans-Henner Hess wurde 1973 in Berlin-Mitte geboren und ließ sich ebendort wegen einer verlorenen Wette zum Volljuristen ausbilden. Da der Rechtsstaat auf seine weitere Mitwirkung dankend verzichtete, schlug er sich als Autor und Dramaturg bei diversen Fernsehformaten durch. Nebenher verfasste er Lang- und Kurzgeschichten, schrieb Theaterstücke und Songtexte. Bei DuMont erschienen seine Romane ›Herrentag‹ (2013) und ›Der Bobmörder‹ (2014).

Hans-Henner Hess

Das Schlossgespinst

Anwalt Fickel ermittelt

DUMONT

Von Hans-Henner Hess sind im DuMont Buchverlag außerdem erschienen:

Herrentag
Der Bobmörder

Originalausgabe
Januar 2016
DuMont Buchverlag, Köln
Alle Rechte vorbehalten
© 2016 DuMont Buchverlag, Köln
Vermittelt durch die Literaturagentur im Verlag der Autoren,
Frankfurt am Main
Umschlaggestaltung: Lübbeke Naumann Thoben, Köln
Umschlagabbildung: © plainpicture / Jasmin Sander
Satz: Vanessa Weuffel
Gesetzt aus der Haarlemmer
Druck und Verarbeitung: CPI books GmbH, Leck
Gedruckt auf säurefreiem und chlorfrei gebleichtem Papier
Printed in Germany
ISBN 978-3-8321-6348-8

www.dumont-buchverlag.de

Frei aber einsam.
Johannes Brahms

Inhalt

I Ein juristisches Vorspiel

In letzter Zeit hatte der Fickel nicht zuletzt zu seiner eigenen Überraschung einen gewissen beruflichen Erfolg als Strafverteidiger erlebt beziehungsweise *über*lebt. Manch einer an seiner Stelle hätte daraus womöglich voreilige Schlüsse gezogen. Aber erstens brachte der Fickel nur ein geringes Interesse für fremder Leute Mord und Totschlag auf und zweitens war ihm das Strafrecht irgendwo viel zu stressig, ganz zu schweigen von den nicht gerade pflegeleichten Mandanten. Dafür war das Leben einfach zu kurz.

Immerhin hatte er sich auf Anraten des Kollegen Amthor inzwischen eine eigene Visitenkarte zugelegt, mit hübschem Goldrand und einem kleinen Paragrafensymbol direkt neben seinem Namen. Natürlich reine Hochstapelei, denn das Gesetz erschien ihm nach wie vor als ein Buch mit sieben Siegeln. Leider war dem Amthor bei der Bestellung, ob vorsätzlich oder nicht, ein kleiner Zahlendreher in der Handynummer unterlaufen, weshalb den Fickel bis auf Weiteres niemand in seinen gewohnten Abläufen störte, weder als Terminhure[1] am Meininger Amtsgericht noch beim Kakteenzüchten in der Gartenanlage Werratal II noch beim feierabendlichen Skatdreschen in der Goetzhöhlenbaude.

---

1 Juristischer Low Performer.

Doch wie immer, wenn das Schicksal besondere Widerwärtigkeiten im Tank hat, fing alles ganz harmlos an. Eines schönen Tages im Juli, der dank des Jahrhunderthochs »Gunther« für mitteldeutsche Verhältnisse mal wieder viel zu heiß war, saß der Fickel gemütlich im klimatisierten Anwaltszimmer des Meininger Amtsgerichts und trank genüsslich eine Tasse Filterkaffee mit Kondensmilch und drei Spritzern Süßstoff. Die nackten Füße bequem auf den Nachbarstuhl gebettet, schmökerte er im lokalen Boulevardmagazin und genoss die beinahe vollkommene Ruhe an seinem Arbeitsplatz.

Seit die Gerichtsferien offiziell abgeschafft worden waren, hatte nämlich jeder Anwalt das Recht, eine im Juli oder August terminierte Verhandlung formlos und ohne nähere Angabe von Gründen in den Herbst verlegen zu lassen – und davon wurde von den Damen und Herren Advokaten auf schamlose Weise Gebrauch gemacht. Wie einem geheimen Abkommen gehorchend, herrschte während des Hochsommers eine Art juristischer Burgfrieden. Viele Richterinnen und Richter nutzten die Zeit, um ihre Aktenberge abzuschmelzen und/oder sich fachlich weiterzubilden, zum Beispiel im Schwimmbad. Anwältinnen und Anwälte entdeckten plötzlich ihre Familien wieder, fuhren mit Kind und Kegel an die Ostsee oder an den Gardasee und lebten ihre professionelle Streitsucht zur Abwechslung im Kreise ihrer Liebsten aus.

Da im Moment sowohl in den benachbarten Bundesländern Hessen und Bayern als auch in Thüringen selbst die Schulferien ausgebrochen waren, bildete Anwalt Fickel im Meininger Amtsgericht gewissermaßen den letzten

Notnagel des Rechtsstaates oder, je nach Blickwinkel: den Sargnagel. Meistens jedoch gab es nicht einmal für ihn etwas zu tun, und eigentlich erschien er nur zur Arbeit, um gemeinsam mit der gerichtlichen Serviceeinheit Therese und dem Justizwachtmeister Rainer Kummer in der Kantine zu Mittag zu essen, manchmal auch in Begleitung seines Kollegen und ewigen Widersachers Amthor. Aber wenn es so heiß war wie heute, dann klebte selbst der lieber daheim auf seinem Kunstledersessel und ließ sich vom Schreibtischventilator hypnotisieren.

Ausgerechnet, als der Fickel mitten in den Sportmeldungen war und ein aufschlussreiches Interview mit dem Thüringer Landesbobtrainer las, kam die Therese mit dramatisch wehenden Haaren hereingeeilt und verschluckte sich beinahe vor Aufregung. »Zimmer hundertzwoundzwanzig, schnell«, hechelte sie.

Jetzt dauerte es natürlich eine kleine Ewigkeit, bis der Fickel die Zeitung fein säuberlich zusammengefaltet hatte und in seine brandneuen Badelatschen aus dem Ein-Euro-Shop geschlüpft war. Die Serviceeinheit zog die Augenbrauen hoch und stöhnte noch immer schwer atmend: »Menschenskind! Da ist ja sogar der Amthor schneller!«

Aber der Fickel ließ sich durch solch durchschaubare Provokationen keineswegs aus der Ruhe bringen. »Worum geht's denn da eigentlich?«, erkundigte er sich sicherheitshalber. Man wollte schließlich nicht in irgendwas hineingeraten, Arbeit zum Beispiel.

»Eine alte Dame braucht dringend einen Anwalt. Der Richter hat gemeint, wenn in fünf Minuten keiner da ist und den Antrag stellt, weist er die Klage ab.« Sie blickte kurz auf die Uhr. »Das heißt, jetzt sind es eigentlich nur noch zweieinhalb Minuten. Also bloß keine Eile!«

Bei der Hektik, die die Therese verbreitete, konnte man meinen, es ginge mal wieder um Leben und Tod, dabei ist das erfahrungsgemäß in einem Amtsgericht so gut wie nie der Fall, schon gar nicht in Meiningen. Fickels Entscheidung stand natürlich längst fest: »Ich deichsel das schon«, brummte er und drückte der Therese seine angelesene Zeitung in die Hand. Schließlich hatte er als Timurhelfer[2] gelernt, sich Senioren, Schwangeren und anderen benachteiligten Personen gegenüber stets aufmerksam und zuvorkommend zu verhalten.

Als Anwalt Fickel keine anderthalb Minuten später auf den Flur des Amtsgerichts einbog, saß dort vor dem Sitzungsraum eine fein zurechtgemachte alte Dame mit schlohweißem, im Stil der 1920er-Jahre frisiertem Haar, die dem Fickel auf Anhieb irgendwie bekannt vorkam. Sie umklammerte die Henkel einer ledernen Einkaufstasche, die sie auf ihren Schoß gebettet hatte. Der Rollator stand in griffbereiter Nähe. Neben ihr saß eine streng aussehende hagere Dame mittleren Alters, ungefähr der gleiche Jahrgang wie der Fickel, in einem einfachen, aber trotz der Hitze hochgeschlossenen Kleid Marke »Alte Jungfer«[3]. Ihr überwiegend brünettes Haar war zu einem strengen Dutt zusammengebunden. Ihr Schopf war bereits mit vereinzelten grauen Haaren gespickt, die jedoch eher einen spie-

---

2 Vgl. Arkadi Gaidar: *Timur und sein Trupp*, Knigge für Junge Pioniere.

3 Veraltete, in abgelegenen Gegenden Südthüringens noch gebräuchliche Bezeichnung für eine besonders wählerische weibliche Person.

lerischen Flirt mit dem Alter suggerierten als eine drama-
tische lebenslange Verbindung.

»Wo bleibt denn jetzt dieser Anwalt?«, fragte die jüngere der beiden Damen ungeduldig. »Ich glaube, der Richter
verliert gleich die Geduld.«

»Sie sind …?«, erkundigte sich der Fickel vorsichtshalber.

»Mein Name ist Kemmerzehl, ich bin die persönliche
Assistentin von Frau Langguth. Auf der Geschäftsstelle hat
man mir versichert, dass gleich jemand kommt«, sprach
die jüngere Frau in leicht genervtem Tonfall. Der Klang
ihrer Stimme wirkte einschüchternd.

»Langguth?« Der Fickel blickte leicht irritiert zur alten
Dame hinüber. »Etwa wie die Rote Elfriede?«

Frau Kemmerzehl bestätigte mit einer kurzen Bewegung
ihrer Augenlider. »Aber sie wünscht, nicht so angesprochen
zu werden«, sagte sie mit gedämpfter Stimme.

Jetzt war der Fickel erst mal baff. Denn die Rote Elfriede war in Meiningen nicht mehr und nicht weniger als eine
Legende: Verfolgte des Naziregimes, Vorzeigekommunis-
tin und zig Jahre Meiningens Bürgermeisterin. Der Fickel
erinnerte sich verschwommen an eine ältere Dame, die
am 1. Mai oder 7. Oktober, dem Tag der Republik, ebenso glühende wie langweilige Reden über die Wonnen des
Aufbaus des Sozialismus gehalten hatte. Sie galt damals in
der Bevölkerung als eine *Überzeugte*, also praktisch nicht
zurechnungsfähig. Dennoch richteten die Meininger gern
ihre Eingaben[4] an sie, weil sie sich für die Stadt und ihre

---

4 Rechtsweg für DDR-Bürger, oftmals eher eine Sackgasse.

Bürger wirklich einsetzte und denen da oben in Suhl oder Berlin so richtig Dampf machte. Seit der Wende hatte man nichts mehr von ihr gehört.

»Dass die noch lebt«, sagte der Fickel fast ehrfürchtig, denn selbst in seinen nicht mehr ganz taufrischen Jugenderinnerungen kam sie ihm fast wie eine Greisin vor.

»Sie wird bald achtundneunzig, und sie erfreut sich bester Gesundheit«, berichtete ihre persönliche Assistentin. »Biologisch gesehen ist sie erst achtzig.«

»Warum flüstern Sie denn so, Astrid?«, erkundigte sich die Rote Elfriede mit einer hohen, aber keineswegs dünnen Stimme. »Sie wissen doch, dass ich auf dem Ohr nicht mehr so gut höre.«

»Nichts Wichtiges«, wiegelte ihre Assistentin ab und blickte erneut auf die Uhr. »Ich glaube, die Verhandlung fängt gleich an«, sagte sie. »Wir sollten mal langsam da reingehen. Wir beide schaffen das auch ohne Anwalt.«

Spätestens jetzt war es für den Fickel an der Zeit, sich zu erkennen zu geben. Er stellte sich den Damen höflich vor und deutete sogar eine leichte Verbeugung an. Astrid Kemmerzehl ließ ihren Blick skeptisch über Fickels Latschen, seine Shorts und schließlich auch das Sahnehäubchen in Fickels Garderobe wandern: das nigelnagelneue Hawaiihemd, das vorne mit einem Sonnenaufgang und am Rücken mit einem Sonnenuntergang bedruckt war. Als Anwalt wurde man nicht unbedingt für seinen Style oder seinen Geschmack bezahlt.

»Aber Sie haben ja nicht mal einen Binder um, junger Mann«, beschwerte sich die Rote Elfriede dennoch. Der Fickel hatte für solche Fälle natürlich vorgesorgt. Umständlich zog er eine vorgeknotete Notkrawatte aus der Hosentasche und zwängte sie eilig unter den speckigen Hemdkragen – farblich gesehen natürlich: *information over-load*. Frau Langguth nickte zufrieden. »Diesen Halsab-schneidern zeigen wir's, gell?«

Aber jetzt wollte der Fickel zumindest der Form halber gerne wissen, worum es in dem Rechtsstreit denn nun eigentlich gehe. Astrid Kemmerzehl setzte ihm den Sach-verhalt mit eiligen Worten auseinander: Die Rote Elfriede hatte dem Historischen Verein von Meiningen eine Noten-partitur aus ihrem familiären Erbe zur Ansicht gegeben. Doch als sie es zurückforderte, hatte man sich im Histori-schen Verein blöd gestellt und die Herausgabe verweigert. Aber das hatte die Rote Elfriede natürlich nicht auf sich sit-zen lassen, sondern eigenhändig eine Klage an das »Hohe Gericht« verfasst, um ihr »verfassungsrechtlich geschütz-tes Eigentumsrecht« durchzusetzen, kommunistische Ein-stellung hin oder her.

Nun war der Fickel also im Bilde und bereit, mit seiner ehemaligen Bürgermeisterin in die Schlacht – oder seinet-wegen auch ins letzte Gefecht[5] zu ziehen. Höflich, wie er nun einmal war, wollte der Fickel der alten Dame beim Betreten des Gerichtssaals die Tasche abnehmen. Dabei hatte er kurz den Eindruck, als hätte sich darin etwas be-wegt, aber Astrid Kemmerzehl nahm ihm die Tasche flugs wieder ab. Mit einer für ihr Alter erstaunlichen Behändig-keit ging die Rote Elfriede mit ihrem Rollator voran in den

---

5 Vielgesungenes Motiv aus der »Internationale«.

Gerichtssaal. Astrid Kemmerzehl setzte sich hinten auf die Zuschauerbank und nahm die Tasche auf ihre Knie. Anwalt Fickel platzierte sich mit seiner Mandantin auf der Klägerseite und begrüßte den anwesenden Richter Leonhard. Der gegenwärtige Amtsgerichtsdirektor war ein alter Bekannter und wie der Fickel überzeugter Herbsturlauber. Irgendwann im November, wenn am Gericht Hochkonjunktur herrschte und es in Meiningen schummrig und regnerisch wurde, packte Richter Leonhard seine Koffer und verabschiedete sich in den Süden. Jetzt im Sommer genoss er es, Vertretungsstunden anzuhäufen und als unumstrittener König über sein verwaistes Gericht zu herrschen.

Richter Leonhard blinzelte dem Fickel erfreut entgegen. »Ah, sieh an, der Herr Strafverteidiger, die Zierde des Gerichts!« Nur um klarzustellen, dass seine Bemerkung nicht etwa auf Fickels farbenfrohes Äußeres gemünzt war, fügte er leicht ironisch hinzu: »Wenigstens *ein* Rechtsanwalt, der bei den Temperaturen noch an Arbeit denkt.« Das war natürlich ein echter Insiderscherz, ausgerechnet einer Terminhure Arbeitseifer zu unterstellen.

Leonhard selbst trug wegen der Hitze seinen berüchtigten Hemdkragen ohne Hemd und war ansonsten unter der Robe praktisch bis auf die Buxen völlig nackt, womit er keineswegs ganz unfreiwillig allerlei Scherzen und Vermutungen unter den Rechtspflegerinnen und Servicekräften Vorschub leistete. Dennoch schwitzte er, allerdings durchaus würdevoll, wie es sich für einen Richter auf Betriebstemperatur gehörte.

Auf der Beklagtenseite hockte ein Mann gewordener

Fleischberg in einem dunkelblauen Anzug, dessen fast kahler Schädel eine ungesunde rote Farbe aufwies und der seinen Kontrahenten mürrisch entgegenblickte. »Das ist Herr Bornkessel. Ein ganz durchtriebener Kerl«, flüsterte die Rote Elfriede dem Fickel zu, allerdings so laut, dass es jeder im Saal hören konnte.

Fickel kannte den Verwalter von Schloss Elisabethenburg, Meiningens größtem und vornehmstem Prunkbau, zumindest flüchtig, wie jeder, der ab und zu dort verkehrte. Bornkessel war ein circa fünfundfünfzigjähriger Jurist, der rechtzeitig den Absprung geschafft hatte, und zudem ein leidenschaftlicher Hobbyhistoriker. Wenn er nicht gerade an Sanierungskonzepten für die marode Bausubstanz von Elisabethenburg feilte, streifte er durch die Ausstellungsräume der Museen auf der Suche nach einem verirrten Besucher, dem er noch eine Portion Hintergrundwissen zu »seinem« Schloss überhelfen konnte. Aber vor allem war Bornkessel ein gefürchteter Gegner bei allen möglichen Skatturnieren. Sein Trophäenschrank beheimatete alle wichtigen Pokale, die es in Südwestthüringen zu gewinnen gab, zu Fickels Leidwesen auch die »Pik sieben«, den Skatpreis des Meininger Anwaltsvereins, zu dem auch andere Juristen und solche mit nur einem Examen zugelassen waren.

»Na, na, na«, ermahnte Richter Leonhard die Rote Elfriede auf ihre Bemerkung hin. »Wir wollen doch mal schön sachlich bleiben, net wahr?«

Die Angesprochene erwiderte spitz: »Ich dachte, wir haben jetzt Demokratie und Meinungsfreiheit?!«

»Nicht in meinem Gerichtssaal«, erwiderte Leonhard. »Hier zählen nur Tatsachen. Klar?«

»Wie Sie meinen, Genosse Richter«, lenkte die Rote Elfriede ein.

Der aus dem Bayerischen Wald stammende Leonhard war beim »Genossen« kurz zusammengezuckt. »So hat mich noch keiner genannt«, sagte er kopfschüttelnd. »Das sollte auch nicht zur Gewohnheit werden.«

Bornkessel ließ ein theatralisches Stöhnen hören und tippte auf seine etwas protzig wirkende Uhr. »Ich hab nicht ewig Zeit«, drängte er. Die Hitze setzte dem Schwergewicht in seinem Anzug sichtlich zu. Auf seinem cremefarbenen Hemd hatten sich bereits dunkle Flecken gebildet, unter den Achseln drückte der Schweiß bereits durch das Jackett.

»Immer mit der Ruhe«, beschwichtigte Richter Leonhard den aufgeheizten Bornkessel, begann aber nun ohne Umschweife die Verhandlung mit der Verlesung des Antrags der Elfriede Langguth auf Herausgabe eines handschriftlichen Notenheftes, das von einem gewissen *Kreisler Junior* signiert worden war, das sich der Schlossverwalter in seiner Eigenschaft als Vorsitzender des Historischen Vereins e.V. laut Klageschrift »illegal unter den Nagel« gerissen habe. »Soweit alles korrekt?«, erkundigte sich der Richter. Fickel nickte.

»Kreisler Junior, nie gehört«, bemerkte Leonhard mit Blick in die Akte. »Klingt eher wie'n Fußballer.«

»Unterhalten Sie sich jetzt etwa über Fußball?«, fragte Elfriede Langguth den Fickel empört.

»Nein, nein, das ist ein Komponist aus dem neunzehnten Jahrhundert«, erklärte Bornkessel eilig.

»Man lernt nie aus«, sagte Leonhard. »Und was haben Sie zu der Klage sonst noch vorzutragen?«

»Das ist doch alles gequirlter Quark«, rumpelte Bornkessel los. »Das Heft hat mir Frau Langguth als Faustpfand überlassen – um ihre Verbindlichkeiten beim Historischen Verein zu besichern.«

Leonhard nickte verstehend. »Sie machen also ein Recht zum Besitz geltend.«

»Die Schulden werden von uns bestritten«, grätschte der Fickel in die Diskussion. Schon aus Prinzip.

Bornkessel kramte einen Zettel aus seiner Tasche. »Frau Langguth schuldet dem Historischen Verein insgesamt eintausenddreihundertfünfzig Euro«, erklärte er. »Hier ist der Darlehensvertrag, handschriftlich unterschrieben.« Er erhob sich keuchend und reichte dem Richter das Papier über den Tisch.

Der Fickel war von der Entwicklung mal wieder völlig überfahren. Von einem Pfand, Schulden oder gar einem Darlehensvertrag hatte die Rote Elfriede vorhin auf dem Flur nicht die geringste Andeutung gemacht. Aber die ehemalige Bürgermeisterin schien sich überhaupt keiner Schuld bewusst zu sein. »Ach, das ist doch alles Kokolores«, sagte sie lediglich und winkte ab.

»So würde ich das nicht bezeichnen«, erwiderte Richter Leonhard und fügte den wohlmeinenden Rat hinzu: »Bei dieser Sachlage würde ich Ihnen dringend ans Herz legen, die Klage zurückzuziehen. Dann würden Sie wenigstens ein paar Kosten sparen.«

Bornkessel lächelte triumphierend herüber.

»Es wäre vielleicht in der Tat besser ...«, wollte der Fickel einlenken. Doch da hatte er die Rechnung ohne seine Mandantin gemacht.

»Einen Teufel werde ich tun«, begehrte die Rote Elfriede auf. »Ich dachte, wir leben in einem Rechtsstaat!«

»Eben«, sagte Leonhard. »Deshalb müssen Sie sich an Ihren Vertrag auch halten.«

»Im Gegensatz zu *früher*«, trat Bornkessel mit leiser Häme nach.

Die Rote Elfriede knuffte den Fickel in die Seite und sagte: »Jetzt unternehmen Sie doch endlich was! Wozu bezahle ich Sie denn?«

Und da stand der Fickel mal wieder schön im Regen. Keine Ahnung, keine Chance – und außerdem noch Hunger. In Südthüringen und speziell in Meiningen war man nämlich von Kindheit an darauf konditioniert, relativ früh am Tage zu Mittag zu essen. Spätestens um halb zwölf verlangte Fickels Organismus nach fester Nahrung. Bornkessel schien es ähnlich zu gehen, aus seinem mächtigen Leib vernahm man das Mahlen der leerlaufenden Magenmuskulatur.

»Warum haben Sie denn diesen dämlichen Kreditvertrag auch unterschrieben?«, fragte der Fickel die Rote Elfriede mit leisem Vorwurf.

Die blickte ihn mit großen Augen an. »Ich kann mich gar nicht mehr dran erinnern«, erklärte sie und blickte hilfesuchend zu Astrid Kemmerzehl.

»Die Masche kennen wir ja«, warf Bornkessel ein.

»Das waren doch die Einsätze bei den Bridge-Abenden«, sagte Astrid Kemmerzehl in emotionsloser Offenheit. Aber der Fickel fand, ein bisschen weniger Offenheit hätte im Moment ganz gut getan.

»Bridge-Abende?«, mischte sich Richter Leonhard in die Unterhaltung ein. »Habe ich richtig gehört?«

»Der Historische Verein veranstaltet regelmäßig kleine Preisturniere, um Spenden für die Erhaltung des Schlosses zu generieren«, erklärte Bornkessel eilig. »Nur für den guten Zweck.«

Richter Leonhard blickte erstaunt zur Roten Elfriede: »Wollen Sie mir erzählen, Sie haben tausenddreihundertfünfzig Euro beim Bridge verloren?«

Die Rote Elfriede zuckte mit den Schultern und blickte wieder fragend zu Astrid Kemmerzehl. Der Fickel schüttelte eifrig den Kopf, um Astrid Kemmerzehl davor zu bewahren, ihrer eigenen Arbeitgeberin in den Rücken zu fallen. Doch Astrid Kemmerzehl ließ sich nicht beirren und nickte.

»Dann wird es schon so sein«, erklärte die ehemalige Bürgermeisterin. Als Kommunistin bedeutete ihr Geld anscheinend nichts. Wieder war es Bornkessel, der eine Erklärung lieferte: »Diese Summe stammt natürlich nicht von einem einzigen Abend.«

»Also reden wir hier praktisch von Spielschulden?«, vergewisserte sich Leonhard noch einmal mit Nachdruck.

»Im weiteren Sinne schon«, antwortete der Schlossverwalter. »Eigentlich handelt es sich ja um Spenden.«

»Aber es gab auch was zu gewinnen?«, insistierte der Richter.

»Selbstverständlich«, erwiderte Bornkessel. »Meistens offerieren wir als Preise kleine Schätze aus den Museumsdepots, die dort sonst nur verschimmeln würden.«

Jetzt trat unverhofft eine Pause in der Diskussion ein, was vornehmlich an Richter Leonhard lag, der in seinem kleinen BGB blätterte. »Das ist ja alles gut und schön«, sagte er, nachdem er eine halbe Ewigkeit gelesen hatte. »Aber dann reden wir hier *zweifelsohne* über einen Spielvertrag.« Er fokussierte Bornkessel. »Und Sie wissen ja, was in Paragraf 762, Absatz eins, Satz eins des Bürgerlichen Gesetzbuches geschrieben steht?«

Aber da stand der Bornkessel genauso auf dem Schlauch wie der Fickel, deshalb sah sich Amtsgerichtsdirektor Leonhard gezwungen, für alle Anwesenden den folgenden Gesetzestext noch mal in all seiner Pracht feierlich vorzulesen: »Durch Spiel oder durch Wette wird eine Verbindlichkeit nicht begründet.«

Andächtiges Schweigen im Saal. Alle Anwesenden ließen die Worte in sich nachklingen.

»Auf gut Deutsch: Spielschulden sind Ehrschulden«, erläuterte Leonhard. »Das dürfte sich ja wohl schon rumgesprochen haben.«

»Ja, und?«, fragte Schlossverwalter Bornkessel verstört. »Deshalb habe ich Frau Langguth ja auch Geld *geliehen*, damit sie an den Turnieren teilnehmen kann.«

»Aber das Geld haben Sie vorher aus der Vereinskasse genommen?«, hakte Richter Leonhard noch einmal nach.

Der Schlossverwalter bestätigte, angesichts des peinlichen Verhörs schon etwas verstimmt: »Na logisch. So viel habe ich ja normalerweise nicht bei mir.«

Leonhard schüttelte, voller Mitleid über so viel juristische Einfalt, den Kopf und wies Bornkessel nun auf den zweiten Absatz des eben genannten Paragrafen hin, der für jeden Leser klipp und klar besagt, dass auch ein als Spieleinsatz abgegebenes Schuldanerkenntnis nicht einklagbar ist. Das Gleiche musste dann natürlich auch für Elfriedes

Darlehensvertrag gelten – oder wie Richter Leonhard es ausdrückte: »Was man linksrum in die Waschtrommel reinsteckt, kommt auch linksrum wieder raus.«

Der Amtsgerichtsdirektor war sichtlich stolz auf sein anschauliches Bild. Schließlich pflegte er als überzeugter Single seine Wäsche selbst zu waschen und kannte sich auf dem Gebiet mindestens so gut aus wie im Zivilrecht.

Jetzt hörte der Fickel ein Knurren, welches das davor gehörte noch bei Weitem übertraf. Doch es kam nicht etwa von Bornkessel, sondern eher aus den Zuschauerreihen, von dort, wo die hagere Astrid Kemmerzehl saß. Auch Leonhard und Bornkessel waren hellhörig geworden. Eine Dame, die solche Geräusche von sich gab, war nicht alltäglich. Vor allem bei einer derart schmalen Figur. Astrid Kemmerzehl ließ sich nichts anmerken, und so dachte jeder der drei anwesenden Herren, er hätte sich verhört.

»Was heißt das denn jetzt?«, wollte die Rote Elfi wissen. »Dieses juristische Kauderwelsch versteht ja kein Mensch.«

»Nach Stand der Dinge werde ich Ihrer Klage stattgeben«, erklärte Leonhard salopp. »Glückwunsch!«

Bornkessel saß da wie ein begossener Pudel und verstand die Welt nicht mehr. Wie immer, wenn er besonders aufgeregt war, stellte sich ein kleiner Sprachfehler ein, vornehmlich bei Wörtern mit f-Lauten.

»Das ist doch v-völlig absurd«, stammelte er. »Ich lege Beruf-fung ein!«

»Ich würde Ihnen viel eher dazu raten, den Anspruch anzuerkennen«, erwiderte Leonhard. »Das kommt Sie billiger.«

Aber Bornkessel beharrte starrköpfig auf seiner Position.

»Wie Sie wünschen«, seufzte Leonhard, als habe er es mit einem bockigen Kind zu tun, und forderte alle Anwesenden auf, sich zu erheben. Dann verlas er »Im Namen des Volkes« das für Fickels Mandantin günstige Urteil. Jetzt zeigte sich, dass der Bornkessel ein schlechter Verlierer war, schließlich war er es nicht gewohnt, beim Zocken das Nachsehen zu haben, als x-facher Skatchampion.

»Das wird Fff-folgen f-für Sie haben!«, brüllte er zornig. »Machen Sie sich auf was gef-fasst.« Und in Richtung der Assistentin: »Und Sie auch!«

»Jetzt schreien Sie doch nicht so, junger Mann«, gab Fickels betagte Mandantin zurück. »Ich bin doch nicht schwerhörig.« Offenbar unterlag ihr Gehör starken Schwankungen.

Aber nicht nur sie war über Bornkessels Ausbruch erschrocken. Plötzlich erklang wieder das markante Knurren im Saal, das allerdings sogleich in ein dünnes Bellen überging. Alle blickten sich irritiert zu Astrid Kemmerzehl um.

»Sehen Sie, was Sie angerichtet haben? Jetzt ist Erich aufgewacht!«, sagte die Rote Elfriede vorwurfsvoll zu Bornkessel.

Fickel glaubte, sich verhört zu haben. Erich …?

Astrid Kemmerzehl fischte ein winziges, am ganzen Leibe schlotterndes Wesen aus der Tasche, das höchstens doppelt so groß wie ein Hamster und erst beim zweiten Hinsehen als Hund erkennbar war, wenn überhaupt: eine winzige Schnauze mit kleinen spitzen Zähnen, wuscheliges Fell und zwei dunkle Knopfaugen, die wütend in die Welt sahen. Eine gewisse Ähnlichkeit mit dem ehemaligen

Staatsratsvorsitzenden konnte man dem kleinen Kerl nicht absprechen. Ungerechterweise hatte der Hund ausgerechnet den Fickel als Störer ausfindig gemacht und keifte mit seinem dünnen Stimmchen in dessen Richtung. Vielleicht fühlte er sich auch einfach nur von der aggressiven Farbkombination in Fickels Aufzug provoziert.

»Wie sind Sie denn mit dieser Bestie unten durch die Schleuse gekommen?«, erkundigte sich Richter Leonhard kopfschüttelnd.

»Ich hab denen erzählt, dass Erich ein wichtiger Zeuge ist«, sagte die Rote Elfriede ohne sichtbares Schuldbewusstsein.

»Sie haben es ja faustdick hinter den Ohren«, konstatierte Richter Leonhard grummelnd und machte sich vom Acker. Weil Bornkessel ein Anerkenntnisurteil verweigert hatte, musste er nun ein Urteil mit ausführlicher Begründung schreiben, was ihm natürlich gar nicht in den Kram passte. Auch Bornkessel verließ polternd und fluchend den Gerichtssaal.

»Und wie komme ich jetzt an die Noten?«, erkundigte sich die Rote Elfriede besorgt beim Fickel. »Ich muss sagen, ich finde dieses ganze Rechtswesen ziemlich undurchschaubar.«

»Ich kümmere mich drum, dass das Urteil rasch vollstreckt wird«, erklärte der Fickel. »Das gehört zum Service.«

»Ich danke Ihnen, junger Mann«, sagte Elfriede mit feuchten Augen. »Dieses Stück bedeutet mir nämlich sehr viel.«

In gewohnter Bescheidenheit lehnte der Fickel jeden Dank ab. Schließlich konnte er gar nichts dafür, dass er den Prozess gewonnen hatte.

»Wollen wir den netten Anwalt nicht zu uns zum Essen einladen?«, erkundigte sich die ehemalige Bürgermeisterin bei ihrer Assistentin. »Sie haben doch Ihre leckeren Rouladen gemacht!«

»Ich denke nicht, dass das passend wäre«, erwiderte Astrid Kemmerzehl kühl. »Schließlich hat er ja nur seine Arbeit gemacht.«

Aber ganz ohne Belohnung wollte die Rote Elfriede den Fickel auch nicht ziehen lassen. Deshalb kramte sie aus ihrer Tasche zwei Konzertkarten hervor.

»Die habe ich noch übrig«, erklärte sie, »für das Hofkonzert nächste Woche.«

Als sie Fickels Zögern sah, fügte die ehemalige Bürgermeisterin hinzu: »Oder mögen Sie Brahms etwa nicht?«

Astrid Kemmerzehl tätschelte dem kleinen Erich beruhigend den Kopf, während sie den Fickel interessiert beziehungsweise, wie diesem schien, mit leicht spöttischem Lächeln ansah. Das Hawaiihemd klebte an seiner Brust, die Hitze stieg ihm in den Kopf und ihm war fast schwindelig vor Hunger.

»Doch, natürlich, vielen Dank«, sagte der Fickel und nahm die beiden Karten entgegen. Und damit steckte er, ohne es in dem Moment auch nur zu ahnen, bis zum Kinn in seinem nächsten Mordfall.

II Brahms interruptus

Eine gute Woche später war das Jahrhunderthoch »Gunther« endlich aus Mitteleuropa, Mitteldeutschland und auch aus Meiningen abgezogen und hatte dem Hoch »Holger« seinen Platz auf der Wetterkarte überlassen. »Holger« entwickelte sich nach einem moderaten Auftakt mit Temperaturen um die dreißig Grad zu einem Jahrtausendhoch. Meiningen wurde in seinem Talkessel von der Sonne ausgebacken wie ein Napfkuchen. Man hatte ja schon gehört, dass die Sahelzone sich ausbreitet, aber dass sie bereits bis Südwestthüringen gelangt war, erwischte die meisten Einwohner auf dem falschen Fuß.

Die ganze Woche über hatte der Fickel versucht, die Karten für das Hofkonzert an den Mann beziehungsweise an die Frau zu bekommen oder doch zumindest eine Begleitung zu finden. – Doch wie verhext: Wen der Fickel auch fragte, alle üblichen Verdächtigen waren am Freitagabend bereits ausgebucht. Der Amthor verwies bedauernd auf einen Canasta-Abend bei seiner Mutter, die Therese hatte sich schon mit ihrer Freundin zu einer Party in Bettenhausen verabredet, und sogar Justizwachtmeister Rainer Kummer, der sonst für jeden Zeitvertreib zu haben war, schützte einen wichtigen Termin vor, vermutlich ein Lokaltermin.

Als der Fickel am Frühstückstisch in seiner Dachmansarde am Töpfemarkt saß und sein Brötchen mit Zwetschgenmus verzehrte, hatte er eine plötzliche Eingebung, wie er zwei Fliegen mit einer Klappe erschlagen konnte. Schließlich schuldete er seiner Vermieterin seit März noch ein Geburtstagsgeschenk. Und siehe da: Frau Schmidtkonz war sofort Feuer und Flamme. Brahms, Brahms und nochmals Brahms – besser geht's nicht! Das Konzert war seit Wochen ausverkauft, denn aus gut informierten Kreisen war durchgesickert, dass es diesmal etwas *ganz* Besonderes auf die Ohren geben würde, man munkelte sogar von einer echten Weltpremiere – und das fast hundertzwanzig Jahre nach dem Tod des Komponisten.

Großzügig, wie er nun einmal war, wollte der Fickel seiner Vermieterin gern auch beide Karten überlassen, schließlich erlebte man Weltpremieren in Meiningen praktisch jeden Tag, zum Beispiel beim Autohaus oder im Handyshop. Aber Frau Schmidtkonz bestand darauf, dass ihr Mieter sie persönlich zu dem Event begleitete, sicherlich auch, um vor ihren Freundinnen ein wenig Staat zu machen. Das hatte sich der Fickel nun selbst eingebrockt.

Am späten Freitagnachmittag zwängte er sich also in sein kariertes Welton[6]-Hemd, das über dem Bauchnabel neuerdings ein klein wenig spannte, warf trotz Affenhitze sein bestes Cordsakko über und knatterte mit seiner Vermieterin in seinem beige-braunen Wartburg 353 Tourist die sage und schreibe vierhundert Meter vom Töpfemarkt bis zum Parkplatz an der Reithalle. Natürlich eine Umweltsünde ersten Ranges, aber Frau Schmidtkonz war nun

---

6   Herrenmode made in Meiningen, bis zum letzten Hemd 1991.

mal eine leidenschaftliche Automobilistin. Seit Jahren lag sie ihrem Mieter in den Ohren, dass der sich als Anwalt endlich ein standesgemäßes Modell zulegen solle; was sie indes nicht ahnte: Der Wartburg war in Fickels Fall durchaus standesgemäß.

Ohnehin gab es schon jetzt zu viele Autos in Meiningen, dem Empfinden nach sogar mehr als Einwohner. Rund um das Schloss, in allen Straßen und Zubringergassen quetschte sich ein Blech an das nächste, praktisch wie zur Rushhour in Moskau. Nur dass das Klassikpublikum nicht unbedingt mit dem Lada oder Moskwitsch unterwegs war, sondern eher in raumgreifenden Muscle-Cars oder panzerartigen SUVs, die pro Fahrzeug mindestens zwei Parkplätze blockierten. Zum Ins-Lenkrad-Beißen! Angesichts des Staus vor der Reithalle schimpfte Frau Schmidtkonz, dass sie ohnehin lieber mit dem Taxi gefahren wäre, weil nämlich erstens Mercedes und zweitens Klimaanlage. Wenn man *einmal* auf seinen Mieter hört!

Glücklicherweise fand der Fickel nach längerer Suche doch noch einen Parkplatz direkt am Volkshaus, sage und schreibe gerade einmal vierhundert Meter vom Veranstaltungsort entfernt. Der Fickel reichte seiner Vermieterin den Arm und geleitete sie ritterlich durch den Schlosspark, den jeder echte Meininger liebt wie seinen eigenen Garten. Denn hier kann man nach Herzenslust joggen, ein Sonnenbad nehmen, Würstchen grillen oder einfach nur einen Spaziergang unternehmen, dort, wo einst Herzoginnen und Herzöge an der Werra lustwandelten, wenn auch nicht immer miteinander. Überall gibt es verschlungene Wege, blickdichte Büsche und eine ausreichende Zahl versteckter

Bänke, wie gemacht für diskrete Stelldicheins, von denen später die zahlreichen Liebesschlösser am Geländer der Bogenbrücke zeugen.

In Erinnerung an die romantische Phase ihrer Jugend seufzte Frau Schmidtkonz »Wie die Zeit vergeht« und stützte sich gleich doppelt so schwer auf Fickels Arm. Wenige Meter weiter schimmerte bereits das majestätisch weiße *Corps de logis*[7] des ehemaligen Residenzschlosses zwischen den Bäumen hindurch. Die drei Hauptflügel mit den schießschartenartig angeordneten, violett umrandeten Fenstern formten von oben, zum Beispiel vom Herrenberg oder von Google Earth aus betrachtet, ein überdimensionales E. Einige Historiker behaupten, dies sei eine Stein gewordene Hommage an die Namenspatronin des Schlosses, Elisabeth Eleonore von Braunschweig-Wolfenbüttel, andere vermuten eher eine Reminiszenz an den Thüringer Herrscherclan der Ernestiner, den meisten allerdings ist das E egal.

Heutzutage ist Schloss Elisabethenburg nicht nur eine top Touristenattraktion, sondern auch ein bedeutender Hort der Kultur, zum Beispiel der Tischkultur. Dafür bürgen das edle Turmcafé im Hessensaal und vor allem die im Souterrain befindlichen Schlossstuben, wo es nach Meinung von Insidern die besten Hütes[8] von ganz Meiningen gibt und

---

7   Wohnkörper, zumeist im zentralen Schlossbereich gelegen, wo einst der Adel auf großem Fuß verkehrte und inzwischen der Plebs in riesigen Filzpantoffeln durch die Zimmerfluchten gleitet.

8   Unterscheidet sich vom schnöden Kloß durch seine sämige Konsistenz, sein einzigartiges Soßenfassungsvermögen und seine Schmackhaftigkeit.

kein Teller unter zehn Euro kostet, abgesehen vom heimlichen Champion auf der Karte, dem Seniorenteller. Außerdem befinden sich im Schloss die Meininger Museen, diverse Staats- und Stadtarchive sowie die Musikschule Max Reger. In dem etwas flacheren Rundbau, der den Hof nach Osten abschließt, waren einst die herzoglichen Ministerien untergebracht. Seit dem Krieg und der Zerstörung des Rathauses hat es sich dort die Stadtverwaltung gemütlich gemacht.

Aus den Augenwinkeln schielte der Fickel hoch zu einem Fenster, hinter dem sich, wie er wusste, das Trauungszimmer befand, in dem er einst mit der Oberstaatsanwältin Gundelwein in den Stand der Ehe getreten war. Dieses Ereignis reihte sich ohne Zweifel nahtlos in eine Reihe historischer Fehlentscheidungen ein, die im Laufe der Jahrhunderte hinter den ehrwürdigen Mauern dieses Schlosses getroffen worden waren.

Um zum Einlass und somit auf den Hof zu gelangen, musste der Fickel mit seiner Vermieterin zu allem Überfluss noch einmal komplett um das Gebäude herumlaufen. Der Eingang befindet sich nämlich zur Stadtseite hin – denn der Herzog wollte seinem Volk aus gutem Grund nicht den Rücken zuwenden. Natürlich nicht aus Misstrauen, sondern aus purer Höflichkeit.

Je näher man dem Eingang kam, desto mehr füllten sich die Wege mit Menschen. Schon auf dem Vorplatz herrschte ein Mordsgedränge, beinahe wie beim Dampfloktreffen. Nur dass hier nicht Jeans und Motto-Shirts das Bild bestimmten, sondern Abendroben, Smokings und weiße Hemden. Das Who is Who der Meininger Gesellschaft gab sich ein Stelldichein. Die Anwesenheit ortsfremder Journalisten, die mit Teleobjektiv-bewehrten Kameras herumstromerten, heizte die Gerüchteküche weiter an. Thema Nummer eins: die Brahms-Weltpremiere. Was könnte das sein? Vielleicht ein drittes Klavierkonzert oder »nur« eine weitere Sonate? Es gab sogar Personen, die mit Schildern nach Karten suchten und hohe Belohnungen versprachen. Doch da konnten sie lange warten.

Der Fickel blickte sich suchend um, ob er irgendwo die Rote Elfriede oder ihre Assistentin erblickte, schließlich hatten sie noch nicht über sein Honorar gesprochen. Aber er konnte sie in der Menge nicht ausmachen. Frau Schmidtkonz griff erneut nach Fickels Arm, um ihn nicht zu verlieren – und vielleicht auch ein bisschen, um den geschwätzigen Weibern aus ihrem Kränzchen einen Anlass zum Tuscheln zu geben. Denn dass die Frau Schmidtkonz mit ihren gut siebzig Jahren eine WG mit einem Mittvierziger führte, das gab natürlich Anlass zu wilden Spekulationen, von denen der Fickel nichts ahnte und die Frau Schmidtkonz daher auch gar nicht erst zu entkräften suchte. Wen schert es schließlich, was andere lästern, solange es schmeichelhaft ist? Der Fickel wunderte sich nur, warum die alten Ladys um ihn herum ständig albern kicherten und mit den Augen zwinkerten wie verschossene Teenager.

Die Einlassbegehrenden stauten sich in der Hofeinfahrt, während verzweifelte Beamte der Stadtverwaltung gegen den Menschenstrom in den Feierabend zu entkommen versuchten. Zu allem Übel drangen von links dicke Schwaden aus dem schlosseigenen Raucherkerker und verpesteten die Atmosphäre über der nach Sauerstoff japsenden Masse. Die in den Mauern gespeicherte Hitze des Tages tat ein Übriges.

»Ich glaube, mir wird übel«, jammerte Frau Schmidtkonz und versuchte verzweifelt, sich mit der Hand Luft zuzufächeln. Der Fickel legte seinen Arm um ihre Schulter und stützte sie, so gut es eben ging. Insgeheim bereute er schon, dass er sich zu dieser Veranstaltung hatte überreden lassen. Erst breitgeschlagen, dann zu Tode gequetscht – das hatte man nun von seiner Gutmütigkeit! Und als ob die Situation nicht schon erniedrigend genug gewesen wäre: Mitten in der Menge, keine fünf Meter von ihm entfernt, sprang dem Fickel plötzlich im Meer der Köpfe ein stolz erhobener roter Schopf ins Auge. Anhand der außergewöhnlich hohen und kräftigen Statur erkannte er sofort die in jeder Hinsicht herausragende OStA[9] Gundelwein, seine rachsüchtige Exfrau, die offenbar nach jemandem Ausschau hielt, nur glücklicherweise nicht in seine Richtung. Fickels Amygdala löste augenblicklich einen heftigen Fluchtreflex aus, und sein Körper wurde mit Adrenalin geflutet – alle Zutaten für eine klassische Panikreaktion.

»Wo wollen Sie denn hin?«, fragte Frau Schmidtkonz besorgt und klammerte sich noch fester an seinen Arm. »Der Einlass ist doch da vorn.«

Mit grotesken, dem Brustschwimmen verwandten Bewegungen versuchte der Fickel, gegen den Strom der Menge anzukämpfen. Doch obwohl er als ehemaliger Anschieber des Bobs Oberhof II nicht direkt Pudding in den Oberar-

---

9   Oberstaatsanwältin, gesprochen »Ost-a«, kommt aber auch im Westen vor.

men hatte, kam er mit Frau Schmidtkonz im Schlepptau keinen Millimeter voran, praktisch wie im Gegenstrombecken. Da konnte er gegen die Menschenflut anstrampeln und drängeln, wie er wollte, der durchtrainierte Körper seiner Exfrau schien ihn unwiderstehlich anzuziehen wie ein schwarzes Loch. Noch anderthalb Meter, noch einen … das war's! Ohne eigenes Zutun rammte der Fickel seine Wamme in das muskulöse Rückgrat seiner Exfrau. Löffelchenstellung nix dagegen.

»Würden Sie hinter mir bitte nicht so drängeln?«, schimpfte die Oberstaatsanwältin, ohne sich umzuwenden. »Ich würde ja auch gern schneller vorankommen.«

Der Fickel hielt den Atem an. Glücklicherweise hatte er sein Discounter-Rasierwasser, Marke *Moschus extra strong*, seit seiner Ehe mehrmals gewechselt, sodass das feine Näschen der Gundelwein keine Witterung aufnehmen konnte. Um sich Platz zu verschaffen, fuhr die Oberstaatsanwältin ihre Ellenbogen aus und rammte sie ihrem Hintermann warnend in die Rippen. Schicksalsergeben, praktisch in Duldungsstarre, schluckte der Fickel allen Schmerz stumm hinunter. Jetzt nur keinen Mucks!

»Herr Fickel, ist das nicht Ihre Exfrau?«, tönte plötzlich neben ihm die Stimme von Frau Schmidtkonz, in keineswegs gedämpfter Lautstärke. Offenbar ging es ihr wieder besser. »Ja, wo schauen Sie denn hin? Da, direkt vor Ihnen!«

Das war der Moment, in dem der Fickel um ein Haar seine gute Kinderstube vergessen hätte. Aber einer älteren Dame hält man nicht ohne Weiteres den Mund zu, schon gar nicht, wenn es sich um die eigene Vermieterin handelt. Das verbietet der Respekt.

Der Kopf der Oberstaatsanwältin schnellte herum. Ein Sekundenbruchteil des Schocks, der Peinlichkeit angesichts der ebenso gewohnten wie unerwünschten körperlichen Nähe zwischen zwei Ex-Eheleuten, insbesondere da die Gundelwein in Anbetracht der hochsommerlichen Witterung heute ausnahmsweise eine besonders dünne Bluse trug.

»Na so was«, presste der Fickel etwas unbeholfen heraus, und dann sagte er einfach das Intelligenteste, das ihm in dem Moment einfiel: »Lange nicht gesehen.«

Dabei stimmte das nur halb. Schließlich sah er seine Exfrau regelmäßig in seinen Albträumen. Und ab und zu rettete er ihr das Leben oder umgekehrt, aber niemals freiwillig.

»Nicht lange genug«, erwiderte die Gundelwein und versuchte, ihren Körper räumlich auf Distanz zu ihrem Exmann zu bringen, was trotz ihrer vom Schwimmen gestählten Muskeln ein nahezu aussichtsloses Unterfangen war. Durch die Halbdrehung wurden sie nunmehr fast frontal gegeneinander gepresst, was die Lage keineswegs entspannte. Erschwerend kam hinzu, dass die Gundelwein bei ihrer Arbeit so viel Ärger in sich hineinfraß, dass er in komprimierter Form als Geruchsemission aus ihrem Munde wieder herausströmte. Da konnte und wollte der Fickel nichts schuldig bleiben und ließ unbemerkt ein paar Milliliter von seinem Achselschweiß in den zarten Blusenstoff seiner Exfrau einsickern.

»Was hast du denn hier verloren?«, fragte sie befremdet.

»Och«, machte der Fickel und ergänzte, als wäre es die natürlichste Sache der Welt: »Ich besuche nur ein Konzert.«

Die Gundelwein bekam trotz der unkomfortablen Situation einen Lachanfall, der nicht einmal sonderlich inszeniert wirkte. »Seit wann interessierst du dich denn für Klassik?«

Darauf hatte der Fickel letztlich selbst keine befriedigende Antwort parat. Dass manch einer beziehungsweise manch *eine* Klassik mit Klasse verwechselt, wollte er in dem aktuellen Umfeld nicht so direkt hinausposaunen. Wie Justizwachtmeister Rainer Kummer immer zu sagen pflegte: Mit seiner Frau zu diskutieren heißt schweigen lernen. Das galt natürlich insbesondere für Exfrauen. Glücklicherweise ploppten sie wenig später als menschlicher Korken aus dem Flaschenhals der Toreinfahrt heraus und fanden sich unversehens im Schlosshof wieder.

»Ja, dann: viel Vergnügen«, wünschte die Oberstaatsanwältin ironisch, strich sich Rock und Bluse glatt, zückte ihre VIP-Eintrittskarte und schritt an der Schlange der Normalsterblichen vorbei durch den Einlass.

»Eins muss man ihr ja lassen. Sie hat wirklich schöne lange Beine!«, sagte Frau Schmidtkonz mit Kennermiene. »Besonders von hinten«, kommentierte der Fickel, ohne hinzusehen. Eigentlich hätte er jetzt einen Schnaps gebraucht und wäre am liebsten gleich nach links in die Schlossstuben abgebogen, aus deren Küche es verführerisch nach brauner Bratensoße und Gänsefett duftete. Aber erst kommt die Kultur und dann das Vergnügen.

Kaum dass sich der Fickel von der Begegnung mit seiner Ex erholt hatte, stieß ihn jemand in die Schwarte, und eine Stimme befahl: »Bitte treten Sie zur Seite!« Ein paar Security-Leute versuchten, eine Gasse zu bilden. Im Zentrum einer Menschentraube näherte sich eine junge, vielleicht fünfundzwanzigjährige Frau in einem sommerlich leichten, aber dennoch eleganten Chanel-Kostüm, die eine für Meininger Verhältnisse geradezu sagenhafte Grandezza ausstrahlte.

»Das ist die Prinzessin!«, flüsterte die Frau Schmidtkonz ehrfürchtig. »Donata von Sachsen-Meiningen.« Und der Fickel staunte nicht schlecht, mit welcher Akkuratesse die ehemalige FDGB[10]-Funktionärin Frau Schmidtkonz einen formvollendeten Knicks vor der hochwohlgeborenen Dame hinlegte. Es war das erste Mal, dass der Fickel eine leibhaftige Prinzessin aus der Nähe sah, mal abgesehen von der Wasunger Karnevalsprinzessin. Aber wenn man das Staunen und die Ehrfurcht der Menschen um sie herum beobachtete, wunderte es einen nicht, dass manch einer die Abschaffung der Monarchie in Sachsen-Meiningen bis heute für einen Irrtum hält. Denn Hand aufs Herz: Was wäre den »*Mäningern*« nicht alles erspart geblieben, wenn man anno 1918 nicht so voreilig gewesen wäre, die herzogliche Familie davonzujagen – Revolution und Inflation, Hitler und Honecker, Diktatur und Demokratie. Meiningen wäre heute ein blühender monarchistischer Zwergstaat, in einer Liga mit Monaco, Andorra, Liechtenstein oder dem Vatikan.

Im Gegensatz zu vielen anderen Deutschen Klein- und Möchtegerngroßstaaten hatten die Meininger durchaus

---

10 Freier Deutscher Gewerkschaftsbund; vertrat die Interessen der DDR-Werktätigen gegen die Interessen der DDR-Werktätigen (sog. Diktatur des Proletariats).

auch positive Erfahrungen mit ihren Monarchen gemacht, insbesondere mit Donatas Ururgroßvater, Georg II., dem kunstsinnigen und überaus liberalen Theaterherzog, der für viele Meininger wie kein Zweiter die gute alte Zeit repräsentiert, da er sich hochbetagt die Freiheit nahm, am 25. Juni 1914, just drei Tage vor der Ermordung des österreichischen Kronprinzen Franz Ferdinand in Sarajevo, dahinzuscheiden und die mordende Moderne einfach nicht mehr mitzuerleben.

Eine weitere prominente Vertreterin des herzoglichen Stammbaums, Prinzessin Adelheid, war im 19. Jahrhundert durch eine geschickte Heiratspolitik sogar bis auf den englischen Thron gelangt. Wobei manch einer darin auch einen Abstieg zu erkennen glaubt. Die tapfere Adelheid hatte in der fremden Umgebung durchaus ihren Weg gemacht, auch wenn sie in der Londoner *Times* als hässlich und reaktionär beschimpft wurde, was am Meininger Hof um ein Haar zu einer Kriegserklärung geführt hätte. Trotz der schlechten Presse war Adelheid als Königin derart erfolgreich, dass im fernen Australien eine Stadt nach ihr benannt wurde.[11] Außerdem avancierte sie, womöglich aufgrund ihrer kühlen Ausstrahlung, zur Namenspatronin einer kargen Insel in der Antarktis. Das können sonst nicht viele Meininger von sich behaupten.

Obwohl die aktuelle Prinzessin Donata mit besagter Adelheid in gewisser Weise noch verwandt sein musste, wirkte sie auf den Fickel weder kühl noch reaktionär und

---

11 Adelaide, South Australia, verfügt über circa fünfzig Mal so viele Einwohner wie Meiningen.

schon gar nicht hässlich. Auf geheimnisvolle Weise gelang es ihr, den Menschen, die sich von allen Seiten an sie herandrängten, gleichzeitig zuzulächeln. Selbst ihr Hinterkopf lächelte, wie auch immer sie das anstellte. Ihr Blick wirkte zugleich bescheiden und entschuldigend für den Umstand, dass so ein Gewese um sie gemacht wurde.

»Eine reizende Person, finden Sie nicht?«, kommentierte Frau Schmidtkonz die Begegnung aufgeregt wie ein junges Mädchen. Und diesmal musste auch der Fickel zugeben: »Ganz nett.« Jetzt war auch dem Letzten klar, dass heute etwas Großes bevorstand, bei derart prominenten Gästen, beinahe wie beim Wiener Opernball.

Frau Schmidtkonz kicherte vor Vorfreude. Doch gerade als der Fickel mit ihr den Einlass passieren wollte, baute sich vor ihnen ein menschlicher Fleischberg auf. »Sie und Ihre Begleiterin dürfen hier nicht rein«, erklärte Schlossverwalter Bornkessel kategorisch.

Der Fickel glaubte erst, der andere erlaube sich einen Spaß mit ihm, und verwies auf die gültigen Eintrittskarten. Doch Bornkessel war nicht zum Scherzen aufgelegt.

»Die Karten sind personengebunden und gelten nur f-für Mitglieder des Historischen V-vereins«, erklärte er. »Außerdem übe ich hier das Hausrecht aus!«

Frau Schmidtkonz versuchte verzweifelt zu diskutieren, aber es war natürlich zwecklos. Hinter ihnen wurden die Einlassbegehrenden langsam unruhig. Bornkessel gab zwei Ordnern ein Zeichen, die Störer abzudrängen.

»Lassen Sie wenigstens die Dame rein«, bat der Fickel ganz uneigennützig und fügte vertraulich hinzu: »Sie ist die Tante des Staatssekretärs.«

Bornkessel geriet ins Überlegen: Einerseits lügen Anwälte ja bekanntlich wie gedruckt, andererseits möchte man es sich auch nicht mit einer einflussreichen Tante verscherzen.

»Was reden Sie denn da?«, protestierte Frau Schmidtkonz. »Mit Politikern möchte ich nichts zu tun haben!«

Keine drei Minuten später stand der Fickel mit seiner Vermieterin wieder vor der Toreinfahrt. Frau Schmidtkonz hatte Tränen in den Augen. »Ausgerechnet heute bei der Weltpremiere«, schluchzte sie. Besonders ärgerlich war, dass die anderen Damen vom Kränzchen offenbar anstandslos hineingelassen worden waren. Diese Schlangen hatten sogar zugeguckt, wie sie von den Ordnern abgeführt worden waren. Eine beispiellose Demütigung!

Der Fickel konnte es verschmerzen. Brahms fand er ohnehin etwas ermüdend, zumal ihn seine Mutter einst mit einem Werk aus dessen Feder allabendlich in den Schlaf gesungen hatte.[12] Doch Frau Schmidtkonz war noch nicht bereit, sich mit dem Unausweichlichen abzufinden. Womöglich hätte sie vor allen Leuten angefangen zu heulen, wenn dem Fickel just in dem Moment nicht jemand von hinten auf die Schulter getippt hätte. Als er sich umdrehte, dachte er verwundert: Sieh mal an, ein Maulwurf! Oft genug wird man ja nur mit den Hügeln konfrontiert, aber recht selten mit deren Verursachern. Tatsächlich gibt es Menschen, die haargenau so aussehen, wie man sich diese possierlichen

---

12 Und zwar mit dem zeitlosen Gassenhauer: »Guten Abend, gut' Nacht, mit Rosen bedacht …«

Tierchen vorstellt: kurzsichtig, stummelnasig – insgesamt wie jemand, der nicht oft das Tageslicht sieht.

»Ich kenne dich doch aus der Musikschule«, sagte der Maulwurf. »Wir haben sogar mal zusammen im Blasorchester gespielt.« Und anhand der Hornbrille, die mit ihren fast fingerdicken Gläsern an ein Fernglas erinnerte, erkannte der Fickel endlich, mit wem er es zu tun hatte: Edgar Abe, genannt Eddi. Der Fickel hatte nämlich, längst vergessen und verdrängt, bis zur dritten Klasse im Fanfarenzug mitgewirkt und mitunter sogar im Musikschulorchester ausgeholfen, wenn der Trompeter Bronchitis hatte, bis ihn irgendwann der entnervte Musiklehrer mit den legendären Worten nach Hause schickte: »Der Junge hat kräftige Lungen, aus dem wird bestimmt mal ein guter Sportler.«

»Und, spielst du noch …?«, erkundigte sich der Fickel, weil ihm kein besserer erster Satz einfiel und er darüber hinaus vergessen hatte, welches Instrument sein Gegenüber malträtiert hatte. Eddi winkte ab. »Seit Jahren nicht. Ich hab überhaupt keinen Ansatz mehr.« Denn, so viel wusste auch der Fickel: Die Spannung der Lippen ist das A und das O, bei der Fanfare wie auch bei subtileren Instrumenten.

»Hör mal, ich hab das eben mitgekriegt, dass die euch nicht reinlassen wollten«, meinte der Maulwurf. »Ich kann da was drehen.« Der Fickel wollte schon freundlich ablehnen, aber Frau Schmidtkonz kam ihm zuvor. »Das wäre wirklich zu reizend von Ihnen, junger Mann!«

Da war nichts zu machen. Eddi ging mit seinem merkwürdig watschelnden Gang voraus und öffnete eine unscheinbare Seitentür, die in den Verwaltungstrakt führte. Von dort ging es unzählige Korridore entlang, die selbst der Fickel noch nie gesehen hatte, eine Treppe nach unten und dann zwei wieder nach oben, bis sie sich im ältesten Teil des Schlosses – dem Bibrasbau – wiederfanden, dann folgten noch mehr Treppen. Das reinste Labyrinth. Frau Schmidtkonz bewegte sich für die Inhaberin eines »Schwerbeschädigten«-Ausweises durchaus behände durch die Eingeweide des Schlosses. Die Wut über die Demütigung vor den Freundinnen und vor allem die Angst, etwas zu verpassen, spendeten ihr Kraft. Als der Fickel vor lauter Treppen und Fluren bereits komplett den Überblick verloren hatte, standen sie plötzlich vor einer schweren Brandschutztür. Eddi Abe holte einen riesigen Bund aus seiner Jackentasche, an dem mindestens vier Dutzend Schlüssel klemmten, und öffnete das Schloss.

»Willkommen in meinem Reich«, sagte er und hielt die Tür auf. Als der Fickel eintrat, dachte er zunächst, er befinde sich in den Uffizien in Florenz oder in der Stasiunterlagenbehörde. Denn vom Boden bis zur Decke nichts als Papiere, Broschüren, Bücher, Kisten und Aktenberge. Es roch nach Staub und Papier wie in einem Antiquariat. Der Fickel staunte, wie eine höchstens mittelgroße Stadt wie Meiningen solch einen Output an historischen Dokumenten produzieren konnte. Und das in gerade mal gut tausend Jahren. »Das ist lediglich ein kleiner Teil des gesamten Archivs«, erklärte Edgar Abe und öffnete das Fenster.

»Hier hat man einen viel besseren Blick, und die Akustik ist auch ganz in Ordnung«, konstatierte er. Frau Schmidtkonz war nur mäßig zufrieden, denn natürlich waren das Hören und das Sehen nur die eine Hälfte des Klassikgenusses, die andere bestand im Gesehenwerden. Und darum war es hier oben weniger gut bestellt. Aber als Eddi Abe ihr als aufmerksamer Gastgeber einen alten Ohrensessel direkt ans Fenster rückte, ließ sie sich zufrieden hineinfallen. Eine riesige Staubwolke stieg aus den Polstern auf, was Frau Schmidtkonz zum Glück nicht bemerkte.

Auch für den Fickel hatte Eddi einen Stuhl parat, er selbst blieb stehen und lehnte sich lässig gegen das Fensterbrett. Der Fickel betrachtete interessiert einen riesigen Stapel ausgedruckter A4-Blätter, der neben ihm auf dem Boden lag. »Das ist mein Feierabendprojekt«, erklärte der Maulwurf. »Eine Stadtgeschichte Meiningens vom Mittelalter bis heute.« Der Fickel betrachtete anerkennend das Konvolut. »Es sind schon über zweitausend Seiten«, sagte der Maulwurf stolz, »aber ich bin erst im Jahr 1910.« Mit einer Mischung aus Respekt und leichtem Befremden über so viel schriftstellerischen Ehrgeiz setzte sich der Fickel auf den ihm zugewiesenen Stuhl und blickte neugierig aus dem Fenster.

Von oben konnte man hervorragend erkennen, welch erlesene Gesellschaft sich auf dem Schlosshof eingefunden hatte. Angefangen vom Bürgermeister über den wie immer sehr distinguiert, fast staatsmännisch auftretenden LOStA[13] Siebenthaler waren etliche Amts- und Würdenträger der Stadt versammelt. Natürlich waren überproportional viele Juristen anwesend – wie immer, wenn es was zu feiern oder zu repräsentieren gab. Die Oberstaatsanwältin Gundelwein hatte in der vierten Reihe etwas versetzt hin-

---

13 Leitender Oberstaatsanwalt, nächste Evolutionsstufe nach dem OStA (s.o.).

ter ihrem Chef Siebenthaler Platz genommen. Prinzessin Donata saß zentral in der ersten Reihe.

Der Fickel suchte mit den Augen nach der Roten Elfriede und ihrer Assistentin, aber seine Mandantin schien vom Besuch des Konzerts Abstand genommen zu haben. Zumindest war ihr weißer Haarschopf von oben in der Menge nicht auszumachen. Als sich Schlossverwalter Bornkessel erhob und feierlich ans Mikrofon trat, wurde es auf dem Hof augenblicklich still. Selbst die Mauersegler jagten beinahe lautlos um die Gemäuer.

Bornkessel hatte zur Beruhigung seiner Nerven bereits einen doppelten Schlehenlikör gekippt, trotzdem war er immer noch über alle Maßen aufgeregt und räusperte sich eine gefühlte Viertelstunde, bevor er mit blumigen Worten alle Mitglieder, Sponsoren und fleißigen Spender des Historischen Vereins e.V. begrüßte, die dieses Konzert und vieles andere mehr erst möglich gemacht hätten. Insgesamt präsentierte er sich jetzt ganz anders, als ihn der Fickel kennengelernt hatte, nämlich von seiner freundlichen und jovialen Seite, indem er das gesellschaftliche Engagement aller Anwesenden über den grünen Klee lobte.

»So ein Schleimer«, urteilte auch Frau Schmidtkonz, die Bornkessel seinen Auftritt beim Einlass nicht verziehen hatte.

Eddi Abe zwinkerte dem Fickel hinter dem Rücken seiner Vermieterin verschwörerisch zu und zog einen dicken Aktenordner aus dem Regal, aus dem er eine besondere Archivarie hervorzauberte: einen Flachmann. Zuvorkommend bot er dem Fickel den ersten Schluck an, aber nach einem strengen Blick der Frau Schmidtkonz lehnte der

höflich ab. Achselzuckend goss sich Eddi selbst einen be-
herzten Schluck hinter die Binde, schüttelte sich kurz und
blickte dann wieder durch seine Brenngläser hinunter auf
den Hof, wo Bornkessel mit den f-Lauten kämpfte.

»Der Historische V-verein hat im letzten Jahr v-viele
Projekte zugunsten des Schlosses und seines historischen
Umf-felds unterstützt – um nur eins von v-vielen Beispielen
zu nennen: den neuen F-fahrstuhl, durch den unsere Museen nun endlich auch barrierefrei erreichbar sind. Gerade
f-für v-viele ältere Besucher eine große Erleichterung.«

Im Publikum wurde vereinzelt getuschelt. Einerseits
nichts dagegen zu sagen, andererseits war das Ding natürlich eine Architektursünde ersten Ranges. Die Glasröhre
hätte jedem Büroneubau in der Suhler City zur Ehre ge-
reicht, an der Fassade eines Barockschlosses dagegen eher:
verschenkt. In dem Fall leider vor allem die Fassade. Der
Fickel verstand zwar selbst nicht viel von Ästhetik, doch
Georg II. hatte vor über hundert Jahren sicher seine Gründe gehabt, den Fahrstuhl lieber drinnen im Treppenhausschacht installieren zu lassen. Nur leider war so eine sim-
ple und einleuchtende Konstruktion heutzutage technisch
überhaupt nicht mehr machbar. Zu Georgs Zeiten gab's
schließlich auch noch keinen TÜV.

»In dieses hässliche Ding bringen mich keine zehn Pfer-
de hinein«, kommentierte Frau Schmidtkonz, und sogar
der Maulwurf nickte bei diesen Worten zustimmend.

Bornkessel ließ sich von dem Gemurmel im Publikum
nicht anfechten und setzte seine Rede ungerührt fort: »In
der zweiten Hälf-fte unseres heutigen Hof-fkonzertes präsentieren wir Ihnen eine echte Trouvaille.«

Er blickte mit einer animierenden Begeisterung in das Publikum wie ein Zirkusdirektor, der den Tanz der Elefanten auf dem Hochseil ankündigt.

»V-vielleicht erleben wir ja bald, dass Meiningen in einem Atemzug mit Salzburg oder Bayreuth genannt wird …«, schwärmte Bornkessel, »… als Brahmsstadt Meiningen.«

Ein Raunen ging durch die Menge. Schließlich galt Johannes Brahms hierzulande als Säulenheiliger. Im Theaterfoyer, im Englischen Garten – überall, wo noch eine Säule frei gewesen war, hatte man eine Büste des Komponisten aufgepflanzt und einen diskreten Besitzanspruch angemeldet. Schließlich wusste jedes Kind, dass einige der bedeutendsten Werke des Komponisten hier an der Werra uraufgeführt worden waren. In Hamburg geboren, in Wien gewirkt, in Meiningen vollendet. Mehr musste man über Brahms im Grunde nicht wissen.

Schlossverwalter Bornkessel beließ es einstweilen bei seiner Ankündigung und rief ins Mikro: »Zur Einstimmung hören wir zunächst die Ungarischen Tänze Numero eins bis f-fünf v-von Johannes Brahms. Es spielt die Meininger Hof-fkapelle unter der Leitung v-von Romanus Artus! V-viel V-vergnügen!«

Das Publikum klatschte begeistert, vor allem, weil Bornkessel seinen Text gemeistert hatte. Der Kapellmeister, mit Frack und Beethovenfrisur auch äußerlich sofort als Genie erkennbar, lief unter dem Beifall des Publikums gemessenen Schrittes bis vor das improvisierte Pult und verbeugte sich so tief, dass man seine beachtlichen Geheimratsecken sehen konnte. Eddi Abe zog hinter einem weiteren Aktenordner eine Schachtel mit Zigarillos hervor und zündete sich seelenruhig einen der Kotzbalken an. Der Fickel blickte besorgt zum Rauchmelder an der Decke, doch Eddi Abe winkte milde lächelnd ab und pustete den an Nelken, Zimt und brennende Reifen erinnernden Rauch aus dem Fenster.

Unten gab Kapellmeister Romanus Artus seinem Orchester derweil das Signal: Achtung! Der Beifall ebbte wie auf Befehl ab. Das Meininger Publikum gilt nicht umsonst als außergewöhnlich diszipliniert. Nur ein Mauersegler zwitscherte respektlos in die erwartungsvolle Stille hinein.

Artus gab ein Signal. Im nächsten Moment schien der gesamte Schlosshof von Musik erfüllt zu sein. Die von Brahms' souveräner Meisterhand geformte beschwingte und dennoch melancholische Melodie zauberte selbst denen, die nicht unbedingt wegen der Musik gekommen waren, ein glückliches Lächeln auf das Gesicht. Universal gültige Erinnerungen an die Ungebundenheit der Jugend und erste stürmische Verliebtheit schienen in die Noten hineincodiert zu sein, erhabene Gefühle, gegen die keines Menschen Seele gefeit war. Keiner der Anwesenden konnte sich dem bezaubernden Charme dieser Musik entziehen, ja selbst der Fickel war von den Klängen derart tief berührt und aufgewühlt, dass er noch während des Ungarischen Tanzes Nr. 1 tief und fest eingeschlafen war und leise vor sich hin schnarchte. – »*Selig und süß, schau im Traum's Para-ra-ha-dies …*«

Zwei Stockwerke tiefer war die Oberstaatsanwältin Gundelwein wie immer hellwach. LOStA Siebenthaler schräg vor ihr hatte verzückt die Augen geschlossen, doch sie ließ ihn beziehungsweise seinen Sitznachbarn, den schillernden Schlossverwalter und Vereinsvorsitzenden Bornkessel, nicht aus dem Fadenkreuz ihrer Blicke. Da konnten die beiden noch so schwelgen.

Obwohl die Gundelwein klassischer Musik, insbesondere von Brahms, durchaus nicht abgeneigt war, war sie keineswegs nur aus privatem Vergnügen hier, sondern ganz offiziell als Vertreterin der Meininger Justiz. Schließlich sind Richter und Staatsanwälte nicht zuletzt auch wichtige Finanziers der gemeinnützigen Vereinstätigkeit, indem sie Kleinganoven wie Ladendiebe, Beleidiger oder Steuerhinterzieher zu teuren Strafauflagen oder -befehlen verdonnern. Die so akquirierten Einnahmen sind per Gesetz dazu bestimmt, sinnvollen Zwecken zugeführt zu werden. Wobei die Auslegung, worin ein *sinnvoller* Zweck zu erkennen ist, allein dem pflichtgemäßen Ermessen – sprich: dem Gutdünken – der Juristen obliegt, und nicht etwa dem des Ganoven. Die Logik dahinter ist bestechend: Der Täter zahlt für seinen Fehltritt eine Geldbuße an die Gemeinschaft, statt ihr wie bei einer Freiheitsstrafe nur weiter auf der Tasche zu liegen.

Doch wo eine Kasse, da auch viele Bittsteller. Unzählige Waisen- und Frauenhäuser, Armen-, Kranken- und Opferhilfevereine buhlen bei der Mittelvergabe um die Gunst der Gerichte. Aber auch Kegelclubs, Rassekaninchenzüchter, Wandervögel und selbst organisierte Skatspieler scheuen sich nicht, Anträge zur Förderung ihrer »gemeinnützigen« Aktivitäten zu stellen, die meistens auf Massenbesäufnisse hinauslaufen, welche wiederum strafbare Handlungen, insbesondere Verkehrsdelikte, nach sich

ziehen, die wiederum meist gegen eine Geldauflage eingestellt werden. Ein Wirtschaftskreislauf ganz eigener Art.

Mittlerweile gab es Agenturen, die darauf spezialisiert
waren, im Namen zwielichtiger Vereine Bitt- oder sogar regelrechte Bettelbriefe an einzelne Staatsanwälte und Straf-
richter zu versenden, die dreisteren sogar mit beigefügtem
Überweisungsträger. Bei der Gundelwein waren derartige
Schreiben stets im Papierkorb gelandet, aber das handhabte
jeder Kollege anders. Zumal oft genug Einladungen beige-
legt waren, sich persönlich ein Bild von der Vereinstätigkeit
zu machen, insbesondere anlässlich von Festivitäten wie
zum Beispiel einem sommerlichen Hofkonzert im Schloss
Elisabethenburg.

Vor geraumer Zeit hatte LOStA Siebenthaler alle ihm
unterstellten Staatsanwälte angewiesen, den Meininger
Historischen Verein e.V. bei der Vergabe von Mitteln be-
vorzugt zu behandeln, offiziell, um das bauliche und kultu-
relle Erbe der Stadt zu pflegen, das in der Tat der Zuwen-
dung bedurfte – inoffiziell verdächtigte die Gundelwein
ihren Chef inzwischen auch persönlicher Motive. Schließlich war der Historische Verein ein exklusiver Zirkel aus
Meininger Honoratioren und solchen, die es gerne wären.
Für einen Zugezogenen wie Siebenthaler das perfekte Fo-
rum, um ein wenig am gesellschaftlichen Leben der Stadt
teilzuhaben. Nur: Zur Inklusion auswärtiger Juristen waren die Mittel natürlich nicht gedacht.

Aus dem Grund war die Oberstaatsanwältin Siebenthalers Anweisung im Dienst-nach-Vorschrift-Modus
nachgekommen und hatte weiterhin überwiegend das
Frauenhaus sowie einen Verein zur Förderung von be-

nachteiligten Mädchen mit Zuwendungen bedacht, die jeden Cent gut gebrauchen konnten. Streng genommen beging die Gundelwein damit eine latente Disziplinlosigkeit. Denn im Unterschied zum Richterstand bildete die Staatsanwaltschaft eine hierarchisch aufgebaute Behörde mit Corpsgeist und Befehlsketten – Anweisungen von Vorgesetzten waren strikt zu befolgen.

Mit Argusaugen hatte die Gundelwein beobachtet, wie ihr Chef Siebenthaler bei der heutigen Veranstaltung hofiert wurde, wie er wie selbstverständlich den besten Platz neben Schlossverwalter Bornkessel eingenommen hatte, der sich fortwährend selbst beweihräucherte und wie ein Provinzfürst aufführte. Und natürlich hatte ihr Chef die Gelegenheit genutzt, sich ausführlicher mit der jungen und attraktiven Prinzessin auszutauschen, als es nötig gewesen wäre.

Am liebsten wäre die Oberstaatsanwältin aufgestanden und gegangen. Aber sie war ja nicht zu ihrem Vergnügen hier. Vor wenigen Wochen hatte sie ein verdecktes Ermittlungsverfahren gegen unbekannt wegen des Verdachts der Untreue[14] und Hehlerei eingeleitet und dabei insbesondere den Historischen Verein ins Visier genommen. Einer anonymen Anzeige zufolge waren Exponate aus den Meininger Museen, vor allem wertvolle alte Instrumente und Schriftstücke aus der Musikaliensammlung, in internationalen Auktionskatalogen aufgetaucht. Es konnte alles ein Irrtum sein oder sich um eine Verwechslung handeln,

---

14 In diesem Kontext kein Sexual-, sondern ein Vermögensdelikt, vgl. §266 StGB.

aber es schadete auch nichts, diesem Bornkessel mal etwas gründlicher auf die Finger zu sehen. Ihr Chef, der so hingebungsvoll in der Brahms-Musik schwelgte, musste davon ja einstweilen nichts wissen …

Als die letzten Klänge des Ungarischen Tanzes Nr. 5 verklungen waren, fuhr der Fickel schlagartig aus seinen Träumen, da er im Begriff stand, ein Schütteltrauma zu erleiden. »Jetzt reißen Sie sich aber mal ein bisschen zusammen«, schimpfte Frau Schmidtkonz und rüttelte ihn ordentlich durch. »Sie schnarchen ja schlimmer als mein Exmann!«

Der Fickel klatschte artig mit und versuchte, die noch schlaftrunkenen Gedanken in seinem Kopf zu ordnen. Allerdings fuhr sein Gehirn ungefähr so schnell hoch wie sein alter Windows-XP-Rechner. Hatte er nicht eben noch in seinem Kinderbett gelegen und dem Schlaflied seiner Mutter gelauscht? Wie kam er eigentlich in dieses Zimmer? Wieso fühlte sich sein Körper so alt an? Und wer war dieser Maulwurf, der ihm verschwörerisch zuzwinkerte und lächelnd einen Flachmann hinhielt? Erst nach und nach setzten die überwiegend ernüchternden Erinnerungen wieder ein.

Als sich die Begeisterung des Publikums unten im Hof endlich gelegt hatte, ergriff Schlossverwalter Bornkessel erneut das Mikrofon und wandte sich mit feierlichem Gestus an das Publikum: »Meine sehr v-verehrten Damen und Herren, heute wird in dieser kleinen Stadt einmal mehr Musikgeschichte geschrieben.«

Er ließ eine sehr lange Kunstpause. Ein paar Fotoapparate klickten leise. Das Publikum bebte fast vor Spannung.

Frau Schmidtkonz hielt sich die Hand ans Ohr, um besser hören zu können. Eddi Abe kaute nervös auf seinem Daumennagel herum. Auch der Fickel war wieder voll auf Empfang. Musikgeschichte kannte man ja sonst nur von Ostrockpartys oder aus dem Fernsehen, zum Beispiel »Die größten Hits der Siebziger und Achtziger«.

Bornkessel nutzte die günstige Gelegenheit, um sein reiches Wissen auf die Menschenmenge abzuladen, und dozierte über Brahms und seine Verbindungen nach Meiningen, insbesondere zu Georg II. und seiner ihm morganatisch[15] angetrauten, ebenso hübschen wie talentierten dritten Ehefrau Ellen Franz. Lange bevor es im europäischen Hochadel Mode wurde, hatte der Meininger Herzog sich nämlich bereits eine junge und attraktive Schauspielerin geangelt, ihr kurzerhand den Titel »Freifrau von Heldburg« verpasst und sie zum Altar geführt – und damit ganz nebenbei ein *role model* für Grace Kelly geschaffen.

Bornkessel rührte die Anwesenden nun mit seinen ergreifenden Ausführungen über Brahms' Privatleben, denn diesem war bekanntlich, wie vielen herausragenden Geistern (Anwesende eingeschlossen), kein dauerhaftes Glück beschieden gewesen, Clara Schumann mal außen vor. Deshalb habe der Komponist die Ehe des Meininger Herzogpaars als Beispiel einer reinen, sogar Klassenschranken überwindenden Liebe verklärt und ihm ein musikalisches Denkmal gesetzt – ein bezauberndes kleines Lied mit dem vielsagenden Titel: »Ein liebend Herz schlägt nie allein«.

---

15 Rechtsinstitut der nicht standesgemäßen Ehe. Gefährdete die Inzucht des Adels, wurde nach dessen Abdankung folgerichtig abgeschafft.

Das Werk, inspiriert von einem Text des Meininger Dichters Rudolf Baumbach, habe lange Zeit als verschollen gegolten. Doch man höre und staune: Nun sei es wieder aufgetaucht!

Frau Schmidtkonz wandte sich begeistert zum Fickel um: »Haben Sie gehört? Was für ein schöner Titel, gell?!«

Bornkessel wartete kurz, bis wieder Ruhe eingetreten war, bevor er fortfuhr: »Dank umf-fangreicher Recherchen des Historischen V-vereins und seiner f-freiwilligen Helf-fer konnte die Originalpartitur restauriert und f-für die Nachwelt erhalten werden.«

Eddi Abe schüttelte mit gutmütigem Lächeln den Kopf. »Der hat gut reden. Und wer hatte wieder die ganze Arbeit?«

»Psst«, machte Frau Schmidtkonz, als sei sie die Gastgeberin. Denn das eigentliche Bonbon hatte sich Bornkessel bis zum Schluss aufgehoben: »Ich bin besonders stolz, dass eine leibliche Nachf-fahrin des Herzogs heute unter uns weilt, um das v-verschollen geglaubte Lied exklusiv-v f-für uns aufff-zufff-führen.« Er holte tief Luft und brüllte vor Aufregung fast ins Mikrofon wie ein Einpeitscher im Fußballstadion: »Ihre Hoheit Donata v-vvvon Sachsen-Meiningen!«

»Was? Die Prinzessin singt sogar selber?«, rief Frau Schmidtkonz und klatschte begeistert. Auch der Maulwurf blickte fasziniert hinunter auf den Hof, wo Donata unter dem rauschenden Applaus der Besucher ein wenig schüchtern die Bühne betrat und von Kapellmeister Artus mit Handkuss begrüßt wurde. Die Journalisten knipsten sich die Finger wund. Alle Anwesenden überkam das Gefühl, Zeugen eines bedeutenden Moments zu werden.

Selbst der Fickel kam sich ein bisschen klassischer vor als üblich.

»Danke schön«, sagte die Prinzessin, und augenblicklich wurde es erwartungsvoll still im Auditorium. »Ich denke, mein Ururopa wäre jetzt sehr stolz auf mich. Dieses Lied widme ich seinem Andenken.«

Romanus Artus setzte sich, die Rockschöße über den Klavierschemel werfend, an den Flügel und legte seine Finger auf die Tasten. Die Spannung im Publikum war kaum noch zu überbieten. Donata atmete tief durch und nickte Artus zu.

»Dass ich das noch erleben darf«, flüsterte Frau Schmidt-konz, der Maulwurf knabberte an zwei Fingernägeln gleichzeitig – und der Fickel schloss die Augen, um sein unterbrochenes Nickerchen fortzusetzen.

»Halt, sofort aufhören!«, donnerte eine Stimme über den Hof. Die Prinzessin zuckte erschrocken zusammen, Artus zog seine anschlagbereiten Finger von den Tasten zurück. Sämtliche Köpfe im Publikum fuhren herum zum Tor. Dort war ein einzelner Mann aufgetaucht, klein und unauffällig, aber mit einem überdurchschnittlichen Selbstbewusstsein ausgestattet. Fickel erkannte den gefürchteten Gerichtsvollzieher Promehl auf den ersten Blick. Schließlich kannte man sich seit zwanzig Jahren und arbeitete vertrauensvoll zusammen.

Nachdem er sich kurz vorgestellt hatte, erklärte Promehl dem staunenden Auditorium, dass er, so leid es ihm persönlich auch tue, auf der Stelle die Partitur des Stückes »Ein liebend Herz schlägt nie allein« pfänden müsse. Einige Sekunden lang herrschte fassungsloses Staunen um ihn herum, dann setzte ein allgemeines Murren ein, Tenor: Was ist denn da los? Welcher Idiot will uns den Abend versauen? Einige blickten sich suchend um: Wo ist die »Versteckte Kamera«?

»Zeigen Sie mal her, den Wisch!« Schlossverwalter Bornkessel wühlte sich durch die Menge, riss Gerichtsvollzieher Promehl die Urkunde förmlich aus der Hand und las mit zittrigen Händen. »Ich hab's doch geahnt«, rief er, der Verzweiflung nahe. »Die Rote Elfriede!«

Da ging ein Raunen durch den Teil der Menge, der schon vor 1989 in Meiningen gelebt hatte. Denn der Name besaß in der Stadt noch immer einen Klang wie Donnerhall. Im Publikum machte sich allgemeine Entrüstung breit: Ausgerechnet die ehemalige Bürgermeisterin will die Weltpremiere verhindern? Was ist denn bloß in *die* gefahren?

Eddi Abe war ganz blass geworden, schüttelte fassungslos den Kopf und meinte: »Ich glaub, ich werd verrückt!« Frau Schmidtkonz rutschte unruhig auf ihrem Sessel hin und her wie beim Freitagskrimi im ZDF kurz vor der Auflösung. »Was hat die Rote Elfriede denn gegen Brahms?«, erkundigte sie sich kopfschüttelnd beim Fickel. Aber der sank langsam immer tiefer in seinen Sitz. Ihm schwante mittlerweile, dass er an dem Aufruhr nicht ganz unschuldig war. Und natürlich erklärte sich nun auch, warum die Rote Elfriede es vorgezogen hatte, zu dem Konzert nicht zu erscheinen.

Unten auf dem Hof hatte sich die Stimmung inzwischen weiter aufgeheizt. Einige Gäste wollten bereits losziehen und die Rote Elfriede persönlich zur Rede stellen. Einer rief erzürnt: »Von den Kommunisten lassen wir uns nicht mehr auf der Nase rumtanzen!« LOStA Siebenthaler hatte sein Handy gezückt und gab mündlich Anweisungen an irgendwen, womöglich um die Rote Elfriede gleich auf der Stelle verhaften zu lassen. Die Prinzessin stand inmitten des Trubels allein und verloren auf der Bühne herum.

Promehl hatte sich inzwischen vor Bornkessel aufgebaut, und obwohl der mindestens zwei Gewichtsklassen über ihm anzusiedeln war, drohte er: »Entweder Sie rücken sofort die Noten raus, oder ich ersuche die Polizei um Amtshilfe.«

Bornkessel hob beschwörend seine Hände und rief: »Aber ich habe die Noten doch gar nicht hier, vvv-verdammt noch mal.«

Inzwischen hatten sich ein paar Juristen zusammengefunden, die den Vollstreckungstitel auf Herz und Nieren prüften und Promehl mit Fragen löcherten.

»Ich bitte Sie, meine Herrschaften«, verteidigte sich Promehl, »ich bin nur der Vollstrecker. Wenn Sie inhaltliche Fragen haben, wenden Sie sich bitte an den zuständigen Anwalt: Herrn Fickel.«

»*Was* hat er gesagt?« Frau Schmidtkonz fuhr auf dem Sessel herum und sah ihren Mieter mit schreckgeweiteten Augen an. Auch der Maulwurf blickte etwas indigniert auf seinen Gast. Der Fickel beteuerte, dass es sich um einen Justizirrtum handeln müsse. Schließlich habe er namens der Roten Elfriede nur ein praktisch wertloses Notenheft pfänden lassen, aber das stamme keineswegs von dem berühmten Komponisten, sondern von diesem Fußballer. – Wie hieß er gleich noch mal? Kreisler Junior!

Der Maulwurf klatschte sich mit der Hand gegen die

Stirn. »Johannes Kreisler oder Kreisler Junior, das sind bekannte Pseudonyme von Brahms«, erklärte er. »Nach dem verrückten Kapellmeister aus den berühmten Kreisleriana-Geschichten von E.T.A. Hoffmann! Kennst du die etwa nicht?«

Statt einer Antwort schallte es von unten: »Fickel? Der hat doch von Tuten und Blasen keine Ahnung!« Und im Grunde seines Herzens musste der Geschmähte dem unbekannten Rufer ausnahmsweise recht geben. Musik- und Literaturgeschichte waren einfach nicht sein Ding. Sonst hätte er doch nicht Jura studiert!

Bei aller Zivilisiertheit machte sich beim Klassikpublikum langsam eine gewisse Pogromstimmung breit. Irgendjemand in der Menge musste den Fickel am Fenster entdeckt haben und zeigte mit dem Finger auf ihn. Obwohl der Fickel im Grunde kein schüchterner Typ ist, war es doch etwas ungewohnt, dermaßen exponiert im Rampenlicht der allgemeinen Aufmerksamkeit zu stehen. Es war auch nicht gerade die Art von Prominenz, die man sich wünscht. Der Fickel zog es einstweilen vor, sich hinter dem Kreuz seiner Vermieterin unsichtbar zu machen.

Auf dem Hof wurden verbal Teer und Federn aufgefahren, Gerichtsvollzieher Promehl war inzwischen abgetaucht und der Fickel überlegte bereits, ob es nicht im Sinne der eigenen körperlichen Integrität angezeigt wäre, der Veranstaltung *Adieu* zu sagen. Die Einzige, die in dem Chaos besonnen blieb, war Prinzessin Donata. Sie hob beschwichtigend die Hände und bat so um Ruhe.

»Meine Damen und Herren! Ich bitte kurz um Ihre Aufmerksamkeit!« Allein kraft ihrer natürlichen Autorität als leibliche Nachfahrin des Herzoghauses kam die aufgepeitschte Menge langsam zur Ruhe. Die Prinzessin drückte zunächst ihr Bedauern aus, dass sie unter den gegebenen Umständen das Stück leider nicht darbieten könne, äußerte aber zugleich die Hoffnung, die Weltpremiere schnellstmöglich nachholen zu können. »Aufgeschoben ist ja nicht aufgehoben!«

Die Leute applaudierten. Hier zeigte jemand menschliche Größe, an dem man sich in einer emotional belastenden Situation aufrichten konnte. Einstweilen habe sich die Hofkapelle bereit erklärt, das Publikum mit weiteren Ungarischen Tänzen zu entschädigen. Das Auditorium klatschte artig, aber ohne rechten Enthusiasmus. Statt Weltpremiere gab es jetzt also Klassikradio – Marmorkuchen statt Buttercremetorte. Prinzessin Donata verließ ohne großes Aufheben die Bühne. Das war für einige das Signal, ebenfalls aufzubrechen. Vielleicht kam ja noch was im Fernsehen. Doch Frau Schmidtkonz blieb eisern sitzen. »Egal, was sie spielen – Hauptsache Brahms«, sagte sie trotzig, aber in schönster Tradition der Brahminen[16].

Die Hofkapelle machte sich bereit, wieder loszulegen. Romanus Artus nahm seinen Platz vor dem Orchester ein. Langsam wurde es ruhig im Rund. Der Fickel entspannte sich und schloss die Augen, um sich von dem Schock zu erholen. Doch statt Brahms erklang auf einmal Helene Fischer. Allgemeiner Schreck: Wo kommt die denn auf einmal her? Doch es war nur das Handy des Leitenden

---

16 Zu Lebzeiten des Komponisten übliche Bezeichnung für seine auffällig zahlreichen weiblichen Fans, Vorläufer der Groupies.

Oberstaatsanwalts Siebenthaler, das dieser nach seinem Telefonat anscheinend nicht wieder stumm gestellt hatte. Peinlich, peinlich! Aber Siebenthaler ließ sich von der feixenden Umgebung nicht beirren und ging seelenruhig an sein Telefon. Staunend verfolgte die Menge sein Gespräch. So still war es nicht einmal vorhin während der Musikdarbietung gewesen.

»Ja?«

…

»Bist du sicher?«

…

»Ruf sofort die Polizei!«

Er legte auf und flüsterte unter der gespannten Anteilnahme des Publikums Schlossverwalter Bornkessel etwas ins Ohr. Bornkessel blickte erschrocken, vergewisserte sich noch einmal, ob er richtig verstanden hatte, dann erhob er sich, trat ans Mikrofon und verkündete mit Grabesstimme: »Wie ich soeben erf-fahre, ist die Rote Elf-friede, ich meine natürlich: F-frau Elf-friede Langguth, leider überraschend verstorben.«

Ein Stöhnen ging durch das Publikum. Das gibt's doch nicht! Erst versaut sie einem den Abend und dann stirbt sie auch noch! Was ist *das* denn bitte für eine Performance? In Fickel arbeitete es wie verrückt. Wie war das möglich? Vor einer Woche war sie noch putzmunter gewesen. Gut, siebenundneunzig Jahre sind kein Pappenstiel, aber immerhin war ihr biologisches Alter erst achtzig gewesen, hatte Astrid Kemmerzehl gesagt. Und das war nun wirklich kein Alter mehr, heutzutage!

An Brahms dachte jetzt keiner der Anwesenden mehr.

Die Menge strömte nach draußen Richtung Park, wo man bereits Polizeisirenen hörte. Zwischen den Bäumen hindurch konnte man in der einsetzenden Dämmerung das Blaulicht sehen.

»Die arme Elfriede«, klagte die Frau Schmidtkonz, als der Fickel sie kurze Zeit später durch den schummrigen Park zurück zum Auto führte. »Solch ein langes Leben, und dann endet es so!« Und obwohl der Fickel gar nicht wusste, wie das Leben der ehemaligen Bürgermeisterin geendet hatte, ahnte er doch irgendwo, was die Frau Schmidtkonz damit meinen könnte.

III Das Gespenst des Kommunismus

Wenn ein betagter Mensch nach einem langen und erfüllten Leben abtritt, so ist das irgendwo der Lauf der Natur, nach allgemein akzeptierter Ansicht selbst dann, wenn das Leben eher lang als erfüllt war. Kriminalrat Recknagel, einer der dienstältesten Polizisten des gesamten Freistaates, hatte gerade sein Abendessen beendet und sich auf einen entspannten Fernsehabend mit seiner Frau eingerichtet, als der Anruf von der Leitstelle übermittelt wurde. Normalerweise konnte den Job auch einer seiner Mitarbeiter erledigen, aber so oft kamen ungeklärte Todesfälle in Meiningen auch nicht vor. Als der Recknagel hörte, dass es sich bei der Verstorbenen um eine Siebenundneunzigjährige handelte, wäre er um ein Haar trotz rebellierenden Pflichtgefühls zu Hause geblieben und hätte die Tatortarbeit seinem Assistenten überlassen. Den Ausschlag gab schließlich, dass der Film, den seine Frau ausgesucht hatte, ihn noch weniger interessierte als eine fast hundertjährige Leiche: ein deutscher Krimi mit einem italienischen Kommissar, der seine Fälle im Prinzip mit seiner Frisur löste. Manchmal hängt die Aufklärung eines Tötungsdeliktes eben auch von Kleinigkeiten ab, zum Beispiel dem Fernsehprogramm.

Bei der Anfahrt zum Fundort der Leiche in der am südlichen Rand des Schlossparks gelegenen Straße Am Mittleren Rasen waren dem Recknagel die vielen teuren, zum Teil auswärtigen Limousinen aufgefallen, die in der Altstadt parkten. Wahrscheinlich fand wieder irgendeine Feier in den Schlossstuben statt: eine Taufe, eine Hochzeit oder ein Leichenschmaus – irgendwas, wo man glänzen konnte.

Auch in der Auffahrt der angegebenen Adresse parkten ein schwarzer 7er BMW und ein rotes Mini-Cabrio, der Fuhrpark eines Erfolgspärchens. Die makellos renovierte Gründerzeitvilla direkt am Rand des Parks machte einen gediegenen Eindruck. Wie es in höheren Kreisen Mode war, war kein Namensschild an der Klingel oder am Briefkasten angebracht. Der Kriminalrat wollte direkt durchs Hauptportal ins Haus gehen, doch ein Kollege von der Spurensicherung winkte ihn zu einer ebenerdigen Seitentür.

Dem Geruch nach zu urteilen, der dem Kriminalrat beim Betreten der kleinen Einliegerwohnung entgegenschlug wie ein Schwall lauwarmen Abwaschwassers, war das Ableben der alten Dame nicht erst heute erfolgt, und seiner Erfahrung nach womöglich nicht einmal gestern, weshalb es eigentlich nicht unbedingt eines Arztes bedurft hätte, um hier den Tod festzustellen. Aber Rechtsmediziner Dr. Haselhoff war unter anderem auch Experte darin, Totenscheine auszufüllen.

Kriminalrat Recknagel hielt sich ein unparfümiertes, nicht ganz sauberes Stofftaschentuch vor die Nase, wohingegen der Rechtsmediziner Dr. Haselhoff sich ohne jeglichen Atemschutz über die eingefallene und bereits ins Bräunliche verfärbte Leiche beugte, die, nur mit einem Nachthemd bekleidet, bis zur Brust unter einer leichten Steppbettdecke mit kunstvoll besticktem Saum lag.

Das höchstens fünfzehn Quadratmeter große Zimmer war von unten bis oben mit altem Krempel vollgestopft. Ein massiger Jugendstil-Kleiderschrank mit bunten Glasverzierungen und ein voluminöser Sekretär aus massivem Eichenholz verstärkten noch das Engegefühl. Über einem antik wirkenden Klavier hing das Bild eines bärtigen Mannes, den man im Halbdunkel nicht richtig erkennen konnte. Der Kriminalrat dachte auf den ersten Blick, es handele sich um Johannes Brahms, dessen Konterfei jeder gebürtige Meininger zumindest vom Denkmal aus dem Englischen Garten kannte. Aber nein, das war nicht Brahms, das war … Kriminalrat Recknagel musste zwei Mal hinsehen. Ja, der weiße Bart, die hohe Stirn, markante Augenbrauen, gütiger Blick – es war tatsächlich und unverkennbar, lange nicht gesehen und trotzdem wiedererkannt: Karl Marx!

Überrascht blickte der Recknagel auf die Leiche. Langguth, Langguth … – war das denn die Möglichkeit? Der Name kam in der Gegend recht häufig vor, aber dennoch! Fahrig kramte er den Notizzettel raus, auf dem sein Mitarbeiter den Namen der Toten festgehalten hatte. Tatsächlich: Elfriede Langguth – die Rote Elfriede! Der Kriminalrat musste sich kurz setzen. Das war wirklich eine sonderbare Begegnung, soweit man in so einem Fall davon überhaupt sprechen kann. Nie hätte der Recknagel gedacht, dass die ehemalige Bürgermeisterin noch lebte. Beziehungsweise bis vor Kurzem noch gelebt hatte.

Es musste ungefähr vierzig Jahre her sein, irgendwann in den Siebzigern, dass sich die Wege des Kriminalrats und der Roten Elfriede gekreuzt hatten. Als blutjunger Kripobeamter war er bei der damaligen Volkspolizei ein kleines

Licht und hatte den Fehler begangen, Ermittlungen gegen einen Offizier der Roten Armee einzuleiten, der nach Aussagen zweier Mitarbeiterinnen des Konsums[17] in der Leipziger Straße, der sich direkt gegenüber der alten Zentralkaserne befand, eine Flasche Nordhäuser Doppelkorn aus der Auslage angetrunken und wieder zurück ins Regal gestellt hatte. Natürlich war auch dem Recknagel damals schon bewusst, dass er sich mit seinen Ermittlungen gegen einen Angehörigen der Armee des großen Bruders auf dünnes Eis begab, aber damals glaubte er noch, dass solch ein Vorfall aufgeklärt werden müsse, gerade auch im Sinne der Völkerverständigung. Was der Recknagel nicht wusste: Gleichzeitig hatte die Konsum-Mitarbeiterin eine Eingabe verfasst, dass sowjetische Armeeangehörige bitte schön in ihrem Konsum nichts verloren hätten, weil sie sich *angeblich* danebenbenahmen und das Personal belästigten.

Der Recknagel war also völlig arglos, als er zu seinem Termin bei der Bürgermeisterin erschien. Genossin Langguth, damals schon eine reife und, wie ihm gleich auffiel, sehr charismatische Dame, empfing den Kripobeamten in ihrer bescheidenen Amtsstube im Schloss freundlich mit Tee und Hansa-Keksen[18]. Sie erkundigte sich nach diesem und nach jenem, bevor sie zum eigentlichen Thema kam. Tenor: Jemand, der eine Eingabe schreibe, in der Rotarmisten pauschal verunglimpft würden, besitze offenbar keinen objektiven Blick und sei als Zeuge in einem Straf-

---

17 Antikonsumistische DDR-Handelskette. Vgl. a. *Herrentag*, Fußnote #3

18 Nur echt im zerbröselten Zustand.

verfahren wertlos. Der junge Genosse Volkspolizist solle sich doch einmal vorstellen, was passieren würde, wenn die Meininger erführen, dass sich die in ihrer Stadt stationierten Rotarmisten heimlich über ihren Schnaps hermachten. Anscheinend handele es sich bei der Konsum-Mitarbeiterin um ein staatsfeindliches Subjekt, zumindest aber um eine beschränkte Person, die die Folgen ihres Handelns auf politischer, sprich: gesamtgesellschaftlicher Ebene nicht richtig einzuschätzen verstehe. Von einem Volkspolizisten könne man dies aber doch wohl erwarten. »Noch einen Keks? Bitte bedienen Sie sich, Genosse!«

Eine halbe Stunde und viele Kekse später kam der Recknagel mit verklebtem Magen, dröhnendem Schädel und vollkommen verwirrt aus der Besprechung. Was sollte er tun? Streng genommen hatte ihm niemand die Ermittlungen aus der Hand genommen. Der Vorgesetzte, Genosse Reinhardt, hatte nur gesagt: »Tun Sie, was Sie für richtig halten.« Andererseits war dem Recknagel durchaus klar, was von ihm erwartet wurde. Im Prinzip ähnelte Meiningen in den Siebzigerjahren einer Stadt im Kriegszustand. Es wimmelte nur so von Soldaten, auch wenn die hinter ihren Kasernenmauern meist gut getarnt waren. Insgesamt gab es im Stadtgebiet fast ebenso viele Sowjetbürger in Uniform wie Meininger mit und ohne Uniform zusammen genommen. Natürlich gab es gelegentlich Reibungen, obwohl die Lebenswelten streng voneinander abgeschirmt waren – zum Beispiel, wenn mal wieder ein T34[19] aus Versehen über

19 Ruhmreicher sowjetischer Panzer, ging im Frieden vielen auf die Ketten.

einen parkenden Trabant gefahren war. Recknagel hatte die Anzeige der Konsum-Mitarbeiterin nicht weiter verfolgt, schließlich wollte er wegen einer Flasche Schnaps nicht den Weltfrieden gefährden. Andererseits hatte die Episode das schale Gefühl hinterlassen, ein Instrument höherer, wenn auch durchaus ehrenwerter Interessen zu sein.

Nun also lag die Rote Elfriede, die ehemalige Bürgermeisterin, halb verwest vor ihm wie ein Fossil aus einer anderen Zeit und verströmte einen süßlichen Geruch, der mit ein bisschen Fantasie an Hansa-Kekse erinnerte.

»Ist Ihnen nicht gut?«, erkundigte sich Rechtsmediziner Haselhoff.

»Geht schon wieder«, erwiderte der Kriminalrat und versuchte, seine Nasenlöcher inwendig zu verschließen und nur durch den Mund zu atmen.

»Riecht ein bisschen streng, was?«, konzedierte Haselhoff. »Kein Wunder bei der Bullenhitze.« Ohne dass der Kriminalrat in irgendeiner Weise reagiert hätte, fügte er hinzu: »War nicht gegen Sie gerichtet.«

Recknagel überging wie immer das Angebot auf ein kleines kumpelhaftes Wortgeplänkel im »Tatort«-Stil. »Wie lange ist sie schon tot?«, erkundigte er sich nüchtern.

»Zwei Tage, plus minus einen halben«, kam die Antwort des Rechtsmediziners. »Gelöste Leichenstarre, deutliche Verwesungszeichen, einsetzende Autolyse …«

Recknagel blickte fragend. »Selbstauflösung des Gewebes durch körpereigene Enzyme«, erläuterte Dr. Haselhoff ungerührt, schlug die Decke zurück und drückte auf dem dürren Leichnam herum. Immerhin trug er dabei Kunststoffhandschuhe. »Daher auch der Geruch.«

»Aha«, machte der Recknagel und spürte Teile seines Abendbrots im Hals säuerlich nach oben drängen: Speckrühreier, von seiner Frau liebevoll mit Butter und einem Schuss saurer Sahne zubereitet. Dazu Bratkartoffeln mit Zwiebeln. Köstlich. Der Recknagel hatte ordentlich zugeschlagen. Wer rechnete denn auch mit so was – gerade im beschaulichen Meiningen?

»Können Sie schon was zur Todesursache sagen?«, fragte er dienstlich, auch um sich selbst von seinem Unwohlsein abzulenken, und schaltete auf Mundatmung um.

Dr. Haselhoff zuckte die Achseln. »Eigentlich war sie anscheinend noch gut beieinander, soweit man das von einer Siebenundneunzigjährigen sagen kann. Hier und da ein Zipperlein, aber nichts Gravierendes.« Er deutete auf eine stattliche Anzahl an Medikamenten, die sich auf dem Nachttisch stapelten. Am Fußende des Bettes stand ein Rollator, bereit zum jederzeitigen Einsatz. »Andererseits … Wenn Sie mich fragen, ist das Dahinscheiden einer Siebenundneunzigjährigen ein durchaus bedauerliches, aber medizinisch auch nicht allzu überraschendes Ereignis. Man nennt es im Allgemeinen den *natürlichen Tod*. Also, wenn Sie was Besseres vorhaben – ich komme hier auch alleine klar.«

Der Kriminalrat hatte nichts Besseres vor, zumindest: nichts Wichtigeres. Der italienische Kommissar machte vermutlich gerade einer blonden Verdächtigen schöne Augen. Der Recknagel gebrauchte seine Augen eher für dienstliche Dinge.

»Vielleicht eine Überdosis von den Tabletten da?«, spekulierte er. »Ein sanfter Ausstieg …« Laut Statistik war die

Suizidrate unter älteren Menschen mit Abstand am höchsten. Knapp vierzig Prozent aller Selbstmörder in der Bundesrepublik waren über sechzig Jahre alt. Krankheit, aber auch Einsamkeit und Perspektivlosigkeit ließen die Lebensenergie versiegen. Die Rote Elfriede war fast hundert und hatte anscheinend keine Verwandten mehr. Das würde auch erklären, warum man keinen Abschiedsbrief aufgefunden hatte. Viele Ältere wollten selbst im Tod kein Aufheben um sich machen. »Stiller Suizid« nannte man das im Amtsdeutsch.

Dr. Haselhoff sah die Medikamente durch und erklärte skeptisch: »Da ist nichts Geeignetes dabei, nicht mal ein ernst zu nehmendes Schlafmittel. Nur Blutverdünner und ein paar harmlose Schmerzmittel. Kinderkram. Damit können Sie nicht mal ein Eichhörnchen einschläfern.« Der Kriminalrat nahm sich die Zeit, die Schachteln genau unter die Lupe zu nehmen, obwohl er sich in Pharmazie, insbesondere bei Schlafmitteln, überhaupt nicht auskannte. Glücklicherweise verfügte er über einen gesunden Schlaf. Bei dem Medikamentenschieber stutzte er dennoch.

»Sie lagen genau richtig, was den Todeszeitpunkt angeht«, sagte Recknagel anerkennend. »Sie ist tatsächlich in der Nacht zu gestern verstorben.«

Dr. Haselhoff ließ verwundert von der Leiche ab, der er soeben noch mit einer Taschenlampe in Augen, Nase, Ohren und die Rachenöffnung spioniert hatte. »Ach, und woher wollen Sie das so genau wissen? Haben Sie in der Freizeit Medizin studiert, oder hat Ihnen das eine Fee verraten?«

»Wohl eher meine Augen.« Der Kriminalrat zeigte auf

den sorgfältig beschrifteten Medikamentenschieber. Jeder Wochentag hatte sein eigenes Fach. »Mittwochabend hat sie ihre Medikamente noch eingenommen, Donnerstag früh hingegen sind noch alle Pillen da.«

Der Rechtsmediziner blickte verblüfft auf den Medikamentenschieber. »Den hätte ich glatt übersehen«, brummte er unzufrieden, da er sich im Grunde für unfehlbar hielt. »Ist doch immer gut, wenn man einen Assistenten dabeihat.«

Das sollte ein Witz sein, aber Recknagel war im Dienst, und im Dienst wurde nicht gescherzt. Zumindest nicht in Anwesenheit von Leichen, Zeugen und anderem polizeifremdem Personal. »Also keine Hinweise auf Fremdeinwirkung?«, hakte er nach. »Zum Beispiel Ersticken mit dem Kopfkissen?«

Der Kriminalrat hatte kürzlich einen Fachartikel gelesen, der sich mit der angenommenen Dunkelziffer bei den sogenannten Delikten gegen das Leben beschäftigte. Der Verfasser vertrat darin den Standpunkt, dass ein hoher Prozentsatz dieser Verbrechen niemals in der Statistik auftauchte, weil beim Tod älterer Menschen aus Fahrlässigkeit und/oder Bequemlichkeit der Ermittler oft nicht genau genug hingeschaut wurde. Dabei waren die Motive ungeduldiger Erben oder überforderter pflegender Angehöriger auf den ersten Blick oftmals kaum zu erkennen. Das konnte der Recknagel aus eigener Anschauung nur bestätigen. Zudem war das Kopfkissen als Mordinstrument äußerst praktisch, weil schnell zur Hand, sauber und diskret. Gewissermaßen die Pampers unter den Mordmethoden.

Dr. Haselhoff schüttelte den Kopf. »Ich kann nicht die geringsten Anzeichen für einen längeren Todeskampf erkennen«, sagte er, jetzt in jeder Hinsicht wieder die Professionalität in Person. »Keinerlei Würgemale, die Finger sind unverkrampft, die Lider fest geschlossen … – Also, wenn Sie *mich* fragen, spricht alles für ein plötzliches Organversagen während der Nachtruhe. Sie war immerhin fast hundert. Menschliches Gewebe ist für so eine lange Betriebsdauer nicht vorgesehen. Da werden die Gefäße porös wie … alte Fahrradschläuche.«

»Hübscher Vergleich«, lobte der Kriminalrat halbherzig. Unbeabsichtigt spornte er Rechtsmediziner Haselhoff damit zu weiteren Spekulationen an: »Vielleicht hatte sie einfach einen aufregenden Traum mit dem Herrn da oben, und das ist ihrem Herzen nicht bekommen.«

Er deutete auf das Porträt von Karl Marx und lachte anzüglich. Der Kriminalrat musste kurz aufstoßen und schluckte das widerspenstige Rührei zurück in seinen Magen. Seitdem Rechtsmediziner im TV witzig und eloquent waren, fühlte sich Haselhoff offenbar unter Druck gesetzt, fortwährend intelligente oder gar witzige Bemerkungen in seine Analysen einfließen zu lassen. Da konnten einem schon mal die Eier hochkommen.

»Eigentlich beneidenswert«, seufzte der Recknagel mit verengten Nasenlöchern. »Siebenundneunzig Jahre, und dann einfach einschlafen und nicht wieder aufwachen …«

»Den Seinen gibt's der liebe Herrgott im Schlaf«, kommentierte der Rechtsmediziner plötzlich philosophisch. »Sogar den Tod.«

»Ich glaube kaum, dass die Verstorbene mit Gott viel am

Hut hatte«, erwiderte der Kriminalrat lakonisch und zeigte auf Karl Marx.

»Gläubig ist gläubig«, erwiderte der Rechtsmediziner. »Zumindest hirnorganisch gesehen. – Apropos: Wussten Sie eigentlich, dass religiöse Menschen statistisch gesehen länger leben?«

»Interessant«, brummte Agnostiker Recknagel. »Aber das bedeutet doch, dass ihnen das Himmelreich länger vorenthalten wird …«

Der Rechtsmediziner war bei seinem Lieblingsthema: der Tod aus metaphysischer Sicht. Aber der Recknagel hörte gar nicht mehr hin. Entweder war sein Tinnitus, den er einem defekten Ohrenschützer im Schießstand der Thüringer Polizei verdankte, stärker geworden, oder da kam tatsächlich ein leises Wimmern aus Richtung der Leiche. Steckte etwa noch Leben in dem Körper?

»Hören Sie das auch?«, fragte der Recknagel besorgt. Dr. Haselhoff stoppte sein Geschwätz und lauschte Richtung Leiche.

»Das sind nur die Gedärme. Entweichende Gase, chemische Abbauprozesse …«, antwortete der Rechtsmediziner und winkte müde ab. »Nichts, wovor man sich ekeln müsste, naturwissenschaftlich gesehen.«

Der Kriminalrat dankte für die belehrenden Worte. Naturwissenschaftler ekelten sich wahrscheinlich vor überhaupt nichts. Schließlich bestand im Grunde jeder Stoff, wenn man ihn unters Mikroskop legte, nur aus Molekülen, Atomen, neutraler Materie. Trotzdem hätte der Recknagel schwören können, dass es durchaus einen Unterschied machte, ob man beispielsweise einen Teller mit frischem

Nudelsalat vor sich hatte oder denselben Teller, nachdem er drei Tage in der Sonne gestanden hatte. Oder eben einen intakten, funktionierenden menschlichen Organismus im Vergleich zu einem verwesenden. Das Wimmern war inzwischen in ein leises Knurren übergegangen. Jetzt spitzte auch der Rechtsmediziner die Ohren und blickte misstrauisch auf die Leiche. »Der Sound ist allerdings phänomenal!«

Der Recknagel hatte inzwischen den Ursprung des Geräuschs gepeilt, legte sich flach auf den Boden und linste unter den Jugendstilschrank. Was er sah: eine Kugel aus Fell, eine feuchte Nase, zwei blitzende Äuglein. Der Kriminalrat blinzelte erstaunt. Eine Maus mit gefletschten Zähnen? Von der Größe her hatte er es wohl doch eher mit einer Ratte zu tun. Gerade als der Recknagel sich wundern wollte, wie die Ratte in das Zimmer gekommen war, wehte ihm ein Gestank völlig neuer Qualität entgegen. Exkremente! Der Kriminalrat prallte zurück. Das Rührei war kaum mehr zu halten. Reflexartig griff der Recknagel nach einer Vase.

»Was ist denn jetzt schon wieder mit Ihnen los?«, wunderte sich Dr. Haselhoff. »Sie sind ja ganz grün im Gesicht!« In letzter Sekunde konnte der Recknagel noch das Schlimmste verhindern, indem er ein Fenster aufriss und nach frischer Luft japste.

»Akute retrograde Peristaltik der Speiseröhre«, diagnostizierte der Rechtsmediziner, »auf gut Deutsch: Würgereiz.« Aus dem tränenden Augenwinkel sah der Kriminalrat, wie Dr. Haselhoff sich bückte und ein dürres, sich sträubendes Bündel Fell, circa ein Kilo Lebendgewicht, unter dem Schrank hervorzog. Offenbar hatte der kleine Kerl dort in den letzten Tagen auch seine Notdurft verrichtet.

»Na, da ist ja unsere Flohschleuder«, flirtete er mit dem Knäuel. »Ich hab mich schon gewundert, wer hier so stinkt!«

Offenbar waren ihm Berührungsängste mit jeder Art von organischer Materie aufgrund seines Jobprofils tatsächlich fremd. Oder er verfügte einfach über eine beneidenswert unempfindliche Nase. Immerhin bekam der Kriminalrat Gelegenheit, kräftig durchzuatmen. Die Eier blieben gefälligst da, wo sie waren.

»Soll das etwa ein Hund sein?«, fragte der Recknagel, sobald er wieder sprechen konnte. In seiner Jugend hatte er zwar mal einen Schäferhund besessen, aber anscheinend war er zoologisch nicht mehr ganz auf Stand.

»Das ist ein Chihuahua«, antwortete der Rechtsmediziner mit belehrendem Unterton.

Recknagel runzelte die Stirn. »Was für 'n *-huahua*?«

»Ein mexikanisches Schoßhündchen. Eine Rasse, die durch ihren besonders kleinen Wuchs gekennzeichnet ist.«

»Was Sie nicht sagen«, brummte der Kriminalrat und blickte mitleidig auf die kurzen, krummen Beinchen, die spitze Schnauze mit den hochgezogenen Lefzen und das verdreckte Fell, unter dem sich bereits die Knochen abzeichneten.

»Offenbar hat der kleine Kerl Totenwache bei seinem Frauchen gehalten und lange nichts zu fressen gekriegt«, mutmaßte Dr. Haselhoff.

Der Kriminalrat ging wortlos zum Waschbecken, füllte eine kleine Schale mit Wasser und stellte sie auf den Boden. Doch das Knäuel war ein wenig schwach auf den Beinen. Es sträubte das Fell, funkelte mit zornigem Blick in die Welt und kläffte mit seinem dünnen Stimmchen, dass es zum Erbarmen war. Kriminalrat Recknagel war von dem Tier, dem man beim besten Willen seinen gemeinsamen Stammbaum mit dem Wolf nicht mehr ansehen konnte, insgesamt nicht besonders angetan. Wenn der Mensch sich in die Evolution einmischte, kam nur selten etwas Gutes dabei raus.

»Der hat doch nicht etwa an der Leiche geknabbert, oder?«, fragte er vorsichtshalber nach.

»Quatsch. – Toter Mensch schmeckt so 'nem kleinen Pralinenscheißer doch gar nicht«, erwiderte der Rechtsmediziner und blickte sich suchend um. »Hier muss doch irgendwo in dem Chaos noch was zu fressen rumstehen«, überlegte er laut und machte sich prompt auf die Suche. Schon bald war er fündig geworden und schüttete aus einer Packung Trockenfutter auf den Teppich. Das brachte den Hund in schwere Gewissensnöte, welches Bedürfnis nun stärker war: Hunger oder Durst. Wie von Sinnen sprang er zwischen dem Wasser und den Futterstückchen hin und her – entschied sich bald zu fressen, überlegte es sich im letzten Moment wieder anders und so fort.

»So ein doofer Hund«, knurrte Recknagel. Wahrscheinlich wäre das Tier tatsächlich verhungert oder verdurstet, wenn der Kriminalrat ihm nicht das Schälchen noch etwas näher herangerückt hätte, sodass er beinahe gleichzeitig trinken und fressen konnte.

»Wenigstens war die alte Lady nicht so allein am Schluss«, bemerkte Dr. Haselhoff, der angesichts des merkwürdigen Hündchens für seine Verhältnisse direkt feinfühlig wurde.

»Wer hat den Tod gemeldet? Der Pflegedienst?«, fragte der Kriminalrat.

Der Rechtsmediziner zuckte mit den Schultern. »Diese Information fällt nicht in meinen Aufgabenbereich. Aber falls sie einen Pflegedienst engagiert hatte, stellt sich natürlich die Frage: Warum war in den letzten zwei Tagen keiner da?«

Der Doktor blickte Recknagel an wie Sherlock Holmes im Moment der Erleuchtung.

»Stimmt auch wieder«, befand der Recknagel. »Aber irgendjemand muss doch regelmäßig nach ihr gesehen haben!«

Dr. Haselhoff bestätigte den ordentlichen Zustand der alten Dame auch aus medizinischer Sicht: »Keine Spuren von Dekubitus, geschnittene Fingernägel, frisierte Haare … alles tiptop, fast wie im Pflegeheim.«

»Wer geht schon freiwillig in ein Pflegeheim?«, wandte der Recknagel ein.

»Ich«, sagte der Rechtsmediziner. »Statistisch bringt das einen Überlebensvorteil von vier Monaten gegenüber der häuslichen Pflege.«

Recknagel lag eine Erwiderung auf den Lippen, aber er schluckte sie hinunter. Es hatte keinen Sinn, mit dem Rechtsmediziner über Lebensqualität im Alter zu debattieren. Stattdessen sah sich der Kriminalrat ein wenig im Zimmer um. Die Wohnung wirkte in der einsetzenden Dämmerung eher klein und stübelig, während die Villa von außen repräsentativ und perfekt restauriert war. Doch die Bewohnerin hatte sich in ihrem eher winzigen Teil des Gebäudes zweckmäßig und durchaus gemütlich eingerichtet. Außerdem genoss man vom parkseitigen Fenster aus einen exklusiven Blick über den Schlosspark mit seinen knorrigen Bäumen und die Flutwiesen bis hinunter zur Werra, die zu dieser Jahreszeit gemächlich in ihrem Bett dahinplätscherte. Das Gebäude, mit seinen dicken Mauern, den Erkern und Türmchen typisch für den Baustil des beginnenden 20. Jahrhunderts, strahlte eine gelassene Grandezza aus, die ihm gefiel. Am Mittleren Rasen war eine der besten Adressen der Stadt, praktisch in Sichtweite des Schlosses. Ein ziemlich exklusives Altenteil für eine ehemalige SED-Bürgermeisterin.

»Komisch«, bemerkte Dr. Haselhoff, plötzlich ungewohnt melancholisch, »da schnippele ich jeden Tag an Leichen rum … Aber wenn jemand dermaßen alt geworden ist, dass er fast seinen eigenen Tod überlebt hat, dann geht es mir irgendwie total ran. So ein langes Leben, so viele Erinnerungen – zack, einfach ausgelöscht! Als wäre eine ganze Epoche mitgestorben.« Er blickte den Recknagel erwartungsvoll an. Aber für den gab es nur noch eine Steigerung für einen witzigen oder geistreichen Rechtsmediziner, und das war ein sentimentaler Rechtsmediziner.

»Wenn Sie noch weitere sensationelle Entdeckungen machen, finden Sie mich draußen«, knurrte der Kriminalrat und schickte sich an, das Zimmer zu verlassen.

»Nehmen Sie um Gottes willen den kleinen Kläffer mit«, rief ihm der Haselhoff hinterher. »Der stört mich hier nur bei der Arbeit.«

Recknagel nahm ein paar Bröckchen des Trockenfutters, lockte das Hündchen damit auf seinen Arm und nahm es mit nach draußen in den Garten, der direkt in den Schlosspark mit seinen riesigen Buchen und Erlen überging. Neben der Einfahrt befand sich ein umzäunter Müllplatz, vor dem eine frisch geleerte Tonne stand. Auch das war etwas, worüber der Recknagel sich kaum genug wundern konnte, mit welchen Vorkehrungen manche Mitbürger neuerdings ihren Müll sicherten.

Von der Seite näherte sich einer von Recknagels Mitarbeitern: gut dreißig Jahre alt, trotz aller Jugend immer noch jünger aussehend, sportlich, ehrgeizig, immer gut frisiert und modisch gekleidet, vorzugsweise in kunstvoll zerrissene Jeans, die an den Hüften locker, dafür an den Waden besonders eng saßen. Der Mitarbeiter gab sich keine Mühe, seine schlechte Laune zu verbergen. Wer arbeitete schon gern am Freitagabend? Sein mit extra zahlreichen Applikationen versehenes Hemd deutete darauf hin, dass er heute noch etwas vorhatte.

»Hallo Christian«, begrüßte ihn der Recknagel etwas zu sorglos. »Was gibt's Neues?«

Der Angesprochene zuckte kurz zusammen. »Machen Sie das eigentlich mit Absicht?«

Der Kriminalrat ahnte schon, worauf der andere hinauswollte.

»Ich meine, wenn Sie den Kollegen Christian und mich wirklich nicht auseinanderhalten können, obwohl wir uns offen gestanden nicht mal besonders ähnlich sehen, dann müssten Sie einen nach den Gesetzen der Wahrscheinlichkeit doch wenigstens jedes zweite Mal mit dem richtigen Namen ansprechen.«

»Tut mir wirklich aufrichtig leid«, entschuldigte sich der Kriminalrat scheinheilig. In der Tat war Christoph mindestens fünf Zentimeter größer als sein Kollege Christian und hatte deutlich dunklere Haare. Aber beide waren für den Recknagel von der Persönlichkeitsstruktur her derart konturlos, frei von Eigenschaften, selbst negativen, dass sie in seiner Wahrnehmung zu einer einzigen Person verschmolzen. Der Recknagel, ganz alte Schule, empfand es noch als eine Bringschuld des Untergebenen, dem Chef seine Individualität nahezubringen, zum Beispiel durch Kompetenz.

»Was haben Sie denn da?«, fragte Christoph und blickte leicht angeekelt auf den Chihuahua, der es sich auf Recknagels Arm gemütlich gemacht hatte und anscheinend eingeschlafen war. Der Recknagel hatte den Hund, dessen Gewicht er kaum spürte, beinahe vergessen.

»Das ist ein wichtiger Zeuge«, erwiderte der Kriminalrat trocken.

»So, so«, machte Christoph skeptisch. »Fragt sich nur, wovon.«

»Das ist genau der Punkt«, sagte der Recknagel. »Also, was haben wir?«

»Die Antreffsituation war komplett unauffällig«, antwortete Christoph. »Ich habe alles aufgenommen, fotografiert. Wir sind hier fertig.«

Christoph hatte es eilig, in den Club zu kommen, nach Suhl, Mellrichstadt oder zu einem anderen Hotspot des Nachtlebens, der in erreichbarer Nähe lag.

»Ein paar mehr Details bitte«, insistierte der Recknagel.

»Also ...«, seufzte Christoph lustlos, während er mit der Aufzählung begann: »Das Fenster war gekippt, aber weder drinnen noch draußen Spuren, dass da jemand versucht hat einzusteigen. Das Türschloss war von innen abgeschlossen und zeigt ebenfalls keinerlei Spuren von Gewalteinwirkung. – Keine Ahnung, was wir hier eigentlich verloren haben.«

Der Kriminalrat überging den leisen Vorwurf, der in den Worten seines Mitarbeiters steckte. »Bargeld, Wertgegenstände?«

»Im Schreibtisch befanden sich hundertfünfundzwanzig Euro und dreiundachtzig Cent. Raub können wir so gut wie ausschließen.«

»Das Ausschließen überlassen Sie einstweilen lieber mir«, entgegnete der Recknagel. »Was liegt an Hintergrundinformationen über die verstorbene Person vor?«

Christoph rollte die Augen wie ein bockiger Schüler, der vom Lehrer gequält wird, obwohl beiden bereits klar ist, dass er die Antwort nicht kennt.

»Laut der aufgefundenen Urkunden heißt sie mit vollem Namen Elfriede Maria Johanna Langguth«, leierte er herunter, »sie wurde im Jahre 1919 als Säugling anonym im Städtischen Waisenhaus abgegeben …« Christoph blickte noch einmal auf seinen Zettel und schüttelte ungläubig den Kopf. »Krass: 1919! Das war ja noch vor der Sintflut.«

»Irgendwelche Angehörige, die informiert werden müssen?«, hakte Recknagel nach.

Christoph verneinte. »Frau Langguth war ledig, hatte keine Kinder … Faktisch keine Familie.«

»Hm«, machte der Recknagel und betrachtete ein altes Schwarz-Weiß-Foto, auf dem ihm eine attraktive, vielleicht knapp vierzigjährige Frau mit langen gelockten Haaren entgegenlachte, unverkennbar die Rote Elfriede.

»Die war mal 'n ziemlich heißer Feger«, befand sogar

Christoph. »Eigentlich komisch, dass die keiner haben wollte.«

»Zum Heiraten gehören immer zwei«, entgegnete der Recknagel lediglich, obwohl man sich in Zeiten von Polyamorie und Lebensabschnittsgefährtentum nicht einmal dessen mehr ganz sicher sein konnte. Den Frauen in Elfriede Langguths Generation hingegen hatten noch ganz andere Probleme, zum Beispiel ein gewisser Männermangel infolge zweier Weltkriege, die Familiengründung erschwert. Außerdem gab es auch noch kein *Tinder*. Probleme, von denen Christoph natürlich nichts ahnte.

»Vielleicht sollten Sie noch wissen, dass unter der Adresse auch der Leitende Oberstaatsanwalt Siebenthaler gemeldet ist«, erklärte Christoph, »aber der ist nicht da.«

»Ach, und wer hat die Leiche entdeckt?«, erkundigte sich Recknagel.

Christoph deutete mit dem Kopf auf eine Frau, *Fourtysomething*, mit einer hochtoupierten blonden Strähnchenfrisur, wie sie in bestimmten Teilen der neuen Bundesländer in den Achtziger- und vor allem den Neunzigerjahren up to date gewesen war, aber nirgendwo so erfolgreich wie in Meiningen, wo diese Mode immer noch zum Standardrepertoire der Friseurinnung gehörte, von blond über schwarz bis violett.

Die Gesträhnte trug einen Lederminirock und eine dunkle Bluse mit Schulterpolstern und einen Besen, mit dem sie die Terrasse säuberte. Sie wirkte wie eine Frau, die sich ihrer Attraktivität bewusst ist und für die auch nichts anderes zählt. Entfernt erinnerte sie den Recknagel an diese Sängerin aus den Achtzigern, deren Name ihm nicht einfiel. Als die Frau den Kriminalrat sah, ließ sie von ihrem Tun ab und steuerte entschlossen auf ihn zu.

»Ist das die Putzfrau?«, fragte der Recknagel.

Christoph verneinte. »Sie ist …«, raunte er dem Kriminalrat zu, aber da war die besagte Person auch schon heran und Recknagels Mitarbeiter hinter dem breiten Kreuz seines Chefs in Deckung gegangen.

»Was schnüffeln die hier eigentlich rum?«, schimpfte die Person zur Begrüßung los und wedelte drohend mit dem Besen. »Können die nicht wenigstens drinnen ihre Schuhe ausziehen?«

Wie man nun aus der Nähe sah, zierte die Nase der Dame ein Piercing, das der Recknagel seiner minderjährigen Tochter unter Androhung härtester Strafen verboten hätte.

»Tut mir leid. Bitte unterlassen Sie vorläufig das Putzen, bis die Spurensicherung abgeschlossen ist«, sagte der Kriminalrat in ruhigem Ton.

Die Lederrocklady blickte den Kriminalrat misstrauisch an. »Sind Sie hier der Boss?«

Kriminalrat Recknagel stellte sich freundlich vor und fügte, weil er es dem Zungenschlag zufolge mit einer Einheimischen zu tun hatte, erklärend hinzu: »Wie der ehemalige Skispringer.«

»Stefanie Siebenthaler«, sagte die andere ungerührt und ergänzte: »Wie der Leitende Oberstaatsanwalt.«

Sie zeigte ihre Hand, in deren Mitte ein goldener Ehering funkelte, und blickte den Recknagel mit einer Prise Überheblichkeit an. Doch dagegen war der Kriminalrat wie gegen vieles andere immun. Er hatte bislang nicht einmal gewusst, dass der in den Neunzigern aus Hessen nach Thüringen abgestellte LOStA mit einer Einheimischen verheiratet war, geschweige denn mit solch einem Prachtexemplar. Er durfte nicht unvorsichtig sein. Immerhin war Siebenthaler der mächtigste Mann der Strafverfolgungsbehörden im gesamten Zuständigkeitsbereich. Der konnte einem hübsch die Hölle heiß machen.

»Sie haben die Tote also gefunden?«, stellte der Recknagel diplomatisch fest.

Die Frau bejahte. »Mein Mann hat angerufen, ich soll mal nachsehen, was mit der Alten los ist, weil sie zu dem Konzert im Schloss nicht erschienen ist«, erklärte sie. »Da bin ich eben kurz runtergeturnt und hab mit der Taschenlampe ins Fenster geleuchtet. Und na ja: Die sah echt nicht gut aus.«

»Mit ›der Alten‹ meinen Sie Frau Langguth?«, hakte Recknagel nach. Stefanie Siebenthaler verschränkte ihre kräftigen Arme vor der voluminösen Brust.

»Ja, und? Die war doch jenseits von Gut und Böse!«

Sie blickte den Kriminalrat herausfordernd an. Aber das verleitete diesen nur zu noch ausgesuchterer Höflichkeit. »Aber natürlich. Entschuldigen Sie meine Begriffsstutzigkeit.«

Trotz aller Nettigkeiten wollte sich beim Recknagel partout keine Sympathie für die Lederrocklady einstellen. Aber da war er nicht der Einzige. Der kleine Hund hatte sich noch tiefer in seine Jacke gegraben und knurrte Recknagels Gesprächspartnerin aus der Sicherheit seines Verstecks heraus mutig an.

»Darf ich fragen, wo Ihr Mann sich momentan aufhält?«, erkundigte sich der Recknagel und tätschelte dem Hund beruhigend den Kopf.

Die Frau zuckte die Achseln. »Der ist nach dem Konzert mit den Kollegen noch was trinken gegangen, wie immer.«

»Welches Konzert?«

»Na, heute war doch das große Brahmsdingsbums vom Historischen Verein«, erklärte Steffi Siebenthaler. »Mit Prinzessin Donata. Haben Sie das nicht mitbekommen?«

Recknagel wunderte sich eher über etwas anderes: »Ihr Mann lässt Sie mit der Toten im Haus alleine?«

Stefanie Siebenthaler lächelte spöttisch. »Wieso nicht? Ich muss mich hinter niemandem verstecken«, erklärte sie selbstbewusst und stützte sich auf den Besen. »Im Gegensatz zu Ihrem Kollegen.«

Christoph ließ den Spott nur scheinbar souverän an sich abperlen. »Warum haben Sie Ihren Mann eigentlich nicht zu dem Konzert begleitet?«, erkundigte er sich über die Schulter seines Chefs hinweg.

»Oh, der Kleine kann ja sogar sprechen«, konterte die Gesträhnte.

»Bitte beantworten Sie seine Frage«, insistierte der Recknagel.

»Ich hatte noch 'nen Job zu erledigen«, antwortete die Gesträhnte gelangweilt. »Außerdem stehe ich nicht so auf Klassik.«

»Darf ich fragen, um was für einen Job es sich dabei handelt?«, hakte der Kriminalrat nach.

»'ne Beach Party auf der Goetzhöhle. Ich bin nämlich Eventmanagerin, müssen Sie wissen.«

»Ah«, machte der Recknagel und hörte geduldig zu, wie die Frau des Leitenden Oberstaatsanwalts von Mega-Events und Partys-ohne-Ende berichtete, die unter ihrer fachkundigen Beratung veranstaltet wurden. Wenn man sie so reden hörte, konnte man meinen, Meiningen sei eine echte Ausgehmetropole. Der Kriminalrat hatte bislang immer eher den gegenteiligen Eindruck gehabt, aber er war bereit, sich korrigieren zu lassen.

»Sie bewohnen in dem Haus die obere Etage?«, fragte er, als er in Steffi Siebenthalers Redefluss wieder eine Gelegenheit bekam.

»Wohnen tun wir im Dachgeschoss. Im Hochparterre habe ich mein Büro.«

Der Recknagel sah sich um. »Sie haben es hier ja wirklich beneidenswert«, befand er mit Blick auf die herrschaftliche Villa, den Garten und die Aussicht auf den Park mit der Werra. »Arbeiten und leben unter einem Dach – in einer Villa in der Lage …«

Stefanie Siebenthaler winkte müde lächelnd ab. »Wir haben die Hütte vor fast zwanzig Jahren geshoppt. Das war damals eine Ruine, kann ich Ihnen sagen.« Sie blickte den Recknagel beinahe vorwurfsvoll an. »Was wir da für eine Kohle reingesteckt haben, wollen Sie nicht wissen!«

Recknagel nickte mit verständnisvoller Miene. Reiche, das wusste er aus Erfahrung, wollten immer für ihre Wohlstandsprobleme bemitleidet werden. »Wenn das Haus Ihnen gehört, hat Frau Langguth also bei Ihnen zur Miete gewohnt?«, setzte der Kriminalrat die Unterhaltung nach einer kurzen Unterbrechung fort.

Stefanie Siebenthaler zuckte mit den Achseln. »Wir

konnten die Alte …« Sie stockte. »… ich meine: *Frau Lang-guth* ja nicht auf die Straße setzen«, verbesserte sie sich und fügte in beinahe vertraulichem Tonfall hinzu: »Ob-wohl wir den Platz dringend gebraucht hätten.«

»Das ist wirklich sehr nobel von Ihnen«, lobte der Reck-nagel.

Die Eventmanagerin winkte müde ab. »Man ist ja kein Unmensch.« Sie seufzte inbrünstig. »Aber danken tut's ei-nem am Ende keiner.«

Der Recknagel nickte mit geheucheltem Verständnis und drückte dem weiterhin knurrenden Köter die Schnauze zu. »Wollen Sie damit andeuten, dass Frau Langguth sich Ih-nen gegenüber undankbar gezeigt hat?«

»Ich will überhaupt nichts andeuten«, erwiderte sie. »Wir waren jedenfalls immer mehr als fair zu ihr. Mein Mann kann Ihnen dazu sicher noch mehr erzählen.«

Sie blickte den Recknagel herausfordernd an, doch der arbeitete weiterhin stur seinen Fragenkatalog ab. »Ist Ih-nen in letzter Zeit irgendetwas Ungewöhnliches bei Frau Langguth aufgefallen, seltener Besuch zum Beispiel?«

Die Frau des Staatsanwalts schüttelte den Kopf. »Wir hatten nicht viel miteinander zu tun. Eigentlich gar nichts. Ab und zu ist sie mal zu einem meiner Senioren-Events ge-kommen. Sie hatte eine Faible für Bridge.«

»Wissen Sie zufällig, wer sich um die alte Dame geküm-mert hat? Ein Pflegedienst vielleicht?«

Stefanie Siebenthalers Miene verdunkelte sich. Auf ihrer Nasenwurzel bildeten sich zwei harte senkrechte Falten. »Da kam immer so eine Frau, ziemlich arrogante Person … unfreundlich bis zum Gehtnichtmehr. Außerdem hat die

mit ihrer Blechschüssel immer die Garageneinfahrt zuge-
parkt.«

»Den Namen kennen Sie nicht zufällig?«

Die Frau des LOStA schüttelte den Kopf.

»Wann haben Sie die besagte Frau das letzte Mal gesehen?«

»Keine Ahnung. Vor 'ner Woche vielleicht. So circa.«

»Geht's vielleicht etwas genauer?«

»Tut mir leid, aber … Ich hab wirklich andere Probleme.« Sie wedelte mit dem Besen ungeduldig vor Recknagels Nase herum. »War's das jetzt?«

Diese Frau war wirklich der Albtraum jedes Krimina-
listen. Schlechtes Gedächtnis, dazu voreingenommen und
indolent. Nur: Falls man sich im Ton vergriff, bekam man
es mit dem Leitenden Oberstaatsanwalt zu tun. Das nannte man wohl eine Zwickmühle.

»Na schön. Wenn noch was sein sollte, melden wir uns
bei Ihnen«, sagte der Kriminalrat abschließend. »Vielen
Dank für Ihre Kooperation.«

»Wie war noch mal der Name?«, fragte die Frau des
Staatsanwalts zurück. »Nur damit mein Mann weiß, über
wen er sich bei Ihrem Vorgesetzten beschweren kann, falls
Ihre Leute was kaputtmachen.«

»Kriminalrat …«

»Ach ja, weiß schon, wie dieser olle Skispringer«, sagte
die Lederrocklady mit spöttischem Lächeln und schritt von
dannen. Der kleine Hund hörte auf zu zittern und knurrte
der Frau des Staatsanwalts hinterher. »Was hast du denn
gegen die Frau?«, wunderte sich der Kriminalrat. Jetzt
war ihm auch der Name der Sängerin wieder eingefallen,

an die ihn Steffi Siebenthaler erinnerte: Petra Zieger[20].
Mann, war das lange her!

Christoph trat nun aus der Deckung, sprich: hinter Recknagels Rücken hervor. »So'n Geschoss hätte ich dem Siebenthaler gar nicht zugetraut«, erklärte Christoph mit keckem Grinsen.

»Ich werd's ihm ausrichten«, bemerkte der Kriminalrat trocken. Während Christoph leicht verdattert zurückruderte, richtete sich Recknagels Aufmerksamkeit auf ein kleines weißes Auto, das vor der Einfahrt hielt. Eine sehr schlanke, aufrechte Frau – vom ersten Eindruck her würde man wohl eher sagen: eine Dame – stieg aus und betrat das Grundstück. In den kleinen Hund auf Recknagels Arm kam plötzlich Leben. Er hob die Ohren, reckte das Näschen in die Luft und wedelte wie verrückt mit dem Schwänzchen. Aus seiner Kehle drang ein dünnes Kläffen als Ausdruck des Erkennens und der Freude.

»Aus!«, rief die Ankommende schon von Weitem. Der Recknagel spürte, wie der Hund beim Klang der Stimme sofort verstummte und innerlich Haltung annahm. So funktionierte Autorität. Nur: Warum wurde es eigentlich auf einmal so warm auf seinem Arm? Beziehungsweise feucht …

Angeekelt setzte Recknagel den kleinen Bettnässer auf den Boden und untersuchte den dunklen Fleck auf seiner Jacke. Erneut leichtes Würgen im Hals, die Eier … Bloß nicht dran denken! Der Chihuahua sprang, sich beinahe

---

20 Die Jennifer Rush des Ostens, größter Hit: »Katzen bei Nacht«.

überschlagend, auf die ankommende Person zu, während Recknagel versuchte, seinen Ärmel mit einem Taschentuch trocken zu tupfen.

»Vergessen Sie's! Hundepipi geht nie mehr raus«, konstatierte Christoph ein wenig schadenfroh. Der Kriminalrat sah die Vergeblichkeit seines Tuns schließlich ein. Bedauernd ließ er das Taschentuch mit zwei Fingern in die leere Mülltonne fallen und schluckte mühsam seinen Ärger hinunter. Immerhin war es seine Lieblingsjacke. Beziehungsweise: gewesen.

»Versuchen Sie's mal mit Enzymreiniger oder Backpulver«, riet die Dame, die soeben angekommen war, eine Person jenseits der Jugend, aber noch lange nicht alt. Eine Frisur im Stil der Zwanzigerjahre des letzten Jahrhunderts gab ihrem Aussehen eine gewisse matronenhafte Strenge.

»Danke für den Tipp, Frau …?«

»Astrid Kemmerzehl«, stellte sich die Dame vor. »Ich bin die persönliche Assistentin von Frau Langguth. Was ist denn passiert?«

Ehe der Kriminalrat antworten konnte, hatte Christoph sie schon über den Tod der Roten Elfriede aufgeklärt. Dabei benutzte er die Worte »friedlich eingeschlafen«, was den Recknagel zu einem leichten Stirnrunzeln veranlasste.

»Oh«, ließ sich Astrid Kemmerzehl nur vernehmen und setzte sich auf einen freien Rattansessel. Der Chihuahua witterte seine Chance und sprang ihr sogleich auf den Schoß, das heißt, er versuchte es, schaffte es aber zunächst nicht ganz, auf die entsprechende Höhe zu kommen. Erst beim dritten Anlauf erreichte er sein Ziel und führte auf dem Schoß sogleich ein Freudentänzchen auf.

»Eigentlich dachte ich, ich bin auf die Nachricht vorbereitet, in ihrem Alter ...«, sagte Astrid Kemmerzehl mit belegter Stimme, nachdem sie sich wieder etwas gefasst hatte. »Aber jetzt muss ich feststellen, dass ich es offenbar doch nicht bin.« Geistesabwesend streichelte sie dem Chihuahua den Nacken. Das Tier legte seinen Kopf auf die Pfoten und schnurrte beinahe wie ein Kätzchen. So viel Abneigung es gegenüber Stefanie Siebenthaler gezeigt hatte, so viel Sympathie brachte es anscheinend Astrid Kemmerzehl entgegen.

»Wann haben Sie die Rote ... Ich meine: *Frau Langguth* denn zum letzten Mal gesehen?«, erkundigte sich der Kriminalrat mitfühlend und zog angelegentlich seine Lieblingsjacke aus. Wie konnte so ein kleiner Kerl nur so einen derart grässlichen Gestank verursachen?

»Letztes Wochenende.« Sie überlegte kurz. »Ja, genau ... Sonntagabend habe ich noch wie immer nach dem Rechten gesehen, am Montag bin ich dann in den Urlaub gefahren. – Hätte ich geahnt, dass das passiert, wäre ich natürlich hier geblieben ...«

Kriminalrat Recknagel erkundigte sich, wo sie ihren Urlaub verbracht habe.

»In Bayreuth«, antwortete Frau Kemmerzehl mit einer Selbstverständlichkeit, als sagte sie »Rügen« oder »Mallorca«. »Ich hatte mir schon vor einer halben Ewigkeit Karten für die Festspiele besorgt.«

»Was denn für Festspiele?«, erkundigte sich Christoph arglos.

Astrid Kemmerzehl und selbst Kriminalrat Recknagel blickten ihn ungläubig an. »Die junge Generation hat's halt nicht so mit den Klassikern«, kommentierte Letzterer mit einer Spur Ironie.

»Unglaublich«, kommentierte Astrid Kemmerzehl eher mitleidig als aufgebracht. »Haben Sie wirklich noch nie etwas von Richard Wagner gehört?«

Christoph hielt es anscheinend für angezeigt, das Thema im Moment nicht weiter zu vertiefen, und grummelte nur: »Doch, doch, na klar, aber …«, und zuckte ratlos mit den Achseln. Recknagel verkniff sich ein Grinsen und wandte sich erneut an Frau Kemmerzehl: »Was machen Sie eigentlich hier, wenn Sie noch im Urlaub sind?«

Astrid Kemmerzehl sah Recknagel offen in die Augen. »Eigentlich hatten wir vereinbart, dass ich sie zu dem Hofkonzert abhole«, erklärte sie. »Aber ich habe auf der Autobahn vier Stunden lang im Stau gestanden.«

»Ach ja, und wo?«

»Irgendwo bei Lichtenfels.«

Recknagel machte sich eine Notiz für alle Fälle und erkundigte sich, worin Astrid Kemmerzehls Aufgaben im Einzelnen bestanden hatten. Sie drückte stolz ihren Rücken durch. »Ich habe Frau Langguth in allen Belangen des täglichen Lebens unterstützt, ihre Geschäfte besorgt, ihr vorgelesen, Gesellschaft geleistet – einfach alles.«

»Und sie gepflegt?«, hakte der Kriminalrat nach.

»Frau Langguth war sehr selbstständig für ihr Alter. Und wahnsinnig stolz. Sie wollte alles noch allein machen.« Astrid Kemmerzehl unterdrückte ein Schluchzen. Trotz aller Disziplin schien das Ableben ihrer Arbeitgeberin sie sehr mitzunehmen. »Ich weiß ehrlich gesagt nicht, was ich jetzt ohne sie anfangen soll«, sagte sie mit bewegter Stimme.

»Immerhin habe ich in den letzten fünfzehn Jahren mehr Zeit mit ihr verbracht als mit irgendjemandem sonst.«

Recknagel nickte, diesmal tatsächlich mitfühlend, und ließ eine kurze respektvolle Pause, bevor er weiterfragte: »Wie konnte sich Frau Langguth eine Kraft wie Sie eigentlich leisten? Ich glaube kaum, dass ihre Rente als langjährige SED-Bürgermeisterin besonders hoch war.«

»So schlecht war die nun auch wieder nicht«, erwiderte Astrid Kemmerzehl. »Außerdem hatte sie ja noch ihre Leibrente.«

»Ihre was?«, kam Christoph seinem Chef zuvor.

Zu Recknagels Erstaunen berichtete Frau Kemmerzehl, dass die Villa ursprünglich der Roten Elfriede gehört habe, sie die Immobilie Mitte der Neunzigerjahre jedoch verkauft habe, weil sie damals weder die dringend notwendige Instandsetzung noch die Erschließungskosten habe bezahlen können. »Es war ihr sehr wichtig, finanziell unabhängig zu sein. Deshalb hat sie sich statt eines festen Kaufpreises eine lebenslange monatliche Rente einräumen lassen«, erklärte Frau Kemmerzehl. »Vielleicht hat sie ja geahnt, dass sie uns noch lange erhalten bleiben würde.«

»Wissen Sie zufällig, wie hoch diese Leibrente war?«

»Zweitausendzweihundert D-Mark pro Monat«, antwortete Astrid Kemmerzehl wie aus der Pistole geschossen und kraulte den Hund am Hals, direkt unter der Schnauze, was diesem offenbar prächtig gefiel. »Also über tausendeinhundert Euro.«

Recknagel überschlug kurz im Kopf und ließ einen leisen Pfiff hören. »Da ist ja im Laufe der Zeit ganz schön was zusammengekommen.«

»Über eine Viertelmillion«, konkretisierte Christoph unter Zuhilfenahme der Taschenrechnerfunktion seines Smartphones und fügte mit leiser Schadenfreude hinzu: »Da musste der LOStA aber ganz schön bluten!« Wie viele Polizisten war er mit seinem Gehalt unzufrieden, insbesondere im Vergleich zu den »Sesselpupsern« in der Staatsanwaltschaft.

»Möglich, dass sich Herr Siebenthaler bei der Lebenserwartung von Frau Langguth ein wenig verkalkuliert hat«, sagte Astrid Kemmerzehl und zeigte ein nur in den Mundwinkeln erkennbares Lächeln. »Zum Zeitpunkt des Verkaufs hatte sie ein paar gesundheitliche Probleme, das hat sich aber recht schnell wieder gegeben.« In ihrer Stimme schwang kein bisschen Häme mit. Dennoch war ihre distanzierte Haltung gegenüber dem Hausherrn deutlich zu spüren.

»Wie viel hat Frau Langguth an Miete gezahlt?«, erkundigte sich Recknagel in der logischen Erwartung, dass sich das Paar auf diese Weise schadlos gehalten hatte.

»Gar nichts«, erwiderte Astrid Kemmerzehl. »Die Siebenthalers sind für alles aufgekommen, inklusive der laufenden Kosten.«

Recknagel war ehrlich verblüfft. Wie eine Heilige hatte die Frau des Leitenden Oberstaatsanwalts nun wirklich nicht auf ihn gewirkt.

»Frau Langguth hat sich damals juristisch beraten lassen, damit sie abgesichert ist«, erläuterte Astrid Kemmerzehl. »Ich glaube, das nennt sich ›dingliches Wohnrecht‹.«

»Ist ja 'n Ding«, kommentierte der Kriminalrat einigermaßen verblüfft über die Tatsache, dass sich ein Topjurist wie der Leitende Oberstaatsanwalt offenbar von einer altgedienten Kommunistin nach allen Regeln der Kunst hatte aufs Kreuz legen lassen.

»Herr Siebenthaler und seine Frau wollten Frau Langguth immer wieder überreden, dass sie in ein Seniorenheim geht«, berichtete Astrid Kemmerzehl weiter. »Sie haben ihr sogar angeboten, sie finanziell abzufinden, wenn sie sich fügt. Aber das war mit ihr natürlich nicht zu machen.«

Auf Nachfrage berichtete Astrid Kemmerzehl nun auch von unfeineren Methoden, zu denen das Ehepaar Siebenthaler gegriffen hatte, um die störende Mitbewohnerin loszuwerden: Mehrfach hatten sie die Verstorbene mit Klagen überzogen. Mal ging es um Heizkosten, mal um die Nutzung des Kellers oder das behauptete Versperren der Zufahrt. Als sie damit nicht weiterkamen, hatten sie die alte Dame mit überflüssigen Bauarbeiten traktiert, vorzugsweise um sieben Uhr morgens und in den Mittagsstunden. Aber Frau Langguth hatte sich nicht einschüchtern lassen.

»Sie war wahrlich ein harter Knochen«, bestätigte der Kriminalrat respektvoll aus eigener Anschauung.

»Das Alter hat auch seine Vorteile«, erwiderte Astrid Kemmerzehl. »Frau Langguth musste nur ihr Hörgerät ausstellen, dann hat sie von den Bauarbeiten kaum was mitbekommen.« Recknagel musste bei der Vorstellung lächeln, wie sich die Rote Elfriede mit Zähigkeit und Schläue gegen die Siebenthalers behauptet hatte.

»Wer erbt jetzt eigentlich ihren Besitz, wenn die Verstorbene keine Verwandten hat?«, erkundigte sich der Kriminalrat abschließend.

»Wenn es keine leiblichen Erben gibt, geht alles an den Staat«, wusste Christoph. »Viel dürfte da eh nicht bei rausspringen.«

»Soviel ich weiß, hat Frau Langguth bei Gericht ein Testament niedergelegt«, erwiderte Astrid Kemmerzehl. »Zumindest hat sie das mir gegenüber immer wieder angedeutet.«

»Und wer kümmert sich jetzt um den Hund?«, fragte Christoph.

»Ich bestimmt nicht«, stellte Recknagel mit Blick auf seine stinkende Jacke klar. »Meine Frau bringt mich um!« Und das war nur ganz leicht übertrieben.

Christoph bot an, den kleinen Kläffer ins Heim zu bringen. Aber als er nach dem Hündchen greifen wollte, schnappte das mit seinen Zähnchen nach der Hand. »Autsch!«, schimpfte Christoph. »Verdammte Töle!«

»Ich kann Erich erst mal zu mir nehmen«, schlug Astrid Kemmerzehl vor und tätschelte dem verängstigten Chihuahua den Kopf. »Bis sich eine Lösung findet.«

Um ein Haar wäre der Kriminalrat innerlich explodiert: »Erich?!« Er blickte auf das Hündchen, das sich plötzlich wieder arglos das Bäuchlein leckte.

Astrid Kemmerzehl nickte würdevoll und erläuterte ohne auch nur die Andeutung eines Lächelns: »Frau Langguth fand, dass er manchmal so ein gieksiges Stimmchen hat wie der Herr Honecker früher. Sie wissen, was ich meine?« Recknagel nickte amüsiert in Erinnerung an das Überschlagen der Stimme des ehemaligen Staatsratsvorsitzenden, wenn der sich über Kapitalismus, Imperialismus und Konterrevolution in Rage geredet hatte.

In dem Moment kam Dr. Haselhoff aus dem Haus und rief: »So, ich bin hier fertig. Jetzt kann der Bestatter ran.«

»Darf ich sie noch einmal sehen?«, bat Astrid Kemmerzehl.

Der Rechtsmediziner bejahte nach kurzem Blick zum Kriminalrat. »Aber ich warne Sie, der Anblick ist nicht besonders appetitlich.«

»Das habe ich auch nicht erwartet«, erklärte die Assistentin kühl und ging hinein.

»Also dann …«, sagte der Rechtsmediziner achselzuckend. »Ich mache mich vom Acker.«

Der Recknagel ließ seinen Blick über die Villa wandern. Er dachte an die Rote Elfriede, den eingeschüchterten Hund und an die Frau des Leitenden Oberstaatsanwalts. Diese Person spielte sich als Wohltäterin auf – und hatte dabei jahrelang versucht, die alte Dame so schnell wie möglich loszuwerden. Und just als ihre Assistentin im Urlaub war, verstarb die Rote Elfriede scheinbar friedlich in ihrem Bett? Vermutlich reiner Zufall. Doch der Kriminalrat verfügte seit jeher über ein angespanntes Verhältnis zu allem Zufälligen. Sein Kriminalistenhirn scannte auch bei den unwahrscheinlichsten Vorkommnissen immer nach verborgenen Motiven und verdeckten Kausalitäten.

»Warten Sie«, rief Kriminalrat Recknagel dem Rechtsmediziner hinterher. Dr. Haselhoff wandte sich um. Sein Gesicht war ein einziges Fragezeichen.

»Ich möchte, dass Sie die Leiche obduzieren und mir die genaue Todesursache mitteilen.«

»Dafür brauchen Sie einen richterlichen Beschluss«, erwiderte der Rechtsmediziner.

»Das lassen Sie mal ruhig meine Sorge sein«, erwiderte der Recknagel.

»Wozu denn der ganze Aufriss?«, beschwerte sich Christoph, denn er musste schließlich den ganzen Schriftkram für die Akte erledigen. »Wir haben nicht den geringsten Hinweis auf eine unnatürliche Todesursache.«

»Doch«, erwiderte der Recknagel.

»Und welchen, wenn ich fragen darf?«, erkundigte sich Christoph.

»Mein Bauchgefühl«, erwiderte der Recknagel seelenruhig. Der Bauch des Kriminalrates war schließlich nicht nur dazu da, Rühreier mit Speck, fetter Milch und saurer Sahne zu verdauen. Er war irgendwo auch ein Sinnesorgan, und zwar ein ziemlich beachtliches.

Nachdem der Fickel seine Vermieterin nach dem alles in allem doch enttäuschenden Brahms-Abend nach Hause geleitet hatte und im Kühlschrank auch keine *Cold Dishes* mehr entdeckte, entschloss er sich, noch einen kleinen Spaziergang zu unternehmen, und zwar nicht etwa aus purer Lust an der Bewegung, sondern ganz einfach aus einem schnöden und profanen Hungergefühl heraus, das seine Schritte wie ferngesteuert auf direktem Wege hinauf zur Goetzhöhle lenkte. Glücklicherweise hatte der Höhlenmicha am Wochenende familienfreundliche Öffnungszeiten eingeführt, was nichts anderes hieß als bis zweiundzwanzig Uhr durchgehend warme Küche. Falls es zu Hause mal nicht so geschmeckt hatte.

Ein bisschen wunderte sich der Fickel schon, als er die Stufen emporgeklommen war. Denn plötzlich stand er bis zu den Knöcheln im Sand (frisch aus dem Baumarkt), die Höhlengrotte wurde von farbigen Scheinwerfern ausgeleuchtet, und von einem DJ-Pult dröhnte ihm »Ich bin der König von Mallorca« entgegen. Ein halbes Dutzend jugendlicher Middle-Ager tanzten mit Cocktails bewehrt dazu und sangen lauthals mit.

»Was ist denn hier los?«, fragte der Fickel mit leisem Befremden, als ihm der Höhlenmicha im Neoprenanzug und mit Taucherbrille entgegenkam.

»Heute ist doch unsere Beach-Party-Night!«, rief Micha erstaunt über Fickels Unkenntnis und deutete auf das Plakat, das man in der Stadt in den letzten Wochen gar nicht hatte übersehen können und das der Fickel gerade deshalb übersehen hatte. »Aber für Stammgäste haben wir vorne auch noch eine *Chillout Zone*«, verriet Micha, bevor er wieder in die partywütige Menge eintauchte.

So kam der Fickel zwar nicht zu seinen Hütes in den Schlossstuben, aber immerhin zu einem prächtigen hausgemachten Kartoffelsalat, dem als Sättigungsbeilage ein riesiges Rostbrätel in Zwiebel-Biertunke beigefügt war. Der Fickel machte sich wie ein Heuschreckenschwarm über seinen Teller her, obwohl die Therese immer warnte, dass spätes Essen ansetzt, selbst bei Salat. Und die Therese musste es schließlich wissen bei ihrer Figur.

Die Terrasse war bei dem lauen Sommerwetter natürlich gerappelt voll. Die meisten nahmen die Beach Party eher passiv mit. Festes Essen, kühle Getränke und gute Musik – was braucht der Mensch mehr? Insgesamt herrschte eine Atmosphäre wie auf einem Betriebsfest, animiert, aber nicht direkt ekstatisch. Die Mücken umschwärmten in dichten Formationen die bunten Lichterketten und konnten sich kaum entscheiden, in welches Nackensteak sie zuerst ihre Rüssel versenken sollten.

Nach dem Essen servierte der Höhlenmicha dem Fickel mit feierlicher Miene ein Glas mit einer trüben Flüssigkeit. »Aufs Haus.« Der ließ sich nicht zweimal bitten und goss sich das Gesöff hinter die Binde. Das Aroma kam einem irgendwie bekannt vor, ließ sich aber auf Anhieb nur schwer zuordnen.

»Das sind keine Rhöntropfen«, stellte der Fickel fest. »Sondern …?«

»Bratwurstschnaps«, erklärte Höhlenmicha freudestrahlend, »mit echtem Grillaroma.« Und bevor er weiterzog, fügte er fröhlich hinzu: »Eine echte Weltneuheit, direkt aus Meiningen.« Da dachte der Fickel mit Blick auf das mit Scheinwerfern beleuchtete Schloss, das wie ein riesiger Ozeandampfer in der Dunkelheit lag: Bemerkenswert, was eine Hochkultur wie die thüringische so alles hervorbringt.

Als er sich anschickte zu gehen, erschien plötzlich Kriminalrat Recknagel auf der Bildfläche, der nach seinen Untersuchungen am Tatort noch nicht gleich den Weg nach Hause gefunden hatte. Leichen verursachten bei ihm auch nach den vielen Berufsjahren stets schlechte Laune, und die wollte er bitte schön nicht mit nach Hause nehmen.

»Ist hier noch was frei?«, fragte er der Form halber und ließ sich auf die Bierbank gegenüber vom Fickel fallen. Der Recknagel hatte, wie er gleich nach der Begrüßung kundtat, ein kleines Durcheinander in seinem Bauch und brauchte erst mal was zum Durchputzen, am besten einen Kräuter.

Micha servierte Rhöntropfen, und aus purer Solidarität hielt der Fickel die Runde gleich mit. Doch irgendwie schien der Recknagel heute einen strengen Geruch mit sich herumzuschleppen, der sich einfach nicht zerstreuen wollte, Kräutertropfen hin oder her. Aus purer Höflichkeit vermied es der Fickel, den Kriminalrat darauf anzusprechen, schließlich wollte man ja keine Beamtenbeleidigung riskieren. Zumindest rutschte der Fickel unauffällig ans äußerste Ende der Bierbank, sodass er seine Nase wenigstens nicht direkt im Wind hatte.

Als der Recknagel hörte, dass der Fickel bei dem Konzert im Schloss gewesen war, zog er leicht die Augenbrauen nach oben und fragte, natürlich ganz ohne Hintergedanken: »Was haben *Sie* denn bei den Klassikfuzzis verloren?« Aber dann war er ganz Ohr und ließ sich den Ablauf des Konzerts in allen Einzelheiten schildern, zumindest soweit der Fickel ihn mitbekommen hatte.

Immerhin konnte er sich noch sehr gut an Prinzessin Donata erinnern und an die geplatzte Weltpremiere, weil der Fickel für die Rote Elfriede einen Vollstreckungstitel erwirkt hatte. Der Kriminalrat bekam spitze Ohren und löcherte den Fickel mit Fragen über den genauen Hergang. Wann war die Verhandlung gewesen, wann wurde der Gerichtsvollzieher eingeschaltet – und wer könnte ein Interesse haben, die Rote Elfriede von der Vollstreckung des Urteils abzuhalten?

Fickel redete sich beinahe den Mund fusslig, und der Recknagel schrieb eifrig Stichpunkte auf seinen Notizblock.

»Was war das für ein Stück?«, hakte der Kriminalrat nach. »Brahms, sagten Sie?«

Der Fickel nickte. »Irgendwas mit Liebe und Herz.«

Der Kriminalrat zog seine linke Augenbraue hoch. »Sind Sie sicher, dass Sie das nicht mit 'nem Schlager verwechseln?«, fragte er ironisch. Am liebsten hätte er wohl eine Personenliste von allen Anwesenden vorgelegt bekommen, aber der Fickel verfügte zwar in der Grundausstattung durchaus über ein fotografisches Gedächtnis, nur leider war der Speicherchip seit Jahren kaputt. Der Recknagel brummte verärgert, von einem Anwalt habe er sich schon ein paar mehr Informationen erhofft. Polizisten scheinen tatsächlich zu glauben, die Menschheit hätte nichts Besseres zu tun, als sich jedes Detail ihres Lebens für den Fall einzuprägen, dass man zufällig Zeuge eines Verbrechens wird.

Aber das setzte natürlich voraus, dass auch tatsächlich ein Verbrechen stattgefunden hatte. Der Fickel bestellte noch ein Dings[21] und erkundigte sich angelegentlich, ob der Recknagel etwa davon ausgehe, dass die Rote Elfriede ermordet worden sei.

Und da kratzte sich der Recknagel am Schädel und brummte: »Da legt sie sich mit dem Historischen Verein und dem gesamten Establishment an und stirbt aus heiterem Himmel kurz vor diesem Konzert … Wenn das mal kein Zufall ist.« Aber wie der Kriminalrat das Wort betonte, war selbst dem Fickel klar, dass er in Wahrheit nicht an einen Zufall glaubte.

Doch der Recknagel ließ sich nicht tiefer in die Karten

---

21 Dingslebener, regionale Bierspezialität.

blicken und nahm den Fickel stattdessen in ein regelrechtes juristisches Kreuzverhör. Wie auch immer er auf die absurde Idee gekommen war, ausgerechnet eine Terminhure über juristisches Geheimwissen wie zum Beispiel das dingliche Wohnrecht auszufragen. Grundsätzlich war der Fickel natürlich total die falsche Adresse für solche Fachsimpeleien, zumal nach Feierabend und nach dem einen oder anderen Kräuterbitter.

Aber wie es der Zufall wollte, hatte er sich gerade neulich erst mit dem Dings – also nicht mit dem Bier, sondern dem so ähnlich klingenden Wohnrecht – befasst, als die Frau Schmidtkonz laut darüber nachgedacht hatte, ihr Haus zu verkaufen, wenn sie nicht mehr so gut zu Fuß war, und von dem Erlös in ein Haus mit Aufzug zu ziehen. Im Allgemeinen hatte die Frau Schmidtkonz nichts gegen Aufzüge, wenn sie nicht gerade die Fassade des Schlosses verunzierten. Dann aber hatte die Frau Schmidtkonz einen jähen Rückzieher gemacht: Sie würde es niemals übers Herz bringen, aus ihrem Haus am Töpfemarkt auszuziehen, stattdessen schwebte ihr jetzt vor, im Alter nur das Erdgeschoss zu bewohnen und den Rest des Hauses zu Geld zu machen. Ausgerechnet der Fickel sollte recherchieren, wie man so was juristisch deichselt. Und dank einiger Kantinengespräche mit kompetenten Kollegen war der Fickel auf das besagte *dingliche Wohnrecht* gestoßen, das wie ein richtiges Eigentum ins Grundbuch eingetragen wird und das einem daher keiner mehr wegnehmen kann, solange man lebt. Nur die Erben gucken halt ein bisschen blöd aus der Wäsche. Aber dann ist man ja tot und damit fein raus.

Der Kriminalrat nickte verstehend. »Und wenn man erst

gar keine Erben hat, dann ist das ja sogar eine ganz vernünftige Lösung, gä[22]?«

Neben dem Recknagel hatte inzwischen eine junge Teilnehmerin der Beach-Party in einer engen weißen Jeans Platz genommen. Statt eines T-Shirts trug sie nur einen BH, an dem Fransen herunterbaumelten wie einst am Jagdanzug von Winnetou und Old Shatterhand. Zu allem Überfluss unterhielt sie sich ziemlich laut mit ihrer Freundin über einen gewissen Ricardo, den beide offenbar ganz gut kannten. Sie gackerten und giggelten, dass dem Fickel die Ohren klingelten, aber der Kriminalrat nahm nicht die geringste Notiz von ihnen. Dank Tinnitus verfügte er nämlich über ein selektives Gehör, besonders rechts.

Anscheinend hatte der Recknagel sein Faible für komplizierte juristische Fragen entdeckt, denn kaum stand der nächste Schnaps auf dem Tisch, erkundigte er sich, was der Fickel über *Leibrenten* wusste. Praktisch Staatsexamen. Aber da streikte selbst beim Fickel der gesunde Menschenverstand. Denn dass nur der Leib in Rente geht und der Geist fröhlich weiterarbeitet, so einen Quatsch konnte sich ja nicht mal ein Jurist ausdenken.

Da musste erst der Höhlenmicha mit seinem brandneuen iPhone anrücken und das Internet besuchen. Und es ist doch interessant, was man von einem gut vernetzten Wirt alles lernen kann. Bei einer Leibrente wurde beim Transfer einer Immobilie, zum Beispiel einer Villa am Mittleren Rasen, kein fester Kaufpreis vereinbart, sondern nur eine

---

22 Old-school-Mäningerisch für »gell«.

monatliche Abschlagszahlung. Der Clou an dem Geschäft war – zumindest für den Erwerber –, dass das Haus natürlich umso billiger wurde, je kürzer der Verkäufer noch lebte. Ganz einfache Rechnung im Grunde. Insbesondere für Spekulanten, die hochbetagten und /oder schwerkranken Immobilienbesitzern finanzielle Sicherheit bis zum bereits absehbaren Ende versprachen und sich kühl kalkulierend deren Immobilien unter den Nagel rissen.

»Pfui Deibel«, kommentierte der Recknagel dieses Geschäftsmodell – und ließ sich von dieser Einschätzung auch nicht abbringen, als der Höhlenmicha nun auch ihm die Weltneuheit aus den Meininger *Trinktanks* präsentierte. »Bratwurstschnaps, wo gibt's denn so was!«, brummte der Kriminalrat nur, bevor er ihn anstandslos hinunterkippte.

Natürlich wollte der Fickel *nur so zur Info* gerne wissen, warum sich der Recknagel auf einmal für innovative Rentenmodelle interessierte. Schließlich musste ihm bei seiner Beamtenpension, Besoldungsgruppe A13, oberste Erfahrungsstufe, in der Hinsicht keineswegs bange sein – ganz im Gegensatz zum Fickel daselbst, dessen Beiträge zum Anwaltsversorgungswerk dort wahrscheinlich eher für Lacher sorgten. Vermutlich war der Fickel als prekärer Freiberufler dazu verurteilt, bis an den Rand seines kühlen Grabes für den eigenen Unterhalt – sprich: Dach überm Kopf plus medizinische Versorgung und ab und zu eine Barchfelder Rotwurst – zu schuften. Glücklicherweise wies sein Job zumindest körperlich keine allzu großen Belastungen auf und er konnte ihn zur Not auch noch als Siechender oder Geist ausüben.

»Na ja, vielleicht sehe ich mal wieder nur Gespenster«, sagte der Kriminalrat abschließend und blickte auf die Uhr. »Ich muss los, schließlich hat der italienische Kommissar jetzt auch Feierabend, gä?«

Damit erhob er sich recht plötzlich von seiner Bierbank und brachte damit die unablässig giggelnde junge Frau mit dem Fransen-BH, die leichtsinnigerweise am anderen Ende Platz genommen hatte, dazu, der Schwerkraft gehorchend wie auf einer Wippe ohne passendes Gegengewicht zu Boden zu sausen.

»Ey, Alter, was soll'n das?!«, rief die junge Frau wütend und betrachtete ihre weiße Jeans, die jetzt allerdings nicht mehr überall weiß war.

»Tut mir aufrichtig leid, ich hatte gar nicht mitbekommen, dass da jemand sitzt«, erwiderte der Kriminalrat mit ausgesuchter Höflichkeit und verschwand in der Dunkelheit.

»Penner«, rief ihm die junge Frau hinterher und wandte sich an ihre Freundin. »Boah, hast du auch mitgekriegt, wie der Typ gestunken hat?«

»Wo wohnt Opa? – Im Mitropa[23]«, scherzte die andere. Und schon giggelten sie wieder los, als gäbe es dafür Bonusmeilen oder Treuepunkte.

Als der Fickel wenig später, angefüllt von Brahms und Bratwurstschnaps, den Herrenberg Richtung Schlosspark hinunterstieg und über die herrschaftliche Bogenbrücke

---

23 Ehemalige Spitzengastronomie am Bahnhof, heute leer stehend, letzte Zufluchtsstätte für gestrandete Existenzen.

schlenderte, summte er leise die Melodie des Ungarischen Tanzes Nr. 5 vor sich hin, und die Liebesschlösser an den Geländern funkelten im Mondschein silbern über den dunklen Wellen der Werra.

IV Ein verzwicktes Testament

Die Oberstaatsanwältin Gundelwein saß allein an einem
Tisch des Turmcafés, welches sich im vornehmen Hessensaal von Schloss Elisabethenburg befand, und genehmigte
sich trotz der Hitze ein Stück Schwarzwälder Kirschtorte
sowie einen Cappuccino. Außer ihrem war nur ein einziger
weiterer Tisch besetzt. Dort fläzte sich der schwergewich-
tige Vorsitzende des Historischen Vereins, den die Gundelwein zuletzt anlässlich des Hofkonzerts in Aktion erlebt
hatte, auf dem fragilen historischen Gestühl, dass man
fürchtete, es würde jede Sekunde zusammenbrechen. In seiner Gesellschaft befand sich eine, wie die Oberstaatsanwältin taxierte, etwas billig aussehende circa vierzig Jahre alte
Frau mit blonden, hochtoupierten Haaren, die allen Ernstes
einen Lederminirock trug. Offenbar hatten die beiden etwas Wichtiges zu besprechen, wie die Oberstaatsanwältin
aus dem Augenwinkel beobachtete.

Die Gundelwein hatte vor sich einen geschlossenen
Briefumschlag liegen, der mit einem Stempel als »vertraulich« markiert war. Sie liebkoste den Umschlag mit Blicken, streichelte ihn mit ihren Fingerspitzen, ohne ihn zu
öffnen. Stattdessen hob die Oberstaatsanwältin den Finger, um der Kellnerin zu signalisieren, dass sie noch einen
Cappuccino wünschte.

Sie mochte das barocke Ambiente des Museumscafés,
und sie schätzte das breite Kaffee- und Kuchenangebot.

Vor allem aber war man hier oft ungestört, denn außer den meist auswärtigen Museumsbesuchern verirrten sich nur selten Einheimische an diesen Ort. Viele Meininger hatten eine natürliche Scheu vor der noblen aristokratischen Atmosphäre. Sie trafen sich lieber in dunklen Spelunken, in denen schweres Essen und herbes Bier serviert wurden, oder in dubiosen Ausflugslokalen wie der Goetzhöhle.

An den Fenstern hingen tiefrote Samtvorhänge, die Spiegel zwischen den großen Fenstern schufen zusätzlich eine lichte und luftige Atmosphäre. In der Mitte des Raumes befand sich ein runder, höchstens hüfthoher, weiß gestrichener Zaun, der ästhetisch an einen Brunnen erinnerte. Doch wenn man über das kunstvoll geschmiedete Geländer blickte, sah man statt ins Wasser nur eine Glasscheibe, durch die man zehn Meter durch den Treppenhausschacht in die Tiefe blicken konnte.

Die Gundelwein beobachtete verwundert, wie Schlossverwalter Bornkessel ein Doppelstück Nassen Kuchen[24] mit einem riesigen Berg Sahne in sich hineinschaufelte und dazu, wenn die Gundelwein ihre Augen nicht trogen, am hellerlichten Tag ein Gläschen Likör kippte. Seine Tischnachbarin begnügte sich mit einer Tasse Tee. Um in dem Alter noch Miniröcke tragen zu können, brauchte es eine gewisse Disziplin. Leider konnte die Gundelwein nicht verstehen, was die beiden miteinander verhandelten. Wie ein Paar wirkten sie nicht gerade, eher wie Geschäftspartner.

---

24 Rhöner Backwarenspezialität, Hauptzutaten: Pudding, Schmand und zur Tarnung eine homöopathische Dosis Obst.

Die Kellnerin näherte sich und brachte der Gundelwein den zweiten Cappuccino. Nun hob auch Bornkessel den Arm und tippte auf sein leeres Glas: Noch einen! Die Oberstaatsanwältin dachte kurz an die Museumsobjekte, die auf dem Schwarzmarkt aufgetaucht waren. So wie der Schlossverwalter Kuchen aß und Likör trank, verfügte er über einen unmäßigen, vielleicht auch sonst nicht nur für leibliche Genüsse anfälligen Charakter. Aber war diesem gemütlichen, fettelnden Kerl wirklich zuzutrauen, dass er auf internationalem Parkett illegal mit Kunstgegenständen handelte? So grobschlächtig, wie er seinen Kuchen verzehrte, sicherlich nicht.

Die Gundelwein schlürfte etwas Schaum von ihrem Cappuccino und probierte ein winziges Stück der Torte. Normalerweise bedeutete ihr Genuss nicht viel, schon gar nicht Süßes – sie brauchte einfach das Gefühl, etwas Unvernünftiges zu tun, um sich selbst zu belohnen. Nach ihrem ersten Staatsexamen hatte sie aus purem Übermut ein halbes Dutzend ebenso süßer wie starker Cocktails geschlürft, bis sie sich übergeben musste. So simulierte sie zumindest das Gefühl, sich gehen lassen zu können, doch der eigentliche Mehrwert bestand darin, es mal wieder geschafft zu haben und – wie in der Examensvorbereitung oder beim Schwimmen – besser, intelligenter, fleißiger, härter zu sich selbst gewesen zu sein als andere.

Sie zwang sich, das Stück Torte halb aufzuessen und die zweite Tasse Cappuccino auszutrinken, bevor sie den Briefumschlag in die Hand nahm und genüsslich aufriss. Im Umschlag befand sich der Entwurf für ihr Zwischenzeugnis, das jedem im Staatsdienst befindlichen Juristen circa alle drei Jahre zustand. Bevor das Zeugnis ausgestellt wurde, gab es eine Anhörung, bei der man sich äußern durfte. LOStA Siebenthaler war bei all seinen fachlichen und menschlichen Schwächen ein gutmütiger Chef, der niemandem Steine in den Weg legte. Seine Beurteilungen waren bislang immer mehr als zufriedenstellend für die Gundelwein ausgefallen, sogar fast überschwänglich – genau das, was die Gundelwein jetzt für ihren nächsten Karriereschritt brauchte. Denn in einem Moment des Überdrusses an ihrer gegenwärtigen privaten und beruflichen Situation hatte sie sich auf eine ausgeschriebene Stelle als Abteilungsleiterin bei der Thüringer Generalstaatsanwaltschaft in Jena beworben. Womit sie sicherheitshalber gar nicht gerechnet hatte, war eingetreten: Sie hatte eine Einladung zu einem Vorstellungsgespräch erhalten. Da passte es doch hervorragend, als Krönung ihrer Bewerbung das frische Zeugnis auf den Tisch legen zu können.

Im Grunde war es beschämend, sich als gestandene Frau von fast vierzig Jahren der Einschätzung eines Vorgesetzten stellen zu müssen, vor allem wenn der einem fachlich nicht annähernd das Wasser reichen konnte. Aber als Juristin, zumal im Staatsdienst, war man einigen Kummer gewohnt. Bereits vor dem Examen wurden die Studierenden bei Klausuren und Hausarbeiten mit Horrorbenotungen traktiert. Schon acht von achtzehn Punkten, ein an sich nur durchschnittliches Ergebnis, galten in der Ausbildung als Glückstreffer, zehn Punkte und mehr brachten höchstens noch fünfzehn Prozent aller Teilnehmer zustande. In den beiden Staatsexamina konnte das Gros der Kandidaten froh sein, wenn es nach neun fünfstündigen

Klausuren über dem Strich stand. Nur die Wenigsten konkurrierten in der mündlichen Prüfung um die begehrten Prädikate, die die einen zu stinkreichen Anwälten, Notaren und Wirtschaftsjustiziaren machten und die anderen immerhin in den warmen Schoß des Justizdienstes führten. Nicht wenige endeten jedoch zuvor allein durch das ewige Repetieren und die Warterei auf die Ergebnisse in der nervlichen Zerrüttung.

Fernab jeglicher Selbstzweifel war die Oberstaatsanwältin in ihrer Laufbahn von einem Erfolg zum nächsten geeilt: Abiturschnitt eins Komma eins (die Zwei in Musik war einfach nicht wegzubekommen gewesen), erstes Examen mit Note »gut«, zweites immerhin noch mit »vollbefriedigend« abgeschlossen, trotz eines offen sexistischen Prüfers, der Betrachtungen über ihre Körper- und/oder Körbchengröße angestellt und sich später angesichts einer drohenden Anzeige entschieden hatte, der Kandidatin eine höhere Punktzahl zuzubilligen.

Die Gundelwein faltete das Papier auseinander, auf dem die Sekretärin des LOStA den Entwurf des Zeugnisses säuberlich abgetippt hatte, und begann mit Genugtuung zu lesen, mit welch geschraubten Formulierungen ihr Vorgesetzter ihre Arbeit pries. Die Worte »stets«, »kompetent« und »zufrieden« kamen in angemessener Stückzahl vor. Der Ton stimmte.

Doch beim zweiten Absatz verfinsterte sich die Miene der Oberstaatsanwältin. Was war das? Mit schockgeweiteten Augen musste sie lesen, sie neige zuweilen dazu, den »Strafanspruch des Staates zu überdehnen«, was nach Übereifer klang und nichts anderes als eine versteckte Kritik an ihrer Arbeit war. Vermutlich handelte es sich nur um einen Fehler, allenfalls eine ungeschickte Formulierung, für die ihr Chef bekannt war.

Doch es wurde eher schlimmer. Noch gravierender als der vorige wog ein anderer Satz, der zunächst harmlos klang, aber eine verhängnisvolle Wendung nahm, nämlich dass die Oberstaatsanwältin »großes Vertrauen in ihre eigene fachliche Sichtweise« hege und direkte dienstliche Anordnungen »oft etwas freier« interpretiere. Dies suggerierte dem eingeweihten Leser, dass die Oberstaatsanwältin Anweisungen nicht befolgte und somit ein Disziplinproblem habe. Praktisch ein Todesurteil für alle weiteren Ambitionen in der Behörde. Siebenthaler wollte ihr eins reinwürgen, so viel stand fest. Aber was um alles in der Welt hatte ihren Chef, diesen alten Feigling und Duckmäuser, geritten, sich mit ihr anzulegen?

Unaufhaltsam wie siedende Milch in einem engen Topf stieg die Wut in der Oberstaatsanwältin auf. Zornig faltete sie das Papier zusammen und knallte den Umschlag auf den Tisch, dass der Zuckerspender und das Milchkännchen klirrten. Schlossverwalter Bornkessel zuckte erschrocken zusammen und blickte kurz misstrauisch rüber, dann richtete er seine Aufmerksamkeit wieder auf seine Gesprächspartnerin beziehungsweise seinen Kuchen.

Die Oberstaatsanwältin winkte die Kellnerin herbei: »Zahlen bitte!« Sie fühlte das dringende Bedürfnis, ein- bis zweitausend Meter im Schwimmbecken zu absolvieren, und zwar in Rekordzeit!

Während seine Exfrau Karrieresorgen plagten, saß Rechtsanwalt Fickel im Büro der gerichtlichen Serviceeinheit Therese und spielte eine Partie Halma gegen seinen ärgsten Konkurrenten in der gesamten Terminhurenbranche, Rechtsanwalt Amthor. Nebenbei erzählte er den Kollegen, wie er vom Klassikpublikum beim Hofkonzert neulich um ein Haar gelyncht worden wäre und vom Tod der Roten Elfriede. Aber Therese interessierte sich lediglich für die musikalische Liebeserklärung von Johannes Brahms an das Herzogpaar sowie für das Kleid von Prinzessin Donata, und der Amthor interessierte sich nur für seine praktisch aussichtslose Situation beim Halma. Wer wollte es ihnen verübeln?

Da zeigte das Diensttelefon einen ankommenden internen Anruf an.

»Wer kann das wohl sein?«, wunderte sich Therese und ging ran. Es war mal wieder Amtsgerichtsdirektor Leonhard, der einsam die Stellung in seinem Gericht hielt. Das Telefonat war sehr kurz und hörte sich aus Fickels Perspektive in etwa so an: »Ja? (…) Nein. (…) Ja. (…) Okay … Gut. Ich sag's ihm.«

Therese warf den Hörer auf die Gabel. »Richter Leonhard braucht einen Anwalt bei einer Testamentseröffnung«, sagte sie. »Lust?«

Amthor erhob sich ächzend und sagte: »Ich mach schon.«

»Er hat aber ausdrücklich den Fickel bestellt«, meinte die Therese. Amthor hielt irritiert inne, denn solch eine Ansage widersprach in höchstem Maße dem gerichtlichen Ehrenkodex. Schließlich war eine Terminhure so gut wie die andere.

»Ich weiß ja auch nicht, was der Kerl sich dabei denkt«, konzedierte die Therese entschuldigend und wandte sich an den Fickel: »Also ...?«

Diplomjurist[25] Fickel kratzte sich verlegen am Kopf. Erstens war es unfair gegenüber dem Kollegen, das Mandat anzunehmen, und zweitens war Erbrecht natürlich mal wieder überhaupt nicht sein Spezialgebiet, wiewohl man eigentlich feststellen muss, dass er juristisch gesehen eigentlich gar kein Spezialgebiet hatte. Deshalb war's im Grunde auch wieder egal.

»Wenn's unbedingt sein muss«, sagte der Fickel und erhob sich aus Thereses Arbeitsstuhl, wobei es ein schmatzendes Geräusch gab. Letztlich war er doch ein bisschen neugierig, warum der Leonhard ausgerechnet ihn bestellt hatte. Der Amthor grollte: »Dann werte ich das Spiel aber als verloren wegen Kapitulation.« Wenigstens diesen Triumph musste man ihm einfach lassen.

»Wir sehen uns nachher in der Kantine«, rief die Therese dem Fickel noch hinterher, verbunden mit der Mahnung: »Allein essen macht dick.« Eigentlich müsste sie es besser wissen, wo sie doch *immer* in Gesellschaft in die Kantine ging. Aber auch der Fickel war kürzlich vom dritten auf das vierte Gürtelloch umgestiegen. Als Mittvierziger wird der Mensch eben ein bisschen mehr. Wobei die Therese dem Fickel unlängst erst glaubhaft versichert hatte, dass ihn der kleine Bauchansatz irgendwie auch seriöser und sogar männlicher erscheinen lasse. Doch solche Schmeicheleien

---

25 Anwalt mit beschränkter Kompetenz, im Gegensatz zum Volljuristen.

waren bekanntlich ein Rechtsgeschäft auf Gegenseitigkeit, weshalb der Fickel auch etwas Nettes über die Figur von der Therese gesagt hatte. Aber wer glaubt schon einem Anwalt?

Das von der Therese angegebene Zimmer lag im Richtertrakt des Amtsgerichts, den der Fickel bislang noch so gut wie nie betreten hatte, außer in den goldenen Zeiten der ehemaligen Direktorin Driesel, bevor diese ihren wohlverdienten Ruhestand in der Justizvollzugsanstalt Chemnitz[26] angetreten hatte. Links und rechts gingen Büros vom Flur ab. Sämtliche Türen waren verschlossen, nur eine einzige war geöffnet: die von Amtsgerichtsdirektor Leonhard. Man musste nur der Nase nach, Richtung Kölnisch Wasser.

Ein bisschen wunderte sich der Fickel schon, was der Leonhard eigentlich von ihm wollte. So eine Testamentseröffnung ist nämlich im Allgemeinen keine große Sache: Umschlag auf, Zettel raus – fertig ist die Laube. Da diese Prozedur sowohl formal wie juristisch kaum Fallstricke bietet, wird sie normalerweise vom Rechtspfleger erledigt. Dass sich der Leonhard heute ausnahmsweise persönlich um die Angelegenheit kümmerte, musste einen besonderen Grund haben. Innerlich auf alles vorbereitet, betrat der Fickel das Zimmer.

Richter Leonhard war, da er heute keinen offiziellen Verhandlungstermin auf der Agenda hatte, in Zivil, was seiner

---

26 Zentraler mitteldeutscher Frauenknast; wegen der geringen Zahl straffällig gewordener Thüringerinnen werden diese neuerdings nach Sachsen outgesourct.

Autorität als »dritter Gewalt« jedoch keinerlei Abbruch tat. Die Robe hing »zum Auslüften« hinter ihm an einem Bügel am Schrank, mitsamt Hemdkrageneinsatz.

Dem Richtertisch gegenüber saßen in gebührendem Abstand voneinander Astrid Kemmerzehl, die in ihrem schwarzen Trauerkleid noch hagerer wirkte, als sie ohnehin schon war, und der überhaupt nicht hagere Schlossverwalter Bornkessel, im Nebenjob Vorsitzender des Meininger Historischen Vereins e.V. Im Kontrast zu ihrem sonst eher biederen Aufzug hielt Astrid Kemmerzehl ein Körbchen auf dem Schoß, in dem der allen bereits bekannte Chihuahua Erich hockte, der den Fickel aus welchem Grunde auch immer wütend anblickte und leise knurrte. Irgendetwas schien ihn an Fickels Karma zu stören.

»Aus!«, schimpfte die hochgeschlossene Dame, und beim Klang der autoritär klingenden Stimme nahm selbst der Fickel sogleich innerlich Haltung an. Der Hundeverschnitt ging mit einem leisen Winseln hinter dem Rand seines Körbchens in Deckung. Auch Bornkessel war zusammengezuckt und hatte den Kopf zwischen den Schultern eingezogen.

Richter Leonhard begrüßte launig die traute Runde – Hunde eingeschlossen – und kam ohne Umschweife zur Sache: »Also, Herrschaften, ich muss schon sagen, dieses Testament ist ein Highlight meiner Karriere«, erklärte er kopfschüttelnd. »Sitzen Sie alle?«

Er klatschte unternehmungslustig in die Hände, und es fehlte nur noch, dass er hineinspuckte. »Also, Folgendes hat sich zugetragen: Die Erblasserin Frau Elfriede Langguth hat ein Testament im Gerichtsregister niedergelegt, das mir kürzlich von einem verzweifelten Rechtspfleger vorgelegt wurde«, fuhr Leonhard fort. »Nachdem wir neulich in ähnlicher Runde beisammen waren, hätte ich übrigens nicht gedacht, dass dieser Erbfall so schnell eintritt.«

Astrid Kemmerzehl nickte ernst. »Frau Langguths Tod kam sehr überraschend.«

Schlossverwalter Bornkessel erklärte salbungsvoll: »Trotz unserer kleinen Meinungsv-verschiedenheiten in letzter Zeit war ich v-von der Nachricht sehr betrof-fen.«

Astrid Kemmerzehl blickte leicht befremdet zum Schlossverwalter. Der Fickel sparte sich ein eigenes Statement. Aber das war mal wieder typisch Kleinstadt: Vor zwei Wochen hatte man von der Roten Elfriede ewig nichts gehört oder gesehen, und plötzlich begegnete man ihr auf Schritt und Tritt – und das, obschon sie tot war.

»Ich habe in das Testament natürlich gleich mal reingeschmult«, fuhr Leonhard in seiner typischen saloppen Art fort. »Der Grund, warum ich Sie zur Bestellung des Testamentsvollstreckers überhaupt geladen habe, ist der, dass Sie, Frau Kemmerzehl, und der Historische Verein in dem Testament bedacht werden. Das ist eigentlich nicht üblich – betrachten Sie es als einen Freundschaftsdienst.«

Bornkessel nickte würdevoll. Frau Kemmerzehl ließ sich keine Reaktion anmerken. Richter Leonhard wandte sich nun an den Fickel und erkundigte sich besorgt, ob er sich den Job des Testamentsvollstreckers denn überhaupt zutraue. Leider sei auf die Schnelle in der Ferienzeit kein erfahrenerer Kollege aufzutreiben gewesen.

Da musste der Fickel natürlich nicht lange überlegen. Immerhin hatte er in seinem Leben schon einige Rollen mit zugegebenermaßen wechselndem Erfolg gespielt: Boban-schieber, Rechtsanwalt oder auch Ehemann – aber Testa-mentsvollstrecker, das klang nach einer interessanten und vor allem nicht allzu anstrengenden Tätigkeit. Und da er gerade nichts Besseres vorhatte und finanziell ohnehin latent klamm war, nahm er den Job kurzerhand an. Schließlich soll man die Tonne rausstellen, solange es regnet.[27] Und schlimmer als bei der Rolle als Verteidiger in einem Mord-verfahren kann es schließlich nicht werden, dachte er bei sich. Im Grunde seines Herzens war der Fickel nun mal ein unbelehrbarer Optimist.

»Ich glaube, Sie sind genau der Richtige dafür«, zeigte sich Richter Leonhard über Fickels Zusage zufrieden und händigte ihm feierlich eine offizielle Bescheinigung aus, die ihn als Testamentsvollstrecker vor Erben, Behörden-mitarbeitern und anderen streitbaren Geistern auswies. »Schließlich hatte Frau Langguth ja auch Vertrauen zu Ih-nen, sonst hätte sie sich neulich nicht von Ihnen vertreten lassen, net wahr?«

Er blickte den Fickel mit freundlichem Lächeln an, der zuckte mit den Schultern. Was sollte man dazu auch sagen? Leonhard erwartete aber auch gar keine Antwort und wand-te sich gleich wieder an Frau Kemmerzehl und an Schloss-verwalter Bornkessel. »Frau Langguth hat keine gesetzlichen Erben hinterlassen. Somit müssen wir uns an ihr Testament halten. Damit Sie wissen, woran Sie sind, lese ich ihren letz-ten Willen einfach mal kurz vor. – Einverstanden?«

27 Weiser Satz des berühmten Rechtshistorikers Helmut Kohl.

Das war natürlich eine rein rhetorische Frage, denn Richter Leonhard scherte sich mitnichten um die Meinung der Anwesenden und begann ohne Unterbrechung vorzulesen. Und der Fickel fand es durchaus aufschlussreich, wie so ein Testament irgendwo auch eine Abrechnung oder vielmehr eine Anklageschrift sein kann. Denn zuerst erklärte die Rote Elfriede, wer alles *nichts* erben würde, zum Beispiel in erster Linie die Genossen, die sich zu Wendezeiten von ihr abgewandt hatten, dann bekamen die »undankbaren« Stiefkinder und selbst Enkel ehemaliger Verflossener ihr Fett weg. Leonhard las genüsslich vor, wer bei der Roten Elfriede wann und wie in Ungnade gefallen war. Der reinste Gesellschaftsroman. Irgendwann, der Hund und der Fickel dösten bereits, holte der Leonhard tief Luft und meinte, jetzt komme er endlich zum Wesentlichen. Schlossverwalter Bornkessel atmete auf und nahm Haltung an. Astrid Kemmerzehl drückte ihren Rücken noch stärker durch, sodass sie noch einmal zwei Zentimeter größer erschien.

»Ich, Elfriede Maria Johanna Langguth, geboren am 25. Mai 1919 zu Meiningen, wohnhaft daselbst Am Mittleren Rasen Nummer 8a, ledig, setze hiermit …«

Richter Leonhards Vortrag stockte plötzlich. Anscheinend hatte er irgendetwas in den falschen Hals bekommen, vielleicht eine Fliege, denn plötzlich wurde er von einem furchtbaren Hustenanfall heimgesucht, sein Gesicht lief knupperkirschenrot an und Tränen schossen ihm in die Augen. Der Fickel überlegte schon, ob es nicht angezeigt wäre, den Notarzt zu rufen, da fuhr Leonhard mit belegter Stimme fort:

»… setze hiermit meinen getreuen und über alles geliebten Chihuahua Erich als Erben meines gesamten Vermögens ein.« Erleichtert, diese Passage geschafft zu haben, griff Leonhard nach dem Wasserglas und trank es, ohne abzusetzen, aus. Astrid Kemmerzehl ließ sich keine Reaktion anmerken. Bornkessel gab ein Zischen von sich, das klang, als ob Dampf aus einem Schnellkochtopf entweicht. Das Hündchen auf dem Schoß der Dame bekam einen Heidenschreck, hob seinen Kopf aus dem Körbchen und beäugte Bornkessel misstrauisch, während Richter Leonhard unbeirrt fortfuhr: »Als Nacherbin für den hoffentlich noch fernen Tag, da Erich mir ins Jenseits folgt, setze ich meine langjährige Assistentin Astrid Kemmerzehl ein, jedoch nur unter der Bedingung, dass sie Erich nach meinem Tod bei sich aufnimmt und zeitlebens so gut für ihn sorgt wie bisher. Sollte sie aus irgendeinem Grunde das Erbe nicht antreten wollen oder können, soll von mir aus alles, was ich besitze, nach Erichs Tod an den Meininger Historischen Verein gehen. Aber nur, wenn das Geld nicht für so hässliche Aufzüge verwendet wird.«

Leonhard blickte blinzelnd auf. »Eins muss man ihr lassen. Sie hatte Geschmack.« Bornkessel grummelte etwas in seinen Anderthalb-Tage-Bart. Astrid Kemmerzehl saß aufrecht und steif da. Ihre Miene war wie eingefroren.

»Zu guter Letzt beauftrage ich das Gericht, einen fähigen und vor allem ehrbaren Advokaten zur Vollstreckung meines letzten Willens zu benennen, da ich fürchte, dass Frau Kemmerzehl möglicherweise damit überfordert wäre, meinen bescheidenen Besitz zu sichten und angemessen zu verwerten. Ich habe mir nie viel aus Geld und Vermögen gemacht, aber in einem langen Leben wie meinem sammeln sich ein paar Groschen und auch ein paar Dinge an, die vielleicht nicht ganz wertlos sind.«

Leonhard wandte sich jetzt dem Schlossverwalter zu: »Meine Tagebücher, die aufgrund meiner jahrelangen Tätigkeit als Meininger Bürgermeisterin für die Stadtgeschichte gewiss von einigem Interesse sind, vermache ich dem Historischen Verein, der diese sichten und gegebenenfalls einem Museum oder dem Stadtarchiv übergeben soll. Absatz. Zuletzt geändert: Meiningen im Dezember 2015, gezeichnet im vollen Besitz meiner geistigen Kräfte: Elfriede Maria Johanna Langguth.«

Es war totenstill im Raum. Der Hund schnarchte leise vor sich hin und wusste von nichts.

»Das kann doch nicht wahr sein«, sagte Bornkessel in die Stille hinein. »Was soll ich denn mit den v-verdammten Tagebüchern?«

Richter Leonhard zuckte mit den Achseln. »Das zu entscheiden obliegt allein Ihnen.«

Frau Kemmerzehl erhob nun zum ersten Mal ihre Stimme. »Was bedeutet das denn jetzt eigentlich? Muss ich für Erich ein eigenes Konto einrichten?«

»Das ist eine gute Frage«, bestätigte Richter Leonhard. »Selbstverständlich kann nach deutschem Recht kein Hund als Erbe eingesetzt werden.« Er lächelte souverän. »Ein Tier hat schließlich keine eigene Rechtspersönlichkeit!« Er lachte herzlich. »Stellen Sie sich mal vor: Der Erste setzt seinen Hund ein, der Nächste seine Katze, der Übernächste seinen Kanarienvogel. Wo kämen wir denn da hin? Die reinste Zoowirtschaft.«

Und schon hatte der Fickel mal wieder was gelernt.

»Dann ist das Testament also unwirksam?«, erkundigte sich Bornkessel hoffnungsvoll. »Wie ich gehört habe, erbt dann die öffentliche Hand …«

Richter Leonhard schüttelte den Kopf. »Das wäre unbillig.« Er interpretiere das Testament so, dass Frau Kemmerzehl als alleinige Erbin unter der Bedingung eingesetzt wird, dass sie den Hund bei sich aufnimmt. Alles Weitere regele dann der Testamentsvollstrecker. Und da hatte der Fickel plötzlich so ein Vorgefühl, dieser Job könnte mal wieder komplizierter werden als gedacht.

Richter Leonhard sah seine Aufgabe als erfüllt an und komplimentierte die kleine Gesellschaft zur Tür hinaus, um sich einem anderen Nachlass zuzuwenden. Im Allgemeinen waren die Erbschaften in Meiningen nicht besonders hoch, aber das hieß noch lange nicht, dass es dabei ohne Streit abging. Als sich die Tür hinter Leonhard geschlossen hatte, hörte der Fickel, wie der Amtsgerichtsdirektor in ein dröhnendes Lachen ausbrach, das er offenbar die ganze Zeit unterdrückt hatte. Obwohl Richter Leonhard schon seit vielen Jahren juristisch tätig war, hatte er immer noch nicht seinen Sinn für Humor verloren.

Auf dem Flur ließ Schlossverwalter Bornkessel seinen Gefühlen endlich freien Lauf und schimpfte wie ein Rohrspatz auf Astrid Kemmerzehl ein: Sie sei eine miese Erbschleicherin, die sich nicht einmal schämen würde, eine alte, fast senile Frau für ihre Interessen zu manipulieren. Abgesehen davon, dass dem Fickel die Rote Elfriede alles andere als senil und hilflos vorgekommen war, tat ihm die Beschimpfte direkt ein bisschen leid, doch die

Verwünschungen schienen komplett an ihr abzuprallen. Sie tätschelte dem Miniatur-Köter sogar beruhigend den Kopf, als wolle sie ihn davon abhalten, dem verbalen Angreifer in Jagdhundmanier an die Kehle zu springen.

»Sind Sie jetzt fertig?«, erkundigte sie sich, als die Schimpfkanonade beendet war. Bornkessel schwieg verblüfft. »Sie sollten mal gründlich über Ihre Manieren nachdenken, bevor Sie mit einer Dame reden«, sagte Astrid Kemmerzehl tadelnd. Mit solch einer Zurechtweisung hatte der Schlossverwalter und Vereinsvorsitzende in Personalunion offenbar nicht gerechnet. In der Aufregung begann er wieder verstärkt zu stottern.

»Ich werde juristische Schritte gegen Sie prüf-fen, ma-chen Sie sich auf was gef-fasst!«, grollte er zum Abschied und zog schnaubend von dannen. Der Fickel blieb mit Dame und Hund allein auf dem Richterflur des Amtsgerichts zurück.

»Und nun?«, hätte er beinahe gefragt. Gerade noch rechtzeitig fiel ihm ein, dass es eigentlich an ihm war, diese Frage zu beantworten, weshalb er einstweilen lieber seinen Mund hielt. Dem kleinen Hund schien nach wie vor irgendetwas am Fickel zu missfallen. Er knurrte und fletschte die Zähne. Vielleicht erinnerte ihn die Farbkombination auf Fickels Hemd aber auch nur an die Auslage an der Fleischtheke. Nur dass der Fickel nicht ganz so appetitlich roch. Wie auch bei den Temperaturen?

»Mit allem hätte ich gerechnet, aber damit nicht«, erklärte Astrid Kemmerzehl kopfschüttelnd. »Frau Langguth hat nie eine Andeutung gemacht, dass sie vorhatte, mich in ihrem Nachlass zu berücksichtigen.«

Der Fickel gab zu bedenken, dass sie genau genommen erst in zweiter Linie bedacht worden war, Klartext: erst nach dem Hund. Doch Astrid Kemmerzehl zuckte nur mit den Schultern und erwiderte, wenn sie den Richter eben richtig verstanden habe, sei das in diesem Fall juristisch gesehen dasselbe. Da war der Fickel erst mal gründlich ausgebremst. Juristische Belehrungen von Laien entgegenzunehmen war selbst für ihn entwürdigend. Doch Astrid Kemmerzehl beschwichtigte ihn mit einem Lächeln, händigte ihm einen schweren Schlüsselbund aus und bot ihm ihre kundige Hilfe bei der Sichtung von Frau Langguths Eigentum an. Da konnte der Fickel natürlich nicht ablehnen.

»Wenn Sie wollen, können wir gleich mal in die Wohnung gehen«, sagte Astrid Kemmerzehl, »dann zeige ich Ihnen alles.«

Der Fickel stimmte nur allzu gerne zu und unternahm noch einen kurzen Abstecher zur Geschäftsstelle, um sich für heute abzumelden. Die Serviceeinheit Therese war allerdings ein wenig enttäuscht und vielleicht sogar eine Spur eifersüchtig, dass der Fickel mit dieser »dürren Person« von dannen zog, dienstliche Gründe hin oder her, und sie deswegen heute in der Gerichtskantine allein und ohne Zeugen ihren Salat futtern musste. Denn bei überwiegend sitzender Tätigkeit beträgt der Energieverbrauch einer gerichtlichen Serviceeinheit grob geschätzt circa dreieinhalb Salatblätter pro Stunde, ohne Dressing.

Der Fickel lotste Astrid Kemmerzehl zu seinem beigebraunen Wartburg 353 Tourist und öffnete ihr den Schlag, als sei er der Chauffeur der englischen Königin. Leider hatte der Wagen direkt in der Sonne gestanden, drinnen herrschte die reinste Backofenatmosphäre, und die dunkelbraunen Buna[28]-Polster hatten sich derart aufgeheizt, dass sie sogar Fickels Härchen in den Kniekehlen, direkt unterhalb des Saumes seiner Shorts, ansengten. Astrid Kemmerzehl kommentierte weder Alter oder Zustand des Fahrzeugs noch die darin herrschenden Temperaturen. Nur der kleine Erich hechelte winselnd und leckte sich die Pfoten, vermutlich um Brandblasen vorzubeugen.

Der Fickel kurbelte das Fenster runter und versuchte, um von seiner Schweißproduktion abzulenken, in souveräner weltmännischer Manier Small Talk zu betreiben. Doch Astrid Kemmerzehl gehörte anscheinend nicht gerade zur geschwätzigen Sorte, vorsichtig ausgedrückt. Also quasselte sich der Fickel weiter um Kopf und Kragen, während er zwischen Bahnhof und Englischem Garten hindurchknatterte, dann am Sächsischen Hof vorbei durch die Altstadt bis zum südlichen Ende des Schlossparks, einem von Meiningens zahlreichen Villen-Hotspots.

Der Fickel parkte gleich an der Einmündung einer kleinen Sackgasse, um später nicht wenden zu müssen – man weiß ja nie, ob der Rückwärtsgang noch einrastet. Außerdem möchte man an so einer edlen Adresse mit seiner motorisierten Hutschachtel das Straßenbild nicht verunzieren. Der kleine Erich freute sich, noch ein paar Meter auf eigenen Pfötchen zurückzulegen und sein Bein heben zu kön-

28 VEB Buna: Chemiekombinat bei Merseburg, bekannt für den Werbeslogan »Plaste und Elaste aus Schkopau« sowie für eine betriebseigene Fußballmannschaft, deren Gegner bei Auswärtsspielen keine Sonne sahen.

nen. Frau Kemmerzehl hatte während der gesamten Fahrt höchstens drei Worte gesprochen, und der Fickel überlegte weiterhin fieberhaft, wie er ein Gespräch in Gang bringen könnte, zumindest pro forma.

»Mögen Sie Brahms?«, fragte der Fickel auf der Suche nach einem Anknüpfungspunkt.

»Ich ziehe Wagner vor«, erwiderte Astrid Kemmerzehl kühl. »Brahms ist mir zu sentimental.«

Jetzt schwieg auch der Fickel. In Gegenwart gewisser Menschen kam man sich völlig unverdient als Banause abgestempelt vor, selbst wenn man tatsächlich einer war. Stumm führte ihn Astrid Kemmerzehl in die Einlieger-wohnung der Roten Elfriede, in der es trotz der brütenden Hitze noch überraschend kühl war.

»Voilà«, sagte sie. »Da wären wir.«

Der kleine Erich ging in eine Ecke und legte sich auf sein Deckchen, als wäre nie etwas passiert. Der Fickel sah sich um. Unzählige Bücher, darunter auch eine dekorative Ausgabe der Klassiker des Marxismus-Leninismus, ver-staubten in den Regalen. In der Einbauküche fand sich eine Sammlung von Gegenständen des täglichen Bedarfs aus den letzten acht bis neun Jahrzehnten. Halb Antiqui-tätenladen, halb DDR-Museum. Astrid Kemmerzehl hat-te in der Zwischenzeit den Sekretär geöffnet. Hinter der schweren Fronttür kamen einige kleine Schubladen zum Vorschein. »Hier drin hat sie alles Wichtige aufbewahrt«, erklärte sie. »Ihre Zeugnisse, Sparbücher, Steuererklärun-gen und so weiter.«

Zunächst musste der Fickel eine gewisse Scheu über-winden, in den privaten Bereich der Verstorbenen vorzudringen. Aber als Testamentsvollstrecker sollte man schließlich nicht allzu zimperlich sein, wenn es um fremde Privatsphäre geht. Juristen und Ärzte sind schließlich diejenigen, die qua Beruf geradezu verpflichtet sind, die Intimsphäre ihrer Klientel zu verletzen. Deshalb werden sie vom Rest der Bevölkerung auch mindestens so gefürchtet wie geschätzt. Faszination hat im Prinzip *immer* etwas mit Angst zu tun.

Anfangs noch zögerlich, dann immer entschlossener öffnete der Fickel eine Schublade nach der anderen. Überall fanden sich Tage- und Adressbücher, Postkarten und Myriaden an Fotos, überwiegend in Schwarz-Weiß und in bewährter ORWO[29]-Qualität. Die Bilder waren ausweislich des blassblauen Stempels im Fotostudio Pohl entwickelt worden, in einem längst abgerissenen Haus direkt gegenüber vom Theater, wo auch der Fickel seine ersten Passbilder für den Pionierausweis hatte anfertigen lassen. Die meisten Bilder zeigten eine auffallend attraktive Frau, die immerfort lächelte.

Deshalb konnte es nicht wirklich verwundern, dass sich in einer weiteren Schublade eine Anzahl Liebesbriefe und Porträts mit männlichen Antlitzen befand, die auf der Rückseite mit Widmungen versehen waren, meist in einer alten, heute kaum noch lesbaren Handschrift. »Warum hat Frau Langguth eigentlich nie geheiratet?«, erkundigte sich der Fickel *by the way.*

---

29 Abkürzung für »Original Wolfen«, weiteres Chemiekombinat, berühmt für Foto-Utensilien, mit denen die DDR in allen Graustufen abgebildet werden konnte.

Astrid Kemmerzehl zuckte die Achseln. »Das stand für sie einfach nicht zur Debatte. Gelegenheiten gab es sicher genug.« Sie blickte nachdenklich auf den Stapel Herrenporträts. »Sie war der Auffassung, dass das Wort ›Ehe‹ von ›ehemalig‹ herrührt.«

Da dachte der Fickel: Eigentlich schade, dass man nicht früher auf seine Bürgermeisterin gehört hatte, und legte die Porträts der Verehrer wieder zurück an ihren Platz.

In einer anderen Schublade lagerte eine große Menge Spielkarten in allen Formaten und Varianten, deutsches und französisches Blatt, zum Teil noch in der Originalverpackung. »Hat sie Spielkarten gesammelt?«, fragte der Fickel erstaunt. Astrid Kemmerzehl zuckte die Achseln. »Sie hat Kartenspiele sehr gemocht. Wir haben oft stundenlang Patiencen gelegt«, sagte Astrid Kemmerzehl und lächelte versonnen.

In einem Karton, der auf dem Boden neben dem Sekretär stand, befanden sich die im Testament erwähnten Tagebücher beziehungsweise -hefte, jedes einzelne zwar nicht sehr dick, dafür immerhin fast für jedes Lebensjahr eines. Dazu mehrere Ordner mit Zeitungsausschnitten aus dem *Neuen Deutschland* und dem *Freien Wort*[30], die mit kritischen Bleistiftmarkierungen und Kommentaren übersät waren. Arbeit für eine ganze Historikerkommission.

»Merkwürdig«, wunderte sich Astrid Kemmerzehl und zeigte auf eine verschließbare Tür, die in dem Sekretär fest

---

30 Ehemaliges Organ der SED-Bezirksleitung Suhl, heute *das* demokratische Leitmedium Südwestthüringens.

eingebaut war. »Die Kassette ist ja gar nicht verschlossen.«
Als der Fickel, als Testamentsvollstrecker dazu befugt und
gerichtlich beauftragt, das Türchen öffnete, quollen ihm
Dutzende handgeschriebene Dokumente entgegen: Urkunden, Zeugnisse, ein alter Sozialversicherungsausweis sowie
ein SED-Mitgliedsbuch aus dem Jahr 1946 und schließlich
eine Entlassungsurkunde aus dem »Zuchthaus« von 1936.
Da erfasste den Fickel sofort die gleiche Ehrfurcht wie damals während seiner Schulzeit, wenn vom »heldenhaften
kommunistischen Widerstand« während der Nazidiktatur
die Rede gewesen war – von Menschen, die für »die Sache«
und »für uns alle« in den Tod gegangen waren. Schließlich
fühlte man sich selbst nicht direkt zum Helden geboren
und war insgeheim froh, in der historischen Komfortzone
des kalten Krieges mit Pionierappellen und gelegentlichen
Blumenniederlegungen an Denkmälern einen vergleichsweise unheldischen Beitrag zum Antifaschismus leisten
zu dürfen. Dem Fickel war der Respekt vor dem persönlichen Mut und der Opferbereitschaft von Menschen wie
der Roten Elfriede, zumindest was diesen Teil ihrer Biografie betraf, für alle Zeiten eingemeißelt in seine DNA.
Merkwürdig, dass ausgerechnet dieser DNA-Schnipsel bei
manch einem Ex-Jungpionier zwischen Erfurt und Dresden
mittlerweile mutiert zu sein scheint. Das beweist mal wieder, dass die Evolution keine Einbahnstraße ist.

In einer weiteren Schublade fand der Fickel immerhin
ein Sparbuch der Rhön-Rennsteig-Sparkasse über acht-
tausendsiebenhundertvierundzwanzig Euro und sieben-
undachtzig Cent, zuletzt vor sieben Jahren nachgetragen.
Sogar etwas Bargeld war dabei. Der Fickel zählte nach:

Hundertfünfundzwanzig Euro und dreiundachtzig Cent. Das reichte zwar nicht einmal für Fickels Gebührenrechnung, aber ein Einbrecher hätte die sicher nicht liegen lassen.

Größere Reichtümer fanden sich auf den ersten Blick nicht – und auch nicht auf den zweiten. Keine Spur von Wertgegenständen: weder Schmuck noch eine Münzsammlung, nicht mal ein Briefmarkenalbum. Nur eine umfangreiche Kollektion von DDR-Orden, für die man sich damals so wenig kaufen konnte wie heute.

Inzwischen wunderte sich der Fickel schon ein bisschen, warum sich der Bornkessel bei der Testamentseröffnung so verärgert gezeigt hatte. Denn nach der ersten Inventur stellte sich das Erbe der Roten Elfriede als nicht gerade geeignet dar, den Neid anderer zu erwecken, insbesondere den eines Schlossverwalters und / oder Vorsitzenden des Historischen Vereins. Mal abgesehen von der Brahms-Partitur, die freilich bereits Gegenstand der Gerichtsverhandlung gewesen war.

»Gibt es sonst noch einen Ort, wo sie wertvolle Dinge oder Papiere aufbewahrt hat?«, erkundigte sich der Fickel.

Astrid Kemmerzehl zögerte kurz, schließlich zog sie den Klavierschemel heran und rückte ihn vor den Jugendstilschrank. »Können Sie mich bitte kurz festhalten?«, sagte sie in einem Ton, der mehr befahl als bat. Und während die persönliche Assistentin der Roten Elfriede auf den wackeligen Schemel kletterte, stützte sie sich auf Fickels Schultern und Scheitel ab. Dann richtete sie sich vorsichtig auf. Der Fickel wagte nicht, sie an den Beinen anzufassen, um sie zu stützen, hielt aber seine Muskeln in Alarmbereit-

schaft, die höchstens sechzig Kilo der Astrid Kemmerzehl aus dem freien Fall aufzufangen. Astrid Kemmerzehl
reckte sich zu voller Größe auf und angelte vom Dach des
Schrankes einen schwarzen Lederkoffer herunter, den
man von unten glatt übersehen hätte.

»Nehmen Sie mir das mal bitte kurz ab?«, sagte sie und
warf ihn dem Fickel beinahe in die Arme, sodass der ein
halbes Kilo Staub, das sich auf dem Schrank angesam-
melt hatte, ins Gesicht bekam. Als er seine Augen wieder
öffnete, sah er, dass Frau Kemmerzehl sich auf dem Klavierschemel um die eigene Achse drehte und mit flattern-
den Armbewegungen ums Gleichgewicht kämpfte. Um
Schlimmeres zu verhüten, stellte der Fickel eilig den Koffer ab und packte Frau Kemmerzehl geistesgegenwärtig an
den Kniekehlen, sodass sie mit einem spitzen Aufschrei
rücklings in Fickels Armen landete. Erster Eindruck:
Schwein gehabt, zweiter Eindruck: Wie kann ein Mensch
dermaßen federleicht sein?

»Das ist gerade noch mal gut gegangen«, äußerte der
Fickel und ließ Astrid Kemmerzehls Beine fahren, sodass
sie wieder zum Stehen kam. Sobald Astrid Kemmerzehl
wieder festen Boden unter den Füßen hatte, zog sie ihr
hochgeschlossenes Trauerkleid gerade, wandte sich seelenruhig zum Fickel um – und verpasste ihm mit der flachen Hand eine Schelle, dass ihm buchstäblich Hören und
Sehen verging. Fickels schüchternen Hinweis, dass er ihr
lediglich das Leben habe retten wollen, ließ Astrid Kemmerzehl nicht gelten. Wer die Situation einer Dame derart
ungeniert ausnutzte, hatte es nicht besser verdient!

Und da war natürlich wieder das alte Thema seit Kindheitstagen: ungerechte Bestrafung gleich doppelte Bestrafung. Das Gefühl, alles richtig gemacht oder zumindest das Richtige gewollt und dabei anscheinend komplett versagt zu haben, trifft das Individuum nämlich um vieles beschämender und damit auch schmerzhafter als jede – wenn auch kräftige – Ohrfeige. Denn wenn der Fickel der Frau Kemmerzehl tatsächlich an die Wäsche gewollt hätte, dann hätte er als typischer Klemmi vorher erst mal eine halbe Stunde lang rumgedruckst und Maulaffen feilgehalten. Mal abgesehen davon, dass Astrid Kemmerzehl überhaupt nicht sein Typ war, weil brünett und überhaupt. Außerdem viel zu hager. Andererseits: Als er sie plötzlich in seinen Armen hielt wie ein frischgebackener Ehemann, der seine Braut über die Schwelle wuchtet, da spürte er ungefähr eine Tausendstelsekunde lang so ein feines Kribbeln in den Nervenknoten, die übers Rückenmark bis in den ventromedialen Nucleus seines Hypothalamus funkten, also geradewegs dorthin, wo im Oberstübchen die schmutzigen Fantasien zu Hause sind, sodass den Fickel die Ohrfeige in der Gesamtschau irgendwo doch nicht ganz unverdient getroffen hatte.

Als sein Schädel endlich aufgehört hatte zu brummen, versuchte der Fickel vergebens, die Schlösser des Koffers zu öffnen. Astrid Kemmerzehl durchforstete derweil die verschließbare Kassette im Sekretär.

»Komisch«, sagte sie. »Normalerweise war der Schlüssel immer hier drin!«

Der Fickel fahndete in ein paar Schubladen, bis er einen stabilen Brieföffner in Degenform gefunden hatte, mit dem er in den Schlössern herumstocherte. Als das nicht fruchtete, versuchte er, den altersschwachen Koffer mit Gewalt aufzustemmen. Schließlich sprang der Deckel endlich auf, und aus dem Inneren entwich ein abgestandener Geruch wie ein Windhauch aus einem fernen Jahrhundert.

Und nachdem der Fickel den Inhalt inspiziert hatte, war er doch ein bisschen überrascht. Denn der Koffer barg weder Schmuck noch Geld. Er war voller Hefte und loser Blätter mit teils gedruckten, zum überwiegenden Teil aber handschriftlichen Noten. Das Papier war größtenteils vergilbt und die Tinte an einigen Stellen bereits stark verblasst. Immerhin waren fast alle Notenlinien und -werte noch erkennbar. Während er die einzelnen Hefte durchblätterte, die oftmals mit »M. E.« gekennzeichnet waren, und zwar in einer ausladenden, serifenreichen altdeutschen Handschrift, dachte der Fickel laut nach: »Wie zum Teufel ist die Rote Elfriede an diese Papiere gekommen? Und von wem stammen sie?«

»Die waren die einzige Erinnerung Frau Langguths an ihre Mutter«, erklärte Astrid Kemmerzehl, und auf Nachfrage ergänzte sie: »Sie ist bei Elfriedes Geburt gestorben und hat ihr nur diesen Koffer hinterlassen.«

»Und der Vater?«

»Soviel ich weiß, ist er wohl in den letzten Kriegsmonaten 1918 gefallen«, berichtete Astrid Kemmerzehl. »Frau Langguth hat fast ihre ganze Kindheit im Waisenhaus verbracht.«

»Dann muss Elfriedes Mutter wohl Musikerin gewesen sein«, vermutete der Fickel.

»Sie war so eine Art Zugehfrau im Schloss, sozusagen

die persönliche Zofe der letzten Herzogin«, erwiderte Astrid Kemmerzehl. »Sie wissen schon: Ellen Franz, die spätere Freifrau von Heldburg, die den Waisenstift gegründet hat.«

Fickel nickte. »Und der Vater?«

»Meines Wissens war er Pferdeknecht im herzoglichen Gestüt, bevor er wie alle in der Zeit zum Militär eingezogen wurde.«

Pferdeknecht oder Zofe, einer von beiden musste ziemlich musikalisch gewesen sein, überlegte der Fickel.

»Ich tippe mal auf die Zofe«, sagte Astrid Kemmerzehl. »Schließlich war die Freifrau von Heldburg eine passionierte Pianistin und hat sicherlich Wert auf Musikalität bei ihren nächsten Bediensteten gelegt.«

Jetzt lag natürlich irgendwo die Vermutung nahe, dass die Noten aus dem Umfeld des Besitzes der Freifrau von Heldburg stammten. Womöglich hatten diese Notenhefte einen gewissen historischen Wert, wenn nicht sogar einen finanziellen.

»Vielleicht hat Bornkessel in dem Koffer ja auch das Brahms-Stück gefunden und wollte es sich oder seinem Historischen Verein einverleiben«, mutmaßte der Fickel.

Astrid Kemmerzehl erinnerte sich immerhin, dass sich die Rote Elfriede furchtbar aufgeregt hatte, weil Bornkessel ein bestimmtes Heft »zur näheren Prüfung« mitgenommen und einfach nicht zurückgegeben hatte. Aber dass es sich dabei um ein verschollenes Original von Johannes Brahms, sprich: eine *Trouvaille* handelte, war weder Astrid Kemmerzehl noch Elfriede Langguth bewusst gewesen.

»Sie wurde erst hellhörig, als Herr Bornkessel ihr plötzlich zweitausend Euro für die Noten angeboten hat«, erinnerte sich Astrid Kemmerzehl. »Erst sagte er, die sind nichts wert, und dann kam plötzlich dieses Angebot.« Aber Frau Langguth hatte die Noten schon aus sentimentalen Gründen nicht verkaufen wollen. Als Bornkessel schließlich immer neue Ausflüchte gesucht hatte, mit denen er die Herausgabe verweigerte, hatte sich die Rote Elfriede auf den beschwerlichen Rechtsweg begeben. »Den Rest kennen Sie«, sagte Astrid Kemmerzehl. Aber das stimmte nur halb, denn das Wichtigste, nämlich wo sich die Partitur im Moment befand, das wusste der Fickel eben nicht. Bislang hatte Gerichtsvollzieher Promehl noch keinen Vollzug gemeldet.

Als der Fickel den Koffer wieder zuschlagen wollte, merkte er, dass das Innenfutter nicht fest angeklebt war. Er löste es und fand darunter eine kunstvolle Zeichnung: das circa DIN-A4-große Porträt einer jungen, vielleicht zwanzigjährigen Frau mit charakteristischem Kinn und einem wachen, sehr selbstbewusst wirkenden Blick. Doch es waren keine Hinweise auf die Identität der porträtierten Person zu entdecken.

»Ist das vielleicht Frau Langguths Mutter?«, überlegte der Fickel laut.

»Wohl kaum«, sagte Astrid Kemmerzehl, die interessiert näher gerückt war und dem Fickel über die Schulter sah. »Bestenfalls die Oma.« Sie deutete auf die Signatur, neben der die Jahreszahl 1872 festgehalten war. Immerhin konnte der Fickel die Signatur des Künstlers auf der Vorderseite entziffern: S. F. Diez.

»Das ist ein echter Samuel Diez!«, staunte Astrid Kemmerzehl.

Bei diesem Namen machte es nun auch beim Fickel klick, denn natürlich kannte jeder Meininger das ihm zu Ehren benannte Diezhäuschen am Bielstein, von dem aus man den besten Blick über die Innenstadt hat – ein beliebtes Ziel für Wander- und Zechausflüge, eine Pilgerstätte für obdachlose junge Liebespaare wie für selbsternannte Stadthistoriker, nur leider auch regelmäßig im Fokus von Vandalen und Pyromanen. Außer dass eine Hütte nach ihm benannt worden war, wusste der Fickel nicht allzu viel über den Mann.

»Samuel Diez war einer der gefragtesten Porträtmaler des neunzehnten Jahrhunderts«, erklärte Astrid Kemmerzehl. »Eins ist sicher: Wenn er diese Frau gemalt hat, muss sie in der Gesellschaft etwas dargestellt haben.«

Fickel betrachtete das Porträt der jungen Frau genauer. »Die kommt mir irgendwie bekannt vor«, sagte er und drehte das Bild etwas, als müsste es so sein Geheimnis preisgeben.

»So alt sehen Sie gar nicht aus«, kommentierte Astrid Kemmerzehl trocken.

Ehe der Fickel die Gelegenheit gehabt hätte zu kontern, schlug plötzlich der kleine Erich an, der sich auf seinem Deckchen bislang auffällig still verhalten hatte. Er kläffte wütend mit seinem dünnen Stimmchen Richtung Tür.

»Was haben Sie hier in meinem Haus verloren?«, donnerte es da auch schon in Fickels Rücken. Als er sich erschrocken umdrehte, erkannte er sofort den Leitenden Oberstaatsanwalt, genannt LOStA, Siebenthaler, der in einem schwarzen Maßanzug in der Tür stand und mit der Aura des Chefs auf den Fickel herabblickte, der inmitten der ausgebreiteten Notenblätter vor einem aufgebrochenen Koffer hockte und so unter Umständen keinen besonders vertrauenerweckenden Eindruck machte.

Aber nicht nur dem Fickel war der Schreck in Mark und Bein gefahren, auch der kleine Erich nahm gegenüber Siebenthaler eine Verteidigungshaltung ein und fletschte knurrend seine Zähnchen – was, wenn man in dem Moment einen Sinn für Humor gehabt hätte, einen durchaus amüsanten Anblick bot.

Der Fickel erhob sich eilig und präsentierte dem LOStA seine von Richter Leonhard ausgestellte Bescheinigung, die ihn amtlich als Testamentsvollstrecker auswies. »Rechtsanwalt Fickel«, stellte er sich sicherheitshalber noch zusätzlich vor.

»Ach Sie sind das«, sagte Siebenthaler und betrachtete den Fickel von oben bis unten, just wie er vor ihm stand: in Hawaiihemd und Ein-Euro-Latschen. »Schon viel von Ihnen gehört.«

»Hoffentlich nur das Beste«, scherzte der Fickel, aber die Ironie wollte in dem Moment nicht so richtig zünden. Nicht, dass Siebenthaler den Fickel direkt von oben herab behandelte, er stellte einfach nur eine Hackordnung her, in der er die ihm gewohnte Position einnahm und der Fickel im Prinzip der Gehackte war.

»Schön und gut. Wann schaffen Sie den ganzen Unrat hier endlich raus?«, erkundigte sich Siebenthaler.

Auf diese Frage war der Fickel natürlich wieder nicht vorbereitet und verstrickte sich prompt in Ausflüchte wie »mal sehen« und »so schnell es geht«. Aber da war er an die falsche Adresse geraten.

»Wir hatten schon genug Scherereien mit dieser reni-
tenten ... Person«, rief Siebenthaler. »Bis Ende der Woche
ist der Krempel hier raus, sonst lasse ich die Wohnung selber räumen. Verstanden?«

Doch der Fickel kam gar nicht dazu zu antworten.

»Zeigen Sie wenigstens ein bisschen Anstand, jetzt, wo
Frau Langguth tot ist, wenn Sie ihn zu ihren Lebzeiten
schon nicht hatten«, rief Astrid Kemmerzehl zornig.

»Sie haben mir gerade noch gefehlt«, keifte Siebenthaler
zurück. »Sie haben mich lange genug terrorisiert mit Ihrem
hässlichen kleinen Auto. Hiermit erteile ich Ihnen Hausver-
bot!«

Astrid Kemmerzehl zeigte keinerlei Neigung, dem Befehl nachzukommen.

»Haben Sie nicht gehört? Los, raus mit Ihnen!«

Siebenthaler griff nach ihrem Oberarm und wollte sie
nach draußen zerren. Das war der Moment, in dem Erich
seine wahre Natur als Raubtier zeigte. Mit einem heiseren
Kläffen sprang er nach vorn und schnappte nach Siebenthalers Hose. Der arme LOStA war auf diesen Angriff
nicht vorbereitet und blickte zunächst hilflos an sich herunter.

»Aus, Erich!«, rief Astrid Kemmerzehl mit ihrer Drill-
Sergeant-Stimme. Doch Erich war nicht zu bremsen und
verbiss sich in das staatsanwaltliche Hosenbein. Es dauerte nicht lange, bis Siebenthaler seine Fassung zurückge-
wonnen hatte. Er trat mit seinem Fuß nach vorne aus, als
wollte er einen Freistoß schießen. Doch der kleine Chihuahua verfügte offenbar über eine solide Kauleiste und hatte
sich derart in das Hosenbein des LOStA verbissen, dass

er sich zunächst wie ein angeschnittener Fußball in einer hohen Flugkurve von Siebenthalers Bein entfernte, aber dann, mit den Zähnen am Hosenbein fest getackert, eine Ellipse beschrieb und nahezu an seinem Ausgangspunkt wieder Boden unter die Pfoten bekam.

»Erich, bei Fuß!«, rief Astrid Kemmerzehl ultimativ. Der Hund knurrte und jaulte abwechselnd, wie gefangen in seiner Raserei, bis er schließlich widerstrebend klein beigab und gehorchte. Siebenthaler begutachtete das Loch in seiner Hose. »Das werden Sie mir bezahlen«, drohte er. »Und jetzt verschwinden Sie! Sonst bekommen Sie von mir eine Anzeige wegen Hausfriedensbruchs!«

»Nichts lieber als das«, erwiderte Astrid Kemmerzehl und stolzierte hocherhobenen Kopfes an Siebenthaler vorbei. »Erich, Fuß!« Der Chihuahua zeigte dem LOStA zum Abschied noch einmal sein furchteinflößendes Gebiss, dann hoppelte er seinem neuen Frauchen wie ein Zwergkaninchen hinterher.

Der Fickel raffte eilig die restlichen Notenhefte zusammen, stopfte sie mitsamt dem Diez-Porträt wieder in den Koffer und schob ihn unter das Bett. Nach kurzem Überlegen nahm er das Paket mit den Tagebüchern an sich und vergaß unter den kritischen Blicken Siebenthalers auch nicht, die Wohnungstür zwei Mal abzuschließen. Heutzutage weiß man überhaupt nicht mehr, wem man noch trauen kann.

Als der Fickel schwer bepackt aus der Villa kam, wurde er draußen von Astrid Kemmerzehl bereits erwartet. »Dieser Herr Siebenthaler ist ein herzloser Sadist«, sagte sie, und der Fickel entgegnete, dass dies vielleicht auch ein wenig zum Berufsbild des Staatsanwalts gehörte. Er selbst hatte da schließlich so seine Erfahrungen. »Seine Frau ist fast noch schlimmer«, fuhr Astrid Kemmerzehl fort. »Eine durch und durch niveaulose Person.« Jetzt wunderte sich der Fickel doch etwas, denn er hatte nicht einmal gewusst, dass der LOStA verheiratet war. Aber weitere Aussagen waren der diskreten Astrid Kemmerzehl zu diesem Thema nicht zu entlocken.

»Wenn Sie nichts Besseres vorhaben, würde ich Sie heute Abend gern zu mir nach Hause zum Essen einladen«, erklärte sie. »Ich habe Rouladen vorbereitet. Die hat Frau Langguth immer so gern gegessen.«

Natürlich hatte der Fickel unter diesen Umständen nichts Besseres vor. Letztlich gab es in seiner persönlichen Werteskala der Freuden des Lebens nicht allzu viel, das hausgemachten Rouladen vorzuziehen wäre. Zumal Astrid Kemmerzehl hinzufügte: »Ich wollte mich noch für die … Sie wissen schon: für den *Vorfall* vorhin entschuldigen. Ich war vielleicht etwas voreilig.«

Wenn der Fickel nicht plötzlich farbenblind geworden war, dann legte sich tatsächlich ein kleiner rötlicher Schimmer auf die blassen Wangen Astrid Kemmerzehls. Aber man war ja nicht nachtragend. Und so eine kleine Schelle zwischendurch, das fördert die Durchblutung. Astrid Kemmerzehl lächelte erleichtert, und es war eigentlich das erste Mal, dass der Fickel sie überhaupt lächeln sah.

Kriminalrat Recknagel stand im rechtsmedizinischen Institut, und er hatte sich in seinem Leben durchaus schon wohler gefühlt. Das lag nicht allein daran, dass er wegen der draußen brütenden Hitze für den Kühlraum viel zu leicht gekleidet war. Seine Lieblingsjacke hing noch auf der Leine. Dort, wo seine Frau mit dem Enzymreiniger ans Werk gegangen war, hatte sich eine helle Stelle gebildet.

Die Leiche der Roten Elfriede hatte sich weiterhin zu ihrem ästhetischen Nachteil verändert. Das war das Werk Dr. Haselhoffs, und der Kriminalrat selbst hatte diese Maßnahme in die Wege geleitet. Aber es war noch mal ein Unterschied, eine dienstliche Anweisung auszusprechen und dann mit ihren unmittelbaren Folgen konfrontiert zu werden. Der Torso der alten Dame wurde anscheinend nur noch von groben Nähten in Y-Form zusammengehalten. Von früheren Begegnungen wusste Recknagel, dass Dr. Haselhoff das »Zumachen« der Leichen, für die eine Feuerbestattung vorgesehen war, für reine Zeitverschwendung hielt. Recknagel hatte beinahe ein schlechtes Gewissen gegenüber seiner ehemaligen Bürgermeisterin und das merkwürdige Bedürfnis, sich bei ihrer Leiche für ihren jetzigen Zustand zu entschuldigen.

»Entschuldigen Sie«, sagte der Recknagel stattdessen zu Dr. Haselhoff, »ich weiß, dass ich Ihnen diese zusätzliche Arbeit eingebrockt habe.«

Dr. Haselhoff schüttelte nur leicht bekümmert den Kopf. »Sie lassen mich langsam ziemlich schlecht aussehen, wissen Sie das eigentlich?«

Der Recknagel zuckte mit den Achseln. Er hatte nicht die geringste Ahnung, worauf der andere hinauswollte. In dem offiziellen Bericht fand sich kein Wort darüber, dass nicht der Rechtsmediziner, sondern der Kriminalrat den Medikamentenschieber entdeckt und den Todeszeitraum damit eingegrenzt hatte. Der Kriminalrat gehörte nicht zu den Beamten, die ihren eigenen Beitrag extra herausstellen mussten.

»Sie hatten mal wieder recht. Die alte Dame wurde offensichtlich vorsätzlich und auf ganz heimtückische Weise zu Tode gebracht«, sagte der Rechtsmediziner und fügte entrüstet hinzu: »Eine echte Schweinerei ist das!«

Der Kriminalrat spürte keinerlei Genugtuung, er war nur überrascht, wie ein Märchenonkel, der nur ein paar Kinder erschrecken wollte und plötzlich wirklich einem Gespenst oder einem Riesen begegnet. Bis jetzt hatte das Verbrechen nur in seinem Kopf existiert – als vage Vorstellung, nicht mehr als ein Hirngespinst. Früher, in seiner Anfangszeit, war sein Kopf stets randvoll mit Tattheorien und wilden Hypothesen gewesen. Damals hatte ihm der Job noch Spaß gemacht. Jetzt, nach weit über dreißig Dienstjahren, ging er bedächtiger vor. Fakt für Fakt, Ermittlungsschritt für Ermittlungsschritt. Der Spaß bei der Arbeit war geringer geworden, dafür war die Erfolgsquote gestiegen. Ein fairer Tausch.

»Also hat doch jemand das Kopfkissen benutzt?«, fragte der Kriminalrat.

Der Rechtsmediziner schüttelte den Kopf. »Der- oder diejenige ist äußerst geschickt an die Sache herangegangen. Beinahe hätte sogar ich es übersehen.«

So, wie er es sagte, klang es fast wie ein Lob für die Umsicht des Täters. Langsam wurde der Kriminalrat ungeduldig. »Jetzt schießen Sie schon los!«, sagte er und rieb sich fröstelnd die nackten Oberarme. Hier drin konnte man sich ja den Tod holen!

»Es ist zwar nur eine Theorie, aber …« Dr. Haselhoff zeigte auf den Medikamentenschieber. »Ich bin mir zu neunundneunzig Prozent sicher, dass jemand ihre Tabletten manipuliert hat.«

Recknagel pfiff durch die Zähne. »Ich dachte, da waren keine gefährlichen Mittel dabei!«

Dr. Haselhoff nickte. »Manche Medikamente werden aber erst dann gefährlich, wenn man sie *nicht* nimmt«, erklärte er. »Schließlich sollte es ja der Sinn jeder medizinischen Maßnahme sein, Schlimmeres zu verhüten.«

»Also, woran ist sie denn nun gestorben?«, fragte der Recknagel ungeduldig.

»An einer Lungenembolie infolge eines Thrombus«, erwiderte Dr. Haselhoff. »Steht alles im Bericht.« Er tippte auf sein iPad, auf dem er sich Notizen machte. Recknagel zog jedoch ein persönliches Gespräch vor. So konnte man auch mal nachfragen.

»Ist ein Embolie wirklich so ungewöhnlich in dem Alter?«, erkundigte sich der Kriminalrat.

Dr. Haselhoff schüttelte den Kopf. »Grundsätzlich nicht. Nur wenn man regelmäßig Marcumar nimmt, einen Blutverdünner der neuesten Generation. Dann ist das sogar sehr ungewöhnlich.«

Recknagel blickte den Rechtsmediziner abwartend an. Erfahrungsgemäß gab er seine Erkenntnisse häppchenweise preis, um den meistens viel dümmeren Gesprächspartner nicht zu überfordern. »Stellen Sie sich das einfach wie Aspirin vor«, ergänzte Dr. Haselhoff tatsächlich, »nur viel stärker.«

»Jemand hat also die Blutverdünner aus ihrem Medikamentenschieber genommen und somit dafür gesorgt, dass Frau Langguth dickeres Blut bekommt«, kombinierte der Recknagel.

»Was wiederum ursächlich zu den Verklumpungen geführt hat«, vervollständigte Haselhoff. »Der Thrombus ist, während sie schlief, in die Lunge gewandert – das war's. Wenn Sie nicht auf der Obduktion bestanden hätten, wäre das nie und nimmer rausgekommen.«

Dr. Haselhoff blickte den Recknagel mit großen, besorgten Augen an. »Woher wussten Sie das nur?«

»Sie haben Ihren Beruf, ich meinen«, erwiderte der Kriminalrat nur. Er hatte weder Lust noch Zeit für Eitelkeiten. Sein Blick wanderte zum Medikamentenschieber. »Warum ist es Frau Langguth eigentlich nicht aufgefallen, dass die Blutverdünner nicht dabei waren?«

»Ganz einfach.« Haselhoff drückte eine kleine weiße Pille aus einem Tablettenheftchen. »Das ist eine Marcumar.«

Er holte eine der kleinen weißen Tabletten aus dem Medikamentenschieber. »Und das ist eine harmlose Pille gegen Übelkeit beim Autofahren. – Praktisch ein Placebo.«

Recknagel konstatierte, dass zwischen den beiden Tabletten auf den ersten Blick kaum ein Unterschied zu erkennen war. Man musste keine siebenundneunzig Jahre alt sein, um die beiden zu verwechseln.

»Hinzu kommt, dass sich für dieses Medikament weder ein Rezept noch eine Schachtel in der Wohnung der Toten befand. Außerdem glaube ich nicht, dass sie vorhatte zu verreisen«, führte der Rechtsmediziner aus.

»Wie sicher konnte der- oder diejenige sein, dass Frau Langguth ohne die Medikamente zu Tode kommt?«

»Ein bis zwei Tage geht es vielleicht noch gut, aber mit jeder weiteren Stunde steigt die Wahrscheinlichkeit, dass sich irgendwo in einer Vene ein Thrombus bildet und durch den Körper zu wandern beginnt, bis …«

»… bis sie an einer Lungenembolie stirbt«, ergänzte Recknagel.

Der Rechtsmediziner bestätigte. »Das Perfide an der Methode ist: Sie ist wirklich extrem diskret. Wie gesagt, wenn Sie nicht gewesen wären, wäre das hundertprozentig niemals rausgekommen.«

Der Kriminalrat kratzte sich hinter dem Ohr. »Da wusste also jemand ganz genau, was er tat – und kannte sich auch noch gut mit der Wirkung der Medikamente aus.«

Dr. Haselhoff winkte ab. »Eine geringe medizinische Vorbildung genügt, um die Folgen richtig einzuschätzen«, erklärte er.

»Zum Beispiel die einer persönlichen Assistentin?«

»Zumindest kannte die sich am besten mit den Mitteln aus, die die Verstorbene eingenommen hat …«

Recknagel schwieg.

»Glauben Sie wirklich, diese Frau Kemmerzehl hat die Rote Elfriede auf dem Gewissen?«, fragte Dr. Haselhoff. »Die wirkte doch eigentlich ganz sympathisch.«

Der Kriminalrat strich sich über sein geheimes Sensorium, den Bauch, und sagte den bemerkenswerten Satz: »Nicht alle Mörder sind unsympathisch.« Aber dann fühlte er sich veranlasst, der Vollständigkeit halber noch hinzuzufügen: »Unsympathisch ist nur das, was sie getan haben.«

V *Per aspera ad astra*

Während der Recknagel mit dem Rechtsmediziner über Leben und Tod philosophierte, hatte die Oberstaatsanwältin Gundelwein mit *wirklichen* Problemen zu kämpfen. Sie stand mit verdrehtem Kopf à la Kim Kardashian vor dem altersblinden Spiegel des Zwei-Sterne-Hotels in der City von Jena und betrachtete kritisch ihr wohltrainiertes Hinterteil, das in den Rock eines anthrazitgrauen Kostüms gezwängt war. Das Kostüm hatte sie zum letzten Mal anlässlich ihres zweiten Staatsexamens vor nicht weniger als dreizehn Jahren getragen. Unterm Strich hatte sie seitdem ihr Gewicht durch exzessiven Sport, eiserne Disziplin und gesunde Ernährung auf hundert Gramm genau gehalten. Deshalb war sie auch ganz selbstverständlich davon ausgegangen, dass ihr das maßgeschneiderte Examenskostüm im Post-Millennium-Look nach menschlichem Ermessen noch passen müsste. Wieso zum Teufel tat es das dann nicht?

Selbst an ihrem durch zahllose Sit-ups trainierten Bauch zeigte sich eine kleine Wölbung. Wie war das möglich? Sie hatte doch gar nicht zugenommen! War es möglich, dass sich das Volumen des Körpers schleichend änderte, während die Waage beruhigend immer dasselbe Gewicht anzeigte? Das hieße nach Archimedes, dass sich die Dichte ihres Körpergewebes geändert haben musste, mit anderen Worten: der Körperfettanteil. Wenn die Gundelwein ihre von hundertfünfzig täglichen Sit-ups und circa siebentausend Metern Freistil in der Woche trainierten Muskeln anspannte, hätte sie schwören können, genauso gut in Form zu sein wie einst als Referendarin mit Mitte zwanzig. Aber der eigentlich dezente Schlitz des Rockes klaffte über ihrem Oberschenkel auf wie die Haut einer zu heiß gegarten Bockwurst.

Insgesamt zeichneten sich ihre Körperproportionen durch den Schnitt des Kostüms stärker ab, als es der Gundelwein lieb war. Besonders an den Hüften und ganz besonders am oberstaatsanwaltlichen Gesäß spannte der Stoff. Eigentlich wirkte sich dieser Effekt, wie die Gundelwein bei aller Selbstkritik befand, gar nicht mal unvorteilhaft aus, aber für ein Bewerbungsgespräch beim gerade neu ernannten Thüringer Generalstaatsanwalt war der Aufzug vielleicht doch etwas zu gewagt, um nicht zu sagen: unprofessionell. Sie war schließlich keine Reno[31] auf Großwildjagd.

Als ihr Handy klingelte, checkte sie kurz das Display. Die Nummer kannte sie auswendig: Polizeiinspektion Meiningen in der Leipziger Straße, Dezernat Kapitaldelikte[32], Apparat Recknagel. Die Gundelwein überlegte für einen Moment, ob sie rangehen sollte. Der Kriminalrat rief nur an, wenn er ein Verbrechen aufgeklärt zu haben glaubte oder einen Haftbefehl brauchte. Doch der Oberstaatsanwältin war nicht bekannt, dass er gerade an einem wich-

---

31 Rechtsanwalts- und Notargehilfin; einer der wenigen Berufe, für die bislang noch nie eine Frauenquote gefordert wurde.

32 Mord, Totschlag etc. Nicht zu verwechseln mit Vermögensdelikten.

tigen Fall arbeitete. Die Mordrate in Meiningen und Umgebung war lächerlich niedrig. Was konnte er schon von ihr wollen? Sie unterdrückte ihr Pflichtgefühl und stellte das Handy leise. Schließlich hatte sie einen Termin beim Thüringer Generalstaatsanwalt. Recknagel konnte warten.

Die Gundelwein wischte alle störenden Gedanken beiseite, zog ihren Bauch etwas ein und betrachtete kritisch ihr Profil. Normalerweise trug sie im Alltag eher Hosenanzüge oder eine Herrenjeans. Sich selbst in einem Rock zu sehen war ungewohnt. Für eine Frau von hundertneunzig Zentimetern war die Kleidungsfrage ein steter Quell der Frustration, besonders wenn man in einer DDR-Vintage-Mode-Metropole wie Meiningen lebte und in der Fußgängerzone versuchte, etwas zum Anziehen zu bekommen. Glücklicherweise gab es inzwischen den Online-Handel, aber selbst dort war das Angebot für Übergrößen sehr überschaubar. Am besten gekleidet fühlte sich die Oberstaatsanwältin seit jeher in ihrer schwarzen Robe.

Die Gundelwein ging in die Hocke, um den Rock an den Hüften etwas zu dehnen. Tatsächlich knackten die Nähte leise, genau wie ihre Knie, doch der Erfolg war marginal. Die Formbeständigkeit war eigentlich eine Selbstverständlichkeit bei einem Stoff dieser Preisklasse. Dreieinhalb Referendarsgehälter hatte sie damals in die klassisch schmal geschnittene Kombination investiert, auch auf die Gefahr hin, das begehrte Prädikatsexamen mehr für ihre Beine zu bekommen als für ihre Leistung. Die traurige Wahrheit lautet: In einer durchschnittlichen juristischen Prüfungskommission sitzen bis heute in aller Regel mindestens vier Männer und eine Frau.

Aber auch der neue Generalstaatsanwalt war ein Mann im sogenannten besten Alter. Ein gewisser Dr. Schnatterer, ehemaliger Abteilungsleiter im Landesjustizministerium und – wie man hörte – ein glänzender Strafrechtler. Sein Name war sogar bei der Vergabe des Ministerpostens im Gespräch gewesen. Im Internet war nur ein altes, nicht gerade aussagekräftiges Foto aufzutreiben, ein Allerweltsgesicht mit Scheitel und Brille, vom Typ her eher konservativ. Was würde so jemand über eine Bewerberin denken, die sich in einem hautengen Kostüm vorstellte, als wollte sie bei einem Escort-Service anheuern und nicht als Abteilungsleiterin bei der obersten Strafverfolgungsbehörde Thüringens?

Die Gundelwein checkte die Uhr. Zeit, sich einen neuen Fummel zu besorgen, blieb ohnehin nicht. Lieber ging sie im Geiste noch einmal ihre Vita durch. – Was für sie zu Buche schlug: ein hervorragendes erstes Examen, ein mehr als passables zweites, das praktisch wie ein Prädikatsexamen wog, weil in Bayern abgelegt[33], Referendarstationen unter anderem beim Oberlandesgericht mit einer besonderen Empfehlung für den Justizdienst durch den Präsidenten. Ihr einziges Manko: die fehlende Auslandserfahrung. Aber als Juristin musste man sich schließlich nicht in der großen weiten Welt auskennen, sondern in den Gesetzen. Das eine hatte mit dem anderen nicht das Geringste zu tun.

---

33 Das bayerische gilt unter Juristen als BMW unter den Staatsexamina.

Die Gundelwein erneuerte ihren Lippenstift und betrachtete ihr rötlich schimmerndes Haar, das sie auf Anraten ihrer Friseurin inzwischen etwas mehr in Richtung Mahagoni nuancierte, was ihre Erscheinung insgesamt etwas reifer und dezenter wirken ließ, soweit das bei einer Frau ihrer Größe möglich war. Schließlich warf die Gundelwein sich ihren leichten Sommermantel über und verließ das Zimmer. Im Fahrstuhl befand sich wieder ein Spiegel, aber sie widerstand dem Impuls, ihr Erscheinungsbild erneut zu kontrollieren. Im Hosenanzug hätte sie sich definitiv besser aufgehoben gefühlt.

Leider klackerten die Ledersohlen ihrer Pumps in der Lobby recht laut, sobald sie den Teppich hinter sich gelassen hatte. Die Oberstaatsanwältin spürte die taxierenden Blicke der in den Sesseln lümmelnden Männer, allesamt mit Zeitung oder Laptop bewaffnet. Sie trugen Anzug und Krawatte, die Insignien der Geschäftsreisenden, Mitte dreißig bis Mitte fünfzig, problematischer Haarwuchs, glücklich verheiratet, Abenteuern nicht abgeneigt.

Draußen war es viel heißer als im klimatisierten Hotel. Das Kostüm war aus dünner Schurwolle. Wieso hatte sie daran nicht gedacht? Sie winkte ein vor dem Hotel wartendes Taxi heran und stieg ein: »Rathenaustraße 13. Und schalten Sie bitte die Klimaanlage ein!« Der Fahrer sah kurz in den Rückspiegel und gab Gas.

»Die Glimo is gabutt«, sagte er lapidar. Die Gundelwein stöhnte auf und kurbelte das Fenster herunter. Der Fahrtwind zerzauste ihre Frisur. Aber von zwei Übeln war das noch das kleinere.

»Rathenaustraße 13, da is' doch das Gerüscht«, erkundigte sich der Taxifahrer mit einer merkwürdigen Mischung aus Ilm- und Ostthüringer Zungenschlag, der sofort eine gewisse unerwünschte Vertraulichkeit herstellte. »Sie seh'n mir aus wie 'ne Anwäldin.«

»So ähnlich«, antwortete die Gundelwein und sah zum Zeichen, dass sie nicht weiter gestört werden wollte, aus dem Fenster.

»Isch hab doch och mo' Jura studiert«, erklärte der Taxifahrer stolz.

»Mh-hm.«

Die Oberstaatsanwältin hatte keinerlei Interesse an der Lebensgeschichte eines Gescheiterten. Sie dachte an die Möglichkeiten, die sich aus ihrer Bewerbung als Abteilungsleiterin bei der Generalstaatsanwaltschaft ergeben konnten. Der Sprung in die Gehaltsgruppe R3 war dabei nur ein angenehmer Nebenaspekt, viel attraktiver war die Aussicht, endlich dem Meininger Kleinstadtmief mit all seinen Bagatelldelikten und den unkultivierten oder zu klein geratenen Männern zu entkommen.

Die schnarrende Stimme des Taxifahrers riss die Gundelwein aus ihren Gedanken: »Ooch wenn Se Juristin sind, meene Gudsde, anschnoalln müssen'S-sch trotzdem!«

»Ich bin nicht Ihre Gutste«, blaffte die Gundelwein zurück. Das fehlte noch, dass sie von einem Taxifahrer über Rechtsnormen belehrt wurde.

Dennoch tat die Oberstaatsanwältin, wie ihr befohlen. Abgesehen vom Dialekt der Bewohner machte Jena einen sympathischen Eindruck. Sanfte Hänge, fast wie in Meiningen, wie überall im Osten ein exterritoriales Neubaugebiet mit dem verheißungsvollen Namen »Paradies« sowie eine kleine City mit Altbauflair und dem hundertneunundfünfzig Meter hohen *JenTower*, der architektonisch beinahe etwas Großstädtisches ausstrahlte. Leider stand er etwas alleine da.

Jena war sicher keine Jurametropole wie Karlsruhe, München, Kassel, Erfurt oder Leipzig[34], aber immerhin eine junge und dynamische Stadt mit Kinos, Theater, einer Uni und vor allem einem Oberlandesgericht. Wenn schon Thüringen, dann war hier *the place to be*. Denn es nützte ja nichts, sich etwas vorzumachen: Aus Thüringen kam sie nicht mehr weg. Die Karrieren im Justizdienst spielten sich in aller Regel innerhalb eines Bundeslandes ab.

»Meene Herren, des dröscht awer«, bemerkte der Taxifahrer.

Wenn er nicht im selben Moment die Scheibenwischer auf Hochfrequenz geschaltet hätte, hätte die Gundelwein gar nicht verstanden, was der Mann ihr sagen wollte. Tatsächlich ging plötzlich ein gewittriger Wolkenbruch auf den Wagen nieder. Es sah aus, als spritzte jemand mit einem Gartenschlauch gegen die Vorderscheibe. Der Taxifahrer fluchte und bremste auf circa fünfzehn Kilometer pro Stunde ab. Die Gundelwein blickte auf die Uhr.

»Wenn Sie so langsam fahren, schaffe ich meinen Termin nicht pünktlich«, erklärte sie.

»Was soll isch'n moch'n – bei däm Resch'n?«, protestierte der Taxifahrer. Er presste seine Nase beinahe gegen die Windschutzscheibe, als könne er so besser sehen.

---

34 Städte mit Bundesgerichtsanschluss sowie einer hohen Dichte an juristisch hoch qualifizierten Junggesellen.

Qualvolle Minuten verbrachte die Gundelwein damit, auf dem Sitz hin und her zu rutschen und dem überforderten Fahrer bei der Arbeit zuzusehen. Als sie keine zweihundert Meter vom Ziel entfernt waren und das Taxi mal wieder anhielt, um einen Rentner vor sich aus der Parklücke zu lassen, reichte die Gundelwein nach einem kurzen Blick auf das Taxameter einen Zehn-Euro-Schein nach vorn und sagte: »Fahren Sie rechts ran und geben Sie mir bitte eine Quittung. Aber ein bisschen dalli.«

»Wir sin' doch noch gornisch da«, protestierte der Fahrer. »Da wärn'S'sch awer schön orkälden.«

»Das lassen Sie mal getrost meine Sorge sein.«

Umständlich kramte der Taxifahrer Portemonnaie und Quittungsblock heraus.

»Schon gut, stimmt so«, rief die Gundelwein ungeduldig und stieg aus. Obwohl der Regen bereits nachgelassen hatte, war er noch stärker, als man im Inneren des Taxis vermutet hätte. Doch jetzt gab es kein Zurück mehr. Mit den größten Schritten, die mit ihren Pumps und dem engen Saum des Rocks möglich waren, tippelte die Oberstaatsanwältin in ihrem Examenskostüm Richtung Oberlandesgericht. Sie spürte, wie der Regen erst ihr Gesicht und Haar benetzte, dann in den Kragen lief. Mühsam hielt sie vorn ihre Jacke mit einer Hand zusammen, um ihre Bluse zu schützen. Das fehlte noch!

Durchnässt langte sie im Gebäude an. Schon anhand der mitleidigen Blicke der Pförtnerin erkannte die Gundelwein, wie schlimm es um ihr Outfit stand. Widerstandslos ließ sie sich von der Wachtmeisterin durchsuchen. Erst im Treppenhaus zog sie ihren Spiegel aus der Handtasche.

Das Desaster war komplett: Die Haare klebten wirr auf der Stirn, der Kajalstift war verlaufen und bildete ein schwarzes Flussdelta unter ihren Augen. Sie sah einem Gruftie-Teenager ähnlicher als einer gestandenen Juristin. Zu allem Überfluss spannte das feuchte Post-Millennium-Kostüm an allen Ecken und verbreitete einen unguten, irgendwie muffigen Geruch nach Schweiß und Kleiderschrank.

Die Oberstaatsanwältin lachte bitter auf, als sie beim Versuch, den verlaufenen Kajalstift mit einem Taschentuch abzutupfen, alles nur noch schlimmer machte, bis sie aussah wie Catwoman. Die Gundelwein lachte ihr eigenes Spiegelbild aus. Es war geradezu grotesk, von welchen Kleinigkeiten, welchen nicht berechenbaren Schicksalsfügungen eine ganze Karriere abhing. Da konnte man monatelang für ein Examen büffeln, und dann kaprizierte sich ein Prüfer auf irgendeine Dunkelnorm aus dem privaten Baurecht, über die er mal einen Aufsatz geschrieben hatte. Oder man zog das falsche Kostüm an, erwischte einen indolenten Taxifahrer und geriet in einen Wolkenbruch – schon war man erledigt. Ein perfekter Lebenslauf, gute Zeugnisse sowie zwölf Jahre Dienst bei der Staatsanwaltschaft vermochten nicht, einen miserablen ersten Eindruck aufzuwiegen. Um das zu wissen, brauchte es weder viel Erfahrung noch besondere Menschenkenntnis. Innerlich hatte die Oberstaatsanwältin mit ihrer Bewerbung bereits abgeschlossen.

»Kann ich irgendwie helfen?«

Die Gundelwein zuckte zusammen. Sie war so mit ihrem Äußeren beschäftigt gewesen, dass sie den anderen nicht hatte kommen hören. Neben ihr stand ein Endvierziger im Anzug mit beschlagener Brille und feucht glänzendem Schädel, auf dem einzelne Inseln aus Resthärchen klebten. Der Anzug zeigte auf Schultern und Oberschenkeln dunkle Flecken.

»Ich möchte zum Generalstaatsanwalt«, sagte die Oberstaatsanwältin. »Ich habe einen Termin.«

»Oberstaatsanwältin Gundelwein?«, fragte der andere zurück.

Die Gundelwein bejahte.

»Dann sind wir verabredet«, sagte der Glatzkopf.

Die Gundelwein blickte ihr Gegenüber verblüfft an. Der Mann wies ohne den Scheitel kaum noch Ähnlichkeit mit seinem Foto aus dem Internet auf. »Sie sind ...?«

»Schnatterer mein Name.« Er deutete eine leichte Verbeugung an. »Aber die meisten Kollegen nennen mich Schnatterinchen[35].«

Es kam nicht oft vor, dass die Oberstaatsanwältin Gundelwein sprachlos war. Einer dieser raren Momente fand genau in dieser Atomsekunde statt. Im Jetzt und Hier. So was nannte man wohl einen *Icebreaker*. Was sollte sie antworten? *Und ich bin Pittiplatsch, der Liebe[36]?*

»Gehen wir in mein Büro«, schlug der Generalstaatsanwalt vor. »Oder wollen Sie sich erst frisch machen?«

---

35 Vorlaute, oft nervige Ente aus dem DDR-Kinderfernsehen, nicht zu verwechseln mit Daisy Duck.

36 Lustiger Kobold, Stichwortgeber für Schnatterinchen, nicht zu verwechseln mit Pumuckl.

Er lachte sie fröhlich an, allem Anschein nach frei von irgendwelchen Hintergedanken oder gar Herablassung. Es war das Lachen von jemandem, dem gerade das gleiche Missgeschick passiert war, schutzlos in einen unangekündigten Regen zu geraten. Nur allzu menschlich und beileibe kein Grund, deshalb seine gesamte Karriere zu hinterfragen.

»Nicht mehr nötig«, scherzte die Oberstaatsanwältin. »Ich habe gerade geduscht.«

Tatsächlich, wie sie es vorausgesehen und gehofft hatte: Der Generalstaatsanwalt lachte erneut und zeigte mit einem Anflug von Selbstironie auf seinen durchnässten Anzug. »Sie sehen, meine Wetter-App hat auch versagt«, erklärte er.

Er wies der Gundelwein den Weg. Die ging selbstbewusst voraus und gönnte ihm dabei sogar einen Blick auf ihre Beine. Doch Dr. Schnatterer blickte streng geradeaus. War er heilig oder … Die Gundelwein versuchte sich zu erinnern: War Schnatterinchen nicht eine weibliche Ente? Seit der mysteriösen Mordserie in Oberhof war sie etwas vorsichtiger geworden, was die wahre Identität ihrer Mitmenschen anging.[37]

Als sie ins Vorzimmer kamen, begrüßte Schnatterer zunächst die Sekretärin mit ausgesuchter Höflichkeit, bevor er sich wieder an die Oberstaatsanwältin wandte: »Kann ich Ihnen etwas anbieten: Kaffee oder Tee?«

Die Gundelwein lehnte freundlich ab. »Vielen Dank.«

---

37 Vgl. kleine Ermittlungspannen in *Der Bobmörder*.

»Soll ich vielleicht Ihre Jacke aufhängen?«, erkundigte sich die Sekretärin mit professioneller Liebenswürdigkeit. Zu spät bemerkte die Gundelwein, dass auch ihre Bluse nass geworden war. Durch den dünnen Stoff zeichnete sich nun das Muster ihres BHs ab. Es blieb ihr nichts anderes übrig, als dem Generalstaatsanwalt praktisch als Unterwäschemodel in sein Büro zu folgen. Sie versuchte, die Arme vor der Brust verschränkt zu halten, ohne dass es auf ihren Gesprächspartner abweisend oder gar brüskierend wirkte.

»Nun«, sagte Schnatterer, nachdem sie sich gesetzt hatten, in plötzlich geschäftsmäßig frostigem Tonfall. »Eigentlich hätten Sie sich den Weg sparen können.«

Die Oberstaatsanwältin wurde kalt erwischt. Eben war der neue Generalstaatsanwalt noch die Freundlichkeit in Person gewesen, hatte mit ihr gescherzt und eine Schicksalsgemeinschaft der Regenopfer gebildet, und jetzt ließ er sie gegen die Wand laufen! Mit wem hatte sie es zu tun? Einem Psychopathen? Sie spürte eine machtlose Wut in sich aufsteigen. Dafür fuhr man also einmal quer durch Thüringen. Nur damit der neue Generalstaatsanwalt mal einen Blick auf die nasse Bluse warf.

»Sie meinen, Sie haben sich bereits für jemanden entschieden«, sagte die Gundelwein kühl und machte bereits Anstalten, sich wieder zu erheben. Schnatterer machte mit routinierter Geste des Chefs klar: sitzen bleiben!

»Ich habe mir Ihre Mappe angesehen, und eigentlich haben Sie genau das Profil, das ich mir für meine Abteilungsleiterin vorstelle«, sagte er in freundlichem, fast verbindlichem Ton.

Die Oberstaatsanwältin brauchte einen Moment, um den Satz auf mögliche Fallstricke zu überprüfen. Wie immer misstraute sie der naheliegenden Deutung.

»Eigentlich …?«

Dr. Schnatterer lächelte entspannt. »Ich meine es genau so, wie ich es sage.«

»Dann kann ich mir also Chancen ausrechnen?«, fragte die Gundelwein hoffnungsvoll, aber immer noch vorsichtig.

Schnatterer lächelte. »Wenn's nach mir geht, haben Sie den Job.«

Die Gundelwein blickte ihr Gegenüber ungläubig an. Fast kam sie bei der Geschwindigkeit, mit der sich ihr Leben in diesem Augenblick änderte, selbst nicht mehr hinterher.

»Wirklich?«, vergewisserte sie sich.

»Natürlich nur, wenn Sie ihn überhaupt wollen«, schränkte Schnatterer ein.

Die Gundelwein lachte. Der Mann hatte wirklich Humor. »Und ob!«, erklärte sie. »Sonst hätte ich mich doch nicht beworben.«

»Es soll auch Kollegen geben, die sich bei solchen Gelegenheiten nur bewerben, um ihren Marktwert zu testen«, sagte Schnatterer ohne jede Koketterie. »Und kaum hat man sich mühsam für jemanden entschieden, lässt der einen im Regen stehen. – Alles schon vorgekommen.«

»Da müssen Sie sich bei mir keine Sorgen machen«, scherzte die Gundelwein. »Wie Sie sehen, neige ich eher dazu, mich selbst in den Regen zu stellen.«

Schnatterer nickte, blieb jedoch ernst. »Bevor Sie sich entscheiden, muss ich Ihnen allerdings noch das eine oder andere zu der ausgeschriebenen Stelle mitteilen.«

Die Gundelwein richtete sich gedanklich schon darauf ein, dass die Sache einen Haken hatte. Das Fell des Bären erst verteilen, wenn man ihn erlegt hat, dachte sie. Auch ein Satz des Personalers aus dem Bewerbungsseminar, der hängen geblieben war.

»Sie wissen ja, unsere Behörde steht nach wie vor unter verstärkter Beobachtung«, begann Schnatterer in vertraulichem Tonfall. Tatsächlich war der Stuhl des Thüringer Generalstaatsanwalts eine Weile unbesetzt geblieben, nachdem dort akute Sehstörungen auf dem rechten Auge diagnostiziert worden waren – beziehungsweise Weitsichtigkeit[38]. Die Funktion des Behördenleiters wurde eine Zeit lang kommissarisch von einem Leitenden Oberstaatsanwalt ausgeübt, was in der Wahrnehmung der Öffentlichkeit freilich eher wie eine Kapitulation gewirkt hatte.

»Ich habe die Berufung nur unter der Bedingung angenommen, dass ich nach zwei Jahren wieder zurück ins Ministerium versetzt werde«, erklärte Dr. Schnatterer in entwaffnender Offenheit. »Da sehe ich meinen eigentlichen Aufgabenbereich.«

»Ach«, sagte die Gundelwein. »Eigentlich hatte ich gehofft, dass an der Spitze der Behörde ein bisschen Kontinuität einzieht.«

Schnatterer nickte. »Das ist auch der Wunsch des Ministeriums. Deshalb habe ich mich bereit erklärt, eine junge und unbelastete, aber schon leitungserfahrene Kollegin

---

38 Nicht zu verwechseln mit Weitsicht: Führte dazu, dass ein sich direkt vor den Augen der obersten Thüringer Strafverfolgungsbehörde konstituierendes Terrornetzwerk praktisch übersehen wurde.

zwei Jahre lang einzuarbeiten, damit sie später als meine Nachfolgerin den Posten dann zehn oder zwanzig Jahre lang ausüben kann.«

Er blickte der Gundelwein tief in die Augen. »Sie verstehen, worauf ich hinauswill?«

Das Gehirn der Gundelwein lief auf Hochtouren. Vergessen waren das zu enge Kostüm, der indolente Taxifahrer, der Regen und das Missgeschick mit der Bluse. Es schien der Oberstaatsanwältin, als hätte sie ihr ganzes Leben lang auf diesen Moment hingearbeitet, als erfüllte sich gerade eine Prophezeiung, ein Versprechen, das ihren Talenten, ihrer Disziplin, ihrem Fleiß gerecht wurde. Sieben Jahre Ausbildung, zwei Staatsexamina, viele Jahre Fron als niedere Charge in der Staatsanwaltschaft – all die Mühen waren nicht umsonst gewesen. Doch die Oberstaatsanwältin wagte nicht, Schnatterers Ausführungen zu kommentieren.

»Also, was ist? Trauen Sie sich diese Aufgabe zu?«, fragte Schnatterer und musterte die Oberstaatsanwältin interessiert.

Jetzt nur nichts überhasten! Wie schnell sagte man etwas Falsches, stand als undankbar oder überehrgeizig da.

»Ich habe mich auf die Stelle als Abteilungsleiterin beworben, weil ich davon ausgehe, dass ich dafür qualifiziert bin«, lavierte sie.

»Und wie sieht es mit der Generalstaatsanwältin Gundelwein aus?«

Die Oberstaatsanwältin zögerte. Am liebsten hätte sie Schnatterer von seinem Schreibtischstuhl gezerrt, k.o. geschlagen und den Posten sofort übernommen. Sie wusste, dass sie keine Einarbeitung durch einen Bürohengst brauchte, der sich im Ministerium den Hintern platt gesessen und von der Praxis keine Ahnung hatte. Generalstaatsanwältin Gundelwein, das klang wie Musik in ihren Ohren – oder vielmehr: Es hörte sich einfach richtig an.

»Mit Ihrer Hilfe werde ich mir die nötigen Kenntnisse aneignen«, sagte die Gundelwein mit angezogener Handbremse. Die durchdrehenden Reifen in ihrem Inneren konnte Schnatterer schließlich nicht sehen. Er lächelte freundlich, ja naiv.

»Wunderbar. Dann sind wir uns also einig. Sie übernehmen erst mal die Abteilung drei – und alles Weitere ergibt sich dann von selbst.«

Die Gundelwein glaubte zu träumen, mit welcher spielerischen Beiläufigkeit ihr größter Traum in Erfüllung ging: *Arrivederci*, Meiningen!

»Darf ich erfahren, was bei Ihrer Entscheidung den Ausschlag für mich gegeben hat?«, erkundigte sich die Oberstaatsanwältin in der gebotenen Bescheidenheit.

»Selbstverständlich«, erwiderte Dr. Schnatterer. »Wollen Sie die offizielle oder die inoffizielle Version?«

»Wenn möglich, beide.«

»Über Ihre fachlichen Kompetenzen müssen wir ja nicht reden«, begann Schnatterer und setzte zu einer Lobrede an, welche die Gundelwein fast zum Erröten brachte. Dabei gelang es Schnatterer auf beinahe mysteriöse Weise, ausnahmslos die Stärken zu erwähnen, die sie sich selbst zugutehielt: Disziplin, Hartnäckigkeit, fachliche Kompetenz sowie Führungsqualitäten. »Hinzu kommt«, beendete Schnatterer seine Schmeicheleien, »die anderen drei Bewerber, die ich eingeladen habe, sind Männer. Und Sie wissen ja, was bei gleicher Eignung passiert.« Er zwinkerte der Oberstaatsanwältin vertraulich zu. »Sie müssen sich also keinerlei Sorgen machen.«

Die Gundelwein erwischte der Satz wie ein Schlag in die Magengrube. Für wen hielt sie der Kerl, dass sie es nötig hatte, auf irgendeiner Quote zu surfen? Nur mit Mühe schluckte sie ihren Ärger hinunter. Wieso hatte sie überhaupt gefragt?

Die Sekretärin klopfte und kam nach der Aufforderung herein. »Sie müssen in einer Stunde in Erfurt sein«, sagte sie. »Der Fahrer wartet unten.«

»Sehr gut!« Schnatterer erhob sich, strich seinen Anzug glatt und wandte sich noch einmal an die Gundelwein: »Wir sind hier ja auch fertig, nicht wahr?«

Die Gundelwein stand ebenfalls auf. Nicht mal ihre Bluse war während des kurzen Gesprächs getrocknet. »Wir haben noch gar nicht über Inhalte gesprochen«, wandte sie ein.

»Dafür haben wir noch genug Zeit«, winkte Schnatterer ab. »Das Einzige, was ich von Ihnen brauche, ist eine aktuelle Beurteilung durch Ihren Dienstvorgesetzten.«

Die Oberstaatsanwältin gefror innerlich zu Eis. »Ich habe den Leitenden Oberstaatsanwalt Siebenthaler bereits vor mehr als einem Monat gebeten, aber … Er hat im Moment wohl viel zu tun.«

»Das haben wir alle«, lachte Schnatterer und hielt der Gundelwein die Tür auf. »Reichen Sie den Wisch einfach nach, wenn Sie ihn haben. Es soll ja alles korrekt ablaufen.«

»Natürlich.«

Im Vorraum drückte Schnatterer der Oberstaatsanwältin die Hand und lächelte: »Also dann: auf gute Zusammenarbeit.«

Mit letzter Konzentration schaffte die Gundelwein gerade noch zu antworten, dann war der andere auch schon verschwunden. Sie ließ sich von der Sekretärin ihre Jacke aushändigen und lief den Weg, den sie vor wenigen Minuten gekommen war, wieder zurück. Der Regen hatte ebenso plötzlich aufgehört, wie er begonnen hatte. Die Oberstaatsanwältin war immer noch wie benommen von dem kurzen Gespräch.

Generalstaatsanwältin!

Doch die erwartete Euphorie wollte sich nicht einstellen. Sie fühlte sich hohl, als hätte sie den Erfolg nicht verdient – wie einst als Kind, wenn sie beim Mensch-ärgere-dich-nicht geschummelt hatte und die Erwachsenen so taten, als hätten sie es nicht bemerkt.

Die Gundelwein überlegte, wie sie ihren Chef überzeugen konnte, ihr ein besseres Zeugnis auszustellen. Womit konnte sie ihn locken? Mit Verbindungen zur Generalstaatsanwaltschaft oder Karrierechancen war Siebenthaler kaum zu ködern. Er hatte es sich in Meiningen gemütlich eingerichtet und wartete im Grunde nur noch auf die Rente. Sollte sie ihn vielleicht bitten, an sein Mitgefühl appellieren? Nein, das war einfach unvorstellbar, sich vor solch einer menschlichen und fachlichen Null derartig zu erniedrigen. Blieb also nur noch, ihm Angst einzujagen. Schwache Charaktere reagierten auf Drohungen schließlich am besten.

Als die Sonne durch die Jenenser Wolken stach, hellte

sich auch die Laune der Oberstaatsanwältin plötzlich auf. Siebenthaler würde sie schon knacken. Und auch die Frauenquote konnte man verschmerzen. Wen interessierte es später noch, wie sie an den Job gekommen war? Und was konnte sie dafür, dass sie eine Frau war? Oder dafür, dass ihre Geschlechtsgenossinnen in ihrem Alter plötzlich aus dem Nichts einen insektenartigen Nestbautrieb entwickelten, Kinder gebaren, in Elternzeit gingen oder in Amtsgerichten auf ihren bequemen Richterstühlen klebten und nicht im Traum auf die Idee kamen, sich auf eine freie Position als Abteilungsleiterin in der Generalstaatsanwaltschaft zu bewerben?

Neugierig schlenderte die Oberstaatsanwältin durch die Stadt, in der sie in Zukunft leben und arbeiten würde. Jena war im Prinzip wie die große Schwester von Meiningen. Selbst die Menschen erschienen ein bisschen größer als in Südwestthüringen.

Sie setzte sich in ein Café und beobachtete das rege Treiben auf der Straße. Die Stadt war für die Mittagszeit recht belebt. Studenten und andere jüngere Menschen bevölkerten die Lokale und Geschäfte. Die Gundelwein bestellte sich einen Caffè Latte. Schließlich kramte sie ihr Handy raus und erschrak: sieben Anrufe in Abwesenheit.

Die Gundelwein wartete, bis die Kellnerin den Kaffee serviert hatte. Dann drückte sie den grünen Knopf. Nach einer Weile ertönte das Freizeichen: einmal, zweimal … Sie nahm sich vor, nach dem fünften Freizeichen aufzulegen. Nach dem vierten ging Recknagel endlich ran. Mit knappen Worten setzte er der Oberstaatsanwältin die neuesten Entwicklungen um den Tod der Roten Elfriede auseinander und dass er eine Verdächtige vernehmen wolle, deren Namen die Gundelwein nicht einmal richtig verstand. »Machen Sie, was Sie für richtig halten. Sie haben freie Hand«, sagte die Gundelwein. – Was ging sie jetzt noch ein Mord in Meiningen an?!

Der Fickel hatte die Tagebücher, die er – beziehungsweise Astrid Kemmerzehl – in der Wohnung der Roten Elfriede entdeckt hatte, mit einem Riemen zusammengeschnürt und einstweilen unter sein Bett geschoben. Frau Schmidtkonz war natürlich wissbegierig, was es damit auf sich hatte, und als sie hörte, dass der Fickel zum Testamentsvollstrecker der Roten Elfriede ernannt worden war, platzte sie fast vor Stolz auf ihren Untermieter. Schließlich war sein Image bei ihr seit dem Hofkonzert ein wenig angekratzt. Nur als sie Details hören wollte, musste der Fickel leider gleich die Notbremse ziehen: Anwaltsgeheimnis!

Aber da nicht nur die Frau Schmidtkonz ein neugieriger Mensch war, sondern vor allem auch der Fickel selbst, zog er sich so schnell wie möglich in sein Zimmer zurück und schmökerte ein wenig in den Tagebüchern der Roten Elfriede. Moralisch gesehen bewegte sich der Fickel dabei vielleicht nicht ganz auf Weltklasseniveau, aber als Anwalt hatte man in der Hinsicht ja eine dicke Haut. Auf den ersten Blick war die Verwunderung groß: Wieso hatte die ehemalige Bürgermeisterin in ihren Tagebüchern ausgerechnet arabische oder hebräische Schriftzeichen verwendet beziehungsweise Spiegelschrift?

Nach eingehenden kryptografischen Studien erkannte er schließlich, dass die Rote Elfriede in altdeutscher Schrift geschrieben hatte, also praktisch unleserlich. Mit Mühe und Not entzifferte er die ersten Sätze, in denen die Verfasserin ausgiebig ihr Leben im Meininger Waisenhaus in den Zwanzigerjahren schilderte, dessen einzige Lichtblicke die Fürsorge und Liebe der Freifrau von Heldburg bildeten. Die ehemalige Schauspielerin hatte sich nach dem Tod ihres Mannes auf ihren Witwensitz, das Palais am Prinzenberg, zurückgezogen, wo sie elternlosen Kindern in schwierigen Zeiten ein komfortables Zuhause bot. Die Rote Elfriede schrieb sehr warmherzig über die Herzogin, die in ihren ersten vier Lebensjahren wie eine Mutter beziehungsweise eine Oma für sie gewesen war, bis sie 1923 viel zu jung mit nicht einmal vierundachtzig Jahren verstarb.

Es folgten die Jahre von Elfriedes Jugend und Adoleszenz, die nahtlos in die dunkle Epoche der Naziherrschaft übergingen. Drei Jahre, in denen die Rote Elfriede während der Nazidiktatur im Zuchthaus gesessen hatte, fehlten komplett. Auf das Kriegsende und die Befreiung folgte der vergleichsweise lakonische Kommentar: »Es ist vorbei. Endlich. Jetzt ist es an uns!«

Der Löwenanteil der Hefte, circa fünfzig Stück, beschäftigte sich mit der DDR-Zeit, die der Fickel flugs überblätterte. Interessanter wurde es wieder zu Wendezeiten. Die Rote Elfriede wetterte in ihrem Tagebuch über abtrünnige Parteigenossen, Verrat in den eigenen Reihen und Wendehälse[39]. Ab circa 1991 hatte sie allem Anschein nach plötzlich mehr Zeit zur Verfügung, denn die Einträge häuften

---

39 Endemische ostdeutsche Spezies.

sich und wurden länger, bis sie beinahe epische Züge annahmen. Vorrangig widmete sie sich den neuen Verhältnissen in Meiningen, äußerte ihre Ansicht zu Themen wie Arbeitslosigkeit und sozialer Kälte, die sie in ihrer Nachbarschaft beobachtete. Am meisten jedoch konnte sie sich über den glücklosen Unternehmer Friedrich-Ernst Prinz von Sachsen-Meiningen echauffieren, der offen von einer monarchistischen Partei und einer Restauration im Schloss Elisabethenburg träumte. Überschrift: »Ich wäre gerne Landesfürst, aber ohne Parlament«. Elfriede hatte ein Interview aus einer Tageszeitung ausgeschnitten, in ihr Heft geklebt und viele Stellen angestrichen. Darunter hatte sie den resignativen Satz geschrieben: »Und dafür haben wir all die Jahre gekämpft.«

Der Fickel blätterte weiter. Immer häufiger fanden sich nun Hinweise auf ein Hobby, das der Fickel mit der ehemaligen Bürgermeisterin nicht unbedingt in Verbindung gebracht hätte. Zunächst war nur von gelegentlichen Bridge-Abenden die Rede, später schien sie die Leidenschaft für ein weiteres Kartenspiel gepackt zu haben: Siebzehn und Vier, auch bekannt als Black Jack. Ein Eintrag lautete: »Reizender Abend im Schloss. Glückssträhne erwischt.« Etwas später folgte der lapidare Kommentar: »Wie gewonnen, so zerronnen. Es wird immer mühsamer, mir die ausgespielten Karten zu merken. Ich werde wohl langsam alt und sollte die Finger von der Spielerei lassen.«

Zu gern hätte der Fickel noch etwas mehr über diese Leidenschaft der Roten Elfriede erfahren, aber ausgerechnet das letzte Tagebuchheft fehlte. Mit einigen Fragezeichen im Gepäck machte sich der Fickel am späten Nachmittag auf in

Richtung Gutsstraße, wo Astrid Kemmerzehl ihn erwartete, auch wenn die Frau Schmidtkonz überhaupt nicht verstehen wollte, wieso ihr Mieter wegen ein paar läppischer
Rindsrouladen extra das Haus verlassen musste. Und dass
er sich sogar rasiert hatte und mit seinem Rasierwasser
ungewöhnlich verschwenderisch umgegangen war, registrierte sie nur noch mit einem Achselzucken.

Der Fickel versuchte am Bahnhof noch einen Blumenstrauß zu ergattern, aber da war nichts zu machen. Ganz
mit leeren Händen wollte er bei Astrid Kemmerzehl auch
nicht anklopfen, deshalb erstand er am Kiosk kurzerhand
eine Flasche Bratwurstschnaps. So übel hatte der nämlich
an dem Abend in der Goetzhöhle gar nicht geschmeckt,
und irgendwo soll man auch nur Dinge verschenken, die
man umgekehrt selbst gern als Geschenk entgegenneh-
men würde.

Der Fickel suchte eine Weile herum, bis er die richtige
Adresse gefunden hatte. Die Gutsstraße war eine sehr lange, sehr schmale Straße mit einem rauen und einem pitto-
resken Ende. Astrid Kemmerzehl wohnte natürlich in der
nobleren Hälfte. Als der Fickel bei ihr klingelte, war er bereits eine Viertelstunde zu spät dran. Astrid Kemmerzehl
residierte im obersten Stockwerk eines dreigeschossigen
Fachwerkhauses. Bereits ab der ersten Stufe nahm Fickels
Riechorgan einen Duft wahr, der wie die reine Idee seiner
eigenen intimsten Vorstellung von echten Thüringer Rouladen daherkam. Es roch zugleich nach sorgsam ausgelas-
senem Speck und vorsichtig gedünsteten Zwiebeln, scharf
angebratenem, mit grobem Pfeffer und Senf behandeltem
Rinderschmorbraten, tomatisierten Wurzelgemüsen so-

wie einem Hauch des Aromas von sauren Gurken und einem in einer Rotwein-Marinade eingeweichten, in Brühe langsam zerkochten alten Schwarzbrotkanten. Nicht, dass der Fickel alle Zutaten einzeln aus der Komposition herausschnupperte, aber das blanke sensorische Ergebnis signalisierte ihm: Hier bin ich richtig.

Doch als er endlich im dritten Stock anlangte, wurde er vom Hausherrn eher feindselig empfangen. Erich stand auf dem Treppenabsatz und schien von Fickels Erscheinen nicht sonderlich begeistert zu sein, vorsichtig ausgedrückt. Er zeigte seine spitzen Zähnchen und knurrte wie ein Pitbull Terrier. Leichtsinnigerweise hatte sich der kleine Kerl recht weit aus der Wohnung vorgewagt. Einen Moment lang juckte es den Fickel im Fuß: ein kleiner, unschuldiger Tritt, und … Die Treppe in dem über hundert Jahre alten Haus war vergleichsweise steil. Dann hätte er Astrid Kemmerzehl in seiner Eigenschaft als Testamentsvollstrecker praktisch als Nacherbin eine positive Nachricht überbringen können. Aber da stand sie plötzlich in ihrem schwarzen Kleid im Türrahmen.

»Da sind Sie ja«, stellte sie recht nüchtern fest. Die Flasche nahm sie kommentarlos entgegen und stellte sie, ohne das Etikett zu beachten, auf der Kommode im Eingangsbereich ab. Der Fickel bewies erst einmal Kinderstube und zog furchtlos seine Schuhe aus, peinliche Socken hin oder her.

Astrid Kemmerzehl führte ihn ins Wohnzimmer, wobei dem Fickel im konkreten Fall nicht ganz klar war, worin das Wohnen im Wortsinn eigentlich bestand. Denn in dem Raum befanden sich weder ein gemütliches Sofa zum Herumlungern noch ein Fernseher, nur ein riesiges, unter seiner Last ächzendes Bücherregal, eine Neunziger-jahre-Musikanlage mit CD-Ständer sowie ein Klavier. In der Mitte des Raumes stand ein ovaler Tisch mit bestickter Decke. Der Tisch war bereits reich gedeckt, mit den Tellern an den langen Enden.

»Bitte nehmen Sie Platz«, sagte Astrid Kemmerzehl und wies dem Fickel den weiter von der Küche entfernten Platz zu. Der Fickel setzte sich folgsam.

»Darf ich Ihnen schon etwas zu trinken anbieten?«, erkundigte sich die Gastgeberin nun. »Vielleicht ein Bierchen?«

Der Fickel musste bei dem Ausdruck »Bierchen« ein bisschen schmunzeln und bejahte. Astrid Kemmerzehl verschwand kurz in der Küche, dann kehrte sie mit einer kleinen grünen Plastikflasche »Premium-Pils« aus dem Supermarktregal zurück. Der Fickel war gewohnt, Bier aus allen möglichen Gefäßen zu sich zu nehmen: Gläsern, Flaschen, Dosen, zur Not sogar aus seinem Pulloverärmel, aber Bier aus einer Plasteflasche, das war wirklich Neuland. Allerdings eines, das er nicht unbedingt betreten wollte. Trotzdem bedankte er sich artig und goss sogar etwas von der Materie in sein Glas. Astrid Kemmerzehl zeigte kein übertriebenes Bemühen, eine Konversation zu beginnen, und verschwand erst mal in der Küche. Der Fickel nutzte die Zeit, um sich noch in der Wohnung umzusehen. Doch es gab nicht allzu viel, das sein Interesse entfachen konnte. Der Literaturgeschmack: substanziell. Musikgeschmack: klassisch. Einrichtung: minimalistisch. Im Großen und Ganzen: Albtraum. Wenn nicht dieser Duft nach Rouladen gewesen wäre.

Erich hatte sich auf sein Deckchen zurückgezogen und passte auf, dass der Fickel nichts anrührte. Fünf Minuten später erschien Astrid Kemmerzehl wieder auf der Bildfläche und stellte eine große Terrine auf den Tisch, aus der offenbar der Geruch herrührte, den der Fickel bereits im Treppenhaus wahrgenommen hatte. Als Astrid Kemmerzehl wieder hinausging, musste sich der Fickel förmlich zwingen, nicht den Deckel hochzuheben und sich am Inhalt zu vergehen. Aber Erich schien Fickels Gedanken erraten zu haben und in seltener Synchronität von Mensch und Tier auf dieselbe Idee gekommen zu sein, denn er machte Männchen und versuchte, auf einen Stuhl zu klettern. Aber da erschien schon Astrid Kemmerzehl mit den Klößen in der Linken und dem Rosenkohl in der Rechten.

»Bedienen Sie sich«, sagte sie zum Fickel, als sie Platz genommen hatte, und das ließ der sich nicht zweimal sagen. »Die Soße ist vielleicht ein wenig gehaltvoll«, warnte Astrid Kemmerzehl. Aber der Fickel ist eben ein gehaltvoller Mensch, und er isst auch gern so. Deshalb griff er beherzt zu.

Erich hatte inzwischen alle Manieren fallen lassen und winselte bettelnd an Astrids Fuß.

»Aus!«, rief Astrid Kemmerzehl empört, und Erich zog sich mit eingezogenem Schwanz und erbärmlichen Blickes auf sein Deckchen zurück. Der Fickel fühlte in diesem Moment mit der geschundenen Kreatur. Bei so einem Festschmaus ausgeschlossen zu werden, das grenzte an Tierquälerei.

Die Gastgeberin hob ihr Glas, in dem sich eine rötliche Flüssigkeit, vermutlich jedoch nur Johannisbeerschorle be-

fand, und sagte ernst und feierlich: »Auf Frau Langguth!«
Der Fickel hob sein Glas mit »Premium-Pils« und bedankte sich artig für die Einladung.

Astrid Kemmerzehl nickte würdevoll und wünschte einen »Guten Appetit«, doch es klang eher wie ein Befehl. Aber als der Fickel die erste Tranche von seiner Roulade gesäbelt und seinem Gaumen präsentiert hatte, wurde ihm schlagartig klar, dass er nie wieder eine Roulade würde essen können, ohne dieses von Astrid Kemmerzehl fabrizierte Meisterwerk als Benchmark heranzuziehen. Schon während er diese Mahlzeit genoss, antizipierte er die Enttäuschung, die ihm jede weitere im Verlauf seines Lebens verzehrte Roulade im Vergleich zu dieser bereiten würde. Die außen mürbe, innen saftige Konsistenz des gerollten Fleisches, das Farbenspiel von dunkel bis rosig im Kern, das Zusammenspiel der Gewürze in der sämigen, keinesfalls zu fettigen Soße und auch die Königsdisziplin – rohe Klöße – ergaben in der Summe ein Bild geradezu beängstigender Perfektion.

»Schmeckt es Ihnen?«, erkundigte sich Astrid Kemmerzehl besorgt. Der Fickel, der gerade den Mund etwas voll genommen hatte, konnte nur nicken und ein »Hmm« von sich geben.

»Ist die Soße auch nicht zu fettig?«

Der Fickel schüttelte den Kopf. Auf gar keinen Fall! Astrid Kemmerzehl wackelte skeptisch mit ihrem Kopf und konstatierte: »Ich glaube, Sie wollen nur höflich sein.«

Da konnte der Fickel beteuern, noch nie so gut gegessen zu haben, wie er wollte, Astrid Kemmerzehl war nicht davon abzubringen, dass die Soße missglückt sei. Da kann man nichts machen: Die Besten hadern eben auch am meisten.

Da Astrid Kemmerzehl keinerlei Anstalten machte, eine Unterhaltung in Gang zu halten, machte sich der Fickel um das Tischgespräch verdient und plauderte zwischen Kloß und Rosenkohl frei von der Leber weg – von seinem Beruf, seiner Ehe und anderen Missgeschicken. Astrid Kemmerzehl sah ihn ab und zu interessiert an, hielt sich aber mit Kommentaren zurück. Nach fünf Minuten hatte der Fickel sein Leben komplett ausgewalzt und versuchte nun seinerseits, etwas über sein Gegenüber zu erfahren.

Natürlich will man bei so einer frischen Bekanntschaft nicht gleich mit der Tür ins Haus fallen, aber man wird ja mal fragen dürfen: Wieso trug Fickels Gastgeberin eigentlich keinen Ehering? Ach so, ledig, hätte man sich ja denken können. Und wie wird man eigentlich persönliche Assistentin? Astrid Kemmerzehl schilderte in dürren Worten, dass sie einst eine ambitionierte Mezzosopranistin gewesen sei, aber wegen anfälliger Stimmbänder die durchaus verheißungsvolle Solokarriere weit vor der Zeit abbrechen musste, just als sie eine Hauptrolle im »Ring der Nibelungen« ergattert hatte. Das nennt man natürlich Pech. Andererseits: »So eine Oper kann auch ganz schön lang werden.«

Astrid Kemmerzehl zog die Augenbraue hoch. »Wagner ist einfach erhebend«, erklärte sie.

»Aha«, antwortete der Fickel. Aber darauf hätte man selbst kommen können, dass solch eine Autorität in der Stimme nicht von ungefähr kommt. Denn wer eine Waltraute oder Kunigunde singen kann, der versteht es offensichtlich auch, sich bei kleinen Hunden, Schlossverwaltern oder Leitenden Oberstaatsanwälten Gehör zu verschaffen.

»Meine Hoffnungen, die Solokarriere fortsetzen zu können, waren leider vergebens«, berichtete Astrid Kemmerzehl. »Zunächst war die Arbeit bei Frau Langguth nur als Übergang gedacht, bis meine Stimme wieder voll belastbar ist, aber … das ist nie passiert.«

Als Astrid Kemmerzehl kurz aufstand und in die Küche ging, um dem Fickel ein neues »Premium-Pils« zu holen, nutzte der Fickel die Gelegenheit für eine gute Tat. Darauf bedacht, bloß nicht zu kleckern, fischte er aus der Terrine ein verirrtes Stück Rinderbraten und ein Speckrandstück und warf es dem kleinen Erich auf die Decke. Der Chihuahua blickte den Fickel ungläubig an. Konnte man so ein großartiges Geschenk überhaupt annehmen? Aber dann siegte der Instinkt, und das Tierchen machte sich über die Fleischbrocken her, als habe es seit Wochen nichts zu fressen bekommen. Als Astrid Kemmerzehl wieder ins Zimmer kam, hatte er seine Mahlzeit bereits beendet und leckte zufrieden seine Pfoten. »Sie haben ihm doch hoffentlich keine Roulade gegeben?«, erkundigte sich Astrid Kemmerzehl misstrauisch.

»I wo«, log der Fickel, indem er seine gute Tat von eben mit einer Lüge neutralisierte.

»Zum Glück«, sagte Astrid Kemmerzehl. »Erich verträgt nämlich kein fettes Essen, davon bekommt er Durchfall.«

Da merkte der Fickel urplötzlich, wie spät es schon war, und nahm sich vor, spätestens nach dem nächsten Bier zu gehen. Zur Überbrückung half er einstweilen beim Tischabdecken. »Es gibt noch Nachtisch«, erklärte Astrid Kemmerzehl, »oder mögen Sie keine Rote Grütze?«

Da konnte der Fickel natürlich nicht widerstehen. Und wer hätte es gedacht? Leicht verlegen holte Astrid Kemmerzehl tatsächlich eine Flasche Eierlikör aus dem Schrank und tröpfelte einige Spritzer über die Sahne auf ihrem Dessert.

Der Fickel wollte nicht zu erkennen geben, dass er die Tagebücher der Roten Elfriede gelesen hatte, hätte aber dennoch gern erfahren, was es mit ihrem Faible für Kartenspiele auf sich hatte. Das musste man geschickt anfangen, am besten psychologisch fragen, so subtil wie möglich.

»War Frau Langguth eigentlich spielsüchtig?«, erkundigte er sich.

»Bitte?!« Astrid Kemmerzehl sah den Fickel an, als hätte sie sich verhört. »Wie kommen Sie denn *darauf*?«

Der Fickel verwies auf die aufgefundenen Kartenspiele in der Wohnung der Roten Elfriede.

»Frau Langguth hat ab und zu gern eine Partie Rommé oder Bridge gespielt oder mal eine Patience gelegt, aber deshalb ist man doch noch lange nicht süchtig«, erklärte Astrid Kemmerzehl und fügte in strengem Tonfall hinzu: »Ich verbitte mir solche Unterstellungen in meiner Wohnung.«

»Aber sie hat auch Siebzehn und Vier gespielt«, hakte Fickel nach, »auch bekannt als Black Jack.«

Astrid Kemmerzehl zuckte mit den Achseln. »Da bin ich überfragt. Ich kenne mich mit Kartenspielen nicht so gut aus.«

»Wie ist Schlossverwalter Bornkessel denn zu diesem

Darlehensvertrag gekommen, den er neulich bei Gericht vorgelegt hat?«, hakte der Fickel vorsichtig nach. Auch wenn Spielschulden nicht justiziabel sind – irgendwie musste sich Frau Langguth ja verzockt haben.

»Ach das«, winkte Astrid Kemmerzehl ab. »Frau Langguth gefiel es, ab und zu diese Bridge-Abende auf dem Schloss zu besuchen, um sich ein wenig zu zerstreuen«, sagte sie und fügte hinzu: »Ich habe ihr allerdings abgeraten, denn allein die Startgebühr kostete meines Wissens hundertfünfzig Euro.«

Der Fickel pfiff durch die Zähne. »Ganz schön happig.«

»Herr Bornkessel hat bestimmt Frau Langguths Gutgläubigkeit ausgenutzt. Sie hat sich nie viel aus Geld gemacht.«

»Haben Sie Frau Langguth zu diesen Bridge-Abenden begleitet?«, erkundigte sich der Fickel zwischen zwei Löffeln Grütze.

»Gelegentlich«, antwortete Astrid Kemmerzehl leicht distanziert. »Normalerweise hatte ich abends immer frei.« Offenbar war das Thema für sie damit abgeschlossen. Aber der Fickel blieb am Ball. Auf weitere Nachfragen berichtete seine Gastgeberin, dass Schlossverwalter Bornkessel mit seinem Historischen Verein nicht nur Bridge- oder Poker-Abende, sondern auch regelrechte Soireen und/oder Themenabende im Schloss veranstaltete, zu denen wohlhabende Meininger und Sympathisanten eingeladen waren und deren Erlöse dem gemeinnützigen Historischen Verein zugutekommen sollten.

»Soviel ich weiß, findet demnächst wieder eine dieser *Gelegenheiten* statt«, sagte sie. »Wenn es Sie interessiert. –

Als Anwalt stehen Ihnen doch gewiss alle Türen offen.« Das konnte der Fickel zwar aus eigener Anschauung nicht unbedingt bestätigen, aber er zog es vor, Frau Kemmerzehl in dem Glauben zu belassen.

Erich hatte sich inzwischen auf seiner Decke zusammengerollt und leckte sich das Bäuchlein. Richtig froh mit sich und der Welt wirkte er jetzt nicht mehr. »Ich muss dann mal langsam«, sagte der Fickel und erhob sich. »Es war ausgezeichnet.«

Astrid Kemmerzehl unternahm keinerlei Schritte, ihn zurückzuhalten, etwa noch für einen Kaffee oder Ähnliches. Ehe der Fickel jedoch zu seiner Dankrede ansetzen konnte, klingelte es an der Haustür.

»Ich erwarte eigentlich niemanden«, sagte Astrid Kemmerzehl und blickte verwundert auf die Uhr. »Wer kommt denn um die Zeit zu Besuch?«

In der Tür stand Kriminalrat Recknagel und zog die aus der Wohnung kommende Luft durch seine Nüstern ein. Er zeigte sich genauso erstaunt, dem Fickel hier zu begegnen, wie auch umgekehrt.

»Ich hätte noch ein paar Fragen zum Tode Elfriede Langguths«, erklärte der Kriminalrat.

»Kommen Sie doch herein«, sagte Astrid Kemmerzehl. Aber Recknagel blieb wie angewurzelt auf der Türschwelle stehen.

»Ich fürchte, Sie müssen mich aufs Revier begleiten«, erwiderte er. »Es handelt sich nämlich um eine Beschuldigtenvernehmung.«

»Was wird mir denn zur Last gelegt?«, fragte Astrid Kemmerzehl erstaunt, aber durchaus gefasst.

»Wir sprechen hier von einem Tötungsverbrechen«, sagte der Recknagel.

Jetzt fiel dem Fickel fast die Klappe runter. »Wollen Sie andeuten, dass Frau Kemmerzehl die Rote Elfriede ermordet hat?«, fragte er und musste allein bei der Idee unwillkürlich lachen. Doch der Kriminalrat nickte ernst.

»Ich hoffe, nach der Vernehmung sehen wir klarer.«

Astrid Kemmerzehl leistete keinen Widerstand. »Darf ich mich noch umziehen?«, fragte sie. Recknagel bejahte. »Und nehmen Sie was mit, falls Sie bei uns übernachten müssen.«

Nun blickte Astrid Kemmerzehl doch ein wenig alarmiert.

»Ich begleite Sie aufs Revier«, erbot sich der Fickel. »Ich habe schon zwei Morde aufgeklärt«, fügte er etwas großspurig hinzu.

»Na, na«, machte der Recknagel, »da hatten aber auch noch andere ihre Aktien dran.«

»Ich komme schon allein zurecht«, lehnte Astrid Kemmerzehl das freundliche Angebot ab. »Sie haben als Testamentsvollstrecker schon genug zu tun.«

Recknagel blickte Fickel überrascht an. »Sie machen ja noch richtig Karriere«, sagte er scherzhaft. »Wer erbt denn, wenn ich fragen darf?«

»Frau Kemmerzehl«, antwortete der Fickel juristisch korrekt.

»Eigentlich Erich«, berichtigte Astrid Kemmerzehl, und der Fickel deutete auf den Hund, der inzwischen lang gestreckt auf der Decke lag und leise winselte.

»Wir hatten bereits das Vergnügen«, sagte der Recknagel und zeigte einen hellen Fleck auf seiner Jacke. »Danke übrigens für den Tipp mit dem Enzymreiniger. Wenigstens ist der Geruch weggegangen.«

Wenige Minuten später hatte die Assistentin der Roten Elfriede ihre kleine Tasche gepackt und war nun bereit zu gehen.

»Sind Sie sicher, dass ich Sie nicht begleiten soll?«, erkundigte sich der Fickel fürsorglich.

»Es würde mir sehr viel mehr helfen, wenn Sie Erich so lange bei sich aufnehmen würden«, erwiderte Astrid Kemmerzehl. Und den Gefallen konnte ihr der Fickel in der Situation leider gar nicht abschlagen. Schließlich: Es war ja nicht für lange. Dachte der Fickel zumindest.

»Hat sie die Rouladen gemacht?«, erkundigte sich der Recknagel leise beim Fickel, als sie die Treppe hinunterstiegen. Der bejahte.

»Und? Haben Sie probiert?«

»Ein Gedicht«, antwortete der Fickel.

»Sie Glückspilz«, seufzte der Kriminalrat und hielt ihnen die Tür auf. Hinter den Gardinen gafften die Nachbarn. Astrid Kemmerzehl ließ sich vom Kriminalrat den Schlag öffnen und stieg wie die Queen hinten in den zivilen Einsatzwagen.

»Im Zweifel verweigern Sie einfach die Aussage«, rief der Fickel Astrid Kemmerzehl zum Abschied noch hinterher. »Das ist meistens das Beste!«

»Jetzt mischen Sie sich nicht in fremde Angelegenheiten ein«, funkte der Kriminalrat unwirsch dazwischen und schloss die Tür hinter Astrid Kemmerzehl.

Als der Wagen davonbrauste, blickte der kleine Erich

den Fickel fragend an. »Ich hab's mir auch nicht ausgesucht«, sagte der Fickel entschuldigend und kratzte sich hinter dem Ohr. Aber tief in seinem Innern war er sicher: Jemand, der solche Rouladen hinkriegte, der war nie und nimmer zu einer Tat wie solch einem feigen Mord fähig.

Die Oberstaatsanwältin Gundelwein war entgegen ihres ursprünglichen Plans nach ihrem Gespräch mit Dr. Schnatterer noch am selben Tag nach Meiningen zurückgekehrt. Sie durfte jetzt nicht etwa leichtsinnig werden und in Erwartung des neuen Jobs ihre alltäglichen Pflichten vernachlässigen. Dennoch hatte sie die Gelegenheit genutzt und einen kurzen Stopover beim Freibad am Rohrer Berg eingelegt. Der Nachteil an dem anhaltend sommerlich heißen Wetter war, dass selbst in der abgetrennten Sportschwimmerbahn ein Verkehr herrschte wie im Ärmelkanal. Dennoch hatte sie tausend Meter in dem viel zu warmen Wasser durchgezogen und fühlte sich nun gewappnet für alles, was da kommen möge.

Zunächst hatte sie die polizeiliche Ermittlungsakte zum Tod der Elfriede Langguth von vorn bis hinten durchgelesen und sich danach von Recknagel noch zusätzlich mündlich auf den neuesten Stand bringen lassen. Und dann war etwas Außerordentliches geschehen, etwas noch nie Dagewesenes: Die Gundelwein hatte dem Kriminalrat mit den Worten »Gute Arbeit« ein waschechtes und vollgültiges Lob ausgesprochen. Etwas Vergleichbares war ihr bislang noch nicht ein einziges Mal über die Lippen gekommen. Aber erstens hatte Recknagel in diesem Fall tatsächlich eine feine kriminalistische Spürnase bewiesen und zweitens stimulierte der bevorstehende eigene berufliche Triumph ihre Bereitschaft, auch anderen etwas zu gönnen.

Kriminalrat Recknagel hatte sie nach den zwei Worten »Gute Arbeit«, die unter anderen Kollegen Normalität waren, derart überrascht, ja fast verstört angesehen, dass die Gundelwein beinahe einen Lachanfall bekommen hätte. Aber damit hätte sie den armen Polizisten nur noch mehr verunsichert.

Die Gundelwein wartete nun, bis sich die Beschuldigte im Vernehmungsraum gesetzt hatte. Aus dem benachbarten Beobachtungsraum wollte sie erst einmal auskundschaften, mit wem sie es hier zu tun hatte. Astrid Kemmerzehl hatte sich auf den ihr zugewiesenen Platz gesetzt und harrte nun mit durchgestrecktem Rücken dort aus. Auch als Recknagel den Raum verlassen hatte, rührte sie sich nicht. Normalerweise benahmen sich Verdächtige anders. Sie versuchten oftmals, körperlich Stress abzubauen oder sich zumindest in der ungewohnten Situation zurechtzufinden. Manche zeigten nervöse Ticks, andere tigerten herum, wieder andere legten den Kopf auf den Tisch. Astrid Kemmerzehl saß einfach nur da wie eine Eins.

»Wollen Sie mit reinkommen?«, erkundigte sich der Recknagel. Die Gundelwein lehnte ab. Sie wollte die Vernehmung anfangs lieber durch die Glasscheibe verfolgen und auf kleine Hinweise achten, die man in der Vernehmungssituation nicht wahrnahm. Der Kriminalrat ging zurück und begann das Gespräch mit den üblichen Belehrungen und Fragen nach der Person. Astrid Kemmerzehl blieb genauso sitzen wie zuvor. Dann steuerten die Fragen auf den zu klärenden Sachverhalt zu.

»Wer hat für Frau Langguth den Medikamentenschieber befüllt?«

»Normalerweise habe ich das immer getan.«

»Auch letzte Woche?«

Astrid Kemmerzehl nickte. »Ich habe noch alles Mögliche erledigt, bevor ich in den Urlaub gefahren bin.«

»Wann sind Sie abgereist?«

»Am Sonntagabend.«

»Sie waren in Bayreuth, hatten Sie mir berichtet. Bei den Festspielen?«

»Das ist korrekt. Ich verfüge dort über ein Abonnement.«

»Könnte es sein, dass Sie vor Ihrer Abreise die Medikamente von Frau Langguth aus Versehen verwechselt haben?«

Astrid Kemmerzehl überlegte einen Moment, dann sagte sie in einer Entschiedenheit, die keinerlei Zweifel zuließ: »Ausgeschlossen!«

Die Gundelwein blickte fasziniert auf das weibliche Wesen, das konzentriert und diszipliniert die Fragen beantwortete. Entweder verfügte sie über eine außergewöhnliche Selbstbeherrschung, oder ihr war gar nicht bewusst, wie sehr sie sich selbst belastete.

»Frau Kemmerzehl, in dem Medikamentenschieber wurden lebenswichtige Blutverdünner durch wirkungslose Tabletten ausgetauscht«, setzte Recknagel die Vernehmung seelenruhig fort. »Außer den Fingerabdrücken von Frau Langguth sind nur die einer weiteren Person vorhanden: Ihre. Wie können Sie uns das erklären?«

»Irgendjemand muss nach meiner Abreise mit Handschuhen an den Schieber gegangen sein«, erwiderte Astrid Kemmerzehl achselzuckend.

»Und wer soll das getan haben – Ihrer Meinung nach?«

Astrid Kemmerzehl schwieg eine Weile, dann sagte sie bestimmt: »Ich will niemanden verdächtigen.«

Recknagel beugte sich vertraulich nach vorn. »Sie haben mir gegenüber bereits angedeutet, dass das Verhältnis zwischen Frau Langguth und den Hauseigentümern nicht das beste war …?«

»Das kann man ohne Zweifel so sagen. Es gab ja ständig Streit zwischen Frau Langguth und dem Ehepaar Siebenthaler.«

»Wegen des Wohnrechts?«

»Unter anderem. Jeder kleine Anlass konnte das Fass zum Überlaufen bringen.«

Im Beobachtungsraum hatte die Oberstaatsanwältin die Aussage interessiert verfolgt. Aus der Akte wusste sie bereits, dass das Mordopfer im Haus ihres Chefs gewohnt hatte. Aber dass diese merkwürdige Person sich nicht scheute, seine Frau und ihn direkt zu verdächtigen, war schon pikant. Im Grunde wusste die Gundelwein nichts bis gar nichts über das Privatleben ihres Chefs. Ihr war bekannt, dass er mit einer deutlich jüngeren Frau verheiratet war, die er vor den Kollegen so gut wie möglich abschirmte und mit der er in einer mondänen Villa am Schlosspark wohnte. Darüber hinaus hatte sie sich nie für ihn interessiert. Wieso auch? Der Mann war weder als Mann noch als Chef besonders interessant. Aber in der jetzigen Situation konnte jede Information, auch über sein Privatleben, wertvoll sein. Vielleicht steckte hinter Siebenthalers mieser

Beurteilung ihrer Arbeit auch einfach nur eine schlechte Tagesform infolge einer Ehekrise. Die Gundelwein musste gar nicht selbst eingreifen, Kriminalrat Recknagel gab sich aus irgendeinem Grunde alle Mühe, Verdachtsmomente gegen Siebenthaler und seine Frau aus Astrid Kemmerzehl herauszukitzeln.

»Würden Sie so weit gehen zu sagen, Herr Siebenthaler wollte Frau Langguth loswerden?«

»Durchaus«, bestätigte Astrid Kemmerzehl, ohne mit der Wimper zu zucken. »Er hat es ja immer wieder versucht.«

»Und wie?«

»Erst mit guten Worten, später mit Klagen … Und dann diese ständigen Baumaßnahmen. Frau Langguth hatte wirklich etwas auszustehen mit diesem Menschen.«

Recknagel ließ eine Pause, bevor er fast flüsternd das Ungeheuerliche aussprach: »Glauben Sie tatsächlich, dass ein Leitender Oberstaatsanwalt eine alte, wehrlose Frau umbringt?«

Die Gundelwein hätte den Kriminalrat knutschen können. Er machte ihren Job fast so gut wie sie selbst. Doch Astrid Kemmerzehl war zäh.

»Das kann ich nicht beurteilen«, gab sie staubtrocken zurück. »Ich berichte nur Dinge, an die ich mich erinnern kann. Außerdem weiß ich, dass Herr Siebenthaler Geldprobleme hatte. Und das wäre doch ein Motiv, oder?«

Die Gundelwein wäre fast durch die Scheibe gesprungen. Geldprobleme? Ihr Chef? Aus gegebenem Anlass hatte sie sich erst kürzlich über die Besoldung in der Gruppe R3 schlau gemacht, die auch eine Abteilungsleiterin der

Generalstaatsanwaltschaft bezog. Als Leitender Oberstaatsanwalt erhielt Siebenthaler ein Grundgehalt von mehr als siebentausend Euro, weitere Zulagen und Nebenverdienste nicht mitgerechnet. Wie konnte man in Meiningen überhaupt so viel Geld ausgeben? Siebenthaler machte nicht den Eindruck, ein ausschweifendes Leben zu führen oder ausgefallene Hobbys zu pflegen. Sicher, er fuhr ein teures Auto, aber das war seinem Verdienst und seiner Position durchaus angemessen. Seine Anzüge, Hemden und Schuhe waren keineswegs besonders edel, insgesamt wirkte Siebenthaler eher wie ein typischer Beamter, ein Langweiler, ein Pfennigfuchser. Wie sollte dieser Mann in Geldprobleme geraten sein?

»Sie haben ausgesagt, Herr Siebenthaler habe jeden Monat über tausend Euro Leibrente an Frau Langguth gezahlt«, hakte Recknagel nach.

»Über eintausendeinhundert sogar«, konkretisierte Astrid Kemmerzehl. »Außerdem habe ich mitbekommen, dass er gelegentlich Rechnungen von Handwerkern nicht bezahlt hat. So ein altes Haus ist zwar sehr schön anzusehen, aber es gibt natürlich ständig etwas zu reparieren.«

»Vielleicht war er mit der Arbeitsleistung der Handwerker nicht zufrieden und hat deshalb die Bezahlung verweigert?«

Astrid Kemmerzehl schüttelte den Kopf. »Das war wohl nicht der Grund. Ich habe mich gelegentlich mit den Herren unterhalten. Zuletzt hat sich in ganz Meiningen kein einziger Fliesenleger gefunden, der noch für Herrn Siebenthaler arbeiten wollte – weil seine Zahlungsmoral so schlecht war.«

»Wir werden das überprüfen«, sagte der Kriminalrat und blickte zur Scheibe. Anscheinend erwartete er, dass die Oberstaatsanwältin eingriff. Aber die blieb lieber auf ihrem Beobachtungsposten.

»Wie haben sich die sogenannten Geldprobleme von Herrn Siebenthaler denn sonst noch ausgewirkt?«, setzte der Kriminalrat die Vernehmung fort.

Astrid Kemmerzehl zögerte. »Das wäre vielleicht ein bisschen zu indiskret ...«

Im Beobachtungsraum trommelte die Oberstaatsanwältin ungeduldig mit den Fingern auf den Tisch. »Na komm schon, raus damit!« Sie versuchte förmlich, die Zeugin durch die Scheibe hindurch zu hypnotisieren, was natürlich schon wegen deren Verspiegelung auf der anderen Seite ein aussichtsloses Unterfangen war.

»Immerhin geht es um Mord«, lockte der Recknagel. »Wenn wir Frau Langguths Tod aufklären wollen, sind wir auf jede Information angewiesen.«

Astrid Kemmerzehl gab sich einen Ruck. »Herr Siebenthaler hat sich sehr häufig mit seiner Frau gestritten«, sagte sie mit sichtlichem Unbehagen. »Meistens ging es dabei um Geld.«

»Wie haben Sie das denn mitbekommen?«, hakte Recknagel nach.

»Die Innenwände sind nicht sehr dick. Außerdem ist Frau Siebenthaler recht temperamentvoll ... Herr Siebenthaler musste jedenfalls recht häufig neues Geschirr kaufen.«

Recknagel ließ eine angemessene Pause. »Verstehe. Aber das allein wird ihn wohl nicht ruiniert haben«, sagte er dann.

»Nein, das Problem war anscheinend eher die Firma von Frau Siebenthaler. Soviel ich weiß, hat sie ziemlich hohe Schulden.«

»Wie hoch?«

Astrid Kemmerzehl zuckte die Achseln. »Zwei- oder dreihunderttausend Euro ... So genau weiß ich das auch nicht.«

In diesem konkreten Moment war es für die Strafverfolgungsbehörden tatsächlich ein Segen, dass der Beobachtungsraum schalldicht vom Vernehmungszimmer abgetrennt war, denn die Oberstaatsanwältin Gundelwein wurde von einem heftigen, fast hysterischen Lachanfall heimgesucht. Immer wieder schlug sie sich mit den Händen auf die Oberschenkel und rief: »Ich glaub's nicht!« oder: »Das kann doch nicht wahr sein!«

»Wissen Sie zufällig, wie es zu diesen Schulden gekommen ist?«, hakte der Kriminalrat in ruhigem Ton nach, als verhandele er das Nebensächlichste der Welt.

»Natürlich«, antwortete Astrid Kemmerzehl. »Die hat sie im Volkshaus versenkt.«

Das ehemalige Schützenhaus war die Problemimmobilie Meiningens. Obgleich sie in bester Lage am Nordzipfel des Schlossparks, unfern vom Theater, lag, war sie inzwischen eine Ruine. Größe, Stil und Eleganz prädestinierten das Gebäude für eine Nutzung als Amüsierbetrieb. Aber nach der Wende waren unzählige Versuche, dort dauerhaft einen Ballsaal, Gastronomie und Hotellerie oder eine Diskothek anzusiedeln, gescheitert. Inzwischen wurde sogar ein Abriss erwogen. Wer immer dort Geld reingesteckt hatte, hatte nur Futter für die Abrissbirne geliefert.

Astrid Kemmerzehl wusste zu berichten, dass Stefanie Siebenthaler in den Neunzigerjahren versucht hatte, eine überregional angesagte Konzertlocation in dem klassizistischen Prunkbau zu entwickeln. Doch in einer klassischen Stubenhockerstadt wie Meiningen war sie mit ihren hochfliegenden Plänen natürlich grandios gescheitert, Puhdys und andere Kracher-Line-ups hin oder her. Sogar die Thüringer Variante der Chippendales hatte in Meiningen nicht mehr als achtzig Hausfrauen aus umliegenden Ortschaften mobilisiert. Irgendwann hatte Steffi Siebenthaler ihre Volkshaus-Ambitionen aufgegeben und war nur aufgrund ihres Mannes, der sie als Bürge vor dem Ärgsten bewahrte, an einer Insolvenz vorbeigeschlittert.

Kriminalrat Recknagel versuchte, noch weitere Informationen aus Astrid Kemmerzehl herauszulocken, und langsam zeichnete sich ein Bild ab: Offenbar führte der im Dienst immer korrekt und penibel auftretende Leitende Oberstaatsanwalt unter der biederen Oberfläche ein wilderes Leben, als ihm die Gundelwein zugetraut hätte. Mehrmals im Jahr jettete er mit seiner Frau auf Kurztrips durch die Welt auf der Suche nach neuen »acts«, die man nach Meiningen lotsen konnte. Was tat man nicht alles, um seine zwei Jahrzehnte jüngere Frau bei Laune zu halten.

Die Villa, die Reisen, die Autos, die Schulden seiner Frau – irgendwann wurde es selbst mit einem R3-Sold eng. Vor allem vor dem Hintergrund, und auch das war der Oberstaatsanwältin neu, dass Siebenthaler 1991 bei seinem Amtsantritt in Meiningen als smarter Mittdreißiger eine Frau und zwei inzwischen erwachsene Kinder in seiner hessischen Heimat zurückgelassen hatte, für die er jahrelang horrende Summen an Unterhalt überweisen musste, was wiederum für Zündstoff in den Auseinandersetzungen mit seiner aktuellen Frau sorgte.

Es war erstaunlich, was Astrid Kemmerzehl in ihren Jahren als Assistentin von Frau Langguth, da sie im Haus der Siebenthalers aus und ein ging, alles aufgeschnappt hatte. An der Frau war eine Detektivin verloren gegangen. So verschlossen und zugeknöpft sie sich gab, verfügte sie anscheinend immerhin über einen wachen Geist und eine gesunde Menschenkenntnis. Recknagel unterbrach die Vernehmung, um die Oberstaatsanwältin zu konsultieren.

»Haben Sie alles mitgekriegt?«, fragte er, als er in den Nachbarraum gekommen war.

Die Gundelwein nickte.

»Ich glaube ehrlich gesagt nicht, dass sie es getan hat«, fasste der Recknagel zusammen. »Am besten, wir lassen sie gehen und führen noch weitere Befragungen durch.«

Die Oberstaatsanwältin schüttelte den Kopf und zählte an ihren Fingern auf: »Erstens haben wir nur ihre Fingerabdrücke an dem Medikamentenschieber.«

Recknagel nickte bestätigend.

»Zweitens: Die Tat wurde intelligent geplant, sodass ein natürlicher Tod suggeriert wird – und eigentlich nicht mit Frau Kemmerzehl in Verbindung gebracht werden kann.«

Recknagel wollte etwas einwenden, doch die Oberstaatsanwältin ließ sich nicht beirren.

»Und drittens profitiert sie als Erbin am meisten von Frau Langguths Tod.«

Recknagel zeigte seinen berühmten skeptischen Gesichtsausdruck. »Ich weiß nicht, ob das Erbe als Motiv ausreicht. In der Wohnung der Verstorbenen schien mir nicht so viel zu holen zu sein«, sagte er.

»Ich habe neulich bei einem Hofkonzert zufällig mitbekommen, dass Frau Langguth eine originale Brahms-Partitur für sich beansprucht«, widersprach die Gundelwein. »Die dürfte wohl *einiges* wert sein.«

Die Oberstaatsanwältin war sich selbst ihrer Theorie keineswegs sicher, aber solange sie Zugriff auf Astrid Kemmerzehl hatte, hielt sie auch ein Druckmittel gegen Siebenthaler in der Hand. Die Gundelwein *liebte* Druckmittel.

»Es kann genauso gut jemand anders ausgenutzt haben, dass Frau Kemmerzehl nicht da war, und die Medikamente im Nachhinein ausgetauscht haben«, beharrte der Recknagel.

»Ja, wer denn …?« Die Oberstaatsanwältin wusste genau, an wen der Kriminalrat dachte, doch sie wollte, dass er es aussprach.

»Die Zeugin hat ganz klar Ihren Chef und seine Frau belastet«, sagte der Kriminalrat ruhig. »Normalerweise müssen wir dem nachgehen.«

Die Gundelwein lachte auf. »Machen Sie sich doch nicht lächerlich! Wollen Sie wegen ein paar wilder Spekulationen ein Ermittlungsverfahren gegen einen Leitenden Oberstaatsanwalt einleiten? Wissen Sie überhaupt, was Sie damit auslösen würden?«

Der Kriminalrat zuckte gleichgültig mit den Achseln.

Die Gundelwein sagte zusammenfassend: »Bis auf Weiteres gehen wir davon aus, dass es sich bei den Anschuldigungen von Frau Kemmerzehl um reine Schutzbehauptungen handelt.«

Recknagel schien immer noch nicht restlos überzeugt.

»Ich beantrage morgen einen Haftbefehl«, sagte die Gundelwein abschließend. »Sie können ja noch ein paar Hintergrundinformationen sammeln.«

»Wie Sie meinen«, seufzte der Recknagel leicht resigniert. »Dann kümmere ich mich um einen Verteidiger für Frau Kemmerzehl.«

»Aber nehmen Sie um Gottes willen nicht wieder meinen Exmann«, befahl die Gundelwein halb im Scherz.

»Der hat im Moment sowieso genug um die Ohren«, antwortete der Recknagel ausweichend.

»Ach, und womit, wenn ich fragen darf?«, erkundigte sich die Oberstaatsanwältin erstaunt.

»Als Testamentsvollstrecker von Frau Langguth«, erwiderte der Recknagel.

»Testamentsvollstrecker«, wiederholte die Gundelwein kopfschüttelnd, aber selbst darüber konnte sie im Moment nur schmunzeln.

VI Ein Hundstag

Während Astrid Kemmerzehl die Nacht über im Polizeigewahrsam schmorte, bekam auch der Fickel kaum ein Auge
zu. Nicht etwa wegen der im Gebälk des alten Hauses ge-
speicherten Hitze oder weil er sich Sorgen um seine Al-
tersvorsorge machte, auch nicht aufgrund von Liebeskummer, Bluthochdruck oder irgendeinem anderen triftigen
Grund, der Männer in seiner Lebensphase um den Schlaf
bringt. Schuld an allem war allein Erich.

Zunächst hatte Frau Schmidtkonz kategorisch erklärt:
»Keine Tiere in meinem Haus!«, und sich sogar auf den
Mietvertrag berufen, aber als sie des Chihuahuas mit den
süßen Knopfaugen ansichtig wurde, wurde ihr Vermiete-
rinnenherz plötzlich weich, und sie machte großzügig eine
Ausnahme. Doch kaum hatte der Fickel es sich in seinem
Sessel gemütlich gemacht, ging das Spektakel los. Erich
fing plötzlich an zu jaulen und zu winseln. Zunächst dachte der Fickel, der Hund leide unter Heimweh, aber als der
Knirps zur Tür ging und sogar mit einer Pfote kratzte, fiel
ihm ein, dass man mit so einem Hund vor der Nachtruhe ja
mal Gassi gehen könnte. Das erwies sich als eine gute Idee,
denn Erich litt offenbar an einer Magen-Darm-Überpro-
duktion. Interessant, wie so ein kleiner Hund solch ein
Riesengeschäft fertigbringt!

Aber als Erich auch nach anderthalb Stunden immer
noch nicht nach Hause wollte und stets einen neuen Baum

fand, den er benetzen musste, wurde es dem Fickel zu bunt, und er nahm ihn kurzerhand am Kragen und »schleppte« ihn in die Wohnung. Das hätte er lieber nicht getan, denn bis man einen Teppich so gründlich gereinigt hat, dass es die Vermieterin am nächsten Tag möglichst nicht mitbekommt, das kann dauern. Aber merkwürdig: Der Teppich roch im Prinzip genauso wie neulich der Recknagel bei der Beach Party. Und als der Fickel sich endlich zur wohlverdienten Nachtruhe begeben wollte, stand der Chihuahua plötzlich mit eingezogenem Schwanz in seinem Zimmer und zitterte am ganzen Leib. Was so ein kleines Stück Roulade alles anrichten kann!

Da der Fickel jetzt ernstliche Sorge hegte, Astrid Kemmerzehl bei ihrem Wiedersehen mit einer traurigen Nachricht unter die Augen treten zu müssen, rief er kurz nach Mitternacht beim Veterinärnotdienst an. Es stellte sich heraus, dass Erich aufgrund der ganzen Geschäftemacherei einfach komplett dehydriert war. Nachdem der Fickel seinem Gasthund die Hälfte von dessen Körpergewicht in Wasserform zugeführt hatte, konnte er endlich drei komplette Stunden durchschlafen. Gegen halb fünf machte Erich jedoch eindringlich klar, dass nun ein günstiger Zeitpunkt war, all das zugeführte Wasser wieder loszuwerden.

Immerhin verdankte der Fickel seiner guten Tat, einem darbenden Tier etwas zu fressen gegeben zu haben, die überaus inspirierende Erfahrung, das Meininger Nachtleben genießen und den Sonnenaufgang über dem Drachenberg live mitverfolgen zu können. Normalerweise war er vom Biorhythmus her eher der Typ für die untergehende Sonne. Aber erstaunlicherweise war er nicht der Einzige, der um diese unmögliche Zeit auf der Straße unterwegs war. Ein vereinzeltes Liebespaar zog giggelnd und schäkernd über den Marktplatz, ein glücklicher junger Vater schob gähnend einen Kinderwagen mit plärrendem Inhalt durch die Anton-Ulrich-Straße, und an der Werra war schon eine ältere Dame mit ihrem Grauhaardackel unterwegs. Im Übrigen für den Fickel eine völlig neue Erfahrung: Unter Hundebesitzern gilt strenge Etikette, Grußpflicht plus Mindestkonversation: »Und Ihrer? Rüde oder Hündin?«

Nach dem Frühstück erklärte sich Frau Schmidtkonz »ausnahmsweise« bereit, den Chihuahua zu sitten, damit der Fickel ungestört seiner Erwerbsarbeit nachgehen konnte. Denn der hatte natürlich einen Sack voll zu tun: Eine Bestattung musste vorbereitet und eine Haushaltsauflösung vorgenommen werden. Der Fickel rotierte, organisierte und telefonierte mit seinem Hightechhandy von vor fast neun Jahren, bis ihm das Ohr glühte. Und kurz bevor der Akku seinen Geist aufgab, meldete sich auch noch der Recknagel mit der Nachricht, dass Astrid Kemmerzehl ihn als Wunschverteidiger im bevorstehenden Ermittlungsverfahren angegeben habe.

So gern der Fickel Astrid Kemmerzehl als Gentleman, Jurist und Rouladenliebhaber auch geholfen hätte, da war natürlich guter Rat teuer. Wie sollte er auf der einen Seite Testamentsvollstrecker der Roten Elfriede sein, praktisch ihr verlängerter Arm im Diesseits, und andererseits ihre mögliche Mörderin verteidigen – das roch streng nach einer Interessenkollision[40]. Und so etwas war in einem Rechts-

40 Praktisch wie Schachspielen gegen sich selbst.

staat natürlich für Anwälte strengstens verboten. Auch wenn der Fickel damit an und für sich persönlich kein Problem gehabt hätte, war es sonnenklar, dass ihm die Staatsanwaltschaft in persona der Gundelwein daraus einen Strick drehen würde. Das sah auch der Recknagel sofort ein.

Der Kriminalrat hakte nach, ob der Fickel nicht zufällig einen Anwalt kenne, den er ersatzweise als Verteidiger empfehlen könne. Und da zeigte sich einmal mehr, dass der Fickel irgendwo auch ein echter Kumpel sein kann. Denn wen schlug er dem Recknagel vor? Natürlich ausgerechnet seinen Halmafreund und Erzkollegen Amthor. So war zumindest der Informationsfluss sichergestellt, denn der Amthor konnte bekanntlich nie seine Klappe halten, Anwaltsgeheimnis hin oder her. Dass Astrid Kemmerzehl dabei in den Genuss einer suboptimalen juristischen Verteidigung kam, wog dagegen weniger schwer – schließlich war sie nach Fickels innerster Überzeugung komplett unschuldig. Und notfalls würde der Fickel höchstselbst den Beweis dazu erbringen müssen, wie auch immer das im Einzelfall anzustellen sein würde. Man hatte ja schließlich schon ganz andere Probleme gelöst.

Am späten Vormittag, als der Fickel bereits vieles erledigt und noch mehr auf später verschoben hatte, machte er sich erneut auf den Weg Richtung Schloss Elisabethenburg. Gerichtsvollzieher Promehl hatte nämlich vermeldet, dass seine Vollstreckungsversuche hinsichtlich der Brahms-Partitur bislang allesamt fruchtlos verlaufen seien. Und in so einem Fall muss der Anwalt eben persönlich ran. Als Tauschobjekt hatte der Fickel immerhin die Tagebücher der Roten Elfriede im Gepäck, obwohl er sie noch nicht mal ausgelesen hatte. Man konnte eben nicht alles haben.

Schlossverwalter Bornkessel residierte in einem schicken kleinen Büro im Bibrasbau, doch der Fickel fand seine Tür verschlossen vor. Am Rahmen klebte ein Zettel, auf dem gekritzelt stand: »Bin im Museum. B.« Kurz entschlossen ging der Fickel über den Hof hinüber zu den Ausstellungsräumen, in denen er im Grunde seit seiner Schulzeit nicht mehr gesichtet worden war. Das ist auch so eine typische Verhaltensweise: Kaum ist man in einer fremden Stadt, rennt der Mensch sofort ins Museum, nur die in der eigenen verschmäht er. Aber da der Fickel so gut wie nie in fremden Städten unterwegs war, kam er auch praktisch nie in ein Museum.

Der Fickel kaufte sich artig ein Tagesticket und stieg die breiten Treppen des Uhrturms zu den Meininger Galerien und Museumsräumen hinauf, die über zwei Stockwerke verteilt sind. Am Museumsshop schloss er die Tasche mit den Tagebüchern der Roten Elfriede in einen Spind ein und machte sich auf die Suche nach dem Schlossverwalter. Doch in den Fluren und Zimmerfluchten herrschte gähnende Leere. Bei der sommerlichen Hitze hatten die Leute einfach keinen Sinn für Hochkultur. Dabei war es hinter den Mauern einigermaßen kühl, was allerdings auch im Winter der Fall ist. Deshalb gilt Museumswärter in Meiningen als einer der gefährlichsten Jobs überhaupt. – Nicht etwa skrupelloser Kunsträuber wegen, sondern allein aufgrund des Risikos, an Rheuma oder Lungenentzündung zu erkranken.

Der Fickel tigerte durch die langen, weitläufigen Gänge des Museums. Bornkessel war mit seinem raumgreifenden Wesen ja eigentlich kaum zu übersehen, aber er blieb zunächst unauffindbar. Dafür machte der Fickel mal wieder die Beobachtung, wie einen doch die eigene Erinnerung aufs Glatteis führt und die Vergangenheit verklärt, um einem zugleich die Gegenwart madig zu machen. Denn als der Fickel das letzte Mal in den Räumen des Museums unterwegs gewesen war, also circa vor fünfunddreißig Jahren, war er von all der Pracht und dem Tand des Schlosses förmlich überwältigt gewesen, aber heute registrierte er eher abgewetzte Tapeten, ausgetretenes Parkett und Ölschinken, auf denen längst die ewige Nacht angebrochen war. Da fragt sich der zahlende Besucher natürlich, wo der Historische Verein eigentlich seine Prioritäten setzte: Irgendwann bricht das ganze Schloss zusammen, aber Gratulation, wenigstens hat man noch den Aufzug.

Der Fickel wanderte zwischen den Ölschinken hindurch wie durch ein Schlaraffenland. Und da erlebte er, wiewohl er nicht gerade ein Kunstliebhaber, geschweige denn ein -kenner war, eine wahre künstlerische Offenbarung. Denn plötzlich guckte ihn von der Wand ein Frauenzimmer an, das er unlängst schon einmal gesehen hatte, und glücklicherweise – Kurzzeitgedächtnis sei Dank – wusste er sogar noch, wo: nämlich im Lederkoffer der Roten Elfriede. Die Ähnlichkeit der Porträts war unverkennbar: eine junge hübsche Frau, das ausgeprägte Kinn, der selbstbewusste Blick … Und tatsächlich: Der Signatur zufolge handelte es sich auch hier um einen waschechten Samuel Diez. Vermutlich hatte der Fickel hier im Museum das fertige Werk vor sich, während die Zeichnung im Koffer eher nur eine Skizze gewesen war.

Aber nun müsste doch herauszukriegen sein, welche stolze junge Dame auf diesem Gemälde verewigt war! Staunend las der Fickel den Titel des Bildes: »Ihre Hoheit Prinzessin Maria Elisabeth von Sachsen-Meiningen, Schloss Altenstein[41] 1872«. Und da ratterte es im Oberstübchen, denn die Initialen der Prinzessin waren genau jene »M.E.«, die der Fickel auf den vielen Notenheften und losen Blättern gefunden hatte. Kaum hatte man ein Rätsel gelöst, stand man auch schon vor dem nächsten: Wie kam die Rote Elfriede als Waisenkind und Kommunistin in den Besitz der Notenblätter einer waschechten Prinzessin? Wer war diese Maria Elisabeth überhaupt? Und was hatte sie womöglich mit der Brahms-Partitur zu tun?

Jetzt hatte der Fickel bereits fast das komplette Meininger Museum durchforscht und fühlte sich wie nach einem Halbmarathon beim Rennsteiglauf. Mit versiegenden Kräften schleppte er sich in die Ausstellung der Musikaliensammlung, die getrost als *das* Prunkstück der Meininger Museen gelten darf. Einem einfachen Musiklehrer, Ottomar Güntzel, verdankt die Stadt die Zusammenstellung eines einzigartigen Noten- und Dokumentenarchivs, in dem Werke und Korrespondenzen berühmter Komponisten und Kapellmeister zusammengefasst sind, von Brahms bis Wagner, von Hans von Bülow bis Fritz Steinbach. Aber auch historische Musikinstrumente wie die Klarinetten

41 »Datsche« der Meininger Herzöge, auf halbem Weg nach Eisenach.

Richard Mühlfelds[42] oder die berühmte Meininger Samentrommel[43] konnte man hier bewundern.

Der Fickel stromerte durch die Ausstellung, und sieh mal einer an: Wer saß da in Regers Jenenser Arbeitszimmer in einem historischen Sessel des in jeder Hinsicht großen Meininger Kapellmeisters und Komponisten und schnarchte, dass die Saiten im Flügel zitterten? Im ersten Moment konnte man meinen, man wäre in Madame Tussauds Wachsfigurenkabinett gelandet, denn Schlossverwalter Bornkessel wies in dem Sessel tatsächlich eine frappierende Ähnlichkeit mit dem späten Max Reger auf, was aber zum Teil auch an der Umgebung lag: dem Schreibtisch, den Büsten und Fotos der musikalischen Vorbilder des berühmten Kapellmeisters und vor allem an dem riesigen Notenschrank, in dem praktischerweise jeder Komponist in seiner eigenen Schublade steckte.

Als Fickel den Schlossverwalter so schnarchen hörte, wurde er selbst von einem apokalyptischen Müdigkeitsgefühl heimgesucht und hätte sich am liebsten auf der Stelle auf dem gemütlich aussehenden Teppich zusammengerollt und ein Nickerchen gehalten. Aber er hatte ja eine Pflicht zu erfüllen, und die bestand zunächst darin, den sabbernden Schlossverwalter aus seinen süßen Träumen zu reißen. Bornkessel reagierte zunächst überhaupt nicht auf Fickels Weckversuche, dafür dann umso heftiger. Als er

---

42 Bedeutendster nicht mehr lebender Klarinettist aller Zeiten, sein Spiel inspirierte Johannes Brahms zu einem Trio, einem Quintett und zwei Sonaten.

43 Zaubertrommel eines Samenschamanen.

seine schweren Augenlider endlich hochgekurbelt hatte und den Fickel vor sich sah, sprang er beinahe aus dem Sessel.

»Was haben Sie denn hier verloren?«, rief er vorwurfsvoll, als hätte der Fickel sich unbotmäßig verhalten und nicht er selbst. Der Schlossverwalter zeigte keine Spur von Scham oder schlechtem Gewissen, im Gegenteil. Bezüglich der Arbeitseinstellung kam dem Fickel Bornkessels Verhalten ja durchaus vertraut vor, aber mit seiner latenten Aggressivität konnte er einem gründlich auf die Nerven gehen. Fickel zeigte sicherheitshalber seine Eintrittskarte für das Museum vor – und erwähnte auch die Tagebücher, die Elfriede Langguth dem Historischen Verein vermacht hatte und die unten im Spind auf Bornkessels Inbesitznahme warteten.

Aber statt dankbar zu sein und / oder sich für das Aussperren beim Hofkonzert zu entschuldigen, belegte Bornkessel den Fickel mit Vorwürfen: Was ihm einfalle, den Gerichtsvollzieher auf ihn zu hetzen, welchen Schaden er durch die geplatzte Weltpremiere dem Historischen Verein und damit der gesamten Stadt zugefügt habe et cetera pp. Der Fickel schaffte es kaum noch zuzuhören, denn auf dem Ohr war er taub.

Irgendwann erlaubte der Fickel sich dann den gut gemeinten Hinweis, dass Bornkessel als gelernter Jurist ja eigentlich wissen müsse, wie es in einem Rechtsstaat zugehe, und wenn man sogar auf ein vollstreckbares gerichtliches Urteil hin die Stirn habe, die Herausgabe fremden Eigentums zu verweigern, dann müsse man sich auch nicht wundern, wenn irgendwann schließlich der Mann mit dem Kuckuck vor der Tür stehe.

Doch Bornkessel zeigte sich nicht nur uneinsichtig, sondern geradezu bockbeinig. Was das Eigentum an der Partitur angehe, sei das letzte Wort noch lange nicht gesprochen. Denn die Rote Elfriede habe sich der Partitur widerrechtlich bemächtigt. Wie Bornkessel aus sicherer Quelle wisse, gehörten die Noten ursprünglich zum herzoglichen Besitz – und der sei kraft Enteignung und/oder Staatsvertrag schließlich in die öffentliche Hand übergegangen.

Nach seiner Entdeckung des Porträts der Prinzessin Maria Elisabeth war sich der Fickel gar nicht mehr so sicher, ob an den Worten des Schlossverwalters nicht tatsächlich etwas dran sein könnte. Andererseits: Titel bleibt Titel, auch wenn nur vorläufig vollstreckbar. Doch Bornkessel verschränkte seine mächtigen Arme vor der Brust und meinte, der Fickel könne ja gerne bei ihm anfangen zu suchen oder gar eine Leibesvisitation durchführen. Die Partitur werde nämlich bereits seit Tagen vermisst. Niemand im Schloss könne sich erklären, wie und unter welchen Umständen das historisch einmalige Exemplar verschwunden sei.

»Tut mir wirklich wahn-sin-nig leid«, heuchelte Bornkessel. »Ich würd's Ihnen wirklich sagen.«

Allein bei dem schiefen Grinsen, das der Schlossverwalter bei dieser Aussage vorzeigte, hätte der Fickel eine Hunderter-Wette gehalten, dass Bornkessel über den Verbleib der Partitur natürlich *sehr genau* im Bilde war. Was blieb einem verständigen Menschen in Fickels Situation da schon groß übrig? Zumal, wenn man archaischen Methoden der Auseinandersetzung wie zum Beispiel der Anwendung unmittelbarer Gewalt, eher ablehnend gegenübersteht. Obwohl es den Fickel schon ein bisschen in den Fingerspitzen kitzelte, diesem indolenten Bornkessel zum Beispiel mit Regers schwerer Liszt-Büste eine kleine Kopfnuss zu verpassen, um ihn zur Vernunft zu bringen. Allein der Respekt vor den beiden großen Komponisten hielt ihn davon ab. Bornkessel schien Fickels geheime Gedanken zu ahnen und brachte sich in eine relative Fluchtposition, so als wollte er sich hinter dem Notenschrank verkriechen.

»Was ist denn jetzt mit den Tagebüchern von F-frau Langguth?«, erkundigte er sich. »Ich weiß zwar auch nicht, was ich damit anf-fangen soll, aber immerhin hat sie sie uns v-vermacht.«

Aber da biss der Vorsitzende des Historischen Vereins jetzt natürlich auf Granit, obwohl der in seinem Schloss gar nicht verbaut war. Das war schließlich eine allzu einfache Rechnung, die jedes Kind bereits im Buddelkasten lernt: Wenn du mir nicht mein Förmchen gibst, bekommst du dein Eimerchen auch nicht zurück. Eigentlich nur, um den Bornkessel zu ärgern, sagte der Fickel, in den Tagebüchern stünden interessante Sachen über den Historischen Verein, die die Polizei vielleicht interessieren könnten. Das wiederum brachte den Bornkessel derart auf die Palme, dass er mir nichts, dir nichts handgreiflich wurde und dem Fickel den Schlüssel für den Museumsspind stibitzen wollte.

So kam es in der Meininger Musikalienausstellung zu einem Kampf im Superschwergewicht, jedoch nicht im musikalischen, sondern eher im profanen fleischlichen Sinne, wobei der Fickel vielleicht nicht ganz so superschwer unterwegs war wie Likörliebhaber Bornkessel. Fickel hatte den Schlüsselring wie einen Ehering über seinen Zeigefinger gestreift, und der Schlossverwalter trachtete offenbar danach, ihm diesen – mit oder ohne Finger – zu entreißen. Aber der Fickel hing irgendwo noch an seinem Finger und trat dem Bornkessel als erste Maßnahme gegen das Schienbein, sodass der vor Schmerz laut aufschrie und ins Straucheln geriet. Was man aber leicht unterschätzt: Wenn drei Zentner plus/minus erst mal ins Straucheln geraten sind, wirken mit einem Male unwahrscheinliche physikalische Kräfte, zum Beispiel die Gravitation. Bornkessel versuchte sich abzufangen und griff Halt suchend hinter sich, wo er zu Recht Regers Notenschrank vermutete. Dabei stieß er mit dem Ellenbogen irgendwie gegen so ein weißes Ding, das sich dort auf der Ablage befand, und fegte es mit dem Ärmel herunter. Es folgte ein dumpfes Geräusch, ein Knacken, dann zerfiel das weiße Etwas in sechs bis sieben ganz unterschiedlich große Einzelteile. Der Fickel sah nun etwas genauer hin. War das etwa ein Ohr? Und da – eine Nase …?

So plötzlich es über ihn gekommen war, verlor Schlossverwalter Bornkessel jetzt sein Interesse an Fickels Schlüssel und damit auch an der körperlichen Auseinandersetzung. Wie von Gottes Schmiedehammer gefällt sank er auf die Knie und begann hektisch, die Scherben wieder zusammenzupuzzeln. Irgendwie kam dem Fickel das Antlitz, das sich aus den Scherben formte, bekannt vor. Das war doch …

»Regers Totenmaske!«, rief Bornkessel verzweifelt. »V-von Richard Engelmann persönlich angef-fertigt!«

Dem Fickel fiel da nur der ultimativ tröstende Satz seiner Mutter ein: »Das kann man bestimmt noch mal kleben.«

Aber das hätte er vielleicht lieber nicht gesagt, denn jetzt erhob sich Bornkessel ächzend und baute sich schnaufend vor Fickel auf.

»Das haben Sie zu v-verantworten!«, fauchte er wütend und fügte mit beinahe irrem Blick hinzu: »Ich hof-ffe, Sie sind gut v-versichert.«

Der Fickel wies natürlich jegliche Verantwortung von sich, schließlich hatte er den Reger gar nicht berührt.

»Sie haben mich angegrif-fffen!«, behauptete Bornkessel. »Nur aus dem Grunde bin ich gegen die Maske gekommen.«

Der Fickel verspürte keinerlei Lust, sich auf eine Schulddiskussion einzulassen, und ließ mit nahezu reinem Gewissen Schlossverwalter Bornkessel zeternd und jammernd inmitten seines historischen Scherbenhaufens zurück. Schließlich hatte er zwar nicht Besseres, dafür aber Wichtigeres zu tun. Als Testamentsvollstrecker war es seine Pflicht, die Herkunft und den Verbleib der Brahms-Partitur zu klären – und nicht zu vergessen: den Mörder der Roten Elfriede zu überführen. Irgendwo hatte der Fickel so eine Vorahnung, dass ihn die Suche nach der ominösen Brahms-Partitur und nach dem Mörder der Roten Elfriede bald wieder zurück auf Bornkessels Spur führen würde.

Als der Fickel nach Hause kam, hatte sich der kleine Erich bei dessen Vermieterin inzwischen bestens eingelebt. Schließlich hatte er circa zwei Tafeln Schokolade als Belohnung für »Männchenmachen« kassiert, was ziemlich genau zehn Prozent seines Körpergewichts entsprach. Das heißt, umgerechnet auf den Fickel hatte der Chihuahua also ungefähr neuneinhalb Kilo Schokolade intus. Dafür schien es ihm vergleichsweise gut zu gehen. Bevor das Magen-Darm-System des kleinen Hundes erneut aktiviert wurde, legte sich der Fickel aufs Sofa und schloss kurz die Augen. Schließlich musste er nachher vor Gericht hellwach sein!

Die Oberstaatsanwältin Gundelwein atmete einmal tief durch, dann klopfte sie an die schwere, schallgeschützte Tür ihres Chefs. Nach einigen Momenten, die sie ihm aus Höflichkeit ließ, trat sie ein. LOStA Siebenthaler erhob sich von seinem Schreibtisch. Wie immer sah er wie aus dem Ei gepellt aus: Anzug, Hemd, Krawatte, die grauhaarige Scheitelfrisur, alles sah geradezu absurd perfekt aus. Da die Oberstaatsanwältin heute Stilettos trug, wirkte er noch kleiner als sonst. Dafür dominierte er den Raum mit seinem teuren Eau de Toilette, das es in ganz Meiningen nirgends zu kaufen gab.

Siebenthaler begrüßte die Gundelwein überaus freundlich und bot ihr wie immer etwas zu trinken an, was diese wie immer ablehnte. Dann setzten sie sich. Die Gundelwein schlug ihre Beine übereinander, ließ dem Chef freien Blick auf ihre Knie und zeigte ihr freundlichstes Lächeln. Die wöchentliche Besprechung war von Ritualen geprägt. Siebenthaler spielte Chef, und die Gundelwein spielte, so gut sie konnte, die Untergebene. So ähnlich musste sich Condoleezza Rice beim Rapport im Oval Office mit George W. Bush gefühlt haben.

Zunächst kreiste das Gespräch um Allgemeinplätze und interne Angelegenheiten der Abteilung. Die Gundelwein beantwortete geduldig alle Fragen, sogar die dummen, die der mangelnden Sachkenntnis ihres Dienstvorgesetzten geschuldet waren. Sie hatte es nicht eilig. Es war Siebenthaler selbst, der den »Fall Elfriede Langguth« ansprach. Der LOStA zeigte sich äußerst betroffen von »diesem grauenhaften Tötungsverbrechen«, zumal es sich in seiner unmittelbaren Nachbarschaft, praktisch unter seinem Dach ereignet hatte. Die Gundelwein schilderte, wie Rechtsmediziner Haselhoff die Tat entdeckt hatte, und lobte die Umsicht von Kriminalrat Recknagel.

»Und? Haben Sie schon einen Verdächtigen ermittelt?«, erkundigte sich der LOStA.

»Es gab bereits eine Festnahme«, erwiderte die Gundelwein. »Die Assistentin der Verstorbenen ist dringend verdächtig. Sie hatte die Tatmöglichkeit und ein klares Motiv.«

»Ach«, sagte der LOStA, »das hätte ich der Kemmerzehl gar nicht zugetraut.« Er ließ sich von der Oberstaatsanwältin alles haarklein auseinandersetzen und widersprach auch den Schlussfolgerungen nicht. Aber er gab durch kein Wort zu erkennen, dass er selbst mit der Roten Elfriede so manchen Strauß ausgefochten hatte. Auch die Gundelwein hielt ihr Wissen sorgsam zurück. Eine gute Jägerin konnte warten. Und vielleicht musste sie ihre Hunde ja gar nicht von der Leine lassen.

Doch der LOStA sprach über alles Mögliche, nur nicht über das Thema, das der Gundelwein unter den Nägeln brannte: ihr Zwischenzeugnis. Nach zwanzig Minuten belanglosen Geredes blickte er auf die Uhr.

»Kommen wir langsam zum Ende?«, sagte Siebenthaler. »Ich muss heute noch zwei Akten bearbeiten.«

Er stand auf. Ihr Chef besaß tatsächlich die Frechheit,

die Anhörung für ihre Benotung einfach zu übergehen! Beziehungsweise die Feigheit. Er scheute die Konfrontation und hoffte, dass seine Untergebene die Bewertung so schluckte, wie sie war. Die Gundelwein blieb stur sitzen.

»Wir wollten noch über mein Zwischenzeugnis sprechen«, erinnerte sie ihren Chef.

»Ach ja«, machte der Leitende Oberstaatsanwalt, als besinne er sich erst jetzt, »kein Grund, sich zu beschweren, nehme ich an? So ein gutes Zeugnis stelle ich nur höchst selten aus.«

Das war nicht nur eine durchschaubare Finte, es war eine Provokation.

»Ganz offen gesagt, an zwei oder drei Stellen sehe ich eine gewisse Diskrepanz zu meiner letzten Bewertung, die ich nicht ganz nachvollziehen kann«, sagte die Gundelwein, ohne Siebenthaler direkt zu kritisieren.

Der LOStA setzte sich wieder hin. »Gut möglich, dass mir hier oder da ein kleiner Formulierungsfehler durchgerutscht ist«, sagte er. »Zeigen Sie mal her!«

Die Gundelwein reichte ihm den Ausdruck, auf dem sie die Stellen, die ihr Missfallen erregt hatten, mit einem Textliner farbig markiert hatte. Der LOStA las sehr, sehr gründlich, runzelte die Stirn und schüttelte, offenbar unzufrieden, den Kopf.

»Sie wissen, was ich meine«, sagte die Oberstaatsanwältin. »Das kann man so lesen, als würde ich Dienstanweisungen nicht befolgen.«

Jetzt sah ihr der Leitende Oberstaatsanwalt zum ersten Mal direkt in die Augen. »Aber ja, so ist es doch auch«, sagte er dann.

In dem Moment fielen endlich die Masken. Jetzt wusste die Gundelwein wenigstens, woran sie war. »Sie bemängeln mit dem Satz, dass ich die Strafauflagen nicht ausnahmslos dem Historischen Verein zuführe«, konstatierte sie.

»Und zwar entgegen meiner ausdrücklichen Anweisung«, präzisierte Siebenthaler. »Das ist nicht weiter dramatisch, aber ich konnte es auch nicht ignorieren.«

»Und die Bemerkung, ich würde ›großes Vertrauen in meine eigene fachliche Sichtweise‹ hegen und den ›Strafanspruch des Staates überdehnen‹?«

Siebenthaler lächelte wie ein Lehrer, der einem Kind erklärt, warum es in der Mathearbeit diesmal keine Eins bekommen hat.

»Jetzt legen Sie doch nicht jedes Wort auf die Goldwaage. Sie hatten in letzter Zeit einfach ein bisschen … Pech mit Ihren Verdächtigen.«

Er lächelte harmlos, als spreche er über die Tombola bei der Weihnachtsfeier.

»Sie meinen, bei der Kminikowski-Geschichte?«

»Jawohl, und dann noch diese unerfreuliche Wendung bei dem Mord an dem Bobtrainer in Oberhof. Da haben Sie sich für meinen Geschmack einfach ein bisschen zu schnell festgelegt.«

Die Oberstaatsanwältin zog ihren Rock über die Knie und setzte sich gerade hin.

»Letztlich sind beide Fälle durch meine Arbeit vollends aufgeklärt worden. Ich appelliere an Ihre Fairness, meine Bewertung demensprechend anzupassen«, sagte sie. »Was die Zuführung von Mitteln an den Historischen Verein angeht, biete ich an, in Zukunft meine Praxis zu ändern, wenn Sie die entsprechende Passage in meiner Bewertung streichen.«

Diese Selbstdemütigung hatte sie sich vor dem Gespräch selbst auferlegt. Damit gab sie Siebenthaler die Gelegenheit, das Gesicht zu wahren, sich als Sieger zu fühlen. Ja, die Oberstaatsanwältin kroch vor ihrem Chef zu Kreuze. Später, wenn sie erst mal Generalstaatsanwältin wäre, würde sie über diesen Moment lachen können wie über eine Studentenanekdote. Hier zählte nur das Ergebnis. Sie brauchte ein gutes Zeugnis, und dafür war sie zu allem bereit. Sogar … Aber nein, dafür war der LOStA nicht der Typ. Selbst dafür war er zu langweilig.

Siebenthaler ahnte nichts von den Gedanken, die hinter der Stirn der Gundelwein vorgingen, und blickte sie mit einem überlegenen Lächeln an, das der Oberstaatsanwältin beinahe physische Schmerzen verursachte. Offenbar war jetzt die Zeit für Bekenntnisse gekommen: »Wissen Sie, so ein kleiner Schuss vor den Bug tut Ihnen mal ganz gut«, sagte er in nie gekannter Aufrichtigkeit. »Sie sind ja derart von Ehrgeiz zerfressen, dass Sie es selbst nicht mehr merken. Entspannen Sie sich doch mal!«

In den Augen Siebenthalers sah sie Abscheu, Angst und Hass. So ehrlich wie in diesem Moment, da er echte und unverfälschte Emotionen zeigte, hatte die Gundelwein ihren Chef in all den Jahren reibungsloser Zusammenarbeit noch nie erlebt.

»Dann verstehe ich Sie also richtig: Sie wollen meine Bewertung nicht ändern?«, hakte die Oberstaatsanwältin zur Sicherheit noch mal nach.

Siebenthaler schüttelte den Kopf. »Nehmen Sie's sportlich«, empfahl er mit falschem Lächeln. Genau das hatte die Oberstaatsanwältin vor. Übergangslos ging sie in den *Infight*. Sie erhob sich, lief um den Tisch herum und baute sich in voller Größe vor Siebenthaler auf, sodass er zu ihr aufschauen musste.

»Abgesehen davon, dass Sie mir fachlich nicht ansatzweise das Wasser reichen können, sind Sie auch als Chef, als Mann und als Person eine absolute Null«, sagte die Gundelwein in ruhigem Tonfall. »Wenn Sie glauben, Sie könnten auch nur annähernd meine Arbeit einschätzen, haben Sie sich geschnitten.«

Der LOStA blickte überrascht aus seinem Sessel zu ihr hoch. Hatte er wirklich geglaubt, er könne sie mit ein paar offenen Worten einschüchtern? Die Oberstaatsanwältin beugte sich zu ihm hinunter. Der LOStA wich instinktiv zurück.

»Ich gebe Ihnen Zeit bis morgen, mir ein leistungsgerechtes Zeugnis auszustellen«, flüsterte die Gundelwein ganz nah an Siebenthalers Ohr. »Sonst werde ich mir mal dienstlich Ihre privaten Finanzen näher ansehen.« Sie richtete sich wieder auf. Beim Rausgehen ließ sie die Tür offen stehen. Ihre Stilettos klackerten auf dem Gang wie das Rattern eines Maschinengewehrs.

Nach seinem wohlverdienten Mittagsschlaf erwachte der Fickel trotz vierzig Grad Celsius Raumtemperatur vergleichsweise erfrischt und für seine Verhältnisse sogar tatendurstig. Im Grunde braucht man gar nicht so viel Schlaf, wie man glaubt, zumindest als Mittvierziger mit ärztlich bescheinigtem biologischem Alter von – Mitte vierzig.

Frau Schmidtkonz hatte während Fickels Nickerchen ihre Miss-Marple-Qualitäten wiederentdeckt und in ihren angestaubten Lexika und sogar auch im Internet Nachforschungen über die Prinzessin Maria Elisabeth von Sachsen-Meiningen angestellt, mit der die Rote Elfriede anscheinend auf geheimnisvolle Weise verknüpft war. Frau Schmidtkonz hatte herausgefunden, dass Maria Elisabeth eine Tochter von Georg II. aus dessen erster Ehe mit Charlotte von Preußen gewesen war: im September 1853 geboren, im Februar 1923 in Obersendling verstorben, aber auf dem Parkfriedhof in Meiningen bestattet. Über ihre Biografie hatte Frau Schmidtkonz nicht allzu viele Details ausfindig machen können. Anscheinend war sie ihr Leben lang unverheiratet und kinderlos geblieben, genau wie die Rote Elfriede. Dafür war sie eine talentierte Pianistin und leidenschaftliche Komponistin gewesen, die mit den musikalischen Größen ihrer Zeit auf vertrautem Fuße verkehrt hatte. Das erklärte immerhin das Vorhandensein der Notenhefte mit ihren Initialen, jedoch nicht, wie diese in den Besitz der Roten Elfriede gelangt waren. Da war sogar Frau Schmidtkonz überfragt.

Nachdem er sich in sein Arbeitsornat gepresst und eine Tasse Kaffee in sich hineingeschüttet hatte, packte der Fickel die letzten zehn bis fünfzehn Tagebuchhefte der Roten Elfriede in eine Tüte, spannte den kleinen Erich an die Leine und machte sich gut gelaunt auf den Weg ins Justizzentrum, erfüllt von der Hoffnung, dass in der bevorstehenden richterlichen Anhörung erstens Astrid Kemmerzehl aus der Untersuchungshaft befreit wurde und zweitens er selbst von der insgesamt doch etwas aufdringlichen Gegenwart des Chihuahuas. Und irgendwo war da vielleicht auch ein klitzekleiner Hintergedanke an die restlichen Rouladen, die sich noch in Astrid Kemmerzehls Kühlschrank befinden mussten.

Doch schon auf dem Marktplatz merkte der Fickel, dass etwas anders war als gewöhnlich. Menschen, die er noch nie im Leben gesehen hatte, lächelten ihn plötzlich an, junge und ältere Frauen drehten sich nach ihm um, Männer zwinkerten ihm kumpelhaft zu, Kinder aller Altersklassen liefen ihm hinterher. Und von allen Seiten schallte es ihm laufend entgegen: »Der ist ja süß!«

Immerhin erstaunlich, wie die Gesellschaft eines Tieres die Außenwirkung komplett verändert beziehungsweise überhaupt erst eine herstellt. In der trotz Hitze belebten Georgstraße konnte sich der Fickel keine zehn Meter fortbewegen, ohne dass Auskünfte über Erichs Geschlecht, Namen und Rasse von ihm eingefordert wurden. Im Englischen Garten ließ der Fickel den kleinen Streuner von der Leine, doch wie sich herausstellte, hatte der Chihuahua nicht nur Angst vor größeren Artgenossen wie Schäferhund, Pudel oder Spitz, sondern er ließ sich sogar von einer den Weg kreuzenden verirrten Ente den Schneid abkaufen. Man konnte vieles über Erich sagen, aber die Natur war offensichtlich nicht sein Ding.

Dem Fickel blieb nichts anderes übrig, als den verängstigten Chihuahua hochzunehmen und die restliche Strecke Huckepack auf seiner Schulter zu tragen. Dort oben schien sich Erich wohlzufühlen, und um sich zu revanchieren, leckte er Fickels Ohrläppchen gründlich ab. – Eine Hand wäscht die andere.

Der Fickel orientierte sich zunächst zur Stirnseite des Justizzentrums an der Leipziger Straße, wo sich die Polizeiinspektion befand. Er kannte inzwischen den Weg zu Recknagels Büro wie im Schlaf. Doch der Kriminalrat empfing ihn mit Sorgenfalten auf der Stirn.

»Na du Stinker«, begrüßte er den kleinen Erich. »Willst du dich für die Hundestaffel bewerben?« Der Chihuahua ging hinter Fickels Nacken in Deckung und knurrte leise. »Offenbar nicht.«

Bevor er weiterredete, schloss der Kriminalrat flugs die Tür zum Nebenzimmer, in dem seine Mitarbeiter Christian und Christoph an ihren Rechnern saßen und nach neuen Facebook-Freunden fahndeten. Da der Fickel ja nicht als Verteidiger von Astrid Kemmerzehl, sondern als Testamentsvollstrecker der Roten Elfriede auftrat, nahm der Recknagel kaum ein Blatt vor den Mund. Die Indizienlage gegen Astrid Kemmerzehl hatte sich weiter verschlechtert. Einzelheiten durfte der Kriminalrat natürlich nicht rauslassen, aber er deutete an, der Fickel solle sich sicherheitshalber schon mal nach einem anderen Erben umsehen. Was der Recknagel damit sagen wollte: Falls Astrid Kemmerzehl die Rote Elfriede tatsächlich umgebracht hatte, war das ein Fall von grobem Undank und sie in jedem Falle erbunwürdig. So stand's im BGB. – Das war endlich mal ein nachvollziehbares Gesetz.

»Ich wette hundert Euro, dass sie es nicht getan hat«, erklärte der Fickel und hielt dem Recknagel die Hand hin. Doch statt einzuschlagen, sah der Kriminalrat den Fickel nur forschend an. »Frau Kemmerzehl hat Sie mit ihren Rouladen hoffentlich nicht eingewickelt?«, fragte er dann.

Obwohl er damit der Wahrheit ziemlich nahe gekommen war, wiegelte der Fickel ab: Als Anwalt sei man ja in »keinster Weise« bestechlich und bewahre sich stets sein objektives Urteil.

»Ja, und Kriminalräte können Gedanken lesen«, konterte der Recknagel bissig. Aber er interessierte sich durchaus dafür, wie der Fickel sich der Unschuld Frau Kemmerzehls derart sicher sein konnte, dass er praktisch *ein halbes Monatseinkommen* auf sie setzen wollte – Bauchgefühl und Menschenkenntnis mal außen vor, schließlich zählt vor Gericht nur das Faktische.

»Vielleicht wollte ja jemand, dass es so aussieht, als hätte sie es getan, um selbst an das Erbe zu kommen. Zum Beispiel jemand, der scharf auf eine Brahms-Partitur ist«, entgegnete der Fickel und überreichte dem Recknagel die Tagebuchhefte der Roten Elfriede.

»Soll ich das etwa alles lesen?«, erkundigte sich der Recknagel entsetzt.

»Nur, falls es Sie zufällig interessiert, wie gewisse Vereinsvorsitzende den Leuten das Geld aus der Tasche ziehen und wie gewisse Leitende Oberstaatsanwälte ihre Hand über sie halten«, sagte der Fickel und berichtete, wie erpicht Bornkessel schlagartig auf die Hefte gewesen war, als er die Polizei nur erwähnt hatte.

Beim Stichwort »Leitender Oberstaatsanwalt« war der Kriminalrat hellhörig geworden.

»Na schön«, sagte er, »dann nehme ich das mal zu den Akten. Aber auf die heutige Anhörung wird das keinen Einfluss mehr haben.«

Fickel nickte zufrieden. Recknagel würde seine Arbeit

schon machen, und er musste sich nicht weiter mit altdeutscher Serifenschrift herumschlagen.

»Das letzte Heft fehlt übrigens«, sagte der Fickel zum Abschied. »Oder sie hat aufgehört zu schreiben.«

»Ist ja nicht möglich«, kommentierte der Kriminalrat. »Und ich dachte, da steht drin, wer die Rote Elfriede umgebracht hat.« Offenbar hatte er heute seinen ironischen Tag.

Inzwischen war es jedoch höchste Eisenbahn, und der Fickel eilte rüber ins Amtsgericht, um den Amthor wenigstens vorzuwarnen, dass in der Anhörung etwas auf ihn zurollte, wenn auch nicht ganz klar war, was genau.

»Iiieh, eine Ratte!!!«, kreischte die Serviceeinheit Therese, als der Fickel mit seinem Sozius die Geschäftsstelle des Amtsgerichts betrat. Aber als Entschuldigung bekam Erich gleich eine Praline zugesteckt, vorausgesetzt, dass er schön Männchen machte.

Rechtsanwalt Amthor hatte keine Augen für den Hund und verbat sich wichtigtuerisch jede Störung, denn er müsse sich schließlich auf seinen Termin vorbereiten. Er hatte die Ermittlungsakte vor sich liegen und blätterte darin herum wie in einem IKEA-Katalog. Vor Aufregung hatte er bereits eine halbe Schachtel Karos[44] weggeatmet sowie den Kaffeeautomaten leer getrunken und zitterte nun am ganzen Leib wie ein Rochen.

»Mein erster Mordfall«, betonte er immer wieder stolz. Schade, dass Mutti nicht dabei sein konnte.

---

44 Ostdeutsche Zigarre in Zigarettengestalt.

Der Fickel, der ihm ein bis zwei Erfahrungen voraus war, versuchte ein bisschen zu coachen und riet ihm, er solle ganz ruhig bleiben beziehungsweise werden und einfach alles auf sich zukommen lassen, zum Beispiel seine Exfrau, die Oberstaatsanwältin Gundelwein. Die legte einem ja praktisch die Widerworte in den Mund.

»Mit der werde ich schon fertig«, brummte Amthor selbstbewusst.

Der Fickel hätte zu diesem Statement das eine oder andere zu sagen gehabt, aber er wollte den Kollegen ja auch nicht demotivieren. Stattdessen versuchte er, heimlich über Amthors Schulter zu spähen, um zu erfahren, von welchen neuen Ermittlungsergebnissen der Kriminalrat gesprochen hatte.

Doch als der Amthor merkte, dass der Fickel kiebitzen wollte, klappte er ihm die Akte vor der Nase zu. »Schon mal was vom Anwaltsgeheimnis gehört?«, fragte er großspurig. Dabei war er derjenige, der beim Skat ständig heimlich in fremde Blätter schmulte. Selbst als der Fickel ihm erklärte, dass er Astrid Kemmerzehl privat gut kenne und niemand anderes als er selbst ihr den Amthor als Verteidiger empfohlen habe, ließ er sich nicht erweichen. »Das kann ja jeder behaupten«, erklärte er. Im Übrigen sei es ja nur gerecht, dass er endlich seine Chance bekomme, wenn ihm der Fickel ständig die Jobs vor der Nase wegschnappe.

Dass ein erfahrener Anwalt wie der Amthor von Gerechtigkeit faselte, und das ausgerechnet in einem Gericht, ließ für die nähere Zukunft Astrid Kemmerzehls wahrlich Schlimmes befürchten. Um den Schaden zu begrenzen, ließ der Fickel durchblicken, er habe von berufener Seite erfahren, dass die Verteidigung kein leichtes Blatt auf der Hand halte. Aber der Amthor schlug die Warnung in den Wind.

»Mit ihrem dringenden Tatverdacht kommen die bei mir nicht durch«, behauptete er selbstbewusst und klopfte auf die Akte. »Alles voller Ermittlungsfehler.«

Bei so viel Oberwasser droht natürlich Tod durch Ertrinken. Mit Engelszungen redete der Fickel auf den Amthor ein und versuchte, ihm eine aussichtsreichere Strategie schmackhaft zu machen. Schließlich wusste sogar der Fickel inzwischen, dass es für das Verhängen der Untersuchungshaft juristisch gesehen nicht nur einen dringenden Verdacht, sondern darüber hinaus noch einen besonderen Haftgrund brauchte wie zum Beispiel Fluchtgefahr. Und da sollte der Amthor tunlichst den Hebel ansetzen. Schließlich: Wohin sollte eine arbeits- und mittellose ehemalige Opernsängerin und »persönliche Assistentin« schon fliehen? Nach Bayreuth?

Aber der Amthor gab sich durch und durch beratungsresistent und behauptete, von einem Winkeladvokaten wie dem Fickel brauche er keine guten Tipps. Die Therese tippte auf die Uhr und erinnerte den Amthor daran, dass es langsam Zeit wurde, den Worten Taten folgen zu lassen. Der Amthor klemmte sich die Akte unter den Arm und erklärte, er müsse vorher noch mal für »kleine Strafverteidiger«.

Der Fickel hätte sich inzwischen in den Allerwertesten beißen können: Was hatte ihn nur geritten, ausgerechnet den alten Sturkopf Amthor als Verteidiger zu empfehlen? Da konnte man Astrid Kemmerzehl im Grunde gleich ein

Ticket nach Sibirien ausstellen! Die Therese schüttelte nur den Kopf und kommentierte spitz, der Fickel interessiere sich ja schon *auffällig* für das Schicksal dieser hageren Person.

Von Gewissensbissen geplagt, begab sich der Fickel zum Sitzungstrakt. Astrid Kemmerzehl hockte schmal und aufrecht auf einer Bank vor dem Anhörungsraum, wie eine Schwerverbrecherin flankiert von zwei Wachtmeistern. Doch trotz der für sie zweifellos demütigenden Situation hielt sie die Schultern gerade und den Kopf stolz nach oben gereckt, als könne ihr das Ganze nichts anhaben. Sie wirkte wie aus dem Ei gepellt, und man wäre im Traum nicht darauf gekommen, dass sie die Nacht in Polizeigewahrsam verbracht hatte.

Als Erich Astrid Kemmerzehl witterte, gab er ein Winseln von sich und setzte zu einem todesmutigen Sprung von Fickels Schulter an. Dann sprang er, sich beinahe überschlagend, auf sein zweites Frauchen zu, das ihn freundlich liebkosend auf den Schoß nahm. Die Wachtmeister blickten etwas irritiert, aber als der Fickel seinen Ausweis von der Rechtsanwaltskammer vorzeigte, waren sie beruhigt.

Da Richter und Staatsanwaltschaft noch auf sich warten ließen und Amthor anscheinend noch mit anderen Geschäften beschäftigt war, nutzte der Fickel die Zeit für eine kurze Unterredung unter vier Augen. In der Annahme, der Fickel sei Astrid Kemmerzehls Verteidiger, zogen die Wachtmeister sich diskret ein paar Meter zurück, blieben aber in einer Entfernung, die es ihnen erlaubte, die Delinquentin sofort zu schnappen, falls sie versuchen würde davonzulaufen. Der Fickel hatte zweifellos Wichtiges mit ihr zu besprechen, doch Astrid Kemmerzehl kannte nur eine Sorge: »Wie läuft's mit Erich?«

»Bestens«, versicherte der Fickel unter Aussparung unbedeutender Verdauungsprobleme und erkundigte sich, ob sich Frau Kemmerzehl an seinen Rat gehalten habe, bei der polizeilichen Vernehmung zu allen Vorwürfen zu schweigen. Doch Astrid Kemmerzehl erklärte stolz, sie habe vor der Polizei nichts zu verbergen und deshalb auch fürderhin nicht vor, ein Blatt vor den Mund zu nehmen. Menschlich gesehen natürlich nachvollziehbar, aber juristisch gesehen der reinste Selbstmord.

»Wieso? Der nette Kommissar hätte mich doch freigelassen, wenn die strenge Staatsanwältin nicht gewesen wäre«, erwiderte Astrid Kemmerzehl.

Sie wurde etwas nachdenklich, als sie hörte, dass es sich dabei um niemand Geringeren als Fickels Exfrau handelte. »Frau Gundelwein ist eine interessante Persönlichkeit, aber sie passt nicht zu Ihnen«, stellte Astrid Kemmerzehl nüchtern fest, als sei sie Paartherapeutin und nicht die Beschuldigte in einem Mordverfahren. Und auch, wenn es etwas verkürzt war, traf ihre Analyse den Nagel auf den Kopf.

Vorsichtig versuchte der Fickel nachzubohren, was man Astrid Kemmerzehl eigentlich konkret zur Last legte. Seufzend berichtete sie, dass man ihr vorwarf, die Medikamente für die Rote Elfriede verwechselt beziehungsweise mit Absicht vertauscht zu haben. Aber das sei natürlich »total absurd«.

Der Fickel suggerierte vorsichtig, so eine Verwechslung könne in der Hektik ja mal passieren, ganz aus Versehen, da sei ja nichts Ehrenrühriges dabei, selbst wenn die Folgen im aktuellen Fall natürlich unschön seien. Aber fahrlässige Tötung laufe juristisch gesehen ja praktisch unter Kavaliersdelikt … Doch Astrid Kemmerzehl blickte ihm mit leiser Empörung in die Augen und sagte: »Mir passiert so etwas nicht.«

Da dies also geklärt war, berichtete Fickel nun noch hastig von seinen Anstrengungen, Schlossverwalter Bornkessel die Brahms-Partitur aus den Rippen zu leiern, und von seiner Entdeckung des Diez-Porträts im Museum. Astrid Kemmerzehl hörte aufmerksam zu, konnte sich aber auch keinen Reim darauf machen, wie ausgerechnet die Rote Elfriede in den Besitz der Notenhefte von Prinzessin Maria Elisabeth gelangt sein sollte. »Vielleicht hat man damals im Waisenhaus den Koffer verwechselt«, vermutete sie.

Aber da hörte man auf dem Flur schon Stimmen, und kurz darauf rauschte Richter Leonhard heran, der nach unzähligen Verhandlungen als »Mädchen für alles« endlich mal wieder in seiner Kernkompetenz als Haft- beziehungsweise Ermittlungsrichter tätig werden durfte. Zugleich näherte sich von der anderen Seite die Oberstaatsanwältin Gundelwein, die aufgrund ungewöhnlich hoher Schuhe unter ihrer Robe noch größer und einschüchternder wirkte als sonst.

»Wie eine Walküre«, sagte Astrid Kemmerzehl bewundernd.

Die Oberstaatsanwältin und der Richter begrüßten einander in professioneller Höflichkeit. Als Leonhard den Fickel neben Astrid Kemmerzehl sah, stutzte er.

»Was machen Sie denn hier?«, erkundigte er sich.

»Das habe ich mich auch gerade gefragt«, sagte die Gundelwein.

»Ich habe Sie doch eigenhändig zum Testamentsvollstrecker von Frau Langguth bestellt«, sagte Amtsgerichtsdirektor Leonhard streng. »Da können Sie hier doch nicht auch noch Verteidiger spielen!«

»Klassischer Fall einer Interessenkollision«, bestätigte die Oberstaatsanwältin boshaft. »Ich sage nur Parteiverrat. – Paragraf dreihundertsechsundfünfzig StGB.«

Am liebsten hätte sie ihren Exmann von der Stelle weg verhaftet. Der Fickel steckte also mal wieder völlig unverschuldet in Erklärungsnöten und brabbelte irgendetwas von Aufklärungspflichten als Testamentsvollstrecker. Glücklicherweise kam in dem Moment Rechtsanwalt Amthor aus Richtung des Sanitärbereichs über den Flur gehechelt. Sein Hemd hing links über den Hosenbund, und die Akte unter seinem Arm wies Wasserflecken auf. Womöglich handelte es sich auch um Schweißflecken, so wie er die Akte unter den Arm geklemmt hatte.

»Ist das etwa Ihr Verteidiger?«, fragte die Gundelwein Astrid Kemmerzehl fast ein wenig mitleidig.

Die blickte kurz zum Fickel, und als der nickte, bejahte sie.

»Dann sind Sie vom Regen ja direkt in die Traufe gekommen«, kommentierte die Gundelwein trocken.

»Herr Amthor ist mir bislang auch noch nicht als Strafrechtsexperte aufgefallen«, pflichtete Richter Leonhard bei.

»Wenn mir Herr Fickel diesen Anwalt empfohlen hat, genießt er mein volles Vertrauen«, erwiderte Astrid Kemmerzehl kühl, was von der Oberstaatsanwältin nur mit einem spöttischen Lächeln quittiert wurde.

Leider hatte der Amthor den letzten Satz nicht mehr gehört, als er – sich vielmals entschuldigend – zu der kleinen Gesellschaft stieß. Doch er war nur ein Schatten seiner selbst. So nervös hatte man ihn tatsächlich noch nie erlebt, nicht einmal bei einem seiner berühmten selbstmörderischen Null ouverts beim Skatturnier des Anwaltsvereins. Den Fickel schmerzte es bis in die Seele bei der Vorstellung, dass er Astrid Kemmerzehl diesem Nervenbündel ausgeliefert hatte. Praktisch, als würde man einem Chihuahua den Schutz von Haus und Hof anvertrauen. Aber der Amthor stellte sich Astrid Kemmerzehl formvollendet vor und setzte gleich eine Duftmarke: »Ich habe die Akte studiert. Das wird für uns ein Spaziergang«, posaunte er, als sei er Denny Crane[45] persönlich.

Vielleicht bemerkte in dem Moment nur der Fickel, dass für einen fast sechzigjährigen übergewichtigen Raucher wie den Amthor ein Spaziergang alles andere als ein Selbstläufer war.

Richter Leonhard war mit der Oberstaatsanwältin bereits ein Stück vorausgegangen.

»Können wir dann?«, rief er über den Gang.

Astrid Kemmerzehl reichte Erich an den Fickel zurück. »Bis gleich, mein Schatz«, sagte sie. Doch Erich wäre viel lieber auf ihrem Schoß geblieben als auf Fickels harter und schmaler Schulter. Im Grunde wäre er wahrscheinlich so-

---

45 Figur aus der Serie »*Boston Legal*«, der Captain Kirk unter den Anwälten.

gar lieber mit Astrid Kemmerzehl ins Gefängnis gegangen, als beim Fickel zu bleiben, wenn dort die Versorgungslage etwas besser gewesen wäre.

Die Tür zum Anhörungszimmer schlug zu und der Fickel blieb allein auf dem Flur zurück. Er versuchte, an der Tür zu lauschen, doch er hörte zwar Stimmen, insbesondere die seiner Exfrau, aber er konnte nicht verstehen, was genau da verhandelt wurde. Amthors Stimme hörte er zunächst gar nicht. Unruhig tigerte der Fickel auf dem Flur des Amtsgerichts auf und ab. Erich wurde beinahe schwindelig von den ständigen Richtungswechseln.

Um den Hund und vielleicht irgendwo auch sich selbst ein bisschen abzulenken, zog der Fickel seinen linken Ein-Euro-Badelatschen aus und spielte mit Erich auf dem menschenleeren Korridor ein bisschen Apportieren. Doch leider hatte der Chihuahua das Spiel falsch verstanden und versuchte den Latschen mit grimmiger Entschlossenheit zu erlegen. Ehe der Fickel kapierte, was der Hund vorhatte, hatte sich Erich in den Latschen verbissen. Wütend bearbeitete er mit seinen spitzen Zähnchen Riemen und Sohle, als kämpfe er mit einem rasenden Wildeber. Da musste der Fickel natürlich eingreifen, und einmal mehr in der Geschichte der Evolution kam es zu einem Kräftemessen zwischen Mensch und Tier, diesmal auf dem Flur des Meininger Amtsgerichts.

Gerade als der Fickel den Chihuahua mit dem Knie auf den Boden gedrückt hatte und mit der Rechten das Maul aufhebelte, während er mit der Linken versuchte, den Schuh aus seinem Maul zu ziehen, flog die Tür zum Sitzungszimmer wieder auf. Als Erste kam wie immer die Oberstaatsanwältin Gundelwein zum Vorschein. Allein ihr zufriedener, fast selbstgefälliger Gesichtsausdruck ließ bereits das Schlimmste befürchten. Kurz darauf wurde Astrid Kemmerzehl von den beiden Wachtmeistern aus dem Saal geführt. Wegen der Handschellen waren ihre Schultern eine Spur nach vorn geknickt. Sie blickte dem Fickel fest in die Augen und bewegte ihre Augäpfel beschwörend von links nach rechts und wieder zurück, als wollte sie ihm sagen: »Hier läuft was falsch.«

Spätestens jetzt war also klar, dass der Fickel heute nicht mehr zu Rouladen aus Astrid Kemmerzehls Zauberkühlschrank kommen würde. Amtsgerichtsdirektor Leonhard blieb kopfschüttelnd vor dem Fickel stehen: »Das hätte ich Frau Kemmerzehl wirklich nicht zugetraut«, sagte er und fügte mit der Resignation des Geschiedenen hinzu: »Aber es ist auch nicht das erste Mal, dass ich mich im Charakter einer Frau getäuscht habe.« Mit diesen Worten zog die dritte Gewalt kopfschüttelnd von dannen.

Als Letzter schleppte sich Rechtsanwalt Amthor aus dem Gerichtssaal, schwer atmend und aus allen Poren schwitzend, als hätte er gerade einen Marathon hinter sich.

»Ich brauche erst mal 'ne Zigarette«, schnaufte er.

Der Fickel schlug vor, zur Manöverkritik kurz im Schlupfwinkel vorbeizuschauen. Während der Amthor hektisch daran arbeitete, seinen Nikotinspiegel zu justieren, humpelte der Fickel in seinem demolierten Latschen neben ihm her. Erich war sich anscheinend keiner Schuld bewusst und sah es im Übrigen auch gar nicht mehr ein, warum er laufen sollte, wo es auf Fickels Schulter doch so gemütlich war.

Der Schlupfwinkel war eine echte Institution in der Meininger Kneipenlandschaft. Idyllisch direkt am Bleichgraben neben dem Knasthaus Fronveste gelegen, erreichte man das kunstvoll hergerichtete Fachwerkhaus nur über eine schmale Brücke, deren hohes Geländer sich insbesondere auf dem Rückweg für manchen Gast bereits als durchaus sinnvoll erwiesen hat.

Drinnen steuerte der Amthor natürlich direkt auf das Raucherzimmer zu, aber die dortige verdichtete Atmosphäre konnte man ja keinem Hund zumuten. Erich bei den immer noch herrschenden Temperaturen vor der Tür anzuleinen entsprach hingegen auch nicht gerade den Tierschutzkriterien. So gesehen bestand also nur die Wahl: Chihuahua geräuchert oder gegrillt – nicht nur für einen Anwalt ein Gewissenskonflikt. Mit dem Hinweis auf die hausgemachten Bratklöpse, die selbst in einem Freistaat wie Thüringen nicht mehr im Smogzimmer serviert werden dürfen, gelang es dem Fickel schließlich, den Amthor in das halbwegs kühle Nichtraucherzimmer zu lotsen.

Nachdem er unterwegs bereits eine halbe Schachtel Zigis weggeatmet hatte, war der Amthor nun endlich auch psychisch in der Lage, von seinen juristischen »Heldentaten« zu berichten: Anfangs hatte alles noch ganz gut für seine Mandantin ausgesehen. Der Richter hatte Zweifel am dringenden Tatverdacht geäußert und der Amthor sich schon auf der Siegerstraße gesehen. Aber dann hatte die Oberstaatsanwältin richtig losgelegt.

»Und mit der warst du mal verheiratet?«, erkundigte sich der Amthor fast vorwurfsvoll, obwohl er die Antwort genau kannte. »Das könnte ich mir überhaupt nicht vorstellen, mit so einer Frau zusammenzuleben«, räsonierte er. Allerdings konnte er sich anscheinend überhaupt nicht vorstellen, mit *irgendeiner* Frau zusammenzuleben, außer mit seiner Mutter. Zumindest hatte er es in knapp sechs Jahrzehnten noch nicht versucht.

Andererseits zeigte der Amthor auffällig nebenbei geäußertes Interesse für seine neue Mandantin – woher der Fickel Frau Kemmerzehl denn eigentlich kenne, ob sie verheiratet sei oder sonst wie gebunden – und spekulierte, ob sie wohl gut kochen könne. Insgesamt empfand er sie als ein bisschen spröde, aber gerade das mache ja den Reiz bei gewissen Frauen aus.

Glücklicherweise kam da der Kellner mit Bratklößen und Meininger Pils an den Tisch, sodass das Thema einstweilen nicht vertieft werden konnte. Stattdessen vernahm der Fickel aus Amthors Schilderung, welches Vorgehen Astrid Kemmerzehl konkret vorgeworfen wurde und welche Belastungsmomente gegen sie vorlagen. Nicht genug, dass sich ausschließlich ihre Fingerabdrücke an dem Medikamentenschieber der Roten Elfriede befanden, in welchem der lebenswichtige Blutverdünner durch äußerlich ähnliche, aber wirkungslose Pillen ausgetauscht worden war – in Astrid Kemmerzehls Portemonnaie hatten die aufmerksamen Polizisten auch noch den Kassenbeleg einer Apotheke gefunden.

»Jetzt raten Sie mal, welches Medikament meine Mandantin an dem Tag gekauft hat, bevor sie in den Urlaub gefahren ist?«, fragte der Amthor bekümmert und gab die Antwort gleich selbst: »Natürlich genau das Beruhigungsmittel, mit dem der Blutverdünner ausgetauscht wurde.«

Der Fickel trank einen tiefen Schluck. »Vielleicht war es ja nur eine Verwechslung«, sagte er. Bei überarbeiteten Pflegekräften kommt es ja leider häufiger vor, dass da mal ein Medikament verwechselt wird. Wer denkt denn da gleich an Mord?

Amthor schlug mit der Hand auf den Tisch, dass die Gläser klirrten. »Sie halten sich wohl für besonders schlau?«, rief er mit geschwollenen Adern, aber das konnte man dem Fickel nun wirklich nicht vorwerfen.

»Ich habe natürlich auch auf Fahrlässigkeit plädiert«, sagte der Amthor, »aber da ist mir meine eigene Mandantin in den Rücken gefallen!«

Das konnte sich der Fickel nach der kurzen Unterhaltung mit Astrid Kemmerzehl vor der Anhörung sehr gut vorstellen.

»Und wie hat sie den Kauf der Beruhigungstabletten erklärt?«

»Angeblich hat sie die Pillen für ihre Fahrt gekauft, weil ihr sonst im Auto immer schlecht wird«, berichtete der Amthor. »Und dann hat sie sie auf dem Küchentisch vergessen.«

Er leerte sein Glas und bestellte gleich noch mal zwei, obwohl der Fickel noch nicht mal die Hälfte geschafft hatte.

»Aber das war noch nicht der Genickbruch«, sagte der Amthor. Und dem Fickel war direkt ein bisschen bange vor dem, was ihm der Kollege nun berichten würde.

»Meine Mandantin hatte bei der Polizei angegeben, dass sie in der Woche von Frau Langguths Ableben in Bayreuth bei den Wagner-Festspielen geweilt habe«, begann der Amthor und rieb sich die Schläfen. Der Fickel wartete gespannt, bis er weiterredete. »Aber tatsächlich war sie nur in Bad Kissingen.«

Der Fickel wunderte sich etwas, andererseits: Was änderte das? Irgendwo war es ihm fast sympathischer, wenn sie ihren Urlaub in einem Heilbad verbrachte anstatt zwischen Walküren und Nibelungen auf dem Grünen Hügel.

»Und wissen Sie was?«, murmelte der Amthor. »Sie hat dort im Kasino die ganze Woche über Black Jack gezockt.«

Um ein Haar wäre der Fickel vom Stuhl gefallen. Ausgerechnet die hyperkorrekte, stets kontrollierte Astrid Kemmerzehl? Unmöglich! – Doch das Bild, das Amthor zeichnete, nahm langsam Umrisse an.

»Das ist noch nicht alles«, setzte Amthor seinen ernüchternden Bericht fort. »Es sieht so aus, als hätte meine Mandantin ihre Generalvollmacht missbraucht, die ihr Frau Langguth ausgestellt hatte«, erläuterte Anwalt Amthor. »Frau Langguth besaß noch ein Konto bei einer Schweizer Bank, das im letzten Jahr systematisch abgeräumt wurde. Insgesamt über dreißigtausend Euro.«

Der Fickel suchte Halt in einem tiefen Schluck Bier, denn plötzlich tat sich vor seinen Füßen ein höllentiefer Graben auf. Bei ihrer ersten Begegnung im Gericht – hatte Schlossverwalter Bornkessel der Roten Elfriede nicht auch ein Darlehen auf ihre Spielschulden entgegengehalten? Da stellte sich nun natürlich die Frage: Hatte wirklich die Rote Elfriede selbst den Vertrag unterzeichnet?

»Es sieht so aus, als habe meine Mandantin ein gravierendes Suchtproblem«, fasste der Amthor das Ergebnis der Anhörung zusammen. Denn die Staatsanwaltschaft hatte noch weitere ominöse »Schuldanerkenntnisse« auf den Namen der Roten Elfriede in anderen Kasino-Clubs – sprich: Spielhöllen – aufgetrieben. In den meisten Meininger Kasinos hatte Astrid Kemmerzehl inzwischen sogar Lokalverbot.

»So eine attraktive Frau«, resümierte der Amthor kopfschüttelnd, bevor er sich mal kurz ins Raucherzimmer verabschiedete, »und so lasterhaft!«

Spätestens jetzt wurde dem Fickel so richtig mulmig. Denn die letzte Frau, für die sich der Amthor so interessiert hatte, war ausgerechnet die frühere Amtsgerichtsdirektorin Driesel gewesen, die bekanntlich lebenslänglich einsaß. Und der Fickel hoffte inständig, dass das kein böses Omen war.

VII Die Liebe und Verwandtschaft

Am nächsten Tag erreichte Hoch »Holger« seinen vorläufigen Höhepunkt; die Sonne schien bereits am Morgen senkrecht über Meiningen zu stehen. Vielleicht hatte sich über Nacht die Erdachse verschoben – man konnte sich ja in dieser Welt generell auf gar nichts mehr verlassen. Ausgerechnet an solch einem heißen Tag fand nun auch noch die Beisetzung der Roten Elfriede statt, und der Fickel besaß in der einzig angemessenen Farbe Schwarz natürlich ausgerechnet nur einen Rolli aus dem Winterschlussverkauf. Aber man konnte auch schlecht in einem Hawaiihemd zu einer Beerdigung gehen.

Abgesehen von seinem Garderobenproblem hatte der Fickel schon wieder eine unruhige Nacht durchlebt, woran den armen Erich diesmal allerdings keinerlei Schuld traf, sondern eher die Eskapaden seines neuen Frauchens. Ohnehin musste man sich arrangieren. Wenn sich die Entwicklungen des letzten Tages bestätigen sollten, hieße das nämlich für Astrid Kemmerzehl lebenslänglich Gefängnis und für den Chihuahua lebenslänglich Fickel.

Zur Überraschung ihres Untermieters äußerte Frau Schmidtkonz den dringenden Wunsch, ihn zu der Beisetzung auf den Friedhof zu begleiten, immerhin handelte es sich bei der Verstorbenen um eine langjährige Bürgermeisterin! Und es hatte wahrlich schon schlimmere gegeben. Irgendwo waren es überwiegend gute Jahre, Mangelwirtschaft hin oder her, zumal man selbst auch noch jünger war. Kurzum: Es war nicht alles schlecht gewesen.

Also machten sie sich am Vormittag zu dritt im beigebraunen Wartburg 353 Tourist auf den Weg, denn natürlich besaß auch der kleine Erich ein Recht darauf, von seinem langjährigen Frauchen gebührend Abschied zu nehmen. Als notorisch nicht vorausdenkender Mensch hatte der Fickel den Wartburg mitten in der Morgensonne geparkt, sodass man die Polster vor dem Einsteigen erst mal drei Minuten abdampfen lassen musste. Der reinste Hochofen! Da geriet sogar der Fickel ins Überlegen, ob es nicht sinnvoll wäre, eine Klimaanlage nachzurüsten, was den Wert des Wagens auf einen Schlag verdreifachen würde. Aber so wie die Luft durch die Fugen pfiff, war es im wahrsten Sinne rausgeschmissenes Geld. Und so schwitzte der Fickel tapfer in den Rolli, Frau Schmidtkonz schwitzte in ihr Taschentuch – und sogar der mexikanische Schoßhund schwitzte in sein Fell, quasi Schweißhund.

Der Fickel hatte von vornherein nicht mit einer besonders regen Anteilnahme der Bevölkerung gerechnet. Eine Verwandtschaft hatte die Rote Elfriede als Waise nie besessen, ihr Freundeskreis hatte sich über die Jahre merklich ausgedünnt, und die meisten Weggefährten hatten auf der letzten Etappe nicht mehr Schritt halten können. Auf die kleine vom Fickel geschaltete Anzeige in der heutigen Ausgabe des lokalen Boulevardmagazins hin waren sage und schreibe zwei Dutzend Meininger trotz der Affenhitze den beschwerlichen Weg zum Parkfriedhof hinaufgepilgert, um ihrer ehemaligen Bürgermeisterin das letzte Geleit zu geben oder zumindest ein bisschen die eigene

Neugier zu befriedigen. Man hatte ja gehört, dass beim Ableben der Roten Elfriede irgendwas nicht mit rechten Dingen zugegangen war, und witterte eine Verschwörung oder
mindestens einen Skandal.

In der Trauerhalle drängten sich die zumeist grauhaari-
gen Anwesenden, die sich aufgrund von persönlichen und /
oder politischen Animositäten in kleinen Grüppchen über
die gesamte Fläche der Bänke verteilt hatten. Grob geschätzt waren es fünfzig Prozent Nostalgiker, sprich: Ewig-
gestrige, und fünfzig Prozent solche, die sich eher überzeugen wollten, dass die Rote Elfriede letzten Endes doch
noch gestorben war. Ein einziger Journalist von der Lokal-
presse war gekommen und fotografierte lustlos herum.
Wahrscheinlich reichte die Beerdigung der Roten Elfriede gerade mal für eine einspaltige Meldung. Wozu dafür
überhaupt Aufwand betreiben?

Vorn auf einer Säule thronte die Urne, die bedeutend
nobler aussah als die billige Variante, die der Fickel im Ka-
talog ausgesucht hatte. Hatte da etwa jemand ein Upgrade
vorgenommen? Der kleine Erich schnupperte interessiert,
als ahne er, was sich in dem Behälter befand. Um die Urne
herum gruppierten sich die Blumengrüße. Die Deutsche
Abteilung der Vierten Internationale hatte sich nicht lum-
pen lassen und einen Kranz mit roten Nelken geschickt,
der sozialistische Frauenbund sowie zwei bis drei andere
kommunistische Vereinigungen, für welche die Rote Elfriede eifrig gespendet hatte, hatten immerhin Blumen-
sträuße mit jeweils überwiegend roten Blumen in Auftrag
gegeben. Von der Stadt war ein neutraler Kranz bei der
Friedhofsverwaltung abgegeben worden mit zwei Ban-

nern, auf denen in nüchterner Goldschrift geschrieben stand: »Die Stadt Meiningen« und »In stillem Gedenken«. Mehr konnte man nun wirklich nicht erwarten. Der mit Abstand größte und repräsentativste Kranz war jedoch von der herzoglichen Familie gestiftet worden, was allgemein für Verwunderung und teilweise ambivalente Gefühle in der Trauergemeinde sorgte.

Allgemein muss man natürlich sagen: Eine atheistische Trauerfeier unterscheidet sich von einer religiösen nicht nur im äußeren Rahmen, sondern auch strukturell vor allem durch die Tatsache, dass man dem Verstorbenen nicht »Auf Wiedersehen«, sondern eher »Tschüss« sagt. Die Rote Elfriede hatte sich testamentarisch jegliche Sentimentalitäten bei ihrer Beisetzung verbeten – keine Glocken, keine Orgelmusik, keine Kerzen und vor allem: kein »Pfaffe«. Sie wollte so beigesetzt werden, wie sie gelebt hatte: streng materialistisch. Dafür hatte der Fickel, so gut es ging, Sorge getragen.

Vor der Kapelle warteten bereits der Bestatter und der humanistische Trauerredner, Herr Leefhelm, dem der Fickel dreihundert Euro in die Hand drückte. Herr Leefhelm war ein abgehalfterter Theaterdramaturg, Spezialgebiet Brecht und Majakowski, der auf diesem Wege ein wenig seine Rente aufbesserte. Er war einigermaßen aufgeregt. Zwar hielt er seit zehn Jahren immer wieder nahezu die gleiche Rede, aber noch nie für eine Ex-Bürgermeisterin.

»Da ist doch der nette junge Mann von neulich«, flüsterte Frau Schmidtkonz plötzlich. Und tatsächlich – wer hockte allein und etwas verloren in der letzten Reihe? Eddi Abe, der Maulwurf, der sich sichtlich freute, durch seine

Flaschenbodenbrillengläser bekannte Gesichter zu sehen. Frau Schmidtkonz und der Fickel setzten sich zu ihm. Eddi erklärte, er wolle die Gelegenheit nicht verpassen, einer Zeitzeugin des 20. Jahrhunderts und echten historischen Persönlichkeit das letzte Geleit zu geben. Zu dem Zweck hatte er sogar eine Handkamera dabei, um das Ereignis angemessen zu dokumentieren. »Alles Material für die Stadtchronik.« Fickel erinnerte sich nun wieder an Eddis Projekt und erkundigte sich ebenso höflich wie desinteressiert nach dem Wälzer. Eddi war sichtlich erfreut, darauf angesprochen zu werden, und berichtete stolz, er habe inzwischen gute Fortschritte gemacht und sei bereits im Jahr 1911 angelangt. Und schon war er mitten im Thema. Jeder Satz begann mit: »Wusstest du eigentlich, dass …?« – Wenn man gewissen Menschen den kleinen Finger reicht, büßt man gleich sein Ohr ein. Aber glücklicherweise setzte schon bald die Zeremonie ein und der Fickel konnte sich mit einem »Psst« aus der Affäre ziehen.

Der Bestatter drückte auf eine Fernbedienung. Und wie von Zauberhand setzte vom Band Chopins Trauermarsch ein, seit jeher bewährt als das Standardwerk bei Staatsbegräbnissen von Breschnew bis Lady Di. Und als ob der kleine Erich eine Ahnung verspürte, was hier vor sich ging, begann er zu jaulen, als würde er in die Musik einstimmen wollen. Der Fickel zischte »Aus!« und versuchte, Erich die Schnauze zuzuhalten, doch der kleine Hund schien untröstlich.

Als der letzte Ton verklungen war, schlug Herrn Leefhelms Stunde. Der abgehalfterte Dramaturg hielt die Rede seines Lebens, aber ganz ohne Verwandte und ohne Gott fehlte ihm irgendwo natürlich die dramaturgische Linie. So sprach er ganz allgemein vom sinnstiftenden Leben im Dienste der Gemeinschaft und von hohen, unerreichbaren Idealen, denen alles menschliche Streben gelte, ganz besonders im Falle der Roten Elfriede.

»So ein Käse«, befand Frau Schmidtkonz, die ihre Kirchensteuer einzig und allein aus dem Grund fleißig weiterbezahlte, damit sie solch ein Trauerspiel bei ihrer eigenen Beerdigung nicht miterleben musste. Auch dem Maulwurf fehlte in Leefhelms Ansprache vor allem die historische Einordnung des Wirkens der Roten Elfriede, aber das kann man für dreihundert Euro kaum verlangen.

Als Leefhelm mit seiner Rede und seinen Kräften am Ende war und sich endlich wieder dem Schwitzbad[46] widmen konnte, setzte erneut Musik ein. Elfriede hatte sich ganze zwei Lieder gewünscht, die der Fickel wie jeder DDR-Bürger aus dem Effeff kannte: »Spaniens Himmel breitet seine Sterne« und das »Lied von der Einheitsfront«, jeweils vorgetragen vom großen Arbeiterbarden Ernst Busch. Und da konnte man einmal mehr erleben, welche Macht die Musik in den Gemütern der Menschen entfaltet. Denn in die grauen Panther, die bislang sauertöpfisch in den Bänken gehockt hatten, streng darauf bedacht, jede Nähe untereinander strikt zu vermeiden, kam plötzlich Leben. Die Köpfe gingen nach oben, die Füße begannen im Sitzen wie von selbst zu marschieren, einige Altvordere summten sogar mit. Ein bisschen fühlte sich der Fickel an die Atmosphäre

---

46 Drama von Wladimir Majakowski, 1930.

eines Fahnenappells erinnert. Nur der Teil der Besucher, der »weltanschaulich weniger gefestigt«[47] war, sah peinlich berührt zu Boden.

Nach dem zweiten Lied entstand eine kleine Verlegenheitspause. Alle waren irgendwie berührt, aber so richtige Stimmung wollte nicht aufkommen. So eine materialistische Trauerfeier war wirklich eine traurige Veranstaltung, in jeder Beziehung. Eigentlich war das offizielle Programm damit beendet, aber für alle überraschend betrat Prinzessin Donata, die sich bisher hinter den Kulissen versteckt gehalten hatte, die Bühne. Sie trug ein schlichtes, aber elegantes schwarzes Kleid und sah darin aus wie die junge Audrey Hepburn.

»Wenn Sie erlauben, möchte ich noch kurz ein paar persönliche Worte sagen«, begann die Prinzessin. »Einige kennen mich vielleicht. Mein Name ist Donata von Sachsen-Meiningen.«

Im Saal herrschte gespannte Stille. Was will *die* denn hier? Der Journalist, der gerade hatte gehen wollen, blieb einstweilen noch da. »Das hätte sich die Rote Elfi auch nicht träumen lassen, dass auf ihrer Beerdigung eine Adlige redet«, kommentierte Frau Schmidtkonz. Auch der Fickel war genau wie der Rest der Versammlung gelinde gesagt erstaunt.

»Ich hatte das Vergnügen, Frau Langguth noch kurz vor ihrem Tod persönlich kennenlernen zu dürfen«, setzte Donata ihre Ansprache fort. »Ich habe die Bekanntschaft

47 DDR-Sprech für: eine eigene Meinung besitzen.

237

einer Frau gemacht, die zwar ihre eigenen politischen Ansichten hatte, die mich aber trotzdem offen und mit großer Wärme empfangen hat. Als sie mir sagte, wie alt sie sei, konnte ich es erst gar nicht glauben, so lebensfroh und schlagfertig, wie ich sie erlebt habe.«

Sie lächelte gewinnend. Der Fickel wunderte sich, bei welcher Gelegenheit sich die beiden Frauen getroffen hatten. Zu ärgerlich aber auch, dass ausgerechnet das letzte Tagebuchheft verschwunden war!

»Elfriede Langguth hatte früh in ihrem Leben eine Weltanschauung, und sie hatte etwas, das heutzutage leider selten geworden ist: nämlich ein Rückgrat. Darin ist sie für mich ein Vorbild.«

In der Trauerhalle herrschte teils andächtiges, teils kritisches Schweigen. Jetzt schwärmten schon die Adligen über die Charakterfestigkeit der Kommunisten – so weit war es gekommen.

»Vielleicht wundern sich jetzt einige, warum ich hier das Wort ergreife«, fuhr Donata fort. »Aber es gibt ein Geheimnis um Elfriede Langguths Geburt, das sie vielleicht aus gutem Grund nie preisgegeben hat. Jetzt, wo sie nicht mehr unter uns weilt, darf ich es lüften. Das hat sie mir ausdrücklich erlaubt.«

Die Trauergemeinde war ganz Ohr. Es hatte sich also doch gelohnt zu kommen. Frau Schmidtkonz drehte unablässig ihr Taschentuch in der Hand, der Maulwurf knabberte vor Aufregung an seinen Klauen. Der Journalist schoss Fotos. Vielleicht brachte es der Bericht ja doch auf eine Doppelspalte.

»Wie einige vielleicht wissen, wurde Elfriede Langguth

im Jahre 1919 geboren«, berichtete die Prinzessin im Stile einer Märchenerzählerin, »in einer schlimmen Zeit. Der Krieg war vorbei, aber die Menschen hungerten. Auch meiner Familie war Not nicht unbekannt.«

»Wer hat uns denn den Krieg damals eingebrockt?«, rief irgendjemand aus der »ewiggestrigen« Ecke, wurde aber von den anderen rasch zum Schweigen gebracht. Donata redete unbeirrt weiter.

»Elfriedes Vater, Fritz Langguth, war bei meinem Ururgroßvater im Reitstall beschäftigt, er wurde noch 1918 zur Kavallerie eingezogen und fiel in den letzten Kriegstagen, ohne von der Schwangerschaft seiner Frau je erfahren zu haben. Charlotte Langguth, untröstlich über den Verlust ihres Mannes, erkrankte kurz nach Elfriedes Geburt am Kindbettfieber. An ihrem Totenbett versprach die Herzogin Helene Freifrau von Heldburg, für das nunmehr elternlose Kind zu sorgen. Und sie hat ihr Versprechen nach Kräften gehalten.«

Einige im Saal seufzten. Das war ja noch ergreifender als Sissi! Trauerredner Leefhelm wurde bereits ein wenig eifersüchtig, wie die Prinzessin die Menge mit ihrer Geschichte in den Bann zog. Nur der Fickel war leicht gelangweilt, schließlich kannte er die Geschichte bereits aus Astrid Kemmerzehls Schilderung. Aber das sollte sich gleich ändern.

»Charlotte Langguth, Elfriedes so jung verstorbene Mutter, war eine außergewöhnliche Persönlichkeit am Hofe Georgs II. Auch wenn sie keine offizielle Rolle einnahm, gehörte sie doch zur herzoglichen Familie. Und das nicht nur im überlieferten, sondern sogar im wörtlichen Sinne.«

Ihre letzten Worte wirkten wie ein Paukenschlag. Frau Schmidtkonz glaubte, sich verhört zu haben. »Was? Die Rote Elfriede war adelig?« Sie schüttelte ungläubig den Kopf.

Nur der Maulwurf lächelte wissend und bemerkte süffisant: »So was kommt in den besten Familien vor.« Denn da sich die Mutter der Roten Elfriede nirgends auf einer Ahnentafel befand, konnte es sich schließlich nur um eine nichtoffizielle, mithin also außereheliche Verwandtschaft handeln. Doch wer hatte da am Meininger Hofe mal wieder gesündigt?

Jetzt glühten unter Fickels Schädeldecke die Synapsen wie die Heizdrähte von Frau Schmidtkonz' antiker Wärmelampe. Dass der Georg II. dem weiblichen Charme in all seinen Spielarten durchaus nicht abgeneigt gewesen war, war ja allgemein bekannt. Hatte er neben seiner morganatischen Ehe etwa noch eine morganatische Liebschaft gepflegt – und war am Ende gar er selbst der mysteriöse Großvater der Roten Elfriede …?

Aber für manch einen im Raum war die Neuigkeit natürlich auch ein Schock. Da konnten die Meininger sich drehen und wenden, wie sie wollten, am Ende des Tages wurden sie von Blaublütigen regiert. Selbst wenn es sich auf den ersten Blick um eine dunkelrote Kommunistin handelte.

Tiefer wollte Donata aber nun offenbar nicht mehr in ihre Familiengeschichte einsteigen. Das war mal wieder typisch. Erst anfüttern und dann verhungern lassen. Aber die Prinzessin schloss mit der versöhnlichen Botschaft, dass die Zeiten des ewigen Gegeneinanders, des Klassenkampfes ja glücklicherweise vorbei seien. Das sah zwar nicht jeder der Anwesenden so, aber mit der jungen, hübschen und irgendwo auch erfrischend offenherzigen Prinzessin wollte niemand ernsthaft in eine Grundsatzdiskussion über antagonistische Widersprüche eintreten.

Jetzt kam aber gleich das nächste Problem auf den Fickel zu: die Urne. Normalerweise trägt die der Pfarrer oder ein naher Angehöriger zur letzten Ruhestätte. Solches Personal war bei der weltlichen Trauerfeier der Roten Elfriede nicht anwesend, und auch Prinzessin Donata fühlte sich augenscheinlich nicht berufen, den Job zu übernehmen, angebliche Blutsverwandtschaft hin oder her.

Frau Schmidtkonz stieß den Fickel mit dem Ellenbogen auffordernd in die Seite. Tatsächlich fühlte sich der Fickel als Testamentsvollstrecker moralisch irgendwo in der Pflicht, die Angelegenheit – ergo seine ehemalige Bürgermeisterin – in die Hand zu nehmen. Und mal wieder bemerkenswert, wie leicht die Essenz eines Menschen im Grunde ist, da kann das Leben so schwer gewesen sein, wie es will. Mit Erich auf der Schulter und der Urne vor der Wamme ließ sich der Fickel an der Spitze des Trauerzuges vom Bestatter, der eine Schubkarre mit den Blumen und Kränzen vor sich her schob, gemessenen Schrittes Richtung Grabstelle lotsen. Die Prinzessin hatte sich hinter einer Sonnenbrille verschanzt und ganz am Ende des Zuges eingefunden, wo sich auch der Maulwurf mit seiner Kamera aufhielt.

Zu seiner Verwunderung führte der Bestatter den Zug nicht etwa in die Discount-Ecke des Friedhofs, wie es der Fickel seiner Erinnerung nach bestellt hatte, sondern

direkt bergaufwärts in den Premium-Bereich, den Gottes-
acker der herzoglichen Familie. Schließlich liegt der Meininger Parkfriedhof auf einem Hang, sodass es sogar bei
den Toten noch ein Oben und ein Unten gibt. Als der Bestatter Fickels Zögern bemerkte, flüsterte er ihm augen-
zwinkernd zu: »Keine Sorge, ist alles schon bezahlt.«

Bedeutungsvoll wies er mit dem Kopf Richtung Donata. Damit war auch geklärt, wem die Rote Elfriede ihr
Urnen-Upgrade zu verdanken hatte. Dennoch war die
posthume Beförderung der teuren Toten in den Kreis der
Erlauchten nicht unbedingt im Sinne der Trauergemeinde. Zunächst vernahm der Fickel hinter sich nur ein vereinzeltes Murren und Brummen, dann hatten die grauen
Panther offenbar einen Konsens gebildet und schickten
ihren Sprecher nach vorn. »Im Namen der Anwesenden
protestiere ich hiermit gegen die Verlegung der sterblichen
Überreste der Genossin Langguth auf das Territorium der
reaktionären Kräfte«, schwurbelte der Sprecher in feinster
Parteisekretärrhetorik.

Der Fickel blickte fragend zum Bestatter, doch der zuckte nur die Achseln. »*Mir* ist das egal«, sagte er mit dem Anflug eines Grinsens. Da war guter Rat natürlich mal wieder
teuer. Der Fickel dachte an die Tagebuchhefte und daran,
wie sich die Rote Elfriede über restaurative Begehrlichkei-
ten des Ernestiner Clans echauffiert hatte. »Dafür haben
wir all die Jahre gekämpft«, stand dort als resigniertes Fazit.

»Gibt es zufällig noch eine Grabstätte in der Nähe des
sowjetischen Ehrenmals?«, erkundigte sich der Fickel, indem er den mutmaßlichen Willen der Verstorbenen als
Maßstab anlegte.

»Das kostet aber extra«, sagte der Bestatter. »Schließlich muss ich da ein völlig neues Grab ausheben.«

Der Trauerzug vollführte eine Hundertachtzig-Grad-Wende und marschierte den Weg wieder ein Stück hinunter. Die Prinzessin am Ende des Zuges drehte ab und lief in großen Schritten Richtung Straße, wo ihr Mercedes-Coupé parkte. Der Maulwurf diskutierte mit den Umstehenden und machte Anstalten, ihr hinterherzurennen, doch mit seinen kurzen Beinchen hätte er wahrscheinlich ohnehin keine Chance gehabt. Einige andere, die nicht unbedingt wegen der »guten alten Zeiten« gekommen waren, machten sich auch aus dem Staub, ebenso der Journalist. Letzten Endes gaben gerade einmal fünfzehn Aufrechte Meiningens langjähriger Bürgermeisterin das letzte Geleit.

»Stellen Sie das Ding einfach da hin«, sagte der Bestatter, als sie mitten im Grünen standen, aber mit »Blick« auf das sozialistische Ehrenmal mit den Gräbern von acht sowjetischen Zwangsarbeitern. Er selbst stellte die Schubkarre ab und schmiss Kränze und Blumen achtlos auf die Grabstelle, während sich der Trauerzug lose um die Urne herum formierte. Jemand summte leise die »Internationale«. Dann löste sich der Erste aus der Gruppe und schlurfte mit einem unentschlossenen »Na dann …« und einem heiteren »Bis zum nächsten Mal!« davon. Nach und nach löste sich die Gesellschaft auf. Irgendwann stand der Fickel mit Frau Schmidtkonz und dem Maulwurf allein vor der Urne. Erich war auf seiner Schulter eingeschlafen und schnarchte leise in sein Ohr.

»Was ist denn jetzt mit der Roten Elfriede?«, fragte

Frau Schmidtkonz unzufrieden. »Gehört sie jetzt zur herzoglichen Familie oder nicht?«

Der Maulwurf lächelte wissend. »Was Prinzessin Donata vorhin zu dem Thema gesagt hat, ist eigentlich nur die Spitze des Eisbergs«, erklärte er.

»Sagen Sie bloß«, antwortete Frau Schmidtkonz, deren Neugier sofort entfacht war. Auch für den Fickel war es durchaus von Interesse, mehr über die Verwandtschaftsgrade zu erfahren. Womöglich gab es ja noch Erbansprüche, die er als Testamentsvollstrecker geltend machen konnte. Auch wenn im Moment nicht ganz klar war, wer davon eigentlich profitieren sollte.

»Hast du dich nicht gefragt, wie die Rote Elfriede an die Villa gekommen ist?«, erkundigte sich der Maulwurf beim Fickel. Jetzt, wo er es ansprach, kam es diesem in der Tat ein wenig merkwürdig vor, dass eine alte Kommunistin an solch eine feudale Hütte geraten war.

»Das war ihre Abfindung«, erklärte der Maulwurf. »Ich habe im Archiv einen Vertrag gefunden zwischen der herzoglichen Familie und Elfriede Langguth, in dem das Verhältnis abschließend geregelt wurde. Darin steht, dass die Rote Elfriede zum Ausgleich sämtlicher Ansprüche die Villa des ehemaligen Leibarztes von Georg II. am Rande des Schlossparks bekommt.«

»Interessant«, sagte Frau Schmidtkonz, während sie den Friedhofsweg langsam hinabliefen. »Dann stimmt es also mit der Verwandtschaft.«

Der Maulwurf nickte. »Die Villa war damals aber eine totale Ruine und bei den Immobilienpreisen in den Neunzigern höchstens fünfzigtausend Mark wert, wenn überhaupt.«

»Heißt das, die Rote Elfriede wurde über den Tisch gezogen?«, erkundigte sich der Fickel.

Der Maulwurf hob die Achseln. »Das kann man so nicht sagen. Im ungünstigsten Fall hätte sie gar nichts bekommen.« Schließlich waren die Enteignungen von 1918 und 1945 von bundesdeutschen Gerichten weitgehend für rechtens erklärt worden. Dadurch hatte die herzogliche Familie den Großteil ihres Besitztums endgültig verloren.

Frau Schmidtkonz interessierte sich aber überhaupt nicht für juristische Details. Als Leserin von *Super Illu*, *Brigitte* und *Freizeitrevue* stand ihr der Sinn vielmehr nach Adelinformationen aus erster Hand – wenn man schon mal einen Fachmann am Wickel hatte! Und unter dem Siegel der Verschwiegenheit berichtete Eddi Abe eine nahezu unglaubliche Geschichte, auf die er im Archiv gestoßen war: Demnach hatte Prinzessin Maria Elisabeth, die einzige Tochter Georgs II. aus seiner ersten Ehe, eine Affäre mit einem bürgerlichen Mann und kam im Jahre 1886 im Alter von knapp dreiunddreißig Jahren mit einer Tochter nieder.

»Aber … ich habe doch recherchiert, dass die Maria Elisabeth kinderlos war«, wandte Frau Schmidtkonz ein.

»Offiziell schon«, bestätigte der Maulwurf. Weil aber in der Eile kein passender Bräutigam aufgetrieben werden konnte, hatte sich der Herzog dafür entschieden, die Geburt geheim zu halten. Schließlich hatte er mit seiner morganatischen Ehe schon genug Ärger am Hals[48], da wollte

---

48 Kaiser Wilhelm II. war wegen der Ehe des Herzogs mit einer Bürgerlichen derart verstimmt, dass er stets einen großen Bogen um Meiningen machte, was viele Meininger durchaus nicht als Verlust empfunden haben sollen.

er seinen Bürgern nicht auch noch eine alleinerziehende Tochter zumuten, liberale Gesinnung hin oder her. Folglich musste sich Maria Elisabeth während der Schwangerschaft ausschließlich in Schloss Altenstein aufhalten, fern vom Hof und abgeschirmt vor den Augen der Meininger Gesellschaft.

»Und das Baby …?«, überlegte Frau Schmidtkonz.

»Das Baby wurde auf den Namen Charlotte getauft und in der Geburtsurkunde einer Kammerzofe namens Hedwig untergeschoben. So konnte das Kind am Hofe bleiben, ohne dass es auffiel.«

»Ach, und dieses Kind wurde dann später die Mutter der Roten Elfriede«, kombinierte der Fickel, weil es irgendwo ja naheliegend war.

»Ganz genau«, bestätigte Eddi Abe. »Mit anderen Worten: Frau Langguth war eine Urenkelin vom Theaterherzog.«

Und so erklärte sich natürlich auch, wie die ehemalige Bürgermeisterin in den Besitz der Noten und des Porträts von Prinzessin Maria Elisabeth gelangt war – schließlich war sie deren leibliche Enkelin.

Frau Schmidtkonz schüttelte fassungslos den Kopf. »Wer hätte das gedacht?«, murmelte sie. Aber eine Frage brannte ihr noch unter den Fingernägeln: »Wer war denn nun der anonyme Liebhaber von der Maria Elisabeth, von dem niemand erfahren sollte? Also der Großvater von der Roten Elfriede?«

Nie hätte der Fickel gedacht, dass man bei so einer doch im Grunde recht einfachen und banalen Frage ein derart gescheites Gesicht ziehen konnte, wie es Eddi Abe in dem

Moment fertigbrachte, praktisch als hätte ihm Günther Jauch soeben die Millionenfrage gestellt – und er wusste die Antwort.

»Darüber kursieren mehrere Theorien«, dozierte der Maulwurf. »Die einen behaupten, bei dem Unbekannten handele es sich um Maria Elisabeths Reitlehrer. – Ein Mann, über den so gut wie nichts bekannt ist.«

»Und was sagen die anderen?«, hakte Frau Schmidtkonz nach. Eddi Abe wiegte sein Haupt hin und her. »Ich persönlich neige ja mehr der Theorie zu, dass ihr Geliebter ein bekannter Musiker war«, erklärte er dann. »Schließlich war Maria Elisabeth keine große Pferdeliebhaberin, dafür aber eine höchst geachtete Pianistin.«

»Die Prinzessin hat doch auch komponiert«, pflichtete ihm Frau Schmidtkonz bei.

Eddi Abe nickte. »Ihr wird sogar ein Anteil an Johannes Brahms Klarinettensonate Opus 120 zugeschrieben«, bestätigte er. »Die beiden haben sich offenbar nicht nur musikalisch sehr gut verstanden. Deshalb liegt es auch nicht allzu fern zu vermuten, dass niemand anderes als *er* der Vater ihrer Tochter ist.«

Frau Schmidtkonz blieb ruckartig stehen und hielt sich an Fickels Ärmel fest. »Sie meinen … B-brahms und die Prinzessin?«, stotterte sie vor Aufregung.

»Es gibt eine Reihe von Hinweisen, die diese Vermutung nahelegen«, bestätigte der Maulwurf. »Wenn wir in meinem Archiv wären, könnte ich sie Ihnen zeigen.«

Beim Fickel ratterte es im Oberstübchen wie in einem alten Telegrafenamt. Wenn die Rote Elfriede tatsächlich nicht nur die Enkelin einer Prinzessin, sondern dazu auch noch die eines bedeutenden Komponisten gewesen war, musste man ihr Erbe noch einmal genauer unter die Lupe nehmen. Nicht, dass man achtlos ein Teesieb oder einen Kerzenständer an einen Meininger Antikenhändler verscherbelte, die später bei Sotheby's als originale Brahms-Devotionalien für zig Millionen Pfund versteigert wurden.

»Aber natürlich!«, rief Frau Schmidtkonz plötzlich und schlug sich mit der flachen Hand auf die Stirn. »Deshalb hat Herr Bornkessel bei der Roten Elfriede auch das Brahms-Stück gefunden!«

Der Maulwurf nickte bestätigend. »Das wäre vielleicht das letzte fehlende Puzzleteil«, erklärte er. »Ich vermute, dieses Stück war seine ganz intime Liebeserklärung an Maria Elisabeth. Deshalb ist es auch nie an die Öffentlichkeit gelangt.«

»Wie romantisch«, seufzte Frau Schmidtkonz.

Der Fickel fragte, woher der Eddi so gut informiert sei.

»Ich habe dem Thema hundertzwanzig Seiten in meiner Stadtchronik gewidmet«, antwortete der Archivar.

Der Fickel wunderte sich nur, wie man so eine kleine Bettgeschichte über hundertzwanzig Seiten auswalzen konnte. Aber wenn man den Redeschwall des Maulwurfs zum Maßstab nahm, wunderte er sich schon etwas weniger.

»Meine Theorie ist, dass Brahms' Zuneigung zu Maria Elisabeth letzlich der Grund dafür war, dass er immer wieder nach Meiningen zurückgekehrt ist. Außerdem ist es *bestimmt* kein Zufall, dass die kleine Charlotte fast auf den Tag genau neun Monate nach der Uraufführung von Brahms' vierter Symphonie 1885 in Meiningen das Licht der Welt erblickte.«

»Sehr auffällig«, bestätigte Frau Schmidtkonz. »Aber das freut mich für den Herrn Brahms, dass er doch nicht so allein war, wie man immer sagt.«

»Zumindest würde ein Verhältnis mit der Prinzessin das spätere Abkühlen seiner Freundschaft zu Clara Schumann erklären«, sagte der Maulwurf. »Und warum Maria Elisabeth nie geheiratet hat, obwohl sie so eine hübsche und talentierte Person war.«

»Stimmt, das habe ich mich auch schon gefragt«, sagte Frau Schmidtkonz eifrig.

»Falls Sie Interesse an dem Thema haben, kann ich Ihnen gern mal das Kapitel aus meiner Stadtchronik zukommen lassen«, bot Eddi Abe an.

»Nein danke«, sagte der Fickel, dem die Hitze in seinem Rolli langsam zu Kopfe stieg.

»Unbedingt«, übertönte ihn Frau Schmidtkonz.

Inzwischen waren sie längst auf der Berliner Straße angelangt. Der Fickel erkundigte sich, ob er Eddi Abe noch ein Stück mit dem Wagen Richtung City mitnehmen könne, aber der Maulwurf zog es vor, sich noch ein wenig die Beine zu vertreten, bevor er sich wieder in sein Archiv verkroch. Auf Nachfrage erklärte sich Eddi Abe jedoch sofort »gern« bereit, nach Feierabend Elfriede Langguths Nachlass auf verborgene historische Schätze hin zu sichten.

Als der Fickel in seinem beige-braunen Wartburg 353 Tourist mit dem schlafenden Erich auf dem Schoß heimwärts rollte, sagte Frau Schmidtkonz auf dem Beifahrersitz seelig: »So eine Beerdigung erlebt man nur ein Mal!« Aber das Sterben ging natürlich weiter.

Kriminalrat Recknagel hatte sich auf einen ruhigen Arbeitstag eingestellt, den er für gewisse stupide Tätigkeiten nutzen wollte, für die er sonst nie die Zeit und / oder Geduld hatte: zum Beispiel das überfällige Reinigen seiner Dienstwaffe. Der Recknagel mochte Waffen, insbesondere Schusswaffen, nicht besonders. Ausgerechnet als er seine HK P10, die Standardwaffe der Thüringer Polizei, komplett in ihre Einzelteile zerlegt hatte, klingelte das Telefon. Recknagel blickte auf das Display, und sofort bekam er Sodbrennen, denn dort blinkte die Nummer des Dienstapparats der Oberstaatsanwältin Gundelwein. Einen Moment lang überlegte er, einfach nicht ranzugehen, sich zu verstecken wie ein Kind, das etwas ausgefressen hat. Aber er wusste, was dann passieren würde. Drei Sekunden später würde bei einem seiner Assistenten das Telefon klingeln, und spätestens dann konnte er sich nicht mehr verleugnen.

»Recknagel am Apparat«, meldete er sich.

»Kommen Sie bitte sofort rüber in mein Büro«, befahl die Oberstaatsanwältin grußlos.

»Worum geht's?«

»Die Langguth-Geschichte«, erwiderte die Gundelwein knapp.

»Gut, ich muss bloß noch kurz ...«

»Wenn ich ›sofort‹ sage, meine ich sofort«, unterbrach ihn die Oberstaatsanwältin. »In einer Minute!«

Recknagel hörte, wie der Hörer auf das Telefon geknallt wurde, und blickte auf die Einzelteile der Heckler & Koch. Schöne Bescherung. Zwischen den Übeln, die Oberstaatsanwältin warten zu lassen oder ein Dienstvergehen zu begehen, wählte er letzteres. Flugs verstaute er die Einzelteile der Pistole in einem Karton und stellte ihn auf den Boden des Waffenschranks, bevor er diesen sorgfältig abschloss. Die Pistole konnte er später zusammensetzen.

Dann sagte er seinen Assistenten Bescheid und ging auf schnellstem Wege hinüber in das Gebäude der Staatsanwaltschaft, wo ihn die Gundelwein bereits in ihrem Büro erwartete. »Setzen Sie sich«, befahl sie. Der Kriminalrat nahm Platz und wartete. Der Freischwinger am Schreibtisch der Gundelwein hieß intern nur »der heiße Stuhl«. Nie war die Bezeichnung so zutreffend gewesen wie heute. In diesem Büro mussten locker vierzig Grad herrschen. Die Oberstaatsanwältin hatte einen kleinen Ventilator auf ihrem Schreibtisch stehen, der ihr frische Luft zufächerte und den Kragen leicht zittern ließ. Wieso nur fühlte er sich in ihrer Gegenwart stets weniger als Kriminalrat denn als Angeklagter?

»Welche Verdachtsmomente haben Sie zum Mord an Elfriede Langguth gesammelt?«, fragte die Oberstaatsanwältin mit strenger Chefstimme. Dabei war sie eigentlich gar nicht seine direkte Dienstvorgesetzte, aber als »Herrin des Ermittlungsverfahrens« hatte sie nun mal die Hosen an.

»Ich verstehe nicht ganz«, antwortete der Kriminalrat vorsichtig. »Wir haben doch die Beschuldigte Astrid Kemmerzehl so gut wie überführt.«

Die Gundelwein schüttelte unzufrieden den Kopf. »Sie wissen genauso gut wie ich, dass wir jeder Spur nachgehen müssen, so verlangt es der Gesetzgeber.«

Der Kriminalrat überlegte angespannt: War das ein Test – oder wollte sich die Oberstaatsanwältin über ihn lustig machen? Erst schoss sie sich auf eine Beschuldigte ein, band alle Ressourcen der Kripo, jagte die Kollegen in Bayreuth und Bad Kissingen um den Kirchturm, um sie zu überführen, dann erstritt sie bei Gericht einen Haftbefehl – und jetzt wollte sie allen Ernstes, dass er nach einem anderen Täter fahndete?

»Wir haben bislang keine anderweitigen Tatbeteiligten ermitteln können«, sagte der Recknagel neutral. »Hatten Sie an jemand Bestimmtes gedacht?«

»Sie hatten doch Herrn Siebenthaler und seine Frau ins Spiel gebracht«, sagte die Oberstaatsanwältin unschuldig.

Der Recknagel glaubte, sich verhört zu haben. »Sie wollen ernsthaft, dass ich gegen Ihren Chef ermittele?«

Die Gundelwein vermied direkten Augenkontakt. »Ich will nur verhindern, dass mir im Prozess entgegengehalten wird, wir hätten uns zu früh auf eine Beschuldigte festgelegt«, sagte sie. »Also, was haben wir?«

Recknagel räusperte sich. »Da wäre einmal die räumliche Nähe zum Tatort«, begann er. »Frau Langguth wohnte praktisch Tür an Tür mit dem Ehepaar Siebenthaler. Wir wissen nicht, ob sie nicht vielleicht sogar einen Schlüssel für die Einliegerwohnung besitzen. In alten Villen gibt es das manchmal, dass ein Schlüssel für verschiedene Eingänge existiert.«

»Das ist ein interessanter Punkt«, lobte die Oberstaatsanwältin und machte sich eine Notiz. »Und weiter?«

»Na ja«, meinte der Kriminalrat, »beim Motiv wird es etwas spekulativ.«

»Dann spekulieren Sie mal!«, forderte ihn die Gundelwein auf.

Der Recknagel fügte sich in sein Schicksal und wiederholte, was bereits im Bericht stand: dass die Rote Elfriede mit ihrem dinglichen Wohnrecht und ihrer Leibrente den Siebenthalers auf der Tasche gelegen hatte und dass es ständig Streit gab, insbesondere mit Frau Siebenthaler.

»Woher wissen Sie das?«, hakte die Gundelwein ein.

»Aus den Tagebüchern von Frau Langguth, die mir Ihr Exmann freundlicherweise überlassen hat. Ich habe aber noch nicht alles gelesen.«

»Interessant«, sagte die Oberstaatsanwältin, ohne wie sonst bei der Erwähnung ihres Exmannes an die Decke zu gehen, »da würde ich gerne mal reinschauen.«

Recknagel nickte. »Ich lasse Sie Ihnen gleich rüberbringen.«

Die Gundelwein nickte. »Noch was?«

»Aus den Tagebüchern geht auch noch hervor, dass das Ehepaar Siebenthaler anscheinend tatsächlich Ärger mit den Handwerkern wegen unbezahlter Rechnungen hatte«, sagte der Kriminalrat. »Das stützt die Aussage von Astrid Kemmerzehl.«

Die Oberstaatsanwältin blickte in die Akte. »Ich habe Erkundigungen bei der Hausbank des Ehepaars Siebenthaler eingeholt: Sie haben – Stand jetzt – noch einen Kredit von hundertdreiundvierzigtausend Euro abzubezahlen«, sagte die Gundelwein.

»Dann haben sie ja schon eine ganze Menge abgebaut«, bilanzierte der Recknagel. »Ursprünglich beliefen sich die Verbindlichkeiten nach der Pleite mit dem Volkshaus auf vierhundertfünfzigtausend Euro. Zumindest lautete so die offiziell geschätzte Zahl.«

Die Oberstaatsanwältin nickte. »Da stellt man sich doch

die Frage: Wie können die beiden in zehn Jahren über dreihunderttausend Euro Schulden tilgen?«

Der Recknagel setzte sich wieder gerade auf den Stuhl. »Als Leitender Oberstaatsanwalt verdient man ja nicht so schlecht«, sagte er.

»Siebenthaler ist in der Besoldungsgruppe R3, er bezieht siebentausenddreihundert Euro brutto. Nach Abzug von Steuern und Abgaben sind das gerade mal viertausend Euro netto im Monat«, sagte die Gundelwein. Der Recknagel musste bei den Worten »gerade mal« unwillkürlich ein wenig lächeln. Es war alles eine Frage der Relation.

»Das macht knapp fünfzigtausend im Jahr, abzüglich der summa summarum fünfzehntausend Euro, die sie für Frau Langguth aufbringen mussten, bleiben noch fünfunddreißig – das mal zehn Jahre ergibt dreihundertfünfzigtausend. Sie wollen mir doch nicht erzählen, dass die Siebenthalers in den zehn Jahren von fünfzigtausend Euro gelebt haben?«

»Aber sie haben ja noch die Eventagentur von Stefanie Siebenthaler«, wagte der Kriminalrat einzuwenden.

»Die hat laut Finanzamt jedes Jahr durchschnittlich zehntausend Euro Umsatz gemacht«, sagte die Gundelwein und legte dem Recknagel ein Fax vom Finanzamt vor.

»Vielleicht ist ja noch eine Erbschaft dazugekommen«, überlegte der Recknagel, »oder Herr Siebenthaler hatte ein glückliches Händchen mit Aktien.«

»Möglich«, sagte die Oberstaatsanwältin. »Dennoch liegen genug Anhaltspunkte vor, um Ermittlungen einzuleiten.«

Der Kriminalrat war ehrlich überrascht. Nicht unbedingt negativ. Offenbar wurde der alte Lehrsatz »Eine Krähe hackt der anderen kein Auge aus« in der Meininger Staatsanwaltschaft in diesem Moment außer Kraft gesetzt. Das steigerte praktisch sofort das Vertrauen des Kriminalrates in die Institutionen des Staates.

»Und weswegen ermitteln wir?«, hakte der Recknagel nach. »Wegen Mordverdachts?«

Die Oberstaatsanwältin verneinte. »Wir ermitteln einstweilen verdeckt wegen des Verdachts der Steuerhinterziehung, und dann sehen wir mal weiter. Nennen wir es ›Vorermittlungen‹!«

Recknagel nickte zustimmend.

»Und ich würde Sie bitten, einstweilen noch keine Akte anzulegen und mit niemandem darüber zu sprechen«, sagte die Oberstaatsanwältin. »Aus nachvollziehbaren Gründen möchte ich, dass unsere nächsten Schritte erst mal geheim bleiben.«

»Und an welche Art von Ermittlungen hatten Sie dabei eigentlich gedacht?«, erkundigte sich der Recknagel.

»Sagt Ihnen das Stichwort ›Castle Event‹ etwas?«, fragte die Gundelwein. Da musste der Recknagel passen. Die Oberstaatsanwältin brachte ihn auf Stand: Erwachsene Menschen trafen sich verkleidet in exklusiver Atmosphäre und spielten »adelig«. Stefanie Siebenthalers Eventagentur pflegte eine lose Veranstaltungsreihe im Schloss Elisabethenburg, die circa alle zwei Monate stattfand und die sie in Anlehnung an Georg II. »*Chez Georges*« nannte.

»Wie es der Zufall so will, findet heute eine dieser Veranstaltungen statt, sodass wir uns ein Bild davon machen können«, sagte die Gundelwein. »Leider ist sie nur für Paare zugelassen. Ich habe mir die Freiheit erlaubt, uns unter einem Decknamen zwei Tickets zu besorgen.«

Sie reichte dem Recknagel eine aufwändig gestaltete Eintrittskarte. Der Kriminalrat musste zweimal hinsehen, als er den Preis sah: dreihundert Euro pro Person. Der Recknagel hätte gern gewusst, wie die Oberstaatsanwältin die als Spesen abrechnen wollte.

»Sie haben vor, mit mir dahin zu gehen?«, fragte der Recknagel vorsichtshalber noch einmal nach. Die Oberstaatsanwältin nickte, für ihre Verhältnisse beinahe amüsiert. »Als Baronin und Baron von Rippershausen.«

»Aber uns erkennt doch jeder«, wunderte sich der Kriminalrat.

»Das ist ja das Schöne am Maskenball«, erwiderte die Gundelwein. »Man hat selbst in der Hand, ob man erkannt wird.«

Der Recknagel musste die Neuigkeiten erst mal verdauen. Nicht nur, dass er gegen den Chef der obersten Ermittlungsbehörde seines Gerichtsbezirks ermittelte, er sollte undercover einen Maskenball für gelangweilte wohlhabende Pärchen der Südthüringer Society besuchen und bei diesem Anlass last but not least den Ehemann der Oberstaatsanwältin Gundelwein spielen!

»So weit alles klar?«, fragte die Gundelwein.

»Eine Frage noch: Warum holen wir uns die Informationen nicht auf einem einfacheren Weg? Wir könnten eine Hausdurchsuchung vornehmen oder …«

»Haben Sie eine Ahnung, wie viel Staub das aufwirbeln würde?«, unterbrach ihn die Gundelwein. »Nein. Wir sammeln nur Informationen und schlagen erst dann zu, wenn wir uns hundertzehnprozentig sicher sind, dass wir was finden werden.«

Kriminalrat Recknagel nickte einsichtig. Interne Ermittlungen waren immer eine delikate Angelegenheit. Einen weiteren Skandal konnte die Thüringer Staatsanwaltschaft nicht gebrauchen.

»Und bitte zu niemandem ein Wort«, ermahnte die Gundelwein den Kriminalrat. »Weder zu Ihren Mitarbeitern noch zu Ihrer Frau.«

Der Kriminalrat nickte und erhob sich aus dem heißen Stuhl. Als er schon an der Tür stand, rief ihn die Oberstaatsanwältin noch einmal zurück: »Wo bekommen Sie eigentlich ein Kostüm für dieses Castle Event her? Auf der Eintrittskarte steht ›Dresscode: Rokoko‹.«

Da musste der Recknagel nicht lange überlegen. »Ich fahre mal beim Wasunger Karnevalsverein vorbei, da bin ich zahlendes Mitglied.«

»Äh, es ist mir etwas peinlich, aber … Könnten Sie mal nachfragen, ob die auch etwas für mich dahaben?«

»Die haben bestimmt in jeder Größe etwas vorrätig«, sagte der Recknagel und biss sich auf die Zunge, als er die Grenzüberschreitung bemerkte. Zu spät! Aber die Oberstaatsanwältin quittierte Recknagels Kommentar zu ihrer Körpergröße mit einem souveränen Lächeln und bedankte sich sogar freundlich. »Hauptsache, wir fallen nicht auf«, sagte sie abschließend. Als Kriminalrat Recknagel das Büro der Oberstaatsanwältin verließ, war sein Hemd komplett durchgeschwitzt, aber immerhin war diesmal kein Angstschweiß mit dabei.

Frisch geduscht und ausgeruht kurvte der Fickel am Nachmittag mit weit heruntergekurbelten Fenstern durch die grünen Auen der südlichen Meininger Vorstadt, dort, wo die Sülze[49] in die Werra fließt. Folgt man dem Lauf der Werra weiter entgegengesetzt der Fließrichtung, gelangt man schon nach wenigen Kilometern nach Untermaßfeld.

Untermaßfeld liegt westlich von Obermaßfeld und ist bekannt für seine Fossilien, wie zum Beispiel denen von Säbelzahnkatzen, Wildhunden und Riesenhyänen aus dem Pleistozän oder auch den Langzeitgästen in der dortigen Justizvollzugsanstalt. Der Fickel parkte in Sichtweite der JVA, die in einer dekorativen mittelalterlichen Wasserburg untergebracht ist, und ließ angesichts der Temperaturen die Fenster im Auto geöffnet. Wer klaut schon einen mehr als fünfundzwanzig Jahre alten Wartburg, und das direkt vor einem Gefängnis? Als Fluchtwagen wäre das Eisenacher Fabrikat ohnehin nicht geeignet, weil natürlich: viel zu auffällig.

Der Fickel hatte den Chihuahua in weiser Voraussicht daheim bei Frau Schmidtkonz gelassen, um bei der Anmeldung im Gefängnis keine Probleme zu bekommen, und letztlich natürlich auch, um Erich den Knast zu ersparen. Dennoch erlebte der Fickel an der Besucherschleuse eine böse Überraschung, als ihm der Wärter eröffnete: »Die Untersuchungsgefangene möchte Sie nicht sehen.« Da guckt man als Anwalt erst mal blöd aus der Wäsche.

Der Fickel kritzelte eilig eine Nachricht für Astrid

---

49 Keineswegs zäh fließender 12,4 Kilometer langer Bach. Manch Meininger zieht sich gern einen Fisch aus der Sülze.

Kemmerzehl auf einen Zettel, in der er sie inständig um ein Gespräch bat, im Interesse ihres Erbes und letztlich auch in dem des armen Hundes, denn beides war schließlich engstens miteinander verknüpft. Wovon der Fickel nichts schrieb, war sein eigenes Interesse an dem Wiedersehen. Schließlich spukten in seinem Kopf einige Fragen herum, bezüglich derer er sich Aufklärung erhoffte, nicht zuletzt auch zwischenmenschlich gesehen.

Am Ende wurde der Fickel doch in den Besuchsraum geführt. »Aber nur zehn Minuten!«, ermahnte der Wärter. Schließlich war der Fickel nicht der etatmäßige Verteidiger, sondern kam praktisch von der Ersatzbank. Als er den Raum betrat, saß Astrid Kemmerzehl bereits wartend am Tisch. Sie hielt den Blick gesenkt und antwortete auf Fickels Begrüßung nur mit einem eisigen »Guten Tag«, sodass es ihn trotz der Hitze draußen beinahe fröstelte.

Wobei für den Fickel eine durchaus angenehme Überraschung: Eigentlich ist so ein Gefängnis bei hochsommerlicher Schwüle von der Aufenthaltsqualität her betrachtet gar kein schlechter Ort. Erstens halten die dicken mittelalterlichen Mauern die Hitze draußen, zweitens erweisen sich die kleinen Fenster als hilfreich, starken Sonneneinfall zu vermeiden – und letztlich kann man bei solchen Temperaturen eh kaum etwas Sinnvolleres tun, als auf einer Pritsche herumzulümmeln.

Um das Eis zu brechen, berichtete der Fickel zunächst von der Beisetzung der Roten Elfriede und von der Rede der Prinzessin Donata. Astrid Kemmerzehl hörte regungslos zu und schien sich über Elfriede Langguths Familiengeschichte nicht übermäßig zu wundern. Auch als der Fickel von der möglichen Verwandtschaft mit Brahms berichtete, taute Astrid Kemmerzehl nicht auf. Irgendwo fragte sich der Fickel langsam, was er eigentlich verbrochen hatte, dass er derartig mit Missachtung gestraft wurde. Und irgendwann ging ihm beim Erzählen schließlich einfach die Luft aus.

Nach einer halben Minute gegenseitigen Anschweigens sagte Astrid Kemmerzehl unwillkürlich: »Ich schäme mich so.«

Und letztlich war das wahrscheinlich auch der Grund, warum sie dem Fickel nicht hatte unter die Augen treten wollen. Auch wenn der alles andere als nachtragend war, weil er nahezu jeden fremden Fehler im Prinzip auch selbst schon einmal gemacht oder zumindest in Gedanken begangen hatte, waren nun ein paar Erklärungen fällig, zum Beispiel, was es mit dem abgeräumten Schweizer Konto auf sich hatte oder mit den Schuldanerkenntnissen auf den Namen der Elfriede Langguth.

Astrid Kemmerzehl begann leise, aber dennoch deutlich zu erzählen. Alles hatte damit angefangen, dass die Rote Elfriede an ihren langen Nachmittagen nach Zerstreuung gesucht und diese letztlich im Kartenspiel gefunden hatte. Ihre Assistentin hatte ihr lange Zeit als Sparringspartnerin gedient – Patiencen gelegt, Mau-Mau gespielt und auch mal einen Offiziersskat gedroschen. Doch mit der Zeit hatte der Roten Elfriede ihre Assistentin als Gegnerin nicht mehr genügt, und so war sie dem Meininger Bridge-Club beigetreten.

Über dort geschlossene Bekanntschaften war sie in andere, elitärere Zirkel geraten und hatte mit wechselndem

Erfolg an Turnieren teilgenommen, bei denen auch um Geld gespielt wurde, zum Beispiel an dem des Historischen Vereins im Schloss Elisabethenburg.

»Dabei hat sie Herrn Bornkessel kennengelernt«, vermutete der Fickel.

Anfangs hatte Astrid Kemmerzehl die Rote Elfriede zu den Anlässen nur begleitet. Doch während der stundenlangen Turniere war ihr irgendwann die Zeit lang geworden, und so hatte sie sich schließlich selbst hin und wieder auf ein Spiel eingelassen. Angefixt durch ihre Chefin verfiel sie vor allem Black Jack, wobei sie dabei aufgrund ihres kühlen Kopfes und ihrer Merkfähigkeit recht erfolgreich war. Es folgte eine Zeit schwankenden Glücks und kleiner Einsätze, stets aber mit einem positiven Saldo.

»Wann ich die Kontrolle verloren habe, kann ich heute eigentlich gar nicht mehr genau sagen«, berichtete Astrid Kemmerzehl. »Aber ein Knackpunkt war sicherlich die Reise nach Zürich.« Das Schweizer Konto hatte die Rote Elfriede kurz nach der Wende für Notfälle eingerichtet, »um für alles gewappnet zu sein«. Schließlich haderte sie zunächst mit dem einheitstrunkenen Deutschland und spielte mit dem Gedanken zu emigrieren, falls es sich als nötig erweisen sollte. Einmal bat die Rote Elfriede ihre Assistentin, für sie in die Schweiz zu reisen und mit ihrer Generalvollmacht Geld von dem Konto abzuheben. Und da Astrid Kemmerzehl schon einmal da war, im Land der exklusiven Kasinos, war die Verlockung natürlich groß, dort einmal sein Glück zu versuchen.

Ein einziger Abend genügte, das gesamte von ihrer Arbeitgeberin »geborgte« Geld in Jetongold zu verwandeln.

Bilanz des Abends: Totalverlust. Astrid Kemmerzehl sah sich gezwungen, noch einmal dieselbe Summe vom Schweizer Konto der Roten Elfriede abzuheben – mit dem festen Vorsatz, das entstandene Minus von viertausend Euro so schnell wie möglich wieder auszugleichen. Nur woher nehmen und nicht stehlen? Mit ihrem Gehalt als persönliche Assistentin erwies sich eine Rückzahlung zu Lebzeiten der Roten Elfriede als schwieriges Unterfangen. Astrid Kemmerzehl blieb also nichts anderes übrig, als ihre Arbeitgeberin erneut zu »beleihen« und sich wieder an den Spieltisch zu setzen. Doch es war wie verhext: Je mehr sie den Gewinn brauchte, ihn herbeisehnte und ihr Glück forcierte, desto sicherer verlor sie ihre Spiele. Ihr kühler Verstand, der sie stets auszeichnete, hatte sie verlassen. Sie tröstete sich damit, dass ein Abend, eine einzige Glückssträhne genügen würde, um den Schaden wiedergutzumachen, und schwor sich Stein und Bein, das Spielen dann für immer aufzugeben. Doch anstatt ihre Situation zu verbessern, ritt sie sich immer tiefer in die Bredouille. Ein Teufelskreis. »Ich konnte an nichts anderes mehr denken als an Karten«, sagte Astrid Kemmerzehl. »Nachts träumte ich sogar davon.«

»Sie haben Frau Langguth von dem Schlamassel nichts gesagt?«

Astrid Kemmerzehl schüttelte bedrückt den Kopf. »Sie ahnen nicht, welche Vorwürfe ich mir mache«, sagte sie. »Und als ich dann noch hörte, dass sie ausgerechnet mich in ihrem Testament bedacht hat …« Sie schüttelte den Kopf. »Das habe ich nicht verdient.«

Da zeigte sich mal wieder, was es für einen Vorteil bedeutet, wenn man über eine biegsame Moral verfügt oder, noch besser, über einen Anwalt, der einem das Moralgeschäft einfach abnimmt. Denn der Fickel hielt Astrid Kemmerzehls Selbstbezichtigungen entgegen, im Ergebnis sei ja eigentlich gar nichts passiert, außer dass sie ihr Erbe vorzeitig verprasst habe.

»Ich muss doch sehr bitten!«, schalt Astrid Kemmerzehl. »Solch eine zynische Bemerkung hätte ich Ihnen niemals zugetraut!«

Allem Anschein nach war sie ehrlich entrüstet. Das hatte man nun von seiner Hilfsbereitschaft. Da fragte man sich als vernünftiger Mensch beinahe, wer hier eigentlich den Fehler begangen hatte. Aber jetzt näherte man sich natürlich der Gretchenfrage: Hatte Astrid Kemmerzehl die Rote Elfriede nicht nur um ihre Ersparnisse geprellt, sondern am Ende aus Furcht vor Entdeckung auch umgebracht? Der Fickel wagte es nicht einmal, die Frage zu stellen. Glücklicherweise brachte Astrid Kemmerzehl das Thema selbst zur Sprache.

»Ich kann Ihre Exfrau verstehen, dass sie mich verdächtigt, Frau Langguth ermordet zu haben«, sagte sie. »Ich würde an ihrer Stelle vermutlich auch so denken.«

Der Fickel räusperte sich. »Wenn *Sie* es nicht waren … « Er ließ eine Pause, um Astrid Kemmerzehl die Möglichkeit zu einem Geständnis zu geben, doch das blieb aus. Also vervollständigte der Fickel seinen Satz: »Wer dann?«

»Ich denke die ganze Zeit darüber nach«, antwortete Astrid Kemmerzehl. »Ich könnte mir vorstellen, dass Herr Bornkessel etwas damit zu tun hat«, erklärte sie.

Der Fickel bekam spitze Ohren. Schließlich war ihm der

Vereinsvorsitzende spätestens seit dem Ringkampf in Regers Arbeitszimmer suspekt. »Wie kommen Sie darauf?«

Astrid Kemmerzehl berichtete, dass sie vor ihrer Abreise Zeugin eines Telefonats geworden sei, in welchem Elfriede Langguth dem Schlossverwalter angedroht habe, die Aufführung des Brahms-Stückes um jeden Preis zu verhindern. »Nach dem Telefonat war Frau Langguth sehr aufgeregt«, erinnerte sich Astrid Kemmerzehl, »und sie hat Herrn Bornkessel sogar als Betrüger bezeichnet.« Mehr konnte sie dazu aber leider auch nicht sagen.

Offenbar scherte sich der Schlossverwalter einen Dreck um das Urteil. Mal wieder typisch ostdeutsch: kein Respekt vor dem Rechtsstaat.

»Es kann doch nicht sein, dass er damit durchkommt«, erregte sich Astrid Kemmerzehl. Aber wenn er die Partitur als gestohlen gemeldet hat, konnte man ihn nicht einmal in Beugehaft nehmen.

Der Wärter unterbrach das Gespräch barsch: »Bitte kommen Sie zum Ende!«

Der Fickel versprach, sich etwas einfallen zu lassen, und dann sagte er entschlossen wie Clint Eastwood in »Flucht von Alcatraz«: »Ich hole Sie hier raus!«

Er hätte vielleicht noch etwas Persönliches gesagt, aber ihm fiel auf die Schnelle nicht das Richtige ein. Astrid Kemmerzehl sagte: »Danke, dass Sie gekommen sind. Jetzt ist mir schon etwas leichter ums Herz.«

Als sie abgeführt wurde, drehte sie sich noch einmal um und lächelte: »Grüßen Sie Erich von mir.« Der Wärter blickte den Fickel misstrauisch an. Wahrscheinlich glaubte er, es handele sich um einen Code.

Kurz darauf verließ der Fickel das Gefängnis als freier Mann – und irgendwo auch nicht.

VIII Castle Event

Von der Untermaßfelder Wasserburg knatterte der Fickel auf direktem Wege zurück zum Schloss Elisabethenburg, wo er bereits von Eddi Abe in seinem Archiv erwartet wurde. »Ich dachte schon, du kommst nicht mehr«, sagte der Maulwurf und wies stolz auf das stetig wachsende Konvolut seiner Stadtchronik. »Heute habe ich mit dem Jahr 1912 begonnen«, erklärte er. »Das Jahr, in dem die Titanic untergegangen ist.«

»Aber nicht in Meiningen«, erwiderte der Fickel, und der Maulwurf lachte so über diese alberne Bemerkung, dass sogar seine Brillengläser beschlugen.

Gemeinsam liefen sie durch den Park zu der Villa am Mittleren Rasen, in der einst der Leibarzt des Theaterherzogs residiert hatte – und heute der Leitende Oberstaatsanwalt mit seiner Frau. Nebenher berichtete der Fickel von den neuesten Entwicklungen bei der Suche nach der Brahms-Partitur (keine) und von der Festnahme der Assistentin der Roten Elfriede, ohne dabei jedoch auf Einzelheiten einzugehen. Der Maulwurf hatte zwar schon Gerüchte gehört, aber er wirkte sehr betroffen über die Nachricht, dass die Rote Elfriede tatsächlich ermordet worden war. »Wer vergreift sich denn an einer wehrlosen alten Dame?«, fragte er fassungslos.

Auf eine mögliche Verwicklung von Schlossverwalter Bornkessel angesprochen, wurde Eddi Abe sehr nachdenklich. Einerseits möchte man ja niemandem einen Mord unterstellen, andererseits: Wem würde man ihn eigentlich *nicht* zutrauen? Schließlich hatte inzwischen auch der letzte Schafskopf in den neuen Bundesländern die oberste Maxime der freiheitlichen Wirtschaftsordnung verinnerlicht: *homo homini lupus*[50].

»Immerhin hat Bornkessel die Partitur verschwinden lassen«, bekräftigte der Fickel. »Die scheint ihm wirklich wichtig zu sein.«

»Schon möglich«, bestätigte der Maulwurf. »Ich beobachte schon seit Langem, dass er mit diesem Historischen Verein lauter undurchsichtige Geschäfte betreibt.«

Jetzt wollte der Fickel natürlich noch ein paar Details hören. »Du darfst aber keiner Menschenseele sagen, dass du das von mir hast«, sagte der Maulwurf beinahe ängstlich. Und erst als der Fickel ihm dies in die Hand versprochen und er sich nach allen Richtungen umgesehen hatte, ob ihnen auch niemand heimlich zuhörte, fing Eddi Abe an zu erzählen.

Die Methode, mit der Bornkessel vorging, war eigentlich recht simpel, aber effektiv: Der gemeinnützige Historische Verein übernahm eine sogenannte »Patenschaft« über eine gewisse Anzahl von beschädigten Archivalien oder Kunstgegenständen der Museumsdepots mit dem erklärten Ziel, diese zu restaurieren und zu erhalten. Dann wurden einige der Archivalien von sogenannten Experten für nicht rekonstruierbar oder nicht bewahrenswert er-

---

50 Sinngemäß: Der Ossi ist des Ossis Wolf.

klärt und die offiziell wertlosen Stücke vom Historischen Verein durch Versteigerungen und/oder Gewinnspiele zu Geld gemacht. Und mit diesem Geld wurden dann die restlichen Archivalien restauriert und wieder in den Besitz der Sammlungen und Archive überführt.

So weit klang das für den Fickel eher nach einer durchaus kreativen Methode, ein klammes Museum zu finanzieren, als nach kriminellen Machenschaften. Der Maulwurf nickte, gleich darauf kam er aber sehr dicht an den Fickel heran und flüsterte: »Es sei denn, die Archivalien wurden vorher absichtlich zerstört, um sie verkaufen zu können.«

Der Fickel zog Luft durch die Zähne ein. Da konnte man auch mit biegsamer Moral kaum widersprechen. Aber das war noch längst nicht alles: »Dass ein Teil des Geldes als Provision in die Tasche von Bornkessel fließt, ist sicher auch nicht ganz sauber«, fügte Eddi Abe in konspirativem Tonfall hinzu. »Aber wie gesagt: Das hast du nicht von mir! Versprochen?!«

Dem Maulwurf schien bei dem Thema direkt die Muffe zu gehen. Aber so gewalttätig, wie der Fickel den Schlossverwalter kennengelernt hatte, war dies auch nicht weiter verwunderlich. Außerdem hatte Eddi einen Job zu verlieren, wenn er Interna ausplauderte. Denn so viel war klar: Ohne Rückendeckung von oben konnte Bornkessel solche halbseidenen Geschäfte nicht durchziehen.

Inzwischen waren sie an der Villa am Mittleren Rasen angelangt. Aber als der Fickel die Wohnung der Roten Elfriede öffnen wollte, merkwürdiges Detail: Er hätte schwören können, zweimal abgeschlossen zu haben, doch die Tür sprang bereits nach der ersten Schlüsselumdrehung auf.

Praktisch wie im Mafiafilm. Erster Impuls: Polizei rufen. Zweiter Impuls: Lieber erst mal nachsehen, ob was fehlt.

Auf den ersten Blick war alles so, wie es der Fickel verlassen hatte. Sämtliche Schubladen des Sekretärs waren geschlossen, und der Lederkoffer befand sich noch unter dem Bett, wo ihn der Fickel verstaut hatte. Auch die Notenhefte und das Porträt waren noch darin. Sogar das Bargeld war noch an seinem Platz. Dennoch hatte der Fickel das merkwürdige Gefühl, als sei in der Zwischenzeit jemand in der Wohnung gewesen. Da stellte sich natürlich unwillkürlich die Frage, wonach der Eindringling eigentlich gesucht hatte. Ohne sichtbare Spuren oder wenigstens den Hinweis auf einen fehlenden Gegenstand gab es natürlich keinen Anlass, die Polizei mit einer Anzeige zu belästigen. Was sollte er denen auch sagen? Ein komisches Gefühl ist schließlich kein Tatbestand.

Der Maulwurf grub sich derweil durch den Besitz der Roten Elfriede. Fast eine halbe Stunde lang sichtete er penibel Fotos, Urkunden, Schriftstücke und gab dabei allerlei Geräusche von sich wie »Hm«, »Aha« oder »Tsss«. Besonders aufmerksam widmete er sich den Briefen. »Aus archivarischer Sicht ist da nicht viel zu holen«, erklärte er schließlich, als er alles durchgewühlt hatte. »Das sind alles Privatdokumente von geringem historischem Wert.«

»Und was ist mit den Noten von der Prinzessin Maria Elisabeth?«, erkundigte sich der Fickel mit einem letzten Funken Hoffnung. Der Maulwurf blätterte die Hefte seufzend durch. »Letztlich sind das auch nur Notizen einer zweitrangigen Komponistin«, sagte er. »Es hat schon seinen Grund, dass Bornkessel die anstandslos zurückgegeben hat.«

»Und das Diez-Porträt von ihr? Das ist doch sehr schön«, schlug der Fickel vor.

»Schon, aber … es ist nur ein Skizze«, gab der Maulwurf zu bedenken.

Der Fickel erkundigte sich, welchen Erlös man für den Inhalt des Lederkoffers erwarten könne, Pi mal Daumen mal Internet zum Quadrat. Der Maulwurf kratzte sich am Kopf und strich sich über das Kinn. »Für alles zusammen bekommt man vielleicht ein- bis zweitausend Euro«, taxierte er dann. »Natürlich ohne Gewähr.«

Der Fickel spürte eine leise Enttäuschung, ungefähr wie jede Woche nach der Ziehung der Lottozahlen. Letztlich konnte man den gesamten Besitz der Roten Elfriede unbesorgt dem Trödler überlassen. Ausgaben und Verkaufserlöse gegeneinander gerechnet ergaben praktisch den Saldo null. Wenn man die noch vorhandenen Ersparnisse gegen die Bestattungskosten aufrechnete, konnte der Fickel noch froh sein, wenn für seine Tätigkeit als Testamentsvollstrecker noch der eine oder andere Euro übrig blieb.

»Und wie viel würde die Brahms-Partitur bringen?«, erkundigte sich der Fickel interessehalber, jedoch mit inzwischen deutlich gesenkter Erwartungshaltung. Jetzt schnalzte der Maulwurf mit der Zunge. »Ein handschriftliches Original wie das ist schwer zu schätzen«, sagte er. »Das ist ein echtes Sammlerstück.« Und da staunte der Fickel nicht schlecht: Für eine Partitur von Arnold Schönberg war auf dem internationalen Markt schon mehr als eine Viertelmillion gezahlt worden. Und bei allem Respekt: Wer war Schönberg – gegen Brahms!

»Wenn das Stück noch unveröffentlicht war, kommen

auch noch Aufführungsrechte dazu«, sagte der Maulwurf. »So ein Fund ist wie ein Sechser im Lotto.«

So langsam dämmerte dem Fickel, warum Bornkessel die Noten mit Zähnen und Klauen verteidigt hatte. Mit so einer Summe ließen sich locker noch ein bis zwei weitere Aufzüge am Schloss finanzieren. Oder Ärgeres. Doch ihre Unschuld vorausgesetzt, stand das Vermögen allerdings rechtmäßig Astrid Kemmerzehl zu, die dafür sicher eine bessere Verwendung wusste.

Während der Fickel noch überlegte, wie er dem Bornkessel auf den Pelz rücken konnte, blickte er aus dem Fenster und glaubte, seinen Augen nicht trauen zu können, denn dort spazierten leibhaftig seine Majestät Louis XV. von Frankreich mit seiner Mätresse Madame de Pompadour aus der Wohnung des Leitenden Oberstaatsanwalts. Erst auf den zweiten Blick erkannte der Fickel, dass es sich bei dem französischen König um niemand Geringeren als den LOStA selbst handelte, der sich in einen weißen Mantel mit goldener Schärpe gewandet hatte und dazu eine Perücke trug. Seine Begleiterin, anscheinend seine Frau, trug ein weitschößiges, silbrig schimmerndes Kleid mit imposantem Dekolleté sowie ebenfalls eine künstliche Haarpracht. Da wunderte sich der Fickel natürlich: Seit wann wird Karneval mitten im Sommer gefeiert?

Glücklicherweise war der Maulwurf noch anwesend und konnte den Sachverhalt aufklären. »Die wollen sicher zum Castle Event«, erklärte er. Und weil der Fickel mal wieder überhaupt keine Ahnung von nichts hatte, musste ihm Eddi erst mal erklären, was sich hinter den Kulissen seiner Heimatstadt abspielte: dass sich nämlich bourgeoise Existenzen wie Lehrer, Juristen, Ärzte und andere Gutverdiener als Prinzessin, Baron oder irgendeine andere Durchlaucht verkleideten, um im historischen Rahmen des Schlosses mal so richtig edel die Sau rauszulassen. Darauf wäre man ja von selbst nie gekommen.

»Niemand weiß so richtig, was da hinter geschlossenen Türen vor sich geht«, berichtete der Maulwurf und zwinkerte hinter seinen Brillengläsern. Aber man hatte so einiges munkeln hören, von Champagner-, Kaviar- und anderen Exzessen.

»Und was sagt der Schlossverwalter dazu?«, erkundigte sich der Fickel. Da musste Eddi mal wieder über die Naivität seines einstigen Musikschulkameraden lächeln.

»Der Bornkessel mischt da natürlich kräftig mit«, erklärte der Maulwurf. Doch als der Fickel jetzt laut darüber nachdachte, sich in dieses Castle Event hineinzuschleusen, musste er sich belehren lassen, dass man in so eine exklusive Veranstaltung natürlich nicht so mir nichts, dir nichts hineinspazieren konnte. Erstens brauchte man eine Empfehlung, zweitens dreihundert Euro für ein Ticket und drittens eine weibliche Begleitung. Nun, die dreihundert Euro konnte der Fickel noch irgendwo zusammenkratzen, eine Frau hingegen nicht. Und wer würde schon eine Terminhure wie ihn zu einer Schlossparty empfehlen?

»Ich wüsste vielleicht einen Weg, wie wir da auch so reinkommen«, sagte Eddi Abe mit unschuldigem Grinsen. Denn was ein echter Maulwurf ist, für den ist kein Hindernis zu hoch …

Die Oberstaatsanwältin hatte die Tagebücher der Roten Elfriede überflogen und war wie elektrisiert. Die Informationen darin waren das reinste Gold beziehungsweise pures Gift für ihren Chef, was in der aktuellen Situation für sie ungefähr auf das Gleiche rauskam. Einzig die Quelle erschien natürlich ein wenig problematisch. Aber die Gundelwein fühlte sich zuversichtlich wie schon lange nicht mehr. Dr. Schnatterer hatte die Frist zur Nachreichung ihres Zeugnisses um eine weitere Woche verlängert. Allemal genug Zeit, dem Leitenden Oberstaatsanwalt die peinlichen Werkzeuge zu zeigen. Siebenthaler würde es noch bereuen, ein Machtspiel um ihr Zwischenzeugnis vom Zaun gebrochen zu haben.

Als es an die Tür des Büros klopfte, zuckte sie zusammen. »Herein«, rief sie. Und als sie aufblickte, traute sie ihren Augen nicht. Denn eine wilde Mischung aus Jack Sparrow und Till Ulenspiegel[51] erschien in der Tür.

»Sind *Sie* das etwa, Herr Recknagel?«, erkundigte sich die Gundelwein spöttisch. »Ich glaube, Sie haben was falsch verstanden. Wir wollen doch zu einem Castle Event und nicht zum Neptunfest im Kinderferienlager!«

Der Kriminalrat reagierte verunsichert und stotterte etwas von »Engpässen« und »Nebensaison«, aber immerhin hatte er einen großen Karton dabei, in dem sich für die Gundelwein zwei Kleider zur Auswahl befanden. Ein Kleid war rosa, mit unzähligen Rüschen besetzt und allem Anschein nach von der Wasunger Karnevalsprinzessin

51 Vgl. »Die Abenteuer des Till Ulenspiegel«, Spielfilm, Frankreich / DDR, 1956, u. a. gedreht in Nizza und Raguhn / Sachsen-Anhalt.

aufgetragen worden. Der Stoff roch nach billigem Parfüm, Tabakqualm und Bier. Das andere war hellblau und wirkte etwas schlichter.

Ohne Rücksicht auf die Anwesenheit des Kriminalrates zog sich die Oberstaatsanwältin ihre Bluse über den Kopf und entledigte sich ihrer Jeans, bevor sie sich in das blaue Kleid zwängte. »Machen Sie mal zu?«, bat sie den Recknagel, indem sie ihm ihren Rücken zuwandte. Aber so sehr der auch zog und die Gundelwein die Luft aus ihren Lungen presste, der Reißverschluss wollte sich einfach nicht schließen lassen. Fluchend zog die Gundelwein das Kleid wieder aus. Erst als der Recknagel leicht betreten seinen Kopf wegdrehte, bemerkte sie, dass ihr BH verrutscht war. Na schön, dann spielte sie jetzt auch noch das Pin-up-Girl für kurz vor der Pensionierung stehende Kriminalbeamte! Das gab bestimmt eine gute Story beim nächsten Stammtisch. Alles halb so wild – wenn sie erst mal in Jena war, interessierte es sie nicht mehr, worüber sich die Kollegen hier in der südthüringer Provinz ihre Mäuler zerrissen.

Zu ihrer Überraschung passte das Kleid der Karnevalsprinzessin wie angegossen. Zusammen mit dem Eulenspiegel-Seeräuber, der sogar mit Hut einen halben Kopf kleiner war als sie, gaben sie zwar ein mehr als merkwürdiges Paar ab, aber das war im Moment nicht so wichtig. Sie wollten schließlich nicht den Preis für die schönste Kostümierung erringen. Das Entscheidende war: Als sie sich mit Maske und Perücke im Spiegel betrachtete, stellte sie zufrieden fest, dass die Verkleidung funktionierte, denn beinahe hätte sie sich selbst nicht erkannt.

»Auf in den Kampf«, sagte sie unternehmungslustig.

Der Kriminalrat zögerte. »Sind Sie wirklich sicher?«, fragte er skeptisch. »Damit begeben wir uns rechtlich in einen Graubereich.«

»Das wäre das erste Mal, dass Sie damit ein Problem hätten«, erwiderte die Gundelwein. »Sie und ich wissen doch genau, dass man manchmal zu unkonventionellen Mitteln greifen muss, um eine Straftat aufzuklären.«

Der ohnehin nicht mit voller Überzeugung vorgetragene Widerstand des Kriminalrats brach in sich zusammen. Glücklicherweise war das Gebäude der Staatsanwaltschaft am frühen Abend bereits verwaist, sodass sie nur der Pförtner verwundert beobachtete, als die Oberstaatsanwältin und der Recknagel in ihren farbenfrohen Aufzügen das Haus verließen. Um nicht bereits an Recknagels Dienstwagen erkannt zu werden, rief die Gundelwein ein Taxi, das sie wenige Minuten später vor dem Schloss absetzte. Und der Anblick, der sich dort bot, versetzte auch den Recknagel in Erstaunen: Man fühlte sich unwillkürlich ins 18. Jahrhundert zurückversetzt. Elegante Edelmänner führten ihre Damen mit wehenden Rockschößen ritterlich über den Platz. Einige trugen Masken, andere waren bis zur Unkenntlichkeit geschminkt.

»Arm!«, befahl die Oberstaatsanwältin. Und als der Recknagel nicht gleich reagierte, hakte sie sich kurzerhand bei ihm ein. Bereits jetzt spürte sie, dass ihr Kleid überwiegend aus einem nicht sehr atmungsaktiven Polyester bestand. Aber was tat man nicht alles …

Sie folgten den anderen Paaren in das *Corps de logis* des Schlosses. Der Weg wurde außerdem durch kleine Hinweisschilder gekennzeichnet und führte die Besucher in den zweiten Stock, und zwar direkt in einen der Parade-räume des Schlosses: den Marmorsaal, der mit seinen Säulen, korinthischen Pilastern, Spiegeln, dem Stuck und dem Marmorkamin ein feierliches Ambiente bot, das von Kerzenlicht und leiser Musik untermalt wurde. In dem weitläufigen Saal befanden sich mehr als hundert Paare in mehr oder weniger fantasievollen Rokoko-Kostümen. Am Eingang erwartete sie ein mit einem riesigen Stock bewehr-ter Saaldiener und verlangte devot nach den Tickets. »Ha-ben Sie Mobilgeräte dabei?«, fragte er.

Die Gundelwein zögerte. »Die sind hier strengstens ver-boten. Bitte geben Sie es dort gleich ab«, befahl der Saaldie-ner. Er zeigte auf die Garderobe. Die Oberstaatsanwältin machte ihr Smartphone aus und reichte es der Gardero-biere. Dafür bekam sie einen Zettel mit einer Nummer ausgehändigt. Recknagel machte keine Anstalten, sein Te-lefon ebenfalls abzugeben. »Ich habe meins gleich zu Hau-se gelassen«, behauptete er kaltblütig. Der Saaldiener guck-te ein wenig skeptisch, dann schlug er mit seinem Stock drei Mal auf den Parkettboden und rief mit lauter Stimme: »Ihre Durchlauchten, die Baronin und der Baron von Rip-pershausen.«

Die Oberstaatsanwältin hätte auf diese Vorstellung gut verzichten können, doch nur wenige der Anwesenden zeigten Interesse für die Ankommenden. Die Gundelwein zog den Kriminalrat schnell weg vom Eingang, um in der Menge unterzutauchen. »Haben Sie schon jemanden hier erkannt?«, fragte sie den Recknagel leise, der in seiner Ver-kleidung und in der Gesellschaft alles andere als glücklich wirkte.

»Wie denn, bei den Verkleidungen?«

Ein livrierter Kellner balancierte auf einem Tablett Sekt- oder Champagnergläser durch die Menge. Die Gundelwein griff zu. »Nehmen Sie auch eins, sonst fallen Sie auf!«, befahl sie dem Kriminalrat. Jetzt war es an der Zeit, sich ein wenig umzusehen. Die Atmosphäre wirkte gediegen, fast ein wenig steif. Die Paare standen zu zweit oder in kleinen Gruppen und unterhielten sich leise miteinander. Und dafür der ganze Aufwand mit Empfehlungen und personalisierten Einladungen? Ein *meet and greet* in Kostümen? Der Blick der Gundelwein fiel auf einen ziemlich beleibten Mann in einer Art Napoleonuniform, der sich nur ein paar Schritte entfernt angeregt mit zwei weiteren Männern unterhielt, einem d'Artagnan und einem Bourbonenkönig. Sie musste unwillkürlich lachen. Die Kostümierung charakterisierte Bornkessel im Grunde mehr, als sie ihn verkleidete: Ein Provinzkaiser mit Geltungssucht.

Doch wer waren die Männer, mit denen er sich so lebhaft unterhielt? Der d'Artagnan trug einen vergleichsweise stylish anmutenden Mantel, der elegant seine athletische Figur umspielte. Er trug keine Perücke und eine schmale Maske, die nur seine Augen verdeckte. Die Gundelwein erkannte den ehemaligen Landrat sofort. Auch der Recknagel hatte ihn entdeckt: »Was treibt denn der Kminikowski hier?«, knurrte er. »Ich dachte, den sind wir los.«

Die Oberstaatsanwältin guckte sich auch den Dritten im Bunde genauer an. Er trug eine Maske, die das gesamte Gesicht verbarg. Doch von der Statur her konnte es durchaus der LOStA Siebenthaler sein. Testweise sog die Gundelwein die Luft durch ihre Nüstern ein. Tatsächlich:

Das verschwenderisch aufgetragene, sündhaft teure Eau de Toilette verriet ihren Vorgesetzten. Er konnte sich bis zur Unkenntlichkeit verkleiden, aber mit seinem Duft trug er seinen Ausweis immer bei sich. Dass er einen Bourbonenkönig darstellte, während Bornkessel den Imperator gab, der dessen Thronfolger quasi mit aufs Schafott gezerrt hatte, entbehrte nicht einer gewissen Ironie.

Immerhin war allein die Anwesenheit des Landrats a. D. ein deutlicher Hinweis auf die Natur dieser Veranstaltung. Es irritierte die Oberstaatsanwältin, ihren Chef in der Gesellschaft dieses notorischen Intriganten und Schwerenöters zu sehen. Anscheinend kannten sich die beiden gut. Und war es nicht so gewesen, dass ihr Chef stets seine schützende Hand über Kminikowski gehalten hatte? Sowohl bei der Aufdeckung des Pflegeskandals als auch bei der gescheiterten Olympiabewerbung Oberhofs war Kminikowski den Ermittlungen stets einen Schritt voraus gewesen. Die Gundelwein hatte immer vermutet, dass Kminikowski in ihrer Behörde einen Informanten hatte – aber an der Spitze hatte sie ihn am wenigsten vermutet.

Der Saaldiener klopfte wieder drei Mal mit dem Stock auf den Boden und rief: »Bitte begrüßen Sie die Gastgeberin des heutigen Abends, Ihre Majestät, die Marquise de Sept-Écus.«

Die Männer klatschten, die Frauen klapperten mit ihren Fächern. Eine schlanke Frau in einem silbrig schimmernden Kleid und nur leicht maskiert trat vor die Menge. Die Gundelwein erkannte in ihr die Lederrock-Blondine wieder, die sie kürzlich im Turmcafé mit Bornkessel beobachtet hatte.

»Das ist die Frau vom Leitenden«, raunte Recknagel der Gundelwein zu.

»Danke, so weit reicht mein Französisch auch«, erwiderte die Oberstaatsanwältin.

Der Kriminalrat blickte die Oberstaatsanwältin verwundert durch seine Maske hindurch an, während Frau Siebenthaler die Gäste begrüßte. »Guten Abend, meine sehr verehrten Damen und Herren, ich begrüße Sie sehr herzlich zur zwölften Ausgabe unseres Castle Events. Ich hoffe, Sie haben alle etwas zu trinken. Nach einer kleinen Erfrischung wartet heute eine ganz besondere Überraschung auf Sie. – Ein kulturelles Highlight, das wir Ihnen exklusiv in diesem Rahmen präsentieren.«

Die Leute tuschelten hinter Fächern und vorgehaltenen Händen. »Für das leibliche Wohl sorgt heute Maître Gehricke vom Feinkost-Catering aus Suhl. Sie können sich jederzeit vom Buffet bedienen oder à la carte bestellen. Wer sein Glück beim Roulette oder beim Kartenspiel versuchen möchte: Das Schlosskasino öffnet gleich seine Pforten.«

Die Gundelwein blickte bedeutungsvoll zum Recknagel. »Zwo-vierundachtzig«, flüsterte sie nur. Der Kriminalrat nickte. Auch wenn er mit dem Strafgesetzbuch nicht so intim war wie die Gundelwein, hatte er doch in seinem langen Berufsleben ein sicheres Gespür für die Grenze zum strafbaren Verhalten entwickelt. Die unerlaubte Veranstaltung eines Glücksspiels zählte sicherlich dazu.

Frau Siebenthaler gab ihrer Stimme nun einen vertraulichen Klang: »Und für geneigte Gäste haben wir nachher natürlich wieder unseren exklusiven EWS-Bereich im dritten Stock reserviert. Dort werden Sie wie immer alle

Gelegenheit haben, sich in den verschiedenen Salons und Suiten zu entspannen und zu amüsieren.« Offenbar waren die Gundelwein und ihr Begleiter die Einzigen, die mit der Abkürzung nichts anfangen konnten.

»Helfen Sie mir mal auf die Sprünge«, flüsterte die Oberstaatsanwältin. »EWS-Bereich?«

Kriminalrat Recknagel überlegte angestrengt, circa eine halbe Minute lang. »Europäisches Währungssystem …?«

»Wohl kaum«, antwortete die Gundelwein.

Die selbsternannte Marquise näherte sich nun dem Schluss ihrer Ausführungen: »Ich schlage vor, wir treffen uns in wenigen Minuten im Südflügel im Konzertsaal ›Johannes Brahms‹, wo Sie ein kurzes, aber hochkarätiges Kulturprogramm erwartet.«

Die Leute klatschten kurz Beifall, dann setzte wieder Gemurmel ein. »Was halten Sie von der Veranstaltung?«, erkundigte sich die Gundelwein beim Recknagel.

»Bis jetzt sind mir noch keine Straftaten aufgefallen«, erklärte der Kriminalrat, während sie Richtung Brahms-Saal durch das Schloss liefen.

»Trotzdem. Rufen Sie in der Dienststelle an. Alle verfügbaren Kollegen sollen sich bereithalten. Bis das SEK aus Erfurt hier ist, ist die Party vorbei …«

Recknagel blickte etwas überrascht. »Wollen Sie etwa den ganzen Laden hochnehmen?«, fragte er.

»Wenn's sein muss«, erwiderte die Oberstaatsanwältin seelenruhig. »Aber sagen Sie den Kollegen, sie sollen diskret vorgehen! Nicht, dass sie uns die Gesellschaft aufscheuchen.«

»Wie Sie meinen«, sagte der Kriminalrat. »Dann suche ich mir mal ein ruhiges Örtchen zum Telefonieren.«

Die Gundelwein blickte etwas irritiert, als vor ihnen plötzlich zwei Gestalten über den Flur huschten, ein Paar: eine große Frau in einem abenteuerlichen Kostüm und ein wesentlich kleinerer Mann in einer Fantasieuniform. Irgendwie kam ihr die große Frau bekannt vor, aber wegen der Verkleidung konnte sie sie nicht richtig einordnen …

Der Maulwurf hatte den Fickel direkt in die ehemalige herzogliche Reithalle geschleppt. Das sich in unmittelbarer Nachbarschaft zum Schloss befindliche Gebäude hatte eine bewegte Vergangenheit hinter sich. Nachdem es zu DDR-Zeiten vorübergehend als Turnhalle gedient hatte, avancierte es in den Neunzigerjahren unter der Bezeichnung »Okay-Markt« zu einem beliebten Konsumtempel, bevor es wieder zum Theatermuseum herabgestuft wurde. In der Ausstellung »Zauberwelt der Kulisse« konnten interessierte Besucher nunmehr echte Bühnenbilder aus der Blütezeit der Meininger Theaterreformer bewundern. Für das eine oder andere Exponat zeichnete Herzog Georg II. gar persönlich verantwortlich. Denn im Unterschied zu gewissen Regierenden späterer Epochen hatte der Monarch den Meiningern blühende Landschaften nicht nur versprochen, sondern diese sogar eigenhändig realisiert, zumindest auf der Bühne.

Der Maulwurf genoss als Archivar freien Zugang zu allen Einrichtungen des Schlosses, zu denen auch das Theatermuseum zählte, und kannte sich beim Inventar natürlich bestens aus. Vor allem wusste er auch, wo die historischen Kostüme lagerten. Denn so viel war klar: ohne Kostüm kein Castle Event. Nachdem der Fickel von König Lear bis

Hamlet alles durchprobiert hatte, war klar: Der Meininger Schauspieler an sich ist eher von geringer Statur, hingegen der Fickel leider nicht. Für Shakespeare hatte er einfach nicht das richtige Format.

»Versuch's doch mal damit«, sagte Eddi, der im Unterschied zum Fickel keine Probleme mit seiner Konfektionsgröße hatte, und reichte ihm ein absinthfarbenes Kleid, vermutlich aus dem Rosenkavalier. Um die Hüften zu betonen, wurde der Rock innen von einem Gestell, einer Art Vogelkäfig, gestützt. Und guck mal einer an, in dem Kleid machte der Fickel eine richtig gute Figur. Mit Maske und Perücke angetan, hätte ihn wahrscheinlich die eigene Mutter nicht mehr erkannt, geschweige denn er sich selbst.

Ein bisschen ungewohnt war es allerdings schon, wie er mit wallenden Röcken an der Seite des Maulwurfs über den Schlossplatz schritt. Als durchschnittlicher Mann der Jetztzeit macht man sich gar nicht klar, welch eine Leistung eine Frau im Rokoko allein erbringen musste, um in ihrem Gewand von A nach B zu kommen. Und dann auch noch die Treppen! Ständig verhakte sich der Fickel mit seinem Vogelkäfig am Geländer oder verkeilte sich auf den Stufen. Dieses Rokoko war wirklich ein unpraktisches Zeitalter!

»Los, wir gehen übers Dach«, befahl Eddi Abe, als sie vor einer verschlossenen Tür standen. Wohl oder übel kletterte der Fickel ihm hinterher. Wie kürzlich vor dem Hofkonzert ging es wieder durch allerlei Gänge und dunkle Dachkammern, in denen geheimnisvolle Kisten lagerten. »Das sind alles noch Archivalien, für die wir keinen Platz mehr haben«, erklärte der Maulwurf. »Und hier oben schimmeln sie vor sich hin. Es ist eine Schande!«

Als der Fickel schon wieder völlig orientierungslos war, ging es zwei Treppen runter bis zu einer kleinen, unscheinbaren Tür. »Dahinter befindet sich die ehemalige Schlosskirche«, erklärte der Maulwurf. »Früher ist der Küster durch die Tür heimlich verschwunden, damit es während des Gottesdienstes nicht so auffiel.«

Er öffnete die Tür Zentimeter für Zentimeter. Dann schlüpften sie raus – und schon standen sie mitten in einem venezianischen Maskenball. Erst mal natürlich ungewohnt, so als Frau unter Menschen, aber zum Glück mit Maske. Eddi und der Fickel ließen sich mit dem Menschenstrom in den Brahms-Saal treiben und nahmen in einer der hinteren Reihen Platz.

Die ursprüngliche Nutzung des Saales war trotz aller Verweltlichung immer noch gut zu erkennen. Orgel und Kanzel befanden sich noch an Ort und Stelle, nur dort, wo eigentlich der Altar hingehörte: Leere. Dafür schmückten dekorative Wandteppiche die Front. Holzschnitzereien, vergoldete Stuckelemente an der Decke sowie ein Kronleuchter veredelten das Raumkonzept.

In seinem bisherigen Leben war der Fickel eigentlich nie so der Faschingstyp gewesen, las weder *Bunte* noch *Gala* und kannte sich beim Adel insgesamt nicht so gut aus. Deshalb musste er sich unter all den Gräfinnen, Baronen und Fürsten erst ein wenig akklimatisieren. Da war er direkt froh, ein bekanntes Gesicht beziehungsweise wenigstens eine bekannte Uniform zu sehen, denn die Bühne betrat ein wohlbeleibter Napoleon, den man unschwer als den Schlossverwalter Bornkessel identifizieren konnte.

»Meine v-verehrten Damen und Herren, auch v-von mei-

ner Seite ein herzliches Willkommen zu unserem heutigen ... äh ... Castle Event.« Alle blickten ihn erwartungsvoll an. »F-für diejenigen unter Ihnen, die neulich beim
Hof-fkonzert waren, ist es v-vielleicht keine Überraschung
mehr, aber ... Ich bin f-froh und stolz, Ihnen heute in einer
exklusiven Premiere ein zauberhaf-ftes Stück Musik ankün-
digen zu dürf-fen. Es stammt aus der Hand des Komponisten, nach dem dieser wunderschöne Saal hier benannt ist:
v-von niemand Geringerem als Johannes Brahms ...«

Er ließ die Worte kurz nachhallen, bevor er fortfuhr:
»Präsentiert wird das Lied v-von einer jungen, talentierten
Sängerin, Ihrer Hoheit Donata Prinzessin v-von Sachsen-
Meiningen!«

Unter dem Applaus der Menge betrat die Angekündigte in einem schlichten, modern geschnittenen dunkelblau-
en Kleid die Bühne. Im Vergleich zu den Roben der Anwesenden, den verkleideten Königinnen und Baroninnen,
wirkte dieser Aufzug wie pures Understatement. Da kam
sich manch eine in ihrer Rokoko-Takelage direkt ein bisschen overdressed vor.

Fern aller modischen Erwägungen war der Fickel hin-
und hergerissen. Die Aufführung war natürlich komplett
illegal, und eigentlich war es an ihm, diese in seiner Eigenschaft als Testamentsvollstrecker zu verhindern; andererseits wäre dann seine schöne Tarnung flöten gegangen, und
die Partitur hatte er deswegen noch lange nicht in den Fingern. Außerdem erinnerte er sich noch lebhaft daran, wie
er beim Hofkonzert als Weltpremieren-Verhinderer beinahe gelyncht worden wäre. Die innere Stimme sagte ihm,
man solle den Leuten lieber keine zweite Chance bieten.

Bornkessel hatte noch etwas hinzuzufügen: »Als Begleitung müssen Sie heute leider mit mir v-vorliebnehmen. Wir haben auf die Schnelle keinen Pianisten gef-funden. Mein Klavierunterricht ist allerdings schon ein paar Jährchen her. Also seien Sie gnädig ...«

Er lachte aufgesetzt. Donata wartete, bis Bornkessel ächzend am Flügel Platz genommen hatte. Fickels Auge richtete sich vor allem auf die Notenpartitur, die der Schlossverwalter vorsichtig aus einem Umschlag zog und umständlich aufblätterte. Schließlich war er fertig und legte los. Bornkessel hatte nicht zu viel versprochen: Sein Anschlag war durchaus kräftig, aber bereits beim Vorspiel schlichen sich erste Dissonanzen ein. Praktisch Katzenmusik. Aber als Donata mit einem glockenhellen Sopran einsetzte, waren alle Misstöne auf einen Schlag vergessen. Die reine, kraftvolle Stimme der Prinzessin trotzte dem unbeholfenen Hämmern des Klaviers und füllte den Raum.

Diesmal wurde der Fickel keineswegs müde oder schläfrig, sondern auf wundersame Weise war er im Gegenteil geradezu elektrisiert. Dass es sich um ein Liebeslied handelte, musste man allerdings in den Untertitel schreiben. Der Melodie fehlte jene Leichtigkeit, die beispielsweise die Ungarischen Tänze auszeichnete – jeder Ton schien von Schwermut erfüllt. Anscheinend hatte Brahms beim Komponieren den ganzen Schmerz über eine unmögliche Liebe, alle Entbehrungen des Herzens in diese zarte Melodie gelegt. Eines stand fest: Wer dieses musikalische Manifest in Moll komponiert hatte, musste wahre seelische Höllenqualen gelitten haben. Und wenn der Fickel an das Porträt von Brahms' Geliebter, der jungen Prinzessin Maria Elisabeth, und an ihr gemeinsames Geheimnis dachte, ahnte er auch, was – beziehungsweise wer – der Grund dieses Leidens war.

Trotz Bornkessels hölzerner Klavierbegleitung sang Prinzessin Donata »Ein liebend Herz schlägt nie allein« mit einer Inbrunst, als wäre der Liebeskummer extra für sie erfunden worden. Und warum der Fickel in diesem Moment ausgerechnet an Astrid Kemmerzehl denken musste, die in Untermaßfeld unschuldig in einer Zelle hockte, war ihm selbst unerklärlich.

Der Gesang endete in einer bittersüßen, langsam absteigenden Notenfolge. Die Klavierbegleitung wiederholte mehrmals ein Motiv, dann hatte es auch Bornkessel endlich geschafft. Als der letzte Ton verklungen war, herrschte für einen Moment ergriffene Stille. Einige der anwesenden Damen schluchzten wonnig in ihre Taschentücher. Dann brach ein beispielloser Jubel unter den Anwesenden los. Als der Fickel nach links sah, registrierte er, dass der Maulwurf seine Maske abgenommen hatte, um die Tränen zu trocknen, die ihm aus beiden Augen kullerten.

»Das war das Schönste, was ich je gehört habe«, sagte er mit bröckelnder Stimme. Auch wenn der Vortrag der Prinzessin den Fickel durchaus berührt hatte, verfügte er doch über ein nicht ganz so musisches Gemüt. Die Prinzessin nahm die stehenden Ovationen huldvoll entgegen. Bornkessel überreichte ihr einen opulenten Blumenstrauß. Donata bedankte sich artig und wünschte allen Anwesenden »eine rauschende Nacht«. Dann eilte sie winkend und Handküsse verteilend von der Bühne, geradezu als wollte sie fliehen.

Nun betrat Frau Siebenthaler die Bühne und kündigte an, dass dies nur der erste von vielen Höhepunkten des Abends gewesen sei, was von den Anwesenden zum Teil mit stummem Wohlwollen, zum Teil mit vorfreudigem Kichern aufgenommen wurde. Sie schloss mit den Worten: »Das Buffet ist eröffnet.« Das wiederum klang wie Musik in Fickels Ohren.

Doch anstatt in den sich nun entspinnenden Wettlauf um die vorderen Plätze in der Schlange einzusteigen, ließ der Fickel Bonaparte nicht aus den Augen, der die Partitur wieder in den Umschlag gesteckt hatte und damit in entgegengesetzter Richtung verschwand. Der Fickel instruierte den Maulwurf, er solle ruhig schon mal mit den anderen vorausgehen, und klemmte sich Bornkessel an die Fersen. Glücklicherweise war der füllige Schlossverwalter alles andere als flott unterwegs, sodass der Fickel ihm auch in seinem Rokoko-Aufzug mit einigem Abstand über den langen Flur folgen konnte.

Bornkessel ging bis zum Ende des Flures und bog dann zielstrebig Richtung Musikmuseum ab. Fickel wartete in gebührender Entfernung. Wenige Sekunden später tauchte Bornkessel wieder auf, jedoch ohne den Umschlag mit den Noten. »Kann ich Ihnen irgendwie weiterhelfen?«, fragte Napoleon galant, als er bei Fickel angelangt war.

»Toiletten?«, giekste Fickel mit Kastratenstimme.

»Da sind Sie hier falsch. Kommen Sie mal mit.«

Bornkessel ging wie selbstverständlich weiter. Der Fickel trippelte neben ihm her.

»Sind Sie zum ersten Mal beim Castle Event?«, smalltalkte der Schlossverwalter drauflos.

»Hmm«, bejahte der Fickel.

»Sie werden sich blendend amüsieren, das verspreche ich Ihnen.«

Glücklicherweise war Bornkessel kein besonders guter Zuhörer, sondern eher der Typ Erzähler. Trotzdem war der Fickel noch nie in seinem ganzen Leben so erleichtert über den Anblick einer Damentoilette gewesen. »Voilà«, sagte Bornkessel und verabschiedete sich mit den Worten: »War nett, Sie kennenzulernen. Vielleicht sehen wir uns nachher noch oben.« Er deutete mit dem Finger Richtung Decke. »Losung: ›Fidelio‹!« Was auch immer der verborgene Sinn hinter diesen Worten war. Der Fickel flüchtete fast auf die Toilette und blieb dort so lange, wie man musste.

Als er wieder rauskam, war Bornkessel verschwunden, dafür langweilte sich ein Security-Mann auf dem Gang. Notgedrungen verschob der Fickel die Suche nach den Noten mal wieder auf später und eilte mit fliegenden Röcken in den »Diner-Saal«, in dem er das angekündigte Buffet vermutete. Doch die reinste Enttäuschung: Kaviareier und Krabbencocktails bestimmten das Bild, Artischockenherzen, getrocknete Tomaten, Kapernbeeren, gebackener Ziegenkäse und andere Zumutungen, auf gut Deutsch: Fingerfood.

Der Fickel probierte hier, testete da, aber wie ein Mensch auf die Idee kam, dreihundert Euro für ein Ticket bei solch einer Verköstigung zu bezahlen, blieb ihm einfach nur schleierhaft. Der Maulwurf winkte ihm von einer großen Schale zu, deren bunt schimmernder Inhalt sich bei den anwesenden Herrschaften großer Beliebtheit zu erfreuen schien. Auch Eddi hatte schon ein Glas in der Hand.

»Probier mal«, schlug er vor und griff schon nach der Schöpfkelle. In Ermangelung anderer kulinarischer Reize ließ sich der Fickel darauf ein, auch wenn er seit circa dreißig Jahren keine Bowle mehr gekostet hatte. Damals natürlich: Erdbeerbowle – neben Eierlikör *der* Alcopop der Achtzigerjahre und ein Hit auf jedem Kindergeburtstag.

»Was heißt eigentlich ›Magic Bowle‹?«, erkundigte sich der Fickel noch und deutete auf einen Warnhinweis neben der Schüssel. Da reichte ihm der Maulwurf schon ein Glas, in dem vereinzelt ein paar Fruchtstücke schwammen. Der Fickel hätte natürlich viel lieber ein Bier getrunken, aber Bowle erschien ihm immer noch besser als dieser Champagner, der einem hier von den Kellnern unter die Nase gehalten wurde.

»Na dann, auf Brahms!«, sagte der Maulwurf und stieß mit dem Fickel an. Nächstes Problem: Wie trinkt man Bowle mit einer Gesichtsmaske? Eddi wusste Rat: »Mit dem Strohhalm knallt's eh besser.« Aber schon nach dem ersten Schluck stellte sich ein gesunder Brechreiz ein. Zwanzig Prozent Alkohol und achtzig Prozent flüssige Glucosemischung. Jetzt war auch klar, warum auf dem Warnhinweis stand, man solle nicht mehr als zwei Gläser davon trinken, sonst: Zuckerschock.

Der Maulwurf kippte das Gesöff runter. »Nicht schlecht, oder?«, befand er.

Der Fickel passte einen günstigen Moment ab und kippte den Rest seines Glases zurück in die Schüssel.

»Komm, wir sehen uns mal ein bisschen um, wenn wir schon mal da sind«, meinte der Maulwurf unternehmungslustig. Anscheinend war das halbe Schloss zu einer einzigen

Partylocation umgebaut: hier eine Pokerrunde, dort ein Brettspiel. Überall in den Boudoirs, den Zimmern und Stuben einstiger Hoheiten wurde standesgemäß der Spielleidenschaft gefrönt. Streng dreinblickende Croupiers überwachten den Ablauf und versorgten die Gäste gegen Bares mit Jetons.

Der Fickel beobachtete, wie Madame de Pompadour mit dem Bourbonenkönig, auch bekannt als Marquis und Marquise de Sept-Écus, auf eine Treppe zusteuerte. »Wollen die etwa schon gehen?«, wunderte er sich.

»Da geht's in den dritten Stock zu diesem EWS-Bereich«, erwiderte der Maulwurf. Was aber »EWS« eigentlich bedeuten sollte, das stand in den Sternen. »Vielleicht ›Erotischer Wellness Salon‹«, vermutete Eddi und lachte sich kaputt. Offenbar hatte er schon ein bisschen Schlagseite.

»Ich seh mir das mal an«, sagte der Fickel und wollte dem LOStA und seiner Frau hinterhergehen. Schließlich war er ja nicht zum Spaß hier. Eddi Abe wollte da nicht zurückstehen und heftete sich an seine Fersen. Aber an der Treppe versperrte ihnen ein Saaldiener den Weg. »Losungswort?«

Da stand der Fickel natürlich mal wieder auf dem Schlauch, aber dann fielen ihm gerade noch rechtzeitig Bornkessels hastig hingeworfene Abschiedsworte vor der Damentoilette ein. »Fidelio«, riet er hoffnungsvoll, und tatsächlich trat der Saaldiener nunmehr bereitwillig zur Seite. Der Maulwurf dackelte dem Fickel fröhlich hinterher. »Danke, rühren«, sagte er zum Saaldiener und lachte dabei merkwürdig aufgekratzt.

Über die Treppe gelangten sie in einen weiteren Prunkraum des Schlosses, den sogenannten Großen Sächsischen oder auch Riesensaal, der von Hunderten Kerzen in ein obskures Licht getaucht war. An der mit Stuckaturen und Ornamenten reich verzierten Decke befanden sich Fresken, die sinnlich aufgeladene Motive aus der antiken Mythologie zeigten: Aphrodite, Eros und andere göttliche Schwerenöter als Symbole für Jugend, Schönheit und die zügellose Freude an beidem. Auf dem Boden ging es naturgemäß irdischer zu, jedoch thematisch, wie sich rasch zeigen sollte, durchaus nicht weniger sinnenfroh.

Der erste Eindruck, als der Fickel mit dem Maulwurf den Riesensaal betrat, sollte so ziemlich die letzte wirklich klare Erinnerung sein, die er später an diesen Abend hatte. Denn urplötzlich stellte sich eine Art Wahrnehmungsverschiebung ein, dass er weder in dem Moment noch später genau sagen konnte, was er hier im dritten Stock tatsächlich erlebt und was sein Hirn nur fabuliert hatte. Die Innen- und die Außenwelt verliefen in seinem Kopf wie Aquarellfarben. Konturen Fehlanzeige. Ihm war, als hätte er ein Dingslebener oder einen Bratwurstschnaps über den Durst genossen. Dabei war das ja statistisch gesehen gar nicht möglich nach einem halben Glas Bowle. Aber zunächst dachte er nur, er müsse sich doch mal wieder einem Sehtest unterziehen. Denn gegen das, was ihm seine Augen berichteten, rebellierte einfach der gesunde Menschenverstand.

Die Mehrheit der Anwesenden hatte sich auf verschiedene Tische verteilt, an denen wie im zweiten Stock verschiedene Spiele zelebriert wurden. Im Zentrum befand sich ein großer Roulettetisch, um den herum ein knappes

Dutzend Personen saß. Bornkessel, der nur noch wegen seines Hutes als Napoleon erkennbar war, gab den Croupier und rief mit heiligem Ernst: »Rieng ne wa plü.«[52] Die gesamte Tischgesellschaft war so auf das sich drehende Rouletteblatt und die darauf tanzende Kugel fixiert, dass niemand zu bemerken schien, was um ihn herum vor sich ging.

In allen Ecken des Saales hatten sich kleinere Grüppchen zusammengefunden, die sich diversen Kartenspielen widmeten. Insgesamt wurde hier noch ernsthafter und konzentrierter gezockt als im zweiten Stock, und nach Anzahl und Farbe der Jetons zu urteilen anscheinend auch um höhere Einsätze. Doch den eigentlichen Hauptunterschied bildete der Dresscode: Die Gäste waren auch hier immer noch verkleidet, allerdings vornehmlich im Gesicht. Die Damen hatten sich ihrer sperrigen Rokoko-Roben entledigt und sich stattdessen in offene und/oder transparente Kimonos »gehüllt«. Einige trugen darunter Strapse und Mieder zur Schau, andere gaben sich da schon freizügiger. Auch die meisten Herren hatten es sich bequem gemacht und auf wesentliche Teile ihrer Garderobe verzichtet. Doch trotz der durchaus leichten Bekleidung ging es hier – zum Beispiel im Vergleich zu einer durchschnittlichen Faschingsfeier im Anwaltsverein – äußerst zivilisiert, ja direkt gesittet zu.

Am anderen Ende des Saales war eine kleine improvisierte Bühne aufgebaut, auf der sich eine junge Frau in ei-

---

52 Ostdeutsch für »*Rien ne va plus*«.

nem knappen Kostüm lasziv auf einem Stuhl räkelte und dabei mehr hauchte als sang: »Ich bin von Kopf bis Fuß auf Liebe eingestellt …«

»Das ist nicht Marlene Dietrich«, stellte der Maulwurf fest und blinzelte angestrengt durch seine Brillengläser, während er um seine eigene Mitte pendelte wie ein Schilfrohr bei Windstärke fünf. »Die sieht ja aus wie …«

Auch der Fickel musste seine Brennweite erst einmal auf die Sängerin justieren, die natürlich vor allem das männliche Publikum mit erotisch-artistischer Eleganz bezirzte. »Klar, das ist sie«, sagte er, und ihn erfasste unwillkürlich ein Lachreiz. »Unsere hochverehrte Prinzessin Donata von Sachsen-Meiningen!« Warum der Fickel die Tatsache, dass sich eine leibhaftige Nachfahrin des Theaterherzogs als singende Animierdame betätigte, derart lustig fand, hätte er in dem Moment selbst nicht sagen können. Aber das war natürlich mal wieder typisch: Eben noch mit Brahms kontrapunktisch in hehren Gefühlen geschwelgt, einem vor lauter gebrochenem Herzen und Seelenpein die Tränen in die Augen getrieben, und nun als fesche Lola die Puppen tanzen lassen! Ob zu Brahms' Zeiten, zu Marlenes oder heute: Die Femme fatale hat nichts an Aktualität eingebüßt.

»Ich glaube, mir wird schlecht«, sagte Eddi plötzlich. Und so, wie er schwankte, war es eigentlich kein Wunder. Aber als der Fickel zur Seite sah, bemerkte er, dass Eddi tatsächlich kalkweiß im Gesicht war, zumindest in dem Teil, der nicht durch sein Brillengestell verschattet wurde. »Ich glaube, ich hab zu viel getrunken«, erklärte er. »Die Bowle war ganz schön heftig.«

Der Fickel griff seinem »Kavalier« unter die Arme und lotste ihn Richtung Toilette, wo Eddi augenblicklich in einer Kabine verschwand. Aber auf der Herrentoilette fühlte sich der Fickel in seinem Rosenkavaliersaufzug auch nicht zu Hause, außerdem kräuselte sich ihm bei den Geräuschen, die Eddi in seiner Kabine fabrizierte, ebenfalls die Magenschleimhaut. Dank Spiegelneuron. Und so beschloss er, lieber vor der Tür zu warten, bis Eddi die Bowle wieder losgeworden war. Aber gerade als es sich der Fickel auf einem Sofa in einem Separee gemütlich machen wollte, hatte ihn auch schon der Croupier Bornkessel erspäht und winkte ihm vom Roulettetisch aus freundlich zu.

»Bitte, meine Dame, leisten Sie uns doch Gesellschaft! Ein Spielchen in Ehren …«

Der Fickel markierte die Unschuld vom Lande und wehrte ab. Aber Bornkessel insistierte so lange, bis sich der Fickel fast willenlos an den Roulettetisch setzte. Seine Gedanken waren keine leichten Aquarellfarben mehr, sondern zähflüssig wie Acrylfarben, die man langsam aus der Tube pressen musste. Glücklicherweise wurde beim Roulette nicht viel geredet. Man widmete sich schweigend dem Spiel und ließ die Kugel sprechen. Nur merkwürdig, wieso man beim Spielen so wenig am Leibe tragen musste: Von Strip-Poker hatte man sogar in Meiningen schon gehört, aber -roulette?

»Fett wos jöh«[53], rief Napoleon-Bornkessel im feinsten Thüringer Korsisch.

---

53 Original frz.: *Faites vos jeux*«, die Aufforderung, seinen Einsatz abzugeben, meist für immer.

Leichter gesagt als getan. Schließlich besaß der Fickel ja weder Jetons noch Barmittel, welche zu erwerben. Aber Bornkessel wusste Rat: »Bietet jemand für den Hut der Dame?« Leider fand sich niemand in der Runde, dem Fickels Rokoko-Hütchen etwas wert gewesen wäre.

»Die Bank bietet fünfzig Euro«, erklärte Bornkessel großzügig und schob ihm einen Jeton zu. Auf die Kopfbedeckung konnte der Fickel an sich gut verzichten, zumal er ja noch eine Perücke drunter trug. Vorsichtshalber tauschte der Fickel den Jeton in fünf Zehner um und setzte probeweise zehn Euro auf Rot. Nachdem die Kugel drei Mal hintereinander auf Schwarz gelandet war, änderte er seine Strategie und setzte auf Schwarz. Aber da änderte auch die Kugel ihre Strategie, und zwei Spiele später war der Fickel schon wieder pleite. Aus den Augenwinkeln beobachtete er, wie der Maulwurf aus der Toilette wankte und sich in einen Fauteuil fallen ließ. Das war ohne Frage ein guter Zeitpunkt zu gehen.

»Ich biete hundertfünfzig für Ihr Kleid«, sagte Bornkessel zum Fickel. Aber das war diesem aus nachvollziehbaren Gründen zu heikel. Der Croupier kam ihm noch weiter entgegen. »Von mir aus auch auf Kredit. Das heißt, Sie müssen es nur ausziehen, wenn Sie alles verloren haben. Na, wie bin ich zu Ihnen?« Und es konnte natürlich nur an der Bowle liegen, die in Fickels Kopf herumschwappte, dass er das tatsächlich für ein akzeptables Angebot hielt.

Der Fickel setzte nun nicht mehr auf Farben, sondern auf ungerade und niedrige Zahlen, doch das Ergebnis war im Großen und Ganzen dasselbe. Die Dame zu seiner Linken hatte inzwischen nicht nur buchstäblich ihr letztes

Hemd, sondern auch jeglichen Kredit verspielt. Der Fickel wusste gar nicht mehr, wo er vor lauter unerwünschten Einblicken hingucken sollte, und richtete seine Aufmerksamkeit nunmehr überwiegend auf die rechte Seite des Tisches.

Inzwischen war ein weiteres Pärchen aufgetaucht, eine hochgewachsene Frau in einem rosafarbenen Kleid und ein etwas untersetzter Mann in einer Art Piratenuniform. »Wir gucken nur zu«, erklärte die Dame und musste sich vom Croupier prompt belehren lassen, dass dies leider nicht zugelassen sei. »Entweder Sie spielen mit oder Sie verlassen bitte den Salon«, erklärte er.

Die Dame setzte sich zögernd an den Tisch. »Ich kaufe zehn Euro«, sagte sie. Obwohl die Stimme durch die Maske verfälscht war, kam sie dem Fickel bekannt vor. Und dazu die imposante Körpergröße, da durfte man schon stutzig werden … Aber er kannte seine Exfrau immerhin wenigstens so gut, dass er jeden Eid geschworen hätte, dass sie Veranstaltungen wie diese mied wie der Teufel das Weihwasser. Und dann noch dieses geschmacklose Kleid. Unmöglich!

»Mindesteinsatz fünfzig Euro«, erklärte Bornkessel. Schließlich reichte die Lady in Pink einen Fünfzig-Euro-Schein an die Bank und erhielt dafür die Jetons.

Beim nächsten Spiel setzte der Fickel seinen letzten Zehner mutig auf *Milieu*, nämlich die zwölf mittleren Zahlen. Tatsächlich landete die Kugel zunächst auf der Neunzehn, purzelte dann aber auf die benachbarte Vier hinüber. Schade. Denn nun war schon wieder der letzte Jeton dahin. Dabei hatte er gerade Blut geleckt. Dieses feierliche Setzen, kurz darauf das Klackern der Kugel, die Spannung, bis man erkannte, ob man gewonnen hatte, also in Fickels Fall praktisch nie, aber es dann doch gleich wieder versuchen – das waren Prozesse, die in frappierender Weise sein ganzes Leben in all seiner schaurig schönen Vergeblichkeit auf den Punkt brachten.

»So, dann heißt es jetzt wohl F-farbe bekennen«, sagte Bornkessel vorfreudig. »Ihr Kleid, wenn ich bitten darf-f!« Die Runde blickte den Fickel mehr oder minder gespannt an. Von einem Moment zum nächsten hatte der Fickel jegliche Lust am Roulette verloren. Er stand auf. »Sorry, ich muss …«

Aber hinter ihm stand plötzlich ein Saaldiener, der ihn wieder auf seinen Stuhl drückte. »Na, na, Sie wollen sich doch an die Regeln halten!«, sagte Bornkessel. »Spielschulden sind schließlich Ehrschulden, net wahr?«

Aber aus irgendeinem verlassenen Winkel seines Gehirns flatterte dem Fickel der Satz durch den Kopf, den Richter Leonhard Bornkessel bei ihrer ersten Begegnung vor Gericht entgegengehalten hatte: »Durch Spiel oder durch Wette wird eine Verbindlichkeit nicht begründet«, sagte er stolz und vergaß dabei nicht einmal, seine Stimme zu verstellen.

Bornkessel blickte den Fickel erstaunt an. »Sind Sie Juristin?«, fragte er misstrauisch.

Der Fickel zog es vor, sich nicht auf eine längere Diskussion einzulassen. Er raffte sein Kleid und schickte sich an zu gehen. Da sah er sich erneut mit dem Saaldiener konfrontiert.

»Jetzt tun Sie hier doch nicht so prüde rum!«, sagte Fickels Nachbarin und fügte offenbar aus Erfahrung sprechend hinzu: »Es guckt Ihnen doch niemand was ab.«

Darauf wollte es der Fickel sicherheitshalber nicht ankommen lassen. Er täuschte links an und ging rechts am Saaldiener vorbei. Das verschaffte ihm immerhin einen Vorsprung von drei Metern, der nach weiteren fünf Metern aufgebraucht war. Merke: In einem Rokoko-Kleid gewinnt man keine Wettrennen.

Der Saaldiener nahm den Fickel in den Polizeigriff, während Bornkessel sich näherte. »Böses Mädchen!«, schimpfte er mit Schulmeisterattitüde. »Haben Sie unsere AGB nicht gelesen? Wer die Regularien nicht beachtet, erhält eine V-vertragsstrafe.«

»Was denn für eine Strafe?«, fragte Fickels ehemalige Tischnachbarin interessiert. Bornkessel näherte sich offenbar in der Absicht, Fickel das Kleid vom Leibe zu reißen. Der Griff des Saaldieners war fest wie Duosan[54], und wegen des verdammten Vogelkäfigs unter dem Rock konnte der Fickel nicht einmal mit dem Fuß austreten. Bei dieser Kleiderordnung bleibt einem nur der Feminismus. Edgar Abe machte keine Anstalten, dem Fickel zu Hilfe zu eilen, offenbar war er noch mit sich selbst beschäftigt. Aber da bekam der Fickel Unterstützung von unerwarteter Seite.

»Lassen Sie sofort die Frau los!«, donnerte die hochgewachsene Karnevalsprinzessin. »Das ist Nötigung!«

Bornkessel wandte sich um. »Ach, da bewirbt sich wohl noch jemand um eine Strafe«, drohte er amüsiert.

---

54 DDR-Klebstoff aus der Filmfabrik Wolfen (s. o.), roch für viele besser, als er klebte.

»Genau. Und zwar *Sie*«, konterte die Frau im rosa Kostüm und wandte sich an ihren Begleiter. »Wir haben genug gesehen, sagen Sie den Kollegen Bescheid!« Plötzlich hatte Jack Sparrow ein Handy in der Hand. »Zugriff!«, sagte er, und gleich hinterher: »Wir sind im dritten Stock.«

Der Griff um Fickels Arme lockerte sich schlagartig. Bonaparte wollte sich unauffällig aus dem Staub machen, aber die rosa Lady stellte ihm ein Bein und warf ihn mit der Kraft einer Leistungsschwimmerin halb gegen, halb *auf* den Roulettetisch, sodass dieser beinahe zusammenkrachte. Die Roulettekugel sprang von der Scheibe und verschwand auf Nimmerwiedersehen. Der Fickel glaubte, endgültig im Traumreich angelangt zu sein. Was trieb seine Exfrau bei einer Orgie in einem Kasino? Sie spielte nicht mal Mau-Mau! Und wieso plünderte Kriminalrat Recknagel als Pirat verkleidet die Spielbank aus? War das jetzt ein Tarantino-Film oder doch eher Olsenbande?

Der Maulwurf zog an Fickels Arm. »Wir sollten lieber abhauen«, sagte er. »Wenn die mitkriegen, dass unsere Klamotten aus dem Theatermuseum sind, kriege ich vielleicht Ärger.« Er war zwar immer noch ein wenig blass um die Nase, aber er hatte seine sechs Sinne wieder beisammen und wirkte zeitlich und örtlich orientiert.

Offenbar waren sie nicht die Einzigen, die es vorzogen, die Veranstaltung unerkannt zu verlassen. Mit fliegenden Kimonos stob die leicht beschürzte Gesellschaft in alle Richtungen auseinander. Instinktiv wollte auch der Fickel die Treppe ansteuern, wohin sich die meisten Flüchtenden wandten. Doch der Maulwurf hielt ihn zurück.

»Da laufen wir den Bullen direkt in die Arme«, sagte

er und wandte sich in die entgegengesetzte Richtung. Gemeinsam eilten sie durch dunkle Boudoirs, Säle und Salons. Zimmerfluchten im wahrsten Sinne des Wortes.

Durch einen kleinen Umweg über das Dach gelangten sie in den Museumsbereich. »Warte mal kurz«, sagte der Fickel, als sie an der Musikaliensammlung vorbeikamen. Eddi zeigte jedoch kaum Verständnis dafür, dass der Fickel ausgerechnet während einer laufenden Razzia sein kulturelles Interesse entwickelte und sich *unbedingt* in diesem Moment – noch dazu im Dunkeln – Max Regers Arbeitszimmer ansehen musste. Gewisse Personen haben einfach bei allem ein miserables Timing.

Während der Maulwurf also mit den Hufen scharrte, drehte der Fickel alle Bilder an den Wänden um, durchsuchte eilig Sofa, Schreibtisch und hob sogar den Teppich an … Glücklicherweise war die Alarmanlage deaktiviert, wenn es überhaupt eine gab. Bornkessel hatte sich nur sehr kurz in dem Zimmer aufgehalten, das Versteck konnte nicht allzu schwer zu finden sein. Fickels Blick fiel auf den riesigen Notenschrank, in dem Reger seine Arbeitspapiere aufbewahrt hatte. Wie er sich näherte, bekam er einen Riesenschreck, als ihm in der Dunkelheit Regers blassweiße Totenmaske frisch geklebt und mit einem, wie ihm schien, deutlichen Vorwurf in den erloschenen Augen entgegenblickte. Der Fickel zog probeweise ein paar Schubladen auf. Sie waren allesamt leer, nur in einer befand sich ein altes Bonbonpapier.

»Was ist denn jetzt?«, zischte Eddi Abe ungeduldig vom Flur her.

»Ich komme schon«, erwiderte Fickel. Doch als er gerade unverrichteter Dinge abziehen wollte, entdeckte er den Namen Brahms in der zweiten Reihe von unten, direkt links neben dem spätromantischen Liedschaffenden Hugo Wolf, und zog an der betreffenden Schublade. Und hier erwies es sich natürlich als hilfreich, dass ein verantwortungsvoller Mensch wie zum Beispiel Schlossverwalter Bornkessel einen ausgeprägten Sinn für Ordnung hat und die Noten von Johannes Brahms nicht einfach in *irgend*eine Schublade steckt, sondern genau in die, in der auch Max Reger sie dereinst aufbewahrt hätte. Vorsichtig, fast andächtig nahm Fickel das historisch und auch gegenwärtig wertvolle, von zwei Klarsichtfolien geschützte Dokument an sich und steckte es in sein Dekolleté. Da erwies sich so ein Abendkleid ausnahmsweise mal als praktisch.

»Was hast du denn da so lange gemacht?«, fragte Eddi vorwurfsvoll, dabei hatte die ganze Suche nicht mal eine Minute gedauert. Doch jetzt blieb keine Zeit für Erklärungen. Und weiter ging die Hatz über die Flure. Plötzlich sprangen ihnen aus einem Nebenzimmer zwei leicht bekleidete Gestalten in Mänteln entgegen. Der Fickel – mittlerweile fast im Verfolgungswahn – bekam einen Riesenschreck: Gespenster, Polizisten oder Ärgeres … Doch die beiden, unverkennbar eine Frau und ein Mann, trugen Masken und waren anscheinend genau wie sie auf der Flucht.

Weiter ging es zu viert durch die Gänge des Schlosses. Während hinter ihnen Kreischen und Pfiffe vom Fortgang der Razzia zeugten, schnitt im Treppenhaus ein Uniformierter mit einer Taschenlampe den Weg nach unten zum Hof hin ab. Der Fickel wurde direkt ein wenig nervös. Vielleicht war es letztlich doch nicht so eine brillante Idee gewesen, ein originales Brahms-Skript im Wert von ein paar Hunderttausend Euro einfach so aus dem Museum mitzunehmen, selbst wenn man einen waschechten Vollstreckungstitel vorzuweisen hatte. Im Zweifel sah er sich schon Astrid Kemmerzehl im Gefängnis Gesellschaft leisten.

Aber auch in dieser brizzeligen Situation erwies sich der Maulwurf als perfekter Scout. Er schlich mit ihnen zu dem brandneuen Aufzug und drückte den Knopf. Und wenn so ein Lift ästhetisch gesehen vielleicht kein schöner Anblick ist, erscheint er einem doch gleich um vieles attraktiver, wenn man auf ihn angewiesen ist, so wie der Fickel in dieser Situation. Leider machte der Aufzug ziemlich viele Geräusche, als er sich in Bewegung setzte. Doch anscheinend hatte die Polizei den neuen Lift noch nicht auf der Rechnung. Der Fickel und der Maulwurf enterten die Kabine, das Maskenpärchen überlegte nicht lange und huschte hinterher; sorgfältig darauf bedacht, die Gesichter bedeckt zu halten, wandten sie dem Fickel und dem Maulwurf ihre blanken Rücken zu. In so einer engen Aufzugskabine bekam man mal mit, in welch noble Gerüche sich manche Menschen hüllen. Aber gut riechen konnten sie einander deswegen noch lange nicht.

Kaum waren sie glücklich auf dem Hof angelangt, mussten sie feststellen, dass ein Polizeifahrzeug ihnen den Fluchtweg durch die Ausfahrt versperrte. Sie pirschten sich an der Wand entlang, bis sie die Schlossstuben erreichten, die glücklicherweise über einen hofseitigen Eingang sowie einen weiteren Richtung Park verfügten. Die späten Gäste, die hier noch ihr Dessert löffelten oder schon den Schnaps aufs Haus kippten, reagierten doch milde erstaunt, als in dieser warmen Jahreszeit plötzlich eine Karnevalsgesellschaft durch den Gastraum fegte. Zumal der Fickel mit seinem sperrigen Rock ständig gegen einen Tisch oder einen Stuhl stieß, dass die Salzstreuer klirrten.

Ohne weitere Zwischenfälle gelangten sie so in die Freiheit. Kein Wort des Dankes für die Rettung übrig habend, verschwanden die beiden luftig gekleideten »Passagiere« in die Dunkelheit des Parks Richtung Mittlerem Rasen. Und nun meinte der Fickel auch zu erkennen, wen sie da in ihrem Schlepptau aus den Fängen der Polizei befreit hatten – niemand Geringeren als den Bourbonenkönig und seine Mätresse, im wirklichen Leben der Leitende Oberstaatsanwalt Siebenthaler und seine um einiges jüngere Frau. Und da bewahrheitete sich einmal mehr die alte Spielweisheit: Wer besonders hoch pokert, kann auch besonders tief fallen.

IX Schlussakkord

Die Oberstaatsanwältin war mal wieder stocksauer. Da veranstaltete man *ein Mal* in Meiningen eine Razzia, und dann bekam man die sagenhafte Zahl von fünf Polizeivollzugsbeamten gestellt! Natürlich: Hier ein Verkehrsunfall mit fünfhundert Euro Sachschaden, dort ein Einbruch in eine leer stehende Scheune auf einem Obstbauernhof irgendwo in der Rhön – anscheinend war all das wichtiger als die Festnahme und Überprüfung von Organisatoren und Teilnehmern einer regelrechten Orgie, in deren Verlauf ein ganzes Bündel an Rechtsverstößen begangen worden war, angefangen bei einschlägigen Normen aus dem Betäubungsmittelgesetz bis hin zur Veranstaltung illegaler Glücksspiele.

Recknagel stand etwas bedröppelt vor der tobenden Oberstaatsanwältin. »Ich kann mir die Leute auch nicht aus den Rippen schnitzen«, sagte er mit Blick zu seinem Mitarbeiter Christian, der sich vornehm im Hintergrund hielt. Die Gundelwein wusste, dass er recht hatte, aber der Kriminalrat wusste auch, dass sie das Recht hatte, sauer zu sein. Dabei war die Aktion trotz der kleinen Mannschaft alles andere als ein Fehlschlag. Sie hatten mehr als fünfzigtausend Euro in der Spielbank sichergestellt, mehrere Gramm Kokain und eine Amphetamin-Bowle, deren genaue Zusammensetzung im Labor noch geprüft werden musste, und die Personalien von sechsundneunzig zum

Teil unter dem Einfluss von Betäubungsmitteln stehenden Partygästen aufgenommen. Aber: Eine unbekannte Anzahl an Besuchern, unter ihnen der LOStA und seine Frau, war ihnen in der Hektik durch die Lappen gegangen.

»Ihre Männer hätten sich wenigstens besser verteilen können«, schimpfte die Gundelwein unzufrieden. Christian schüttelte nur stumm den Kopf.

»So ein großes Objekt kann man mit so wenigen Leuten nicht komplett abriegeln«, verteidigte der Recknagel seine Kollegen.

»Wieso denn nicht? An jeden Ausgang einen Mann mit gezogener Waffe. Fertig.«

Der Kriminalrat zog es vor, mit der Oberstaatsanwältin keine Diskussion über die Verhältnismäßigkeit der Mittel bei einem Polizeieinsatz vom Zaun zu brechen. Stattdessen sagte er: »Immerhin haben wir den Co-Veranstalter geschnappt, diesen Bornkessel.«

»Wir?«, erwiderte die Gundelwein entrüstet. »Ich!«

Auch wenn das natürlich sachlich korrekt war, war es irgendwo doch ein bisschen krümelkackerisch, die eigene Leistung derart herauszuheben.

»Wo steckt Bornkessel jetzt?«, fragte die Gundelwein.

»Nebenan im Herrenzimmer. Die Kollegen überstellen ihn gleich ins Revier«, antwortete der Kriminalrat.

»Nein. Lassen Sie ihn da! Wir erledigen das sofort.«

»Sie wollen ihn hier vernehmen – im Schloss?« Und dazu noch in *dem Outfit*?, hätte der Recknagel am liebsten hinzugefügt. Denn die Oberstaatsanwältin hatte noch keine Gelegenheit gehabt, sich umzuziehen. Das rosa Karnevalskleid sabotierte zumindest optisch ein wenig ihre Autorität.

»Warum nicht?«, sagte die Oberstaatsanwältin. »Wenn er aussagt, können wir alles ins Protokoll aufnehmen. Und aus vernehmungstaktischer Sicht ist es vielleicht auch nicht schlecht, ihn gleich hier am Schauplatz mit seinen Taten zu konfrontieren.«

»Womöglich gibt es hier im Schloss ja auch noch irgendwo eine Folterkammer«, bemerkte der Recknagel süffisant, aber einmal mehr musste er erleben, dass Humor bisweilen einsam macht.

»Sie wissen, dass ein einziger Scherz in diese Richtung in Anwesenheit des Beschuldigten sofort ein Beweisverwertungsverbot nach sich zieht«, belehrte ihn die Gundelwein streng. Recknagel lenkte sofort ein und entschuldigte sich. Und dann sagte die Oberstaatsanwältin bereits zum zweiten Mal, nachdem sie ihm erst kürzlich ein Lob ausgesprochen hatte, etwas Unvorhergesehenes: »Das war eben meine dienstliche Sicht. Privat fand ich Ihre Bemerkung durchaus amüsant.«

Damit ließ sie den Kriminalrat stehen und schritt hinüber ins Herrenzimmer. Recknagel folgte schicksalsergeben. »Sie nehmen bitte das Protokoll auf«, befahl er seinem Mitarbeiter Christian, der sich augenrollend fügte.

Im Nachbarraum hockte zwischen den prunkvollen Eichenholzmöbeln ein Häuflein Elend auf dem Canapé, das kaum noch Ähnlichkeit mit dem stolzen Triumphator von Jena-Auerstedt [55] aufwies. Die Gundelwein stellte sich und den Recknagel mit ihrer wahren Identität vor und gab die

---

55 Eine der sehr wenigen Doppelschlachten auf Thüringer Boden, bei der Sachsen und Preußen Seite an Seite kämpften – und gemeinsam untergingen.

üblichen rechtlichen Belehrungen ab. Bornkessel stierte weiter apathisch geradeaus. »Ich habe geahnt, dass das irgendwann passiert«, sagte er.

Die Gundelwein setzte sich auf einen freien Stuhl. »Jetzt erzählen Sie doch mal, wie Sie da reingeraten sind«, menschelte sie drauflos. »Das ist doch alles nicht auf Ihrem Mist gewachsen, oder?«

»Ich sag nix«, erwiderte Bornkessel. »Zu schweigen ist in meiner Situation das Beste, was ich tun kann.«

»Das Zweitbeste«, erwiderte die Gundelwein.

»Mir können Sie nichts erzählen, ich hab auch mal Jura studiert«, konterte der Schlossverwalter.

Recknagel wunderte sich, wie viel Mühe sich die Gundelwein mit dem Schlossverwalter gab. Sie erkundigte sich, wo Bornkessel studiert hatte, fragte nach seinen Motiven (diffus) und seinen Abschlüssen (unvollständig). Dann hörte sie sich sogar noch geduldig an, wie Bornkessel an den Job als Schlossverwalter geraten war und mit welchen Erschwernissen dieser im Alltag einherging. »Halten Sie mal ein ganzes Schloss auf V-vordermann, mit so wenig Geld«, klagte er. »Das ist die mit Abstand größte Immobilie in der gesamten Stadt. Und wir haben einen Investitionsstau, der reicht bis nach Hildburghausen. Ich bin nur am Rotieren.« Als Bornkessel seinen larmoyanten Bericht abgeschlossen hatte, sagte die Gundelwein mit fast mütterlicher Empathie: »Also, mit Ihnen will ich auch nicht tauschen.« Da fühlte sich Bornkessel endlich mal verstanden.

Und jetzt, wo der Patient nach allen Regeln der Kunst sediert war, setzte die Oberstaatsanwältin direkt das Skalpell an: »Herr Bornkessel, ich sehe, Sie sind kein schlechter Mensch. Sie wollten immer nur das Beste für das Schloss und den Historischen Verein«, begann sie. »Ich kann durchaus zwischen eigensüchtigen Kriminellen und Menschen wie Ihnen unterscheiden. Wenn Sie mir jetzt alles, aber auch wirklich alles über Ihre Zusammenarbeit mit der Eventagentur von Frau Siebenthaler erzählen, dann werde ich mich persönlich dafür einsetzen, dass Sie wegen der gesamten Vorkommnisse im Schloss mit einer Bewährungsstrafe davonkommen.«

Und schon streckte Napoleon die Waffen. »Ich komme nicht ins Gef-fängnis?«, fragte er fast ungläubig.

»Wenn Sie kooperieren, werde ich beantragen, dass eine mögliche Haftstrafe auf Bewährung ausgesetzt wird. Darauf gebe ich Ihnen mein Wort.«

Dem Recknagel wurde bei der Show, die die Oberstaatsanwältin hier abzog, direkt schon wieder ein bisschen übel. Offenbar inspirierte sie die Tatsache, dass sie ein Karnevalskostüm trug, zu ungewohnt theatralischen Worten und Gesten. Aber es war auch faszinierend zu sehen, wie bereitwillig Bornkessel auf diese durchsichtige Masche ansprach. Fast wie in einem Schulungsfilm in der Polizeiakademie.

»Ich gestehe alles«, sagte der gerupfte Napoleon. »Aber das Castle Event ist auf dem Mist von F-frau Siebenthaler gewachsen. Das Kasino, die Kostüme, die Bowle, der EWS-Bereich, einfach alles … Ich war sozusagen nur das ausf-führende Element.«

»Moment«, hakte der Recknagel ein. »Wofür steht eigentlich die Abkürzung EWS?«

»Kennen Sie den F-film ›Eyes Wide Shut‹ nicht?«, fragte Bornkessel. Hier musste der Kriminalrat passen. Dafür war die Gundelwein auf dem Laufenden. »Sie meinen diesen schwülstigen Softporno[56] mit Tom Cruise?«

Bornkessel nickte bestätigend. »Frau Siebenthaler war der Ansicht, dass das Schloss die perfekte Location für eine erotische Maskenparty darstellt.«

»Damit lag sie wohl gar nicht so falsch«, sekundierte die Oberstaatsanwältin, »immerhin war die Veranstaltung ziemlich voll.«

Bornkessel nickte eifrig. »Die Leute haben uns die Tickets f-förmlich aus der Hand gerissen, obwohl Frau Siebenthaler nicht mal Werbung daf-für gemacht hat. Einige sind sogar extra aus Erf-furt oder Schweinf-furt angereist. Nur auf-fgrund von Mund-zu-Mund-Propaganda.« Ein gewisser Stolz über diese Tatsache war Bornkessel trotz seiner Situation anzumerken. Dass die Leute weniger wegen des Schlosses gekommen waren als vielmehr wegen der obskuren Dinge, die darin vor sich gingen, blendete er geschickt aus.

»Verstehe ich das richtig?«, fragte die Oberstaatsanwältin. »Frau Siebenthaler trat mit ihrer Eventagentur als Veranstalterin auf – und sie hat auch die ganzen Gewinne eingesteckt?«

Bornkessel nickte. »Sie hat allerdings auch das Risiko getragen. Die Extramöbel, die Spieltische, das Catering, Security und V-versicherungen …«

---

56 Psychologisch vielschichtiges, erotisch angehauchtes Drama nach Schnitzlers *Traumnovelle*, Regie: Stanley Kubrick.

»Wie viel Miete hat sie denn für das Schloss gezahlt?«

Bornkessel hob die Schultern. »Eine symbolische Spende für den Historischen V-verein, das war eigentlich alles.«

Die Gundelwein zog die Augenbrauen hoch. »Eine symbolische Spende – dafür, dass sie das halbe Schloss wie ihren eigenen Partykeller nutzen darf?«

Trotz bester Vorsätze wand sich Bornkessel jetzt wie ein Aal, sofern das bei seiner Figur möglich war, bevor er die wahren Zusammenhänge erläuterte. »Ich hatte da so eine Art Deal mit ihr, weil der Historische V-verein ihrem Mann ja so viel zu v-verdanken hat.«

Die Gundelwein ließ ein paar Sekunden verstreichen, um dem protokollierenden Beamten Zeit zu geben, den Satz wörtlich aufzunehmen. »Sie meinen die Mittel aus Strafauflagen und Strafbefehlen für die gemeinnützigen Vereine.«

Bornkessel nickte stumm.

»Von welcher Summe sprechen wir da – so ungefähr?«

»So circa dreihunderttausend Euro im Jahr«, sagte Bornkessel. »Damit konnten wir unter anderem v-viele Kunstwerke und Möbel im Schloss restaurieren.«

»Dann war das also die Gegenleistung dafür, dass Frau Siebenthaler ihre Events im Schloss abhalten konnte«, folgerte die Gundelwein.

Bornkessel zuckte zustimmend mit den Schultern.

Kriminalrat Recknagel hatte fassungslos zugehört. »Das heißt ja, rein faktisch bedient sich der Leitende Oberstaatsanwalt aus der Justizkasse!«

Die Gundelwein nickte ernst. »Sie haben es erfasst«, bestätigte sie. In Recknagels Kopf zementierte sich ein bereits seit Längerem schwelender, im Grunde ungeheurer Verdacht. »Und mit dem Brahms-Stück, war das etwa auch die Idee von Frau Siebenthaler?«, fragte er.

Bornkessel nickte. »Wir sollten das Lied mit dem V-verein koste-es-was-es-wolle urauff-führen, dann hätten wir f-für f-fünfundzwanzig Jahre die Auff-führungsrechte innegehabt«, erklärte er.

»Sie meinen die *editio princeps*, das Recht des Entdeckers an einem nachgelassenen Werk. Die gilt laut Paragraf 71 Urhebergesetz aber nur bei einer *legalen* öffentlichen Aufführung«, schränkte die Gundelwein ein. »Bei so einem Ständchen wie auf Ihrer Fete können Sie sich das gleich abschminken.«

Bornkessel winkte schicksalsergeben ab. »Das ist jetzt auch schon egal«, sagte er. »Eigentlich haben wir das nur gemacht, weil die Prinzessin so enttäuscht war, dass die Premiere beim Hof-fkonzert ausgef-fallen ist. F-für sie war das als Solistin natürlich ein großes Ding. Ansonsten singt sie eher … na ja, in Bars und Kneipen.«

»Was haben Sie sich eigentlich dabei gedacht, das Stück bei dem Hofkonzert aufzuführen?«, hakte Recknagel nach. »Sie wussten doch, dass die Partitur Elfriede Langguth gehört – und dass nur sie die Rechte daran hat.«

Der Schlossverwalter zuckte die Achseln. »Frau Siebenthaler hat der Sache oberste Priorität eingeräumt. Die Vermarktung war schon komplett durchgeplant: erst eine Pressekampagne mit der Prinzessin, dann die CD, dann eine Tournee …«

»Und Frau Langguth?«, fasste die Oberstaatsanwältin nach. »Sie wollten sie einfach über den Kamm scheren?«

»Mir gegenüber hat F-frau Siebenthaler behauptet, dass die Partitur F-frau Langguth eigentlich gar nicht gehörte, weil sie sie auf dem Dachboden der Villa gef-funden habe, die sie ihr abgekauft haben.«

»Und das haben Sie ihr geglaubt?«, fragte Recknagel skeptisch.

Bornkessel zog ein zweifelndes Gesicht. »Ich habe mich auch gewundert, dass sie damit erst kurz v-vor dem Konzert rausgekommen ist. Wenn sie mir das v-vor der Gerichts-v-verhandlung gesagt hätte, wär das alles ja gar nicht passiert«, sagte er. »Aber sie hat gemeint, dass ich mir wegen der Roten Elfriede keine Sorgen machen solle. Sie würde das mit ihr schon klären.«

Der Kriminalrat und die Oberstaatsanwältin wechselten einen Blick.

»Und wo ist die Partitur jetzt?«, fragte der Kriminalrat.

»Im Brahmsf-fach von Regers Notenschrank«, antwortete der Schlossverwalter kleinlaut. »Drüben in der Musikaliensammlung.« Recknagel nickte einem Uniformierten zu, der sich gleich auf den Weg machte.

»Haben Sie Frau Langguth nach der Gerichtsverhandlung noch einmal gesehen, sie zum Beispiel besucht?«, fragte die Gundelwein.

Bornkessel schüttelte den Kopf. »Wo denken Sie hin? F-frau Langguth hätte mich ja niemals mehr empf-fangen, nachdem wir uns vor Gericht so ... gestritten haben.«

»Wissen Sie zufällig, ob Frau Siebenthaler Zugang zu den Räumlichkeiten von Frau Langguth hat?«, hakte Recknagel nach.

Bornkessel schüttelte verwundert den Kopf. »Was hat

das denn jetzt alles noch mit dem Castle Event und dem Historischen V-verein zu tun?«

»Die Frage müsste eher lauten: Was haben Sie und Frau Siebenthaler mit dem Tod Frau Langguths zu tun?«, donnerte die Gundelwein in plötzlich verschärftem Tonfall.

Bornkessel blickte entgeistert von der Oberstaatsanwältin zum Kriminalrat und wieder zurück. »Wie jetzt …?«

»Frau Langguth hat Ihre Geschäfte gestört, und deswegen musste sie sterben!«

Der Uniformierte kam von der Suche zurück und schüttelte den Kopf: »Nichts.«

»Das kann nicht sein!«, rief der Schlossverwalter. »Ich hab die Noten doch v-vorhin eigenhändig da reingetan!«

Die Gundelwein blickte Bornkessel plötzlich mit kalter Verachtung an. Dann wandte sie sich an Christian: »Nehmen Sie ihn gleich mit. Napoleon ist heute Nacht Ihr Gefangener.«

Bornkessel blickte sie verdattert an. »Aber Sie haben doch vvv-versprochen, ich muss nicht ins Gef-fängnis!«, protestierte er.

»Dabei habe ich natürlich nur von der Haftstrafe gesprochen, Polizeigewahrsam und Untersuchungshaft sind etwas anderes. Als studierter Jurist sollten Sie das doch wissen.«

»Aber …«

»Glauben Sie etwa, wir lassen Sie jetzt gehen, damit Sie sich mit Frau Siebenthaler absprechen können?«, fragte die Gundelwein. »Einen klassischeren Fall von Verdunkelungsgefahr kann ich mir überhaupt nicht vorstellen.«

Bornkessel sackte immer mehr in sich zusammen und

wurde einem Kloß immer ähnlicher. Christian tippte ihm auf die Schulter. Bornkessel erhob sich ächzend. »Man schläft in der Zelle besser, als man denkt«, tröstete ihn der junge Kriminalmeister. »Manchmal halte ich da auch ein Nickerchen.«

Widerstandslos ließ sich Napoleon-Bornkessel in die Verbannung abführen. Als sie weg waren, klatschte der Kriminalrat unternehmungslustig in die Hände. »Und jetzt kassieren wir endlich Frau Siebenthaler«, schlug er vor.

Zu seiner Überraschung winkte die Oberstaatsanwältin sofort ab. »Zu gefährlich.«

»Aber … Wir haben doch eindeutig Gefahr in Verzug«, wunderte sich der Kriminalrat. Hatte die unerschrockene Oberstaatsanwältin etwa plötzlich eine Beißhemmung?

Die Gundelwein erklärte ruhig: »Wenn ich schon bei meinem eigenen Vorgesetzten klingele, um seine Frau zu verhaften, hole ich mir vorher wenigstens den Segen vom Ermittlungsrichter, damit später niemand sagen kann, ich sei zu schnell vorgeprescht und hätte dem Ansehen der Staatsanwaltschaft geschadet.«

Den Einwand verstand der Recknagel, aber es missfiel ihm dennoch, Beschuldigte mit zweierlei Maß zu messen. »Sie wird über Nacht fleißig Beweise vernichten«, wandte er ein.

»Und wenn schon. Was wir haben, reicht locker für eine dreißigseitige Anklage wegen aller möglichen Delikte«, erwiderte die Gundelwein. »Die Frage wird sein: Können wir ihr tatsächlich den Mord nachweisen?«

Als der Fickel am nächsten Morgen erwachte, hatte er, wie man so schön sagt: einen Kopf. Und das nach einem halben Glas Bowle! Aber vielleicht lag es auch daran, dass durch die schier endlose Hitzeperiode, angefangen von Jahrhunderthoch »Gunther« bis hin zu Jahrtausendhoch »Holger«, derart viel Energie in der Atmosphäre herumschwirrte, dass es in Fickels eher energiearmem Schädel zu spontanen Entladungen, praktisch Mini-Gewittern kam.

Deshalb hätte er auch das Winseln des Chihuahuas, das diesmal um sechs Uhr zweiundvierzig einsetzte, am liebsten ignoriert. Aber man wusste ja inzwischen, welche Folgen es haben konnte, wenn man Erichs Harndrang auf die leichte Schulter nahm. Zumal sich der Köter als Übernachtungsstätte ausgerechnet das Rosenkavalierskleid ausgesucht hatte. Zu allem Überfluss hatte das gute Stück bei der Flucht auch noch einen kleinen Riss am linken Ärmel davongetragen. Ob die Anwaltshaftpflichtversicherung solch einen Schaden übernehmen würde, stand in den Sternen.

Aber das Leben mit Hund bietet auch gewisse Vorteile. Denn nach der morgendlichen Gassirunde hatte der Fickel wenigstens keinen Kopf mehr. Er war sogar so kopflos, dass er beinahe vergessen hätte, wo er die Partitur am Vorabend versteckt hatte. Zum Glück fiel es ihm wieder ein: in seiner Plattensammlung, konkret in der Hülle einer LP, in der garantiert niemand Brahms-Noten vermuten würde – nämlich von Holger Biege[57].

---

57 Beliebter DDR-Schnulzensänger mit klassischem Anspruch.

Zum Frühstück verzehrten der Fickel und Erich je ein Marmeladenbrötchen, natürlich nicht gerade artgerechte Ernährung, zumindest was den Hund betrifft. Frau Schmidtkonz war über alle Maßen neugierig, was der Fickel seit der Beerdigung der Roten Elfriede alles erlebt hatte. Als Gegenleistung für seine ausführliche und sehr detailreiche Schilderung der Schlossorgie versprach sie, das aus dem Theatermuseum »geborgte« Kleid auszubessern.

Mitten ins Frühstück hinein schrillte plötzlich Fickels Hightechhandy von vor knapp neun Jahren aus seiner Jackentasche. Erich bekam einen Riesenschreck und flüchtete hinter den Kachelofen. Aber auch der Fickel erschrak, denn dass ihn überhaupt jemand anrief, und dazu noch zu solch unchristlicher Zeit, konnte eigentlich nichts Gutes verheißen. Am Apparat: die Polizei in persona des Kriminalrats Recknagel, der sich erkundigte, ob der Fickel denn gut geschlafen habe. Was soll man auf so eine Frage schon antworten außer: »Danke, nein, wieso?« Ohne es direkt anzusprechen, ließ der Kriminalrat durchblicken, dass er den Fickel gestern während einer Orgie im Schloss Elisabethenburg an einem Strip-Roulettetisch beobachtet habe.

Das konnte sich der Fickel natürlich *ü-ber-haupt* nicht vorstellen, wo er doch praktisch nie auf Orgien ging, ergo auch am gestrigen Abend nicht. Der Kriminalrat müsse einer optischen Täuschung erlegen sein. Recknagel war doch etwas enttäuscht, da er auf der Suche nach glaubwürdigen Belastungszeugen war. Denn von den aufgegriffenen Personen, ehrenwerten Bürgern, wollten natürlich alle nur rein zufällig und praktisch gegen ihren Willen bei der Veranstaltung zugegen gewesen sein. Wie der Kriminalrat darauf kam, ausgerechnet den Fickel als glaubwürdig einzuschätzen, blieb sein Geheimnis.

»Vielleicht wissen Sie ja wenigstens etwas über den Verbleib dieser Brahms-Partitur«, vermutete der Recknagel. Aber auch in der Hinsicht musste der Fickel ihn leider enttäuschen. Doch wenn die Polizei fündig würde, erbat er sich eine Mitteilung, schließlich sei es seine Pflicht als Testamentsvollstrecker, das Manuskript in die Erbmasse zurückzuholen. Das war natürlich ein bisschen scheinheilig, aber wozu war man schließlich Anwalt?

Obwohl sich der Fickel nicht besonders kooperativ verhielt, stach ihm Recknagel noch eine interessante Info durch: nämlich dass im Zuge neuerer Erkenntnisse bei den Ermittlungen um den Tod Elfriede Langguths der Haftbefehl gegen Astrid Kemmerzehl soeben aufgehoben worden sei. Bereits um zehn Uhr MEZ würde sie aus dem Untersuchungsgefängnis der JVA in Untermaßfeld entlassen. Welche Beweggründe den Kriminalrat veranlasst hatten, dem Fickel diese Mitteilung zu überbringen, darüber konnte man nur spekulieren, aber eine gewisse Sympathie und Empathie für die Gedanken und Gefühle des anderen spielten dabei durchaus eine gewisse Rolle, Scheinheiligkeit hin oder her.

Der Fickel hatte jetzt natürlich nichts Eiligeres zu tun, als sich in sein bestes Hawaiihemd zu werfen, Erich zu schnappen und mit dem beige-braunen Wartburg 353 Tourist werraaufwärts nach Süden zu zuckeln, auch wenn Frau Schmidtkonz den hektischen Aufbruch von ihrem Frühstückstisch mit einer gewissen Missbilligung beobachtete.

Es war gerade noch genug Zeit, an der Tankstelle rasch

einen Strauß gelber Rosen zu kaufen, rot war ausverkauft. Doch als der Fickel pünktlich wie die Maurer auf dem Parkplatz der JVA eintraf, musste er feststellen, dass er mal wieder nur zweiter Sieger im Rennen war. Direkt vor der Schleuse, durch die die Gefangenen entlassen wurden, stand bereits ein Taxi. Und wer saß im Fond und wartete – natürlich mit einem Strauß roter Rosen? Niemand anders als der Kollege Nebenbuhler Amthor.

Als der Amthor den Fickel erblickte, stieg er eilig aus. »Was machen Sie denn hier?«, fragte er feindselig. Und als der Fickel ihm auseinandersetzte, dass er gekommen sei, um Frau Kemmerzehl abzuholen, wurde Amthor zornesrot im Gesicht.

»Frau Kemmerzehl fährt mit mir«, entschied er. Schließlich sei sie seine Mandantin und der Fickel solle ganz schnell verduften. Der tat natürlich nichts dergleichen, sondern hielt die Stellung. »Das ist immer noch ein freies Land«, sagte er, und es war schon interessant, diesen Satz ausgerechnet mit Blick auf eine Gefängnismauer auszusprechen.

Fünf Minuten lang wartete der Amthor mit dem Fickel um die Wette, ohne dass ein Wort zwischen ihnen fiel. Dann öffnete sich die Schleuse und die schmale Silhouette Astrid Kemmerzehls kam zum Vorschein. In der Annahme, dass, wer zuerst kommt, auch zuerst mahlt, sprintete der Amthor los, Raucherlunge hin oder her.

Womit er nicht gerechnet hatte: Der Fickel rührte sich gar nicht vom Fleck, und trotzdem wurde der Amthor auf den letzten Metern noch überholt. Denn Erich war von Fickels Schulter gehüpft und rannte seinem neuen Frauchen in wilden Sprüngen entgegen. Als der Amthor abgehetzt bei Astrid Kemmerzehl eintraf, hatte sie schon den selig winselnden Chihuahua auf den Arm genommen und herzte ihn ausgiebig.

»Herzlich willkommen«, sagte der Amthor und hielt Astrid Kemmerzehl steif seinen Rosenstrauß hin, was Erich zu einem warnenden Knurren veranlasste.

»Das ist aber reizend von Ihnen«, bedankte sich Astrid Kemmerzehl.

»Ich habe Himmel und Hölle in Bewegung gesetzt, um Sie da rauszuholen«, sagte der Amthor bescheiden. Klappern gehört eben zum Geschäft. »Wenn Sie mir zum Taxi folgen wollen«, schlug er vor. »Das hat sogar eine Klimaanlage.«

Astrid Kemmerzehl ließ sich vom Amthor zum Taxi führen. »Ach, da ist ja der Herr Fickel«, sagte sie, als sie ihn erblickte.

»Er wollte nur den Hund abgeben«, raunte Amthor ihr zu, öffnete die Hintertür und versuchte, seine Beute möglichst rasch hineinzudrücken, Raub der Sabinerinnen nix dagegen. Doch er hatte die Rechnung ohne den Taxifahrer gemacht: »Der Hund kommt mir nicht ins Auto«, sagte der Chauffeur, womit er eine Diskussion mit Rechtsanwalt Amthor über den Beförderungsvertrag entfachte.

»Kein Problem, ich fahre einfach mit Herrn Fickel«, sagte Astrid Kemmerzehl. »Wir haben ohnehin noch etwas zu besprechen.«

»In dem Blechsarg, das ist doch lebensgefährlich«, hetzte der Amthor. »Er kann ja den Hund nehmen, und Sie fahren mit mir!« Aber da stand er natürlich auf verlorenem Posten.

Ein bisschen tat dem Fickel der Kollege leid. Da hatte der alte Geizkragen schon mal richtig dick investiert, in Rosen und Taxi, und dann so eine Demütigung. Deshalb bot er dem Amthor an, ihn nach Meiningen mitzunehmen, dann sparte er wenigstens das Geld für die Rückfahrt. Aber der Amthor hatte auch seinen Stolz, stieg leise fluchend in sein klimatisiertes Taxi und brauste davon.

»Ich habe auch Blumen dabei«, sagte der Fickel, nachdem er Astrid Kemmerzehl begrüßt hatte. »Ich dachte, falls wir noch kurz beim Friedhof vorbeifahren wollen.«

»Sie können wohl Gedanken lesen«, sagte Astrid Kemmerzehl und stieg ein. Während der Fahrt wechselten sie kaum ein Wort, Erich bestritt die Unterhaltung praktisch im Alleingang. »Du hast ja ganz schön zugenommen«, sagte Astrid streng, und da sie »du« gesagt hatte, bezog der Fickel die Bemerkung ausnahmsweise nicht auf sich.

Der Fickel parkte auf dem kleinen Parkplatz am Friedhof. Astrid Kemmerzehl stieg aus, nahm kommentarlos den Strauß roter Rosen mit zum Grab und ließ die gelben im Auto. Der Fickel musste sich erst eine Weile orientieren, aber dank des sowjetischen Ehrenmals fand er die letzte Ruhestätte der Roten Elfriede alsbald wieder. Inzwischen hatte die Friedhofsverwaltung das Grab hergerichtet. Aufgrund der herrschenden Hitze waren die Blumen und Kränze allerdings in kürzester Zeit verdorrt. Astrid Kemmerzehl fischte eine leere Flasche aus einem Mülleimer, säuberte sie sorgfältig und befüllte sie mit Wasser, bevor sie die Blumen fürsorglich hineindrapierte. Und als ob der Amthor es geahnt hätte: Seine Rosen passten perfekt auf das Grab der Roten Elfriede.

»Würden Sie mich bitte einen Augenblick allein lassen?«, bat Astrid Kemmerzehl. Als der Fickel sich diskret ein paar Schritte entfernt hatte, drängte sich ihm der Eindruck auf, dass mit etwas Verspätung doch noch für das Seelenheil der Verstorbenen gebetet wurde. Als Astrid Kemmerzehl einige Minuten später zum Fickel trat, waren ihre Augen feucht, und sie musste sich bei ihm einhaken.

»Meinen Sie, sie hätte mir irgendwann verziehen, dass ich sie so schändlich bestohlen habe?«, fragte sie leise.

»Das kann ich mir durchaus vorstellen«, antwortete der Fickel, ohne lange nachzudenken. Denn so, wie er die Rote Elfriede kannte, war Geld ihr nie so wichtig gewesen wie ihre Prinzipien. Eine Kommunistin eben, wie sie (eigentlich nur) im Buche steht.

Astrid Kemmerzehl schwieg eine Weile. »Wer bringt es bloß übers Herz, eine alte, schutzlose Frau zu ermorden?«, fragte sie erschüttert. Und der Fickel bekam direkt ein schlechtes Gewissen, weil er es immerhin für den Bruchteil einer Sekunde für denkmöglich gehalten hatte, dass Astrid Kemmerzehl selbst die Tat begangen hatte.

»Können Sie mich bitte nach Hause fahren?«, bat sie. »Ich würde mich gerne ein bisschen frisch machen und die Beine hochlegen. Im Gefängnis schläft man nicht besonders.«

Während der Fickel Astrid Kemmerzehl nach Hause kutschierte, brachte er das Testament zur Sprache und dass es da eine zwar erfreuliche, aber auch juristisch höllisch komplizierte Entwicklung gebe, über die er mit ihr sprechen müsse, zum Beispiel bei einem gemeinsamen Abendessen. Schließlich wolle er sich ohnehin gern für die Einladung revanchieren. Und da der Fickel leider gar nicht kochen konnte (zwei linke Hände), hatte er daran gedacht, eventuell, vielleicht, womöglich in den Schlossstuben einen Tisch zu reservieren, zur Feier des Tages gewissermaßen, aber natürlich nur, wenn es ihr recht wäre, andernfalls man das natürlich auch einfach bei Gelegenheit telefonisch klären könne …

Astrid Kemmerzehl hörte sich Fickels wirres Gerede geduldig an, dann sagte sie: »Die Schlossstuben sind mir durchaus recht. Bestellen Sie den Tisch um halb acht und holen Sie mich bitte eine Viertelstunde vorher ab.«

Damit nahm sie Erich beim Schlafittchen und stieg aus. Und wer hätte das gedacht: Dem Chihuahua schien der Abschied vom Fickel gar nicht so leicht zu fallen, schließlich hatte er sich gerade an die nicht artgerechte Ernährung gewöhnt. Aber auch der Fickel blickte Erich und seinem Frauchen mit einer Prise Wehmut hinterher.

Die Oberstaatsanwältin fühlte, dass sie sich direkt vor einem, wenn nicht *dem* Kulminationspunkt ihrer Karriere befand. Geografisch gesehen befand sie sich im Vorgarten ihres Chefs. Der schwarze 7er BMW des Leitenden Oberstaatsanwalts stand wie ein Status-Panzer auf der Einfahrt der Villa am Mittleren Rasen, eine Warnung, sich mit dem Fahrer bloß nicht anzulegen. Genau das hatte die Oberstaatsanwältin aber vor.

Sie hatte überlegt, ob es klug war, bei der Verhaftung Stefanie Siebenthalers selbst dabei zu sein. Dadurch wurde aus einer alltäglichen Polizeiaktion eine persönliche Angelegenheit zwischen der Oberstaatsanwältin und ihrem Vorgesetzten. Andererseits hatte sie die Befürchtung, die juristisch nicht sehr geschulten Einsatzkräfte könnten bei der Verhaftung einen formalen Fehler begehen, und der LOStA würde sich ins Fäustchen lachen.

Die Gundelwein nickte Recknagel zu. Der drückte den Klingelknopf. Einige Sekunden später waren drinnen Schritte zu vernehmen. Doch zur Überraschung der Gundelwein öffnete Rechtsanwalt Dr. Seidel aus Schmalkalden, der beste und teuerste Strafverteidiger des gesamten Gerichtsbezirks, die Tür. Insgeheim beglückwünschte sich die Gundelwein zu ihrer Entscheidung, an dem Einsatz teilzunehmen. Dr. Seidel war trotz seiner relativen Jugend ein ausgefuchster Verteidiger und bekannt dafür, Staatsanwälte mit seinen prozessualen Winkelzügen zur Verzweiflung zu treiben.

Recknagel, der mit diesem Anwalt ebenfalls schon seine Erfahrungen gemacht hatte, zeigte seinen Dienstausweis und verlangte höflich, aber bestimmt, Frau Stefanie Siebenthaler zu sprechen.

»Ich vertrete Frau Siebenthaler in allen rechtlichen Angelegenheiten«, sagte Dr. Seidel ruhig. »Was wünschen Sie von ihr?«

»Es liegt ein Haftbefehl vom heutigen Tage gegen sie vor«, sprang die Gundelwein ein und reichte dem Verteidiger das Dokument. Wie immer, wenn viel für sie auf dem Spiel stand, ging sie erbarmungslos in die Offensive. »Der Beschuldigten werden das Inverkehrbringen verbotener Substanzen, Nötigung, Hausfriedensbruch sowie die unerlaubte Veranstaltung eines Glücksspiels vorgeworfen. – Ach so, und der Mord an Frau Elfriede Langguth natürlich.«

»Mord?«, sagte Dr. Seidel überrascht.

»Außerdem haben wir einen Durchsuchungsbeschluss dabei«, erklärte die Oberstaatsanwältin. »Wenn schon, denn schon.«

»Ich nehme an, der gilt nur für die Geschäftsräume von Frau Siebenthaler«, sagte Dr. Seidel.

Die Gundelwein lächelte kühl. »Ich habe mir die Freiheit erlaubt, den ehelichen Bereich in den Antrag mit aufzunehmen.« Nicht ohne Triumphgefühl hielt sie Dr. Seidel den Durchsuchungsbeschluss unter die Nase.

»Aber das Arbeitszimmer Herrn Siebenthalers ist tabu!«, rief der hochdekorierte Verteidiger den Beamten nach, die in das Haus eindrangen.

»Selbstverständlich«, erwiderte die Gundelwein. »Was sollten wir da wohl auch finden?«

Sie ging ebenfalls ins Innere der Villa. Die eheliche Heimstatt ihres Chefs war gediegen eingerichtet, wenn auch nicht unbedingt geschmackvoll. Im Wohnzimmer standen überwiegend antike Stilmöbel herum, die in einem merkwürdigen Kontrast zu den Hightechgeräten wie einem neuen Computer und einem riesigen Flatscreen-TV standen. Stefanie Siebenthaler saß auf einem Rattansessel. Sie trug jetzt keinen Minirock wie kürzlich, als sie mit Bornkessel im Turmcafé gesessen hatte, sondern enge, modisch geschnittene Jeans, die nur in Teenagergrößen produziert wurden. Frisur, Make-up und Kleidung zeigten, obwohl sie alles andere als billig gewesen sein mochten, einen leicht prolligen Einschlag. In vielem entsprach sie dem Ideal, auf das sich neunundneunzig Prozent der Männer einigen konnten: schlank, blond und unkompliziert (blöd). Es war auf geradezu lächerliche Weise überdeutlich, was die Basis der Beziehung zu ihrem älteren, biederen und langweiligen Ehemann bildete.

»Ah, die Marquise de Sept-Écus!«, sagte die Gundelwein. »*Bonjour!*«

»Ich muss doch sehr bitten!«, regte sich Dr. Seidel künstlich auf. »Meine Mandantin muss sich von Ihnen nicht verhöhnen lassen.«

»Wieso?«, parierte die Oberstaatsanwältin. »Das ist doch Ihr Künstlername, nicht wahr?«

Stefanie Siebenthaler wich Gundelweins Blick aus. Offenbar war sie so gebrieft worden, auf keine Anrede zu reagieren. »Waren Sie gestern eigentlich auch auf der Fete?«, erkundigte sich die Oberstaatsanwältin bei Dr. Seidel. Und tatsächlich, der gestandene und hochdekorierte Strafverteidiger errötete, allerdings war nicht klar, ob aus Scham oder vor Wut. »Das geht Sie gar nichts an«, giftete er.

Während Recknagel Stefanie Siebenthaler trotz Anwesenheit des Anwalts über ihre Rechte aufklärte, sah sich die Gundelwein ein bisschen um. Zielstrebig steuerte sie auf einen Kamin zu und öffnete die Klappe.

»Haben Sie geheizt?«, fragte die Gundelwein angesichts der frischen Asche, die dort durch den Rost gerieselt war. »Mir kam die Nacht überaus mild vor.«

»Es gibt auch andere Gründe, den Kamin anzuzünden«, erwiderte Dr. Seidel. »Romantische zum Beispiel.«

Christian und Christoph kamen aus Stefanie Siebenthalers Büro. »Da ist nichts, absolut nichts«, sagte Christoph. »Keinerlei Geschäftsunterlagen.«

»Die sind wahrscheinlich Ihrer Romantik zum Opfer

gefallen«, sagte die Oberstaatsanwältin spitz in Richtung Dr. Seidel, der offen grinste. Das würde ihm schon noch vergehen. Schließlich hatte die Gundelwein nicht im Entferntesten damit gerechnet, im Haus der Siebenthalers noch belastendes Material zu finden.

»Wo ist eigentlich das letzte Tagebuch von Frau Langguth? Haben Sie das auch verbrannt?«

»Keine Ahnung, wovon Sie reden«, antwortete Dr. Seidel anstelle von Stefanie Siebenthaler. Recknagel näherte sich der Gundelwein und flüsterte ihr ins Ohr: »Die Kollegen haben sämtliche Schlüssel an der Tür der Einliegerwohnung durchprobiert. Kein Treffer dabei.«

Die Gundelwein nickte. Auch das war zu erwarten gewesen. Siebenthaler war zwar juristisch bestenfalls mittelmäßig beschlagen und als Chef ein Totalausfall, aber wie jeder ängstliche Mensch glich er seine Mankos durch übergroße Vorsicht und Pedanterie wieder aus.

»Sie haben überhaupt nichts in der Hand«, drohte Dr. Seidel. »Bei der richterlichen Anhörung fliegt Ihnen die ganze Aktion hier aber so was von um die Ohren.«

Die Gundelwein trat ganz dicht an Dr. Seidel heran und blickte ihm von oben herab in die Augen. Dabei sprach sie extra laut, damit man es im Nebenzimmer noch hören konnte: »Ich empfehle Ihnen, vorher genau die Akte zu studieren. Da stehen aufschlussreiche Dinge über die Verwendung von Geldern der Justiz drin, die auf Anweisung des Leitenden Oberstaatsanwalts beim Historischen Verein gelandet sind – einem der wichtigsten Geschäftspartner Frau Siebenthalers.«

Dr. Seidel hielt dem Blick der Oberstaatsanwältin stand.

»Meine Mandantin verweigert die Aussage zu sämtlichen ihr zur Last gelegten Delikten«, sagte er.

»Jetzt bin ich aber baff«, konterte die Gundelwein sarkastisch. »Und ich dachte, sie unterschreibt gleich ein umfassendes Geständnis.«

Dr. Seidel schwieg ausgebremst.

»Können wir?«, fragte der Kriminalrat. Stefanie Siebenthaler erhob sich von ihrem Rattansessel und griff eine kleine, bereits fertig gepackte Reisetasche.

»Sie sind aber gut vorbereitet«, lobte Recknagel. Stefanie Siebenthaler wurde von zwei Beamten wortlos nach draußen geführt. Dr. Seidel folgte ihr. Auch die Oberstaatsanwältin schickte sich an zu gehen. Da vertrat ihr LOStA Siebenthaler, aus seinem Arbeitszimmer kommend, den Weg. Er war sehr blass und sah übernächtigt aus. Von seiner sonst zur Schau gestellten optischen Perfektion war nicht viel übrig geblieben. Der Scheitel fiel seitlich in die Stirn, das Hemd war zerknittert. Selbst sein Eau de Toilette hatte er noch nicht aufgetragen.

»Hier ist Ihr Zwischenzeugnis«, sagte er und reichte der Oberstaatsanwältin einen unterschriebenen Ausdruck. »Es ist alles so, wie Sie es haben wollten.«

Gundelwein fühlte keinen Triumph. Solch einen schwachen Gegner bezwungen zu haben verschaffte kaum Befriedigung. Zur Komödie gehörte aber, sie bis zum Ende durchzuspielen.

»Schön, wenn ich Sie von meinen Qualitäten überzeugen konnte«, sagte sie. »Ich weiß allerdings nicht, ob ein Zeugnis aus Ihrer Hand noch viel wert ist.« Damit ließ sie ihn stehen und ging hinaus in den Garten, wo das zivile

Einsatzfahrzeug mit Stefanie Siebenthaler im Fond davonfuhr. Die Gundelwein bemerkte hinter dem Fenster der Villa das fahle Gesicht ihres Chefs, der ihr hinterherblickte.

»Kann ich Sie mitnehmen?«, erkundigte sich der Kriminalrat, als sie gemeinsam das Grundstück verließen.

Erst auf der Rückbank von Recknagels Dienstwagen nahm sich die Gundelwein die Zeit, das Zeugnis zu lesen. Es war die übliche Lobhudelei, eine einzige Unterwerfungsgeste ihres Chefs, eine Kapitulationserklärung, mehr noch: ein Gnadengesuch. Die Gundelwein blickte aus dem Fenster, wo Meiningens Altstadt jetzt an ihr vorbeizog: Fachwerkhäuser, pittoreske Gassen – all das würde sie bald hinter sich lassen. Und in dem Moment, als sie innerlich Abschied nahm, stellte sie auf einmal fest, dass Meiningen eigentlich ganz schön war. Ausgerechnet!

Nach dem Mittagessen machte sich der Fickel auf den Weg zur Villa am Mittleren Rasen, wo er mit dem Trödler verabredet war. Schließlich lief heute die Frist aus, die LOStA Siebenthaler für die Räumung der Einliegerwohnung gesetzt hatte. Der Fickel packte die persönlichen Dokumente und Fotos der Roten Elfriede, die nicht zum Verkauf bestimmt waren, in einen Karton zur weiteren Verwahrung.

Die Möbelpacker brauchten gerade einmal fünfzehn Minuten, um das gesamte Hab und Gut der Roten Elfriede auf einen kleinen Lkw zu verladen. Schließlich drückte der Trödler dem Fickel die vereinbarten zweitausendfünfhundert Euro in die Hand und ließ sie sich quittieren. An seiner mäßigen Laune erkannte der Fickel, dass er für den Hausstand anscheinend doch noch einen akzeptablen Preis erzielt hatte.

Als der Trödler mit dem Lkw abgefahren war, klingelte der Fickel bei Oberstaatsanwalt Siebenthaler, um ihm den Schlüssel zu übergeben. Doch merkwürdig: Obwohl der Fickel drinnen laute Musik hörte, natürlich Klassik, machte niemand auf. Kurz entschlossen warf der Fickel den Schlüssel der Roten Elfriede in Siebenthalers Briefkasten und machte sich vom Acker. Sollten sie doch mit ihrer Villa und ihren Maskenpartys glücklich werden! Er hatte diesen Teil seiner Aufgaben erfüllt.

Am Nachmittag telefonierte der Fickel mit Gerichtsvollzieher Promehl, um ihn darüber ins Bild zu setzen, dass sich die Pfändung der Noten erledigt habe, durch gewissermaßen freiwillige Übergabe seitens des Vorsitzenden des Historischen Vereins. Promehl war zwar einigermaßen erstaunt über Bornkessels plötzlichen Sinneswandel, aber als der Fickel ihm zusicherte, trotzdem seine Kostennote zu begleichen, war es ihm gerade recht.

Gegen halb sieben Uhr wurde der Fickel langsam nervös, rasierte sich sorgfältig, benetzte sich mit Moschus-Rasierwasser und zog sich pikfein an. Schwarze Cordhose, blütenweißes Hemd, Lederfliege: Mehr Klasse ging nicht. Aber erst, als Frau Schmidtkonz kritisch bemerkte, ihr Untermieter sehe aus wie ein Zuhälter, war der Fickel mit seinem Aufzug restlos zufrieden.

Pünktlich um viertel acht klingelte der Fickel in der Gutsstraße. Zwei Minuten später erschien Astrid Kemmerzehl in einem schwarzen Kleid, aber immerhin mit cremefarbenem Kragen. Statt ihres üblichen Dutts hatte sie die Haare zu einem einfachen Zopf zusammengebunden, was ihrem Aussehen ein wenig die Strenge nahm. Keineswegs unvorteilhaft. Erich war als Passagier in einer kleinen Handtasche natürlich mit von der Partie.

In den Schlossstuben herrschte wie immer reger Betrieb. Zu allem Überfluss parkte ein Bus mit Coburger Kennzeichen auf dem Vorplatz. Jetzt kamen sie schon extra aus Franken herüber, um sich in Meiningen mal ordentlich den Wanst vollzuschlagen. Die Kellner flitzten mit beladenen Tabletts, auf denen sich Fleischbrocken und Hütes stapelten, zwischen der Terrasse auf dem Hof und der Küche hin und her und waren in ihren schwarzen Anzügen schweißgebadet wie Metallgießer.

Auch drinnen im etwas kühleren Kellergewölbe waren alle Tische entweder besetzt oder reserviert. Auf Nachfrage führte der Kellner sie zu ihrem Platz in einem Erker, wo man sich, wie vom Fickel mit für ihn völlig untypischer Umsicht geplant, ganz ungestört unterhalten konnte. Erich bekam umstandslos ein Körbchen und einen Wassernapf vorgesetzt, den er problemlos als Badewanne nutzen konnte.

Astrid Kemmerzehl bestellte nach kurzem Blick in die Karte einen Fitnessteller sowie zur Feier des Tages eine Weißweinschorle. Durch die Bestellung seiner Begleiterin nur leicht aus dem Konzept gebracht, orderte der Fickel Gänsebrust mit Rotkohl und Klößen und dazu ein kleines Pils. Man wollte ja den Überblick behalten und musste später noch fahren.

Und nun, als sie so zusammensaßen, wusste der Fickel schon wieder nicht, wie man jetzt mit einer Dame so ein federleichtes Tischgespräch eröffnet, ohne gleich mit der Tür ins Haus zu fallen.

»Stellen Sie sich mal vor, was mir gestern Abend auf dieser Sexparty passiert ist«, hob der Fickel also an zu erzählen. Und dann berichtete er Astrid Kemmerzehl mit zahlreichen Ausschmückungen von dem Maskenball im Schloss, dem Auftritt der Prinzessin, den unzähligen Spielrunden, der rätselhaft starken Bowle sowie dem EWS-Bereich im dritten Stock – und schließlich auch von der Razzia und der halsbrecherischen Flucht durch das halbe Schloss. Als er seine Erzählung beendet hatte, blickte ihn Astrid Kemmerzehl mit großen Augen an. »Das alles haben Sie für *mich* auf sich genommen?«

Ehrlicherweise gestand der Fickel, dass persönliche Neugier, Gerechtigkeitsempfinden sowie eine Portion Abenteuerlust bei der Unternehmung durchaus auch gewisse Rolle gespielt hatten. Abschließend berichtete der Fickel Astrid Kemmerzehl stolz wie ein Uhu, wie er noch während der Flucht auf tollkühne Weise die handschriftliche Partitur von Johannes Brahms in Regers finsterem Arbeitszimmer erbeutet hatte. Doch die erhoffte Reaktion blieb aus.

»Ist das nicht illegal?«, fragte Astrid Kemmerzehl lediglich. Doch der Fickel verwies darauf, dass er die Angelegenheit mit Gerichtsvollzieher Promehl unter der Hand schon so gut wie geklärt hatte. Und als er ihr zuflüsterte, dass der Maulwurf die Noten auf einen sechsstelligen Betrag taxiert habe, Viertelmillion mindestens, schüttelte Astrid Kemmerzehl nur fassungslos den Kopf. »Und das hat all die Jahre in Frau Langguths Koffer herumgelegen.«

Mit dem winkenden Reichtum konnte sie anscheinend

nicht viel anfangen. »Ich habe alles, was ich brauche«, sagte sie nüchtern und hob ihr Glas. »Aber ich möchte mich dennoch sehr herzlich für Ihren Einsatz bedanken. Wenn ich dieser ganzen traurigen und unsäglichen Geschichte überhaupt etwas Positives abgewinnen kann, dann ist es einzig und allein, Ihre Bekanntschaft gemacht zu haben.«

Leider fiel dem Fickel auf die Schnelle mal wieder nichts ein, was er erwidern konnte, außer: »Prost.«

Astrid Kemmerzehl nippte an ihrer Weißweinschorle, und Fickel stürzte das halbe kleine Bier hinunter, in der Hoffnung, dass ihm dann auch ein ähnlich wohlklingender Satz einfallen möge. Und tatsächlich: Zum ersten Mal überhaupt wurde er von der Muse geküsst und meinte, eine passende Antwort gefunden zu haben. Doch er kam nicht mehr dazu, seinen Satz zum Besten zu geben. Denn aus den Augenwinkeln beobachtete er, wie Kriminalrat Recknagel das Kellergewölbe betrat und sich suchend umsah.

Dass ein für seine Verhältnisse fein herausgeputzter Anwalt in Begleitung einer Dame, noch dazu in Trauerkleidung, an einem Erkertisch saß und in gedämpftem Tonfall persönlichste Dinge besprach, musste im Grunde von jedem sensiblen Zeitgenossen als ein klares Signal gewertet werden, sich diskret fernzuhalten. Nur dummerweise war der Kriminalrat kein sensibler Zeitgenosse.

»Ist da noch frei?«, fragte er und ließ sich direkt neben dem Fickel auf die Bank fallen. »Ich habe Ihre Nobelkarosse auf dem Parkplatz gesehen, und da dachte ich, Sie interessieren sich bestimmt für Neuigkeiten in der Mordsache Langguth … – Ich stör doch nicht etwa?«

Wer so fragt, ist an einer ehrlichen Antwort nicht inte-

ressiert. Der Kriminalrat bestellte geschmorte Schweinebäckchen und »so ein Getränk wie der Herr da«. Ohne
Rücksicht auf Konventionen riss der Recknagel das Tischgespräch sofort an sich und berichtete ausführlich von der
Razzia und der Verhaftung Bornkessels – nur dass leider
diese verdammte Brahms-Partitur noch immer nicht aufgetaucht sei. Astrid Kemmerzehl wollte etwas einwenden,
aber im letzten Moment trat ihr Fickel auf den Fuß. Immerhin: Die nonverbale Kommunikation funktionierte.

Doch der Recknagel steckte so voller Neuigkeiten, dass
sie fast überschwappten wie die Soße von den Tellern, die
der Kellner ihnen alsbald servierte. Unterbrochen von Kau-
en, Schmatzen und Schlucken berichtete der Kriminalrat
von der Verhaftung Stefanie Siebenthalers, die bislang zu
allen Vorwürfen standhaft schweige, aber trotz aller prozessualen Tricks und Winkelzüge von Starverteidiger Dr.
Seidel aus Schmalkalden auch nach der richterlichen Anhörung in Untersuchungshaft verbleiben müsse.

»Ich muss sagen, Ihre Exfrau hat da einen fantastischen
Job gemacht«, sagte Recknagel und biss herzhaft in ein
Schweinebäckchen.

»Kann ich mir lebhaft vorstellen«, antwortete der Fickel
wahrheitsgemäß.

»Na ja, sie wird ja wahrscheinlich befördert, jetzt, wo der
LOStA nicht mehr ist …«, sagte der Kriminalrat kauend.

Ach ja, das hatte der Recknagel völlig vergessen zu erwähnen: Dass nämlich der Leitende Oberstaatsanwalt Siebenthaler am Nachmittag von seiner Putzfrau auf dem
Dachboden seiner Villa aufgefunden worden war, wie er
in einer nicht natürlichen Haltung – mit einer am Balken

befestigten extra reißfesten Krawatte um den Hals – von der Decke baumelte. Der Fickel verschluckte sich beinahe an seiner Gänsebrust. War das etwa Recknagels gefürchteter polizeilicher Humor?

Doch der Kriminalrat machte nicht den Eindruck, als sei er zu Scherzen aufgelegt. »Der Ermittlungsdruck war wohl zu viel für unseren LOStA: die Mauscheleien mit dem Historischen Verein, dann seine Verstrickung in das Castle Event. Wahrscheinlich hat ihm der Mordverdacht den Rest gegeben«, führte der Kriminalrat aus.

Der Fickel wandte ein, dass man ja schon einmal fast auf eine fingierte Selbsttötung hereingefallen war, Anwesende nicht ausgenommen. Doch Recknagel schüttelte energisch den Kopf.

»An diesem Suizid bestehen nicht die geringsten Zweifel. Wir haben zwei handschriftliche Abschiedsbriefe gefunden. Einen an seine Geschiedene und die Kinder und einen an uns, in dem er alle Schuld auf sich nimmt. Er hatte in seinem Arbeitszimmer noch einen Zweitschlüssel, mit dem er jederzeit die Wohnung von Frau Langguth betreten konnte.«

»Und an seine jetzige Frau?«, fragte Astrid Kemmerzehl.

»Kein Wort«, antwortete Recknagel. »Offenbar war die Liebe durch ihre finanziellen Abenteuer ein wenig abgekühlt.«

Der Fickel wollte wissen, ob Stefanie Siebenthaler damit vollständig entlastet sei.

»Was den Mord betrifft, schon«, erwiderte der Recknagel. »Die Ermittlungen zu dem Fall sind offiziell abgeschlossen.«

Und das war doch mal eine gute Nachricht, denn somit sah sich, wie Recknagel bestätigte, auch Astrid Kemmerzehl ein für alle Male von dem schlimmen Verdacht rehabilitiert. Als der Fickel seine Begleiterin eine Weinschorle und zwei alkoholfreie Biere später in bester Stimmung nach Hause fuhr, war er nicht nur, was den Mord an der Roten Elfriede betraf, um vieles schlauer, aber seinen Satz, den hatte er noch immer nicht rausgekriegt.

X Zugabe

Die Oberstaatsanwältin saß in ihrem Büro vor dem Rechner und starrte auf ein kleines Symbol auf ihrem Bildschirmfenster. Sie war mit Dr. Schnatterer zum Skypen verabredet, doch der Generalstaatsanwalt war bereits sieben Minuten über die Zeit. Das Symbol besagte, er sei »abwesend«. Von draußen vernahm sie ein leises Grummeln, das auf ein nahendes Gewitter hinwies. Es wurde auch Zeit, dass »Holger« mal die Puste ausging.

Die Gundelwein hatte einen hektischen Tag und eine unruhige Nacht hinter sich. Die Haftbefehle gegen Bornkessel und Stefanie Siebenthaler waren vom Ermittlungsrichter abgenickt worden. Das Zeugnis hatte sie fristgerecht nach Jena gefaxt. Doch dann war die Nachricht vom Suizid des Leitenden Oberstaatsanwalts eingetroffen und im Justizzentrum eingeschlagen wie ein Meteorit. Nicht, dass die Oberstaatsanwältin sich eine moralische Mitschuld am Tod ihres Chefs gab oder sich deswegen gar Vorwürfe machte. Sie empfand seinen Abgang als beschämend, überzogen und geschmacklos. Er war gestorben, wie er gelebt hatte: verantwortungslos und feige.

Aber ihr Zeugnis war unter den Umständen nicht mehr das Papier wert, auf dem es gedruckt war. Die Gundelwein hätte sich ohrfeigen können, dass sie es im ersten Triumphgefühl überhaupt abgeschickt hatte: Nicht nur, dass Siebenthaler sein Amt für die privaten Geschäfte seiner Frau missbraucht hatte, zu allem Übel hatte er anscheinend aus Furcht, dass dies herauskommen könnte, eine fast hundertjährige Frau heimtückisch umgebracht. Das Lob eines solchen Mannes war nicht nur wertlos, es war geradezu ein Malus.

Die Oberstaatsanwältin versuchte, das Symbol auf dem Bildschirm zu hypnotisieren: Warum ließ sie Dr. Schnatterer so lange warten? War das ein schlechtes Zeichen oder nur eine harmlose Verspätung, wie sie bei Menschen in gewissen Positionen ständig vorkam, weil sie von Meeting zu Meeting hoppten? Aber warum meldete sich nicht wenigstens seine Sekretärin, wie es unter guten Kollegen Usus war?

Da, endlich wechselte das Symbol, das Dr. Schnatterers Status anzeigte, auf »anwesend«. Die Gundelwein machte sich fertig für eines der wichtigsten Gespräche ihrer Karriere. Keine drei Sekunden später kam der Anruf herein. Die Gundelwein wartete einen Moment, dann drückte sie den grünen Button, und der spärlich behaarte Kopf des Generalstaatsanwalts erschien auf ihrem Bildschirm. In dem kleinen Fenster, das sie selbst anzeigte, sah die Oberstaatsanwältin, dass der Aktenschrank im Hintergrund unaufgeräumt wirkte. Sie versuchte, sich so vor die Kamera zu platzieren, dass es nicht weiter auffiel.

Das Gespräch begann, wie vorherzusehen war, mit Nett- und Nichtigkeiten. »Entschuldigen Sie die Verspätung, aber …«

»Kein Problem, wirklich nicht.«

»Ist es bei Ihnen auch so heiß?«

»In Meiningen werden langsam Deos knapp.«

Kurzes, unambitioniertes Lachen.

Übergangslos verlagerte sich das Gespräch aufs Wesentliche. »Jetzt erzählen Sie mal, was da bei Ihnen los ist«, befahl Dr. Schnatterer. »In Meiningen überschlagen sich ja die Ereignisse.«

»Das kann man so sagen«, begann die Gundelwein und berichtete von den Ermittlungen gegen Schlossverwalter Bornkessel, der wiederum die Frau des Leitenden Oberstaatsanwalts schwer belastet hatte. »Bei den vorliegenden Verdachtsmomenten musste ich einfach Haftbefehl beantragen«, rechtfertigte sich die Gundelwein vorsorglich. Ihren Undercover-Einsatz bei der Schlossparty erwähnte sie erst gar nicht.

»Aber wenn Sie gegen den Leitenden Oberstaatsanwalt ermitteln, hätten Sie mich wenigstens informieren müssen«, bemerkte Schnatterer mit leisem Vorwurf in der Stimme.

»Zum Zeitpunkt der Verhaftung seiner Frau lag gegen ihn persönlich noch nichts Konkretes vor«, verteidigte sich die Oberstaatsanwältin.

»Glauben Sie wirklich, dass er die alte, wehrlose Frau umgebracht hat?«, erkundigte sich Schnatterer mit deutlich zweifelndem Unterton. »Ich kannte Claus seit fast fünfundzwanzig Jahren!«

Er hatte tatsächlich »Claus« gesagt.

»Sein Abschiedsbrief lässt leider so gut wie keine Zweifel zu«, sagte die Oberstaatsanwältin.

Schnatterer schwieg einen Moment. »Aber warum sollte er das getan haben, um Gottes willen?«

»Wir vermuten, dass Frau Langguth über seine Verstrickungen mit dem Historischen Verein Bescheid wusste. Er

wollte vielleicht verhindern, dass da was ans Licht kommt.«
Dr. Schnatterer zeigte deutlich seine Skepsis, deshalb legte
die Oberstaatsanwältin nach: »Außerdem plante er, nach
der Pensionierung sein Haus zu verkaufen und in wärme-
re Gefilde zu ziehen«, ergänzte die Gundelwein. »Aber
solange Frau Langguth noch darin wohnte, war die ganze
Immobilie nur die Hälfte wert. Außerdem zahlte er monat-
lich über tausend Euro Leibrente an sie. Dazu die Schulden
seiner Ehefrau …«

»Hm«, machte Dr. Schnatterer. »Ist es nicht viel wahr-
scheinlicher, dass Frau Siebenthaler selbst den Mord begangen hat und Claus sich deswegen das Leben genommen hat?«

»Das kann ich nicht ausschließen«, sagte die Gundelwein vorsichtig. »Sein Abschiedsbrief ist in der Hinsicht
etwas schwammig. Er sagt nur, dass er für alles die Verantwortung übernehme. Allerdings würde kein Staatsanwalt
der Welt Frau Siebenthaler bei der Beweislage wegen Mordes anklagen.«

Dr. Schnatterer wiegte besorgt sein Haupt. »Dem Ruf
unserer Behörde wäre schon geholfen, wenn zumindest
der Mord nicht widerspruchslos am Leitenden Oberstaatsanwalt hängen bliebe. Gibt es noch andere Verdächtige?«

Die Gundelwein war langsam genervt. Was glaubte dieses Schnatterinchen eigentlich? Dass sie ihren Job nicht
richtig beherrschte?

»Wir haben im Moment keine heiße Spur in diese Richtung«, sagte die Gundelwein. »Aber die Kripo ermittelt natürlich weiter.« Das war zwar gelogen, aber die Gundelwein
glaubte, dass dies von ihr erwartet wurde.

»Machen Sie denen ordentlich Dampf, und falls Sie nicht fündig werden sollten, klagen Sie Frau Siebenthaler an, auch wenn es ein Indizienprozess wird. Selbst bei einem Freispruch werden Zweifel bleiben. Und wir stehen nicht so da, als würden wir es einfach so hinnehmen, dass ein ranghoher Vertreter der Staatsanwaltschaft zum Mörder geworden ist.«

Die Gundelwein war für einen Moment perplex. »Aber … ich dachte, ich soll meinen Dienst bei der Generalstaatsanwaltschaft demnächst antreten …«

Dr. Schnatterer kam noch näher an die Kamera heran, sodass die Gundelwein die Mitesser auf seiner optisch vergrößerten Nase sehen konnte. »Daraus wird leider nichts werden. Wir können nicht die beiden ranghöchsten Mitarbeiter in Meiningen von heute auf morgen ersetzen. Die Kontinuität der Behörde geht vor … Das verstehen Sie doch, oder?«

Die Gundelwein verstand allerdings sehr gut. Ihre Zukunftspläne stürzten innerhalb von Sekunden in sich zusammen wie ein wurmstichiges Fachwerkhaus.

»Sie werden erst einmal kommissarisch das Amt als Leitende Oberstaatsanwältin übernehmen und führen die Ermittlungen gegen Frau Siebenthaler und diesen Herrn Bornkessel weiter. Und wie gesagt: gegen unbekannt wegen Mordes!«

Die Gundelwein hatte sich wieder gefasst. »Ich werde Sie nicht enttäuschen«, sagte sie, ihre Stimme jeder Emotion beraubt.

Dr. Schnatterer lächelte verbindlich. »Ich weiß, ich kann mich auf Sie verlassen. Wenn Sie sich in der Sache bewährt haben, bringen Sie alle Voraussetzungen für eine Versetzung zur Generalstaatsanwaltschaft mit.«

Die Gundelwein sparte sich den Kommentar, dass sie Dr. Schnatterer zufolge vor Kurzem auch ohne diese Bewährungsprobe alle Voraussetzungen sogar für seinen eigenen Posten erfüllt hatte. Den Rest des Gesprächs spulte die Oberstaatsanwältin irgendwie herunter. Als sie das Skype-Programm beendet hatte, schmiss sie in einer Aufwallung rasender Wut ihre Beck-Ausgabe des StGB mit voller Wucht gegen die Wand, dass der Buchrücken platzte und diverse Gesetzesseiten einzeln zu Boden segelten. Siebenthaler konnte sich glücklich schätzen, bereits tot zu sein.

Zu der seit Wochen anhaltenden Hitze hatte sich eine Schwüle gesellt, die allen Meiningern wie eine Bleistola um den Hals lag und in der Stadt für ein Klima der Trägheit und des Laisser-faire sorgte. Hinter dem Drachenberg hörte man schon seit dem Vormittag ein gelegentliches Grollen, das eine Abkühlung verhieß, doch die Wetter-Apps konnten sich nicht einigen, ob das Gewitter Erlösung bringen oder doch wieder vorbeiziehen würde.

Während die meisten Menschen sich gar nicht oder wie durch Kaugummi bewegten, schützte ausgerechnet der Fickel Aktivität vor, denn er hatte schließlich noch einen Job zu erledigen. Also schwang er sich kurz nach der größten Mittagshitze unternehmungslustig in seinen beigebraunen Wartburg 353 Tourist und knatterte unter der Eisenbahnunterführung am Bahnhof hindurch und dann den kleinen Anstieg hinauf in die Gutsstraße, wo er Astrid Kemmerzehl eine vorläufige Abrechnung ihres Erbes vorzulegen und mit ihr die weiteren Schritte abzustimmen gedachte. Das war irgendwo das Praktische an seiner derzeitigen Tätigkeit, dass man ganz zwanglos miteinander im Gespräch blieb.

Erich erwartete den Fickel wie weiland bei seinem ersten Besuch auf dem obersten Treppenabsatz, doch diesmal zeigte er nicht knurrend seine kleinen spitzen Zähnchen, sondern hielt in freudiger Erwartung nicht artgerechter Ernährung sein kleines feuchtes Näschen witternd in die Luft. Der Fickel hatte glücklicherweise zwei saure Drops in der Tasche, mit denen Erich erst mal beschäftigt war.

Bevor sie zum Geschäftlichen kamen, bestand Astrid Kemmerzehl darauf, dass der Fickel den Johannisbeer-Baiser-Kuchen probierte, den sie eigens für ihn gebacken hatte, und der Fickel probierte so lange, bis er das halbe Kuchenblech freigelegt hatte. Erich konnte natürlich ü-ber-haupt nicht verstehen, warum sein neuer Freund plötzlich so knauserig geworden war und von seinem Fresschen nichts mehr abgeben wollte.

Als der Fickel auf die Frage »Na, noch ein kleines Stückchen?« nur noch mit »Pfffhh« antworten konnte, gingen sie langsam zum geschäftlichen Teil über. Zunächst einmal erstattete Fickel Rapport, was er geleistet hatte: Nach dem Verkauf des Inventars der Roten Elfriede und der Auflösung ihrer Konten waren nach Abzug der Bestattungskosten und weiterer noch zu bezahlender Rechnungen, zum Beispiel für Rechtsanwalt und Testamentsvollstrecker, der Betrag von sage und schreibe achthundertdreiundzwanzig Euro und siebzehn Cent übrig geblieben. Dabei verschwieg der Fickel, dass er seine eigenen Kosten extra niedrig angesetzt hatte.

Was der Fickel noch nicht zu Geld gemacht hatte, war der Inhalt des Lederkoffers, die Notenhefte und das Diez-Porträt der Prinzessin Maria Elisabeth sowie natürlich das mit Abstand am teuersten bewertete Brahms-Stück. Der Fickel hatte inzwischen Kontakt zu einem Musikalienhändler aufgenommen, der bereit war, siebzigtausend Euro für die Partitur zu zahlen. Das war zwar immer noch recht überschaubar im Vergleich zu den Zahlen, die Eddi Abe in den Raum gestellt hatte, aber immerhin stellte es für Astrid Kemmerzehl ein kleines Vermögen dar. Aber die schüttelte den Kopf. »Ich habe es mir gründlich überlegt«, sagte sie. »Ich möchte von Frau Langguths Erbe nicht profitieren. Das habe ich einfach nicht verdient.«

Und da half auch kein Argumentieren oder Appellieren an den gesunden Menschenverstand, Astrid Kemmerzehl rückte keinen Millimeter von ihrer Entscheidung ab. »Frau Langguth hätte unter den Umständen gewollt, dass ihr Erbe der Stadt zugutekommt«, sagte Astrid Kemmerzehl und beharrte darauf, dass der schwarze Lederkoffer mit seinem gesamten Inhalt inklusive Brahms-Original dem Meininger Museum respektive Stadtarchiv übergeben werde. Das übrig gebliebene Geld hingegen sollte das Waisenhaus bekommen.

Aber jetzt stand natürlich die Frage im Raum, wie es für sie selbst weiterging – ohne Vermögen, ohne Job und mit Spielschulden, die für eine ehrenhafte Person wie Astrid Kemmerzehl praktisch wie echte Schulden waren. Aber auch in der Hinsicht hatte sie Neuigkeiten, und bereits an ihrem ernsten Gesicht bemerkte der Fickel, dass es sich eher um unerfreuliche, womöglich sogar schmerzhafte handeln könnte.

»Ich habe im Gefängnis lange über meine Zukunft nachgedacht«, eröffnete ihm Astrid Kemmerzehl. »Ich brauche jetzt schließlich eine neue Aufgabe.«

Und dann berichtete sie, dass sie zufällig von einer freien Stelle als Kantorin erfahren habe, und zwar in Bad Kissingen, dem berühmten Kurbad am südlichen Ende der Rhön, schlappe siebzig Kilometer weit entfernt, praktisch in einer anderen Welt. Das dortige Pfarramt suche eine vielseitig einsetzbare Musikerin als Chorleiterin, Organistin und Musikpädagogin – was denn der Fickel von der Sache halten würde.

Das war natürlich eine Frage, mit der dieser ü-ber-haupt nicht gerechnet hatte und für die es im Grunde auch keine einfache Antwort gab. Das hing wie immer von den Prämissen ab. Zumindest war abzusehen, dass der Fickel in näherer Zukunft nicht so häufig zu Rouladen und/oder Johannisbeer-Baiser-Kuchen eingeladen werden würde, wie er das vielleicht gehofft hatte. Andererseits wollte man ja schließlich nicht so egoistisch sein, sein eigenes leibliches und irgendwo auch seelisches Wohl zum Maßstab einer fremden Entscheidung zu machen. Man will ja niemandem Steine in den Weg legen.

»Also, ich könnte in dem Kaff nicht leben«, sagte der Fickel deshalb. Das war natürlich die absolute Wahrheit, denn der Fickel konnte im Prinzip sowieso in keinem anderen Kaff leben als in Meiningen. Aber bekanntlich sind Frauen in mancher Hinsicht deutlich flexibler, sowohl bei der Arbeit als auch beim Wohnort, sodass Ostdeutschland in den letzten zweieinhalb Jahrzehnten einen gewissen Männerüberschuss angespart hatte. Astrid Kemmerzehl wurde nachdenklich. »Immerhin könnte ich endlich wieder in meinem Beruf arbeiten«, sagte sie. Und da merkte der Fickel, dass die Würfel an sich schon gefallen waren. Und plötzlich spürte auch er die Schwüle, das ganze Gewicht der Atmosphäre, tonnenschwer auf seinen Schultern lasten. Vielleicht hatte er auch einfach zu viel Kuchen gegessen.

»Bevor Sie gehen: Darf ich mir das Brahms-Stück einmal ansehen?«, fragte Astrid Kemmerzehl. Der Fickel öffnete den Koffer und reichte ihr stumm die Partitur. Sie versenkte sich mit gerunzelter Stirn in die Noten.

»Interessant«, sagte sie nach einer Weile. »Ich bin weiß Gott keine Brahms-Interpretin, aber hätten Sie etwas dagegen, wenn ich es mal versuche?«

Natürlich hatte der Fickel keine Einwände. Astrid Kemmerzehl setzte sich mit durchgedrücktem Rücken und leichtem Hohlkreuz auf den Klavierschemel und legte die Noten auf die Halterung. Im Vergleich zu Bornkessels stümperhaftem Geklimper glitten ihre Finger sanft über die Tasten, doch auch sie verhaspelte sich beim Vorspiel.

»Entschuldigung«, sagte sie, »die Stelle ist etwas kompliziert.«

Beim zweiten Versuch kam sie über die schwierige Passage mit einem kleinen Missklang hinweg, dann begann sie leise, aber kraftvoll zu singen. Und jetzt erkannte selbst der Fickel, dass es noch einen Unterschied zwischen Singen und Singen gibt. Denn Astrid Kemmerzehls Darbietung verhielt sich zu der der Prinzessin im Schloss in etwa wie Anna Netrebko zu Helene Fischer. Als Astrid Kemmerzehl mit wagnergeschulter Walkürenstimme »Ein liebend Herz schlägt nie allein« anstimmte, zitterte das Porzellan und klirrten die Fenster. Die Gefühle des Entbehrens und des Scheiterns irdischer Träume, die aus dem jugendlichen Munde der Prinzessin noch eher behauptet und spielerisch geklungen hatten, bekamen auf einmal Tiefe und Wucht, dass es den Zuhörer beinahe aus dem Sessel fegte.

Und wer hätte das gedacht? Jetzt erging es dem Fickel geradezu wie dem Maulwurf kürzlich im Schloss: Ohne dass er etwas dagegen tun konnte, stieg der Grundwasserspiegel in seinen Augen an, seine Nervenstränge synchronisierten sich mit der Frequenz von Astrid Kemmerzehls Stimmbändern und schwangen mit den Tönen mit, seine Knochen wurden zu Wachs und sein Zahnschmelz erweichte. Sogar Erich legte seinen Kopf traurig auf seine Pfötchen und jaulte leise mit.

Nachdem das Lied verklungen war, saß der Fickel noch einige Sekunden lang erschüttert da, gleichzeitig berauscht und geschafft wie nach einer Bobfahrt durch den Eiskanal von Whistler. Um ein Haar wäre es dazu gekommen, dass ihm endlich dieser vermaledeite Satz rausgerutscht wäre, den die Musen ihm in den Schlossstuben eingeflüstert hatten, den einen Satz, der die Prämissen vielleicht noch einmal hätte ändern können, doch gerade, als er zum Sprechen ansetzen wollte, drehte sich Astrid Kemmerzehl zu ihm um.

»Ist Ihnen nicht wohl?«, fragte sie besorgt, als sie ihren

Gast in seinem Sessel hängen sah wie Henry Maske[58] nach drei Runden Rocchigiani. Doch jetzt war es dem Fickel quasi unmöglich, die Ursache für seinen emotional zerrütteten Zustand zu erklären. Schließlich gehörte er noch zu einer Generation, in der es sich nicht schickte, in Gegenwart einer Dame in Tränen auszubrechen, höchstens beim Häuten der Zwiebel.

»Hat es Ihnen nicht gefallen?«, erkundigte sich Astrid Kemmerzehl sachlich und keineswegs beleidigt.

»Doch, doch«, antwortete der Fickel eilig und fragte, was denn mit Astrid Kemmerzehls Stimme eigentlich sei, dass sie ihren Beruf als Opernsängerin nicht mehr ausüben könne. Für ihn als Laien war schlichtweg nicht zu erkennen, woran es hapern sollte. Also: Respekt.

»Eine Wagner-Arie ist noch mal etwas anderes als so ein kurzes Liedchen«, erklärte sie mit mildem Lächeln. »Außerdem kriege ich die hohen Töne nicht mehr, ohne zu pressen. Das mögen die Kritiker nicht. Aber für die Aufgaben einer Kantorin sollte es eigentlich noch genügen.«

Der Fickel drückte noch einmal seine Bewunderung für Stück und Vortrag aus, und die Kritiker hätten natürlich keine Ahnung. Die Gläubigen in Bad Kissingen könne man hingegen nur beglückwünschen. Astrid Kemmerzehl überhörte die Schmeicheleien jedoch und konzentrierte sich auf die Noten. »Die Melodie ist sehr schön, aber die Begleitung ist etwas ungewöhnlich«, sagte sie. »Im Gesang tritt immer wieder das Motiv D-A-A auf und in der Beglei-

---

58 Legendärer »Gentleman-Boxer«, der den Ossis zeigte, wie man richtig einsteckt.

tung E-A-B – gerade so, als hätte Brahms eine geheime Botschaft in den Noten versteckt.«

Interessant. Es war dem Fickel bislang nicht geläufig gewesen, dass Komponisten in ihren Partituren zuweilen versteckte Nachrichten unterbrachten. Ganz besonders einer war dafür bekannt. So hatte Brahms, zusammen mit Robert Schumann und Albert Dietrich, dem Lebensmotto »Frei aber einsam« in der F-A-E-Sonate ein musikalisches Denkmal gesetzt, jedoch später in seiner dritten Symphonie mit der Notenfolge F-A-F die optimistische und für den Fickel in dem Moment utopisch klingende Botschaft verkündet: »Frei aber froh.« Dass es der große Komponist mit der Einsamkeit nicht immer so genau genommen hatte, auch das war – wie Astrid Kemmerzehl zu berichten wusste – aus seiner Musik abzulesen, und zwar in Form einer kompositorischen Liebeserklärung an eine gewisse Agathe (A-G-A-...-H-E).

»Vielleicht steckt in der Partitur ja ein Hinweis auf Brahms' Liebe zu Prinzessin Maria Elisabeth«, überlegte der Fickel. Das wäre dann praktisch so was wie der Beweis für die Affäre und die herzogliche Herkunft der Roten Elfriede. Astrid Kemmerzehl holte ein Scrabble-Spiel aus ihrem Regal. Gemeinsam versuchten sie, aus den vorgegebenen Noten einen Namen oder einen anderen versteckten Hinweis auf Maria Elisabeth zu finden. Dann versuchten sie es zur Sicherheit mit den Namen des Herzogpaares Helene und Georg. Doch alle Mühe war vergebens. Jedes Mal fehlte ein Buchstabe, oder es war einer zu viel oder aber am falschen Platz.

»Vielleicht war das Stück einfach noch nicht ganz ausgereift, und deshalb hat es Brahms nicht veröffentlicht«, vermutete Astrid Kemmerzehl.

So schnell wollte der Fickel nicht aufgeben. Immerhin hatte er mit den Scrabble-Buchstaben etwas ausgetüftelt: »E-D-G, das könnte doch ein Hinweis auf die Zofe sein, bei der das Kind aufwuchs. Hieß die nicht Hedwig?«

»Und wo ist das H?«, fragte Astrid Kemmerzehl ratlos.

Aber der Fickel ließ nicht locker. »Vielleicht wollte er der Nachwelt einen Hinweis auf seine Vaterschaft hinterlassen«, überlegte Fickel. »Und auf den Namen des Kindes.«

»Charlotte passt auch nicht«, bedauerte Astrid Kemmerzehl mit Blick auf die Buchstabensteine. »Aber das müsste doch irgendwie rauszukriegen sein.«

Und der Fickel wusste auch, wem er das Rätsel zusammen mit dem von Astrid Kemmerzehl verschmähten Koffer nebst kostbarem Inhalt übertragen würde. Vor lauter Noten-Scrabble war der Fickel so durcheinander, dass er beinahe überstürzt bei Astrid Kemmerzehl aufbrach und Erich mit unverdauten sauren Drops ratlos zurückließ.

Zu spät, weil bereits im Auto, fiel ihm ein, dass man ja mit Astrid Kemmerzehl auch noch über andere Themen hätte reden können, zum Beispiel private, aber dafür musste er sich erst über die Prämissen klar werden.

Als er am Schloss Elisabethenburg anlangte, war das Grummeln inzwischen zu einem beständigen Rumpeln angeschwollen, und die Gewitterwolken türmten sich wie Sahneberge über dem Drachenberg auf. Der Fickel eilte mit dem Lederköfferchen zum Archiv. Doch ausgerechnet jetzt, wo man den Maulwurf brauchte, war er nicht da. Wie vom Erdboden verschluckt.

Als der Fickel in seinem Wagen am Schlosspark wendete, sah er hinten an der Werra eine Gestalt, die sich am Geländer der Bogenbrücke zu schaffen machte. Es war niemand anderes als Eddi Abe, der mit einer riesigen Drahtschere den Liebesschlössern zu Leibe rückte.

In diesem Moment ertönte ein Donnerschlag, der das Schloss in seinen Grundfesten erschütterte, und eine Sekunde später fielen Eiskörner, groß wie kleine Kartoffelklöße, vom Himmel. Im Wartburg herrschte von jetzt auf gleich eine Akustik wie im Innern einer Blechtrommel. Die wenigen Passanten, die in der Meininger Innenstadt unterwegs waren, suchten Schutz unter Vordächern und Hauseinfahrten. Zu allem Überfluss setzte plötzlich eine infernalische Kakofonie der durch den Hageleinschlag ausgelösten Alarmanlagen von Fiats, Golfs und Renaults ein. Einige Besitzer stürzten ohne Rücksicht auf die Gesundheit oder das eigene Leben durch den Hagelschauer zu ihren Wagen und versuchten, den Lack ihrer teuren Lieblinge mit Decken und Kissen zu schützen.

Ohne zu überlegen, gab der Fickel Gas und lenkte seinen Wartburg direkt in den Schlosspark hinein. Natürlich strengstens verboten, aber man konnte einen Freund in einem Blizzard nicht seinem Schicksal überlassen. Der Maulwurf war vor dem Hagelbeschuss unter der Bogenbrücke in Deckung gegangen, Fickel hupte und öffnete die Tür. Der Maulwurf sprang drei Sätze, und schon war er im Wagen in Sicherheit.

»Du bist meine Rettung«, sagte er erleichtert und drückte dem Fickel dankbar die Hand. »Dann sind wir quitt«, sagte dieser in lebhafter Erinnerung an ihre Flucht aus dem

Schloss und erkundigte sich, was Eddi da draußen überhaupt getrieben habe.

Der Maulwurf winkte ab. »Eigentlich hatte heute der Historische Verein zum Subbotnik[59] aufgerufen, aber die einen sind wegen der Verhaftung vom Bornkessel nicht gekommen, und der Rest ist abgehauen, als das Gewitter aufgezogen ist.«

Stolz zeigte Eddi seine Ausbeute in einer Plastiktüte vor: rostige Schlösser mit abgeplatztem Lack und verwitterten Eingravierungen. »Das ist mein Lieblingsteil«, sagte er und zeigte eines vor, in das ein Scherzkeks »Mutter« eingraviert hatte; andere trugen nur Initialen, wieder andere Daten und/oder voll ausgeschriebene Namen, zum Beispiel Desdemona und Dustin.

Als der Fickel den Grund seines Kommens ansprach, nämlich die überaus großzügige Spende von Astrid Kemmerzehl, leuchteten die Augen des Maulwurfs hinter den Brillengläsern auf. Am liebsten hätte er den Koffer gleich an sich genommen, aber der Fickel bestand auf einer Quittung. Falls es sich Astrid Kemmerzehl noch einmal anders überlegte, oder … Man konnte ja nie wissen.

Als der Hagel kurz nachließ, stiegen sie aus dem Wagen und rannten Schutz suchend in das Schloss. Während draußen das Gewitter tobte, führte Eddi Abe seinen Besucher den mittlerweile bekannten Weg zum Archiv. Unterwegs berichtete er mit einer Mischung aus Empörung und innerer Befriedigung, dass in den Büchern des Histo-

---

59 Von russ. *subota*: Samstag. »Freiwilliger« Arbeitseinsatz, förderte die Gemeinschaft, insbesondere die Trinkgemeinschaft.

rischen Vereins weitere Unregelmäßigkeiten aufgetaucht seien. »Jahrelang bin ich von Pontius zu Pilatus gerannt und habe von den Missständen erzählt, dass Gelder verschwendet und wertvolle Archivalien durch den Verein verhökert werden«, klagte der Maulwurf, »und plötzlich tun alle so, als hätten sie nichts gewusst!«

Der Fickel nickte, das kannte man ja. Der Maulwurf öffnete die schwere Tür zu seinem Archiv und legte den Koffer auf einen Tisch. »Das habe ich mir ja alles schon mal angesehen«, sagte er.

»Nicht alles«, berichtigte der Fickel.

Und als der Maulwurf die mit »Kreisler Junior« signierten Brahms-Noten sah, traute er seinen Brillengläsern nicht.

»Wo hast du die denn her?«, fragte er fast schockiert. »Ich dachte, das ist verschollen?!«

Als der Fickel von dem Versteck in Regers Notenschrank berichtete, schüttelte Eddi Abe fassungslos den Kopf. »Dass ich da nicht selbst drauf gekommen bin!«

Und jetzt kam der Fickel auf die rätselhafte Motivik in dem Stück zu sprechen, auf die Astrid Kemmerzehl gestoßen war, und den Erklärungsansatz, dass das Stück von Brahms womöglich absichtlich zurückgehalten worden war, weil es künstlerisch nicht ganz ausgereift war.

Da wurde der Maulwurf von einem Moment auf den anderen direkt kiebig. »Das Stück ist perfekt«, rief er. »Diese Frau hat doch keine Ahnung, wovon sie spricht!«

Der Fickel gestand ein, dass Astrid Kemmerzehl sicher eher eine Wagner-Spezialistin sei, aber sich mit Harmonie- und Notenlehre doch nach seinem laienhaften Verständnis sehr gut auskenne.

Genauso plötzlich und heftig wie das Wetter war die Stimmung des Maulwurfs umgeschlagen. »In diesem Stück sind Gefühle verarbeitet, die ein normaler Mensch überhaupt nicht kennt!«, rief er so zornig, dass eine Ader auf seiner Stirn anschwoll. »Dass ein Mensch ein ganzes Leben lang ohne die Liebe eines anderen auskommen muss.«

Bei diesem spontanen Ausbruch stand der Fickel natürlich erst mal da wie ein begossener Pudel. Wie kam der Maulwurf bloß auf einmal auf das Thema Liebe? Und wieso wurde er dabei gleich so emotional? Dass der arme Brahms keine abgekriegt hatte, dafür konnte schließlich niemand etwas, außer vielleicht er selbst. Aber sei es, dass draußen ein Blitz einschlug oder dass der Fickel tatsächlich eine Erleuchtung hatte – auf einmal erkannte er hell und deutlich die wahren Zusammenhänge: »*Du* hast das Stück geschrieben …«, murmelte er.

Denn Obacht: Natürlich konnte man die Bemerkung auf Eddi Abe selbst genauso beziehen wie auf Johannes Brahms, zumindest als Projektion eines überspannten, überhitzten Gemütes. Von dem berühmten Komponisten ist schließlich bekannt, dass er entgegen des landläufigen Gerüchts durchaus vom Kelch der Liebe gekostet hatte und sich über mangelnde weibliche Aufmerksamkeit im Grunde nicht beklagen konnte.

»Wie kommst du darauf?«, fragte der Maulwurf verstört.

Mit durch Erkenntnis geöffneten Augen blickte der Fickel nun auf die Brahms-Partitur. Und sieh mal einer an: Jetzt fügten sich die Scrabble-Buchstaben in seinem Kopf endlich richtig zueinander. E-D-G, das stand mitnichten für Hedwig, sondern – zumal gefolgt von einem in einem Akkord versteckten A – für Edgar! Und die Notenfolge E-A-B-E barg einen nur leicht getarnten Hinweis auf den Namen des Maulwurfs: E. Abe.

»Die Prinzessin«, sagte der Fickel fast im Rausch, wie beim Lösen eines schweren Kreuzworträtsels, »D-A-A steht rhythmisch gesprochen für Do-nA-tA!«

Das vermeintliche Brahms-Werk war in Wahrheit die versteckte Liebeserklärung eines wunden Herzens an die junge Prinzessin von Sachsen-Meiningen! Eigentlich hätte sich der Fickel gleich denken können, dass es sich bei dem Stück um eine Fälschung handelte – schließlich war er beim zweifachen Vortrag des Stückes nicht, wie sonst bei Brahms allgemein üblich, auf der Stelle weggeratzt.

Der Fickel blickte sich um. Hier im Archiv hatte der Maulwurf alle Möglichkeiten für eine täuschend echte Fälschung vorgefunden, angefangen vom historischen Notenpapier bis hin zu Original-Schriftproben von Brahms, zum Beispiel aus seinem Briefwechsel mit dem Meininger Kapellmeister von Bülow, an denen er sich bei seiner Fälschung orientieren konnte. Doch was für eine überspannte, ja geradezu pathologische Fantasie gehörte dazu, sich solch eine Legende dazu auszudenken? Allein die Fähigkeit, seine Gefühle in derart ergreifende, beinahe an Brahms heranreichende Musik zu gießen, sprach natürlich für ein hoch gefährdetes und sensibles Gemüt, das mit Samthandschuhen angefasst werden wollte.

»Mensch Eddi, du hast dich doch nicht etwa in die Prinzessin verknallt?!«, platzte der Fickel, von seiner eigenen Erkenntnis überwältigt, heraus. Das erklärte natürlich auch, warum der Maulwurf bei Donatas Vortrag im Schloss so ergriffen gewesen war und wieso ihm der Auftritt als verruchte fesche Lola so missfallen hatte. Normalerweise hatte er es in seinem Beruf schließlich nur mit papiernen Damen zu tun, nämlich zwei- oder dreihundert Jahre alten Karteileichen. Echte Frauen aus Fleisch und Blut hingegen verirrten sich nur allzu selten in sein Archiv. Die Wirkung, die die junge und lebensfrohe Prinzessin auf den Maulwurf ausgeübt hatte, war im Prinzip nur vergleichbar mit der des RFT Color 20[60] auf durch Schwarz-Weiß-Bilder konditionierte Fernsehzuschauer. Da sind einfach die Gäule mit ihm durchgegangen.

Der Maulwurf war blass geworden und zog sich langsam, fast unmerklich hinter ein Regal zurück, in dem allerlei historischer Krempel aus den Beständen des Museums lagerte. »Dass ausgerechnet so ein Banause wie du darauf kommt, hätte ich nicht gedacht«, erklärte Eddi wenig schmeichelhaft.

»Da ist doch nichts weiter dabei«, versuchte der Fickel, seinen ehemaligen Kameraden zu beruhigen. »Wir machen doch alle mal Fehler.«

Doch Eddi Abe schlug die ihm dargebotene Hand aus. Stattdessen zog er den Degen der Meininger Herzöge unter dem historischen Krempel hervor und hielt ihn drohend vor sich. Der Fickel traute fast seinen Augen nicht. Nach »Eyes

---

60 Erster »Buntfernseher« der DDR; war der westlichen Technik seiner Zeit weit voraus, weshalb man damit allerdings nur die fortschrittlichen Sender DDR 1 und DDR 2 farbig empfangen konnte.

Wide Shut« war er jetzt anscheinend bei den »Vier Musketieren« gelandet beziehungsweise bei »Dick Turpin«[61].

»Glaub nur nicht, dass du mich bloßstellen kannst«, warnte der Maulwurf mit plötzlich wie vom Wahn entstellter Stimme. »Auf einen Toten mehr oder weniger kommt es jetzt auch nicht mehr an!«

Der Fickel blickte den Maulwurf verstört an. Etwas in ihm weigerte sich, die einzig logische Folgerung zu ziehen. Praktisch Hirnblockade. Draußen donnerte es, als wollte ihm Petrus persönlich eine Kopfnuss verpassen. Und schließlich erkannte auch der Fickel die wahre Tragweite seiner Entdeckung. »Du hast also auch die Medikamente der Roten Elfriede manipuliert«, flüsterte er, nachdem er endlich eins und eins zusammengezählt hatte.

Der Maulwurf schrie plötzlich los wie von allen guten Geistern verlassen: »Was sollte ich denn machen?! Nur weil die Alte so stur war, wäre fast alles rausgekommen!«

Er fuchtelte wild mit dem Degen herum, als fechte er mit seinem eigenen Gewissen. Der Fickel rührte sich nicht und unterließ alles, was den anderen zusätzlich reizen konnte.

»Wie ist es denn überhaupt dazu gekommen?«, erkundigte er sich vorsichtig, als Edgar Abe langsam erschöpft war, denn das eigene Gewissen erwies sich als ein äußerst zäher Gegner.

»Möchtest du das wirklich wissen?«, fragte der Maulwurf misstrauisch. »Oder willst du mich etwa reinlegen?«

---

61 Englische Mantel-und-Degen-Serie, lief besonders erfolgreich im DDR-Fernsehen, bei manch einem sogar farbig.

»Ich bin doch Anwalt, mir kannst du alles erzählen«, sagte der Fickel etwas scheinheilig, aber Edgar Abe überzeugte er damit offenbar. Wenn Eddi sein Gewissen schon nicht besiegen konnte, wollte er es wenigstens ein Stück weit erleichtern. »Alles hat damit angefangen, dass ich für die Stadtchronik über die Ernestiner geforscht habe«, begann der Maulwurf seine ausgiebige Beichte.

Am Rande seiner Recherchen über die herzogliche Familie hatte er die junge, ebenso bezaubernde wie musikinteressierte Donata kennengelernt und sich zu seinem Unglück Knall auf Fall in die charmante Prinzessin verguckt. Doch komplett unerfahren in Herzensdingen, wie er war, dachte er nicht im Traum daran, ihr den Hof zu machen. Stattdessen gravierte er seine geheimsten Wünsche in ein Schloss, befestigte es an der Bogenbrücke und erfand immer neue Anlässe, um wegen der Stadtchronik mit der Prinzessin in Kontakt zu treten.

Auf diese Weise war er schließlich auf die gewagte Theorie einer möglichen Liaison zwischen Johannes Brahms und Prinzessin Maria Elisabeth verfallen und rannte damit zu seiner eigenen Verblüffung offene Türen ein. Donata, die selbst von einer Karriere als Musikerin träumte, war von der Vorstellung einer heimlichen Liebe zwischen ihrer entfernten Verwandten und dem berühmten Komponisten sofort hellauf begeistert.

Als die handschriftlichen Noten von Maria Elisabeth im Koffer der Roten Elfriede auftauchten, reifte bei dem Archivar der verwegene Gedanke, das Herz der Prinzessin mit der schärfsten Waffe zu erobern, die er in seinem Arsenal hatte: Musik. Wie im Rausch machte sich Eddi an die Arbeit und schnitzte aus weniger bekannten Phrasen selten gespielter Stücke des Komponisten sein eigenes kleines Brahms-Werk. Dann fügte er dem Ganzen einen romantischen Text des Meininger Dichters Rudolf Baumbach hinzu – und war selbst überrascht, wie gut sich das zusammen machte. Derart stolz war er auf sein Werk, dass er sich nicht entschlagen konnte, es mit versteckten Anspielungen auf seine Angebetete und sich selbst zu spicken, gerade so, wie es sein großes Vorbild einst auch getan hatte.

Obwohl die Prinzessin von dem »Sensationsfund« entzückt gewesen war, profitierten natürlich nur andere davon. »So schnell, wie Bornkessel seine schmierigen Finger nach meinem Stück ausgefahren hat, konnte ich gar nicht gucken«, erklärte Eddi Abe. So blieb ihm nichts anderes übrig, als von seinem Archiv aus zuzusehen, wie Bornkessel mit der Prinzessin die »Weltpremiere« plante. Hinter den Kulissen genoss er das Gefühl, der heimliche Urheber eines gefeierten Werkes zu sein, und träumte von Chronistenruhm.

Dann aber stellte sich ausgerechnet die fast hundertjährige Elfriede Langguth quer. Erst bestand sie wegen Streitigkeiten mit Schlossverwalter Bornkessel auf der Rückgabe ihrer Leihgaben, und dann zweifelte sie auch noch die Herkunft des Brahms-Stückes an. Eddi Abe gelang es zwar, die Wogen zu glätten, schließlich *wollten* alle Beteiligten an die Echtheit der Partitur und die Wahrheit der romantischen Geschichte dahinter glauben. Nur die Rote Elfriede spielte nicht mit und drohte, der Öffentlichkeit ihre Zweifel mitzuteilen.

»Also bin ich zu ihr gegangen, um ihr klarzumachen, dass sie sich nur ins eigene Bein hackt: Allein die Aufführungsrechte – damit wäre sie steinreich geworden«, sagte Edgar Abe aufgebracht.

»Sie hat sich nicht überzeugen lassen?«, vermutete der Fickel.

Der Maulwurf schüttelte den Kopf. »Die war doch schon total gaga im Kopf.«

Auch wenn der Fickel genau das Gegenteil dachte, hielt er sich mit seiner Meinung aus taktischen Gründen zurück.

»Also hast du nachgeholfen und ihre Medikamente vertauscht«, stellte er in sachlichem Ton fest.

Eddi Abe fuchtelte wild mit dem Degen rum. »Wie hätte ich denn dagestanden vor allen Leuten?«, jammerte er. »Und was sollte erst Donata von mir denken? Wenn die erfahren hätte, dass ich …« Er stockte. »Ich wäre vor Scham gestorben!«

Und merkwürdig: Dass einer, anstatt selbst vor Scham zu sterben, lieber einen anderen umbrachte – und sich deshalb auch nicht weiter zu schämen schien.

»Und der Staatsanwalt …?«, fragte Fickel vorsichtig nach.

»Damit habe ich nichts zu tun!«, rief der Maulwurf in ehrlicher Empörung. »Der hat selbst genug Mist gebaut. *Deshalb* hat er sich umgebracht.«

Das war natürlich die Ironie an der Sache, dass der LOStA vielleicht eine Idee zu voreilig gewesen war, als er Hand an sich legte, weil seine Frau vermeintlich zur Mörderin geworden war.

Das Gewitter zog langsam über den Herrenberg ab. »Was hast du jetzt vor?«, fragte der Fickel, verständlicherweise interessiert an der Frage, ob er in den nächsten Sekunden von einem Degen durchbohrt werden würde.

»Ich kann so nicht weiterleben«, klagte der Maulwurf. »Ohne Liebe, ohne Sinn, und jetzt bin ich auch noch ein Mörder … Ich mache Schluss.«

Mit einer ungelenken Bewegung richtete er die fast einen Meter lange Spitze des Degens von unten gegen den eigenen Hals. Der Fickel war einerseits erleichtert, nicht selbst als Schaschlik enden zu müssen, andererseits auch nicht unbedingt ein Freund des Samurai-Films. Der Maulwurf hatte so kurze Arme, dass er den Griff des auf sich selbst gerichteten Degens gar nicht richtig halten konnte. Alles in allem ein mitleiderregender Anblick – und nicht ungefährlich! Ein kleiner Ausrutscher, und man hatte den Salat …

»Jetzt mach dich doch nicht lächerlich«, befahl der Fickel ärgerlich. Schließlich konnte er kein Blut sehen, insbesondere kein fremdes. »Wenn du dich umbringst, was soll dann aus der Stadtchronik werden?«

Der Maulwurf zögerte bei der Erwähnung seines Lebenswerkes.

»Im Gefängnis hat man doch viel Ruhe zum Arbeiten«, lockte der Fickel weiter. »Da sind schon einige Meisterwerke entstanden.«

»Wie lange müsste ich denn brummen?«, erkundigte sich Edgar Abe, innerlich bereits abwägend. Irgendwo schien ihm sein Leben auch ohne Liebe und Anerkennung nicht ganz wertlos zu sein, solange es ein Ziel hatte.

Fickel winkte ab. »Für so einen schnöden Mord gibt es

höchstens lebenslänglich«, antwortete er. »Das heißt summa summarum: fünfzehn Jahre netto.«

Der Archivar kratzte sich am Kinn. »Das könnte genau hinkommen. Wenn ich nicht arbeiten muss, nicht sauber machen, nicht kochen …«

»Außerdem ist es im Gefängnis schön kühl«, ergänzte der Fickel. »Fast so wie hier im Schloss. Du musst dich gar nicht groß umgewöhnen.«

Langsam ließ Edgar Abe den Degen sinken und blickte den Fickel mit hinter seinen Brillengläsern schwimmenden Augen an. »Kannst du mich wenigstens vor Gericht verteidigen?«, fragte er. Eben noch ein stolzer d'Artagnan oder ein zu allem entschlossener Samurai, jetzt ein armes Thüringer Würstchen.

Der Fickel erklärte ausweichend, das werde man dann schon sehen, aber eins nach dem anderen: Zunächst hieß die oberste Bürgerpflicht, sich der Polizei zu stellen.

Der Maulwurf nickte abwesend und überreichte dem Fickel feierlich seinen Degen. »Mylord, betrachten Sie mich als Ihren Gefangenen«, sagte er theatralisch, doch am liebsten hätte der Fickel seinem alten Freund und Kupferstecher just in dem Moment ganz klassisch eine Ohrfeige versetzt. Aber das verbot natürlich irgendwo die gute Erziehung. Und die Genfer Konvention.

Frei und sogar ein bisschen froh, den Mörder der Roten Elfriede hinter schwedischen Gardinen zu wissen, saß der Fickel am Abend bei erfrischenden fünfundzwanzig Grad Celsius zusammen mit Kriminalrat Recknagel auf der Terrasse vor der Goetzhöhlenbaude und genoss bei Rostbrätel, Dingslebener und Bratwurstschnaps seinen wohlverdienten Feierabend.

»Also war's letztlich doch verschmähte Liebe«, fasste der Recknagel nach dem dritten Rachenputzer zusammen. »Müsste man eigentlich verbieten, so was.« Denn kein Wunder: Vier von fünf Morden werden schließlich aus Eifersucht oder ähnlichen Nebenwirkungen grundsätzlich eher erfreulicher zwischenmenschlicher Gefühle begangen. – Fazit: Wer sich verliebt, ist laut Kriminalstatistik praktisch so gut wie tot.

»Wo wir schon mal beim Thema sind«, erkundigte sich der Recknagel mit vertraulichem Augenzwinkern, »was läuft da eigentlich zwischen Ihnen und dieser Frau Kemmerzehl?«

Der Fickel ließ seinen Blick langsam über das von Hagel und Regen gekärcherte Meiningen samt seinen Ziegeldächern, Fachwerkfassaden und dem weiß leuchtenden Schloss Elisabethenburg gleiten und sagte den aufschlussreichen Satz: »Das hängt ganz von den Prämissen ab.«

RECHTLICHER HINWEIS

Alle lebenden und juristischen Personen in diesem Text sind zu ihrem eigenen Glück frei erfunden. Eventuelle Ähnlichkeiten zu tatsächlich existierenden natürlichen und juristischen Personen sind rein zufällig und nicht beabsichtigt. Bei einigen historischen Persönlichkeiten möchte sich der Autor für den freien Umgang mit ihren Viten ausdrücklich entschuldigen. Die hier geschilderten kriminellen und/oder moralisch verwerflichen Vorgänge mögen irgendwo in Deutschland oder anderswo tatsächlich geschehen sein, jedoch nie und nimmer in Meiningen!